U0908079

中国近代文学十二讲

胡全章　李向阳　编

中国大百科全书出版社

图书在版编目（CIP）数据

中国近代文学十二讲／胡全章，李向阳编．—北京：中国大百科全书出版社，2021.1

ISBN 978-7-5202-0875-8

Ⅰ.①中… Ⅱ.①胡… ②李… Ⅲ.①中国文学—近代文学—文学史—研究 Ⅳ.①I206.5

中国版本图书馆 CIP 数据核字（2020）第 244239 号

出 版 人 刘国辉
策 划 人 曾 辉
责任编辑 于淑敏
封面设计 仙 境
版式设计 博越创想
责任印制 常晓迪
出版发行 中国大百科全书出版社
地　　址 北京市阜成门北大街 17 号　　**邮政编码** 100037
电　　话 010-88390969
网　　址 http://www.ecph.com.cn
印　　刷 北京君升印刷有限公司
开　　本 710 毫米 ×1000 毫米　1/16
印　　张 23.75
字　　数 255 千字
印　　次 2021 年 1 月第 1 版　2021 年 1 月第 1 次印刷
书　　号 ISBN 978-7-5202-0875-8
定　　价 68.00 元

本书由

河南大学哲学社会科学创新团队培育计划“中国近代文学”

（项目编号 2019CXTD005）

资助出版

目录

第一讲

我与现代文学史六十年

吴福辉

我要给大家讲的题目，叫《我与文学史——六十年从阅读文学史到写作文学史所走过的道路》；简化一点，叫《我与现代文学史六十年》。

对于文学史的写作，从我自己的角度来看，大概是六十年了。说六十年是有证据的。我家里的书，有一万多本，其中七八千本，已经捐到文学馆了。在这次来之前，我把这个工作做了，因为我可能长期不住在北京了。在捐它们之前，严家炎先生——就是我的导师——把他的书全部捐到文学馆了。我就跟文学馆提议，为了避免重复藏书，希望他们做个统计，后来他们就给了我一份严老师捐书的书目，我在家里一本一本和我书架上的书比对，严老师没有的我就捐，如果有的我就不捐，就另做处理。这样的话，第一批五千本已经送给文学馆了；挑出来的七八千本，最后淘汰了两千多本。我没想到我的书能有五千本。我之前料想，我们的书三分之二是重复的，三分之一可能和严老师不一样，因为我俩的朋友圈有点区别。但是我俩的书的性质一样啊，都是解放后的书。我们的书都不值钱的，基本都是解放后现当代的书，自己买来用的，图用起来方便，看什么书都不用到文学馆去找，我自个儿书架上就有。我要看郁达夫的小说，要看沈从文的小说，都有；没想到居然有五千本。这样，我晚年要做的一件事，就基本上有眉目了。所以我也很高兴。

怎么证明我是从1956年开始关心中国文学史的呢？因为我的书架上有关文学史的书，最早的牵扯到1956年。王瑶先生最早编写的文学史，叫《中国新文学史稿》，上下册。下册在上海出版。当时那个出版社，不叫上海文艺出版社，还是旧名儿，公私合营以前的名儿，叫新文艺出版社，好像那些书店有的和巴金有关系。上册下册也不是同时出版的，先由北京开明书店在1951年出版了上册，后来直到1953年才由新文艺出版社出版了下册，可见这个上册的需要之急。1952年全国院系调整，王先生就从清华到北大了。他当时借的书还是清华的书。清华有老的文学藏书，相当好，我使用过。我在搞三十年代小说的时候，曾经到清华图书馆去坐了一个礼拜。他们有非常好的老书。我记得当时是要找一个张天翼的小说集，叫《小彼得》，北大的图书馆里面居然没有初版本。我们要看初版本的，没有怎么办呢？上清华去看。1956年的时候，我买的王先生的这个文学史，版本、设计都不一样，上下册，很珍贵的啊。后来王先生在上海文艺出版社重版这个文学史的时候，因为我们全体（研究生）参加了校对，王先生为了表示对我们的感谢，居然一个一个签名送我们这个书。现在这两本书，我是不想送给文学馆了。

第二本，是叶丁易的《中国现代文学史略》。“略”是简写的意思，就是简本、简史的意思。叶丁易先生当时在莫斯科大学讲学，在那里好像把这个书写完了，然后就突然去世了，估计是心脑血管病，很可惜的。因为乐（黛云）老师给我们上课的时候，分析了20多本中国现代文学史。她讲课的题目就是“中国现代文学史二十种”，一本儿一本儿的优长处和缺点，一本儿一本儿的分析。讲到这本略史，乐老师说：这本文学史写得很简明，一本就完了；“左”的色彩比较浓，但是在比较“左”的文学史里面，这一本是比较鲜明、干脆，不说啰唆话，也不说两可的话，值得一看。她是这么评价叶丁易的《中国现代文学史略》的。我相信在座的同学，大部分都没看过这本文学史。看过吗？有看过的举手，我回家把我的书寄给他。你看，没有吧？这本书没人看了。乐老师评价它虽然是一本比较“左”的文学史，它还是有它的优点。

第三种是武汉大学刘绶松先生写的《中国新文学史初稿》，上下册。咱们这里肯定有武汉大学的吧？刘绶松老师的这本书，带有集大成的味道。他写的比较晚，比上面的两种更全面更深入，资料也比较全。但有个毛病，是什么呢？开始不敢说话了。这是乐老师的评价。

我自己拥有这几本书的时候，是1956年。所以，我自己的学习、阅读、写作文学史，如果要编一个历史的话，从1956年编辑，一直到现在，可以分三个阶段。

第一个阶段，就是我在没有读北大研究生之前，我在中学岗位上怎么样学习文学史。我从1959年开始当中学语文老师，一直到1978年，差一年就是20年。我当了近20年的中学语文老师。

当然，我的语文老师当得还可以。我可以和大家说，我是很安心的，就是在中学语文教育岗位上很安心。我听说现在有的年轻人觉得，大学毕业当中学老师好像很屈。其实一点儿都不屈。屈什么屈啊？研究生毕业，刚毕业就当中学老师，你也不屈啊。一个国家，如果中小学教师都是很棒的，那这个国家才有前途。我自己所受的教育里面，最好的教育就是小学教育。所以我写过文章，说我读的小学是世界上最好的小学。上海两个，鞍山一个。这三个小学，我是永远怀念它们的。我写过好几篇文章，来回忆我的小学，是这三个小学给我打的基础。所以，我在1959年进入中学教书以后，非常的安心。因为我觉得没有这个小学的话，能有我吗？在这一点上，我是不忘恩的。其次，我的那个中学在郊区，一直到考研以前，我从来没有动过心思要到城里去。很奇怪啊，我自己也觉得很奇怪。现在到郊区工作的人，恨不得上午报到，下午就想怎么想办法能回市里，就动这个脑筋。我呢，工作了十九年，从来没有动过。如果我想回城里，条件太充分了，我父母都在城里呀。我父亲是会计师，如果实在要不到房，从我爸爸的房子里面挤一间也够我住了。我是长子啊，我舍不得我爸爸也是正当的，所以我回市里是太有理由了。但是我从来不想，很安心的。安心在什么地方呢？我想当一个研究型的中学教员。我听说，日本的小学教员居然有工资比大学教授还高的。后来证明确实这样，当然那是最拔尖儿的小学教师。最拔尖儿的小学教师，工资比普通的比较差的大学教授工资还高。就这一点，别的不说，日本单是这一点就了不起，日本就因之为日本了。它那么重视教育，对不对？1945年它投降以后经济非常困难，但议会通过，每个小学生、中学生在课间喝一杯牛奶。真厉害啊！在全国困难的情况下，能确定这么一个给中小学的学生补牛奶的政策，政府要拿出钱来的，你说厉害不厉害？所以这个教育啊，咱们肯定是落后了。咱们改革开放，有些方面很进步。现在大家都很挣钱，我是有体会的。我第一次去日本吓坏了，什么都买不起。看什么要买，一问，哎哟，真买不起呀，等于我好几个月的工资。我前几年到北海道又去了一次，我一共就去过两次日本。第二次去，我一看我什么都买得起，这个变化挺大的，这是中国的变化。现在来看的话，合算成人民币，不过两千块钱吧；两千块钱在现在等于两百元，二十元，花了也不心疼。

我想当一个研究型的中学教员，而且我可以举出无数的例证来证明，我已经成为一个研究型的中学教员了。第一，我的中学语文课，可以做各种公开课，最大的公开课有两千人来听。学生在台下，我在台上表演，现在想起来有一个很大的毛病——带有表演性。那时也年轻吧，在台上表演，我领着学生来上这个课，底下两千座位的礼堂都坐满人。当时也就二十一岁，我能上各种公开课。第二，写各种教学经验，有文章。第三，经常写教育随笔，在辽宁省、鞍山市的报刊上发表。在我报研究生考试之前，我正好在海城。大家知道海城吗？在辽宁，这是老地方，辽宁最老的地方就是辽阳和海城，明代就有了。我被鞍山市的教师进修学院，聘请去给海城的老师上课。鲁迅这篇课文怎么讲，我给大家分析这篇课文；语文教学有点儿什么经验，我怎么自学的，等等，讲这些题目。一天，正在海城像今天这样在讲课，休息的时候，一个老师递上来一张《光明日报》，说：“招研究生了，吴老师，招研究生了，你考不考？”我说：考啊，当然考了。再一问，完了，心凉半截，年龄限制到35岁。我那年已经39岁了。又过了一个礼拜，《光明日报》头版登出来：今年研究生招生扩大五岁。好家伙，就把我和钱理群扩招进去了。我和钱理群经常说：以后的扩招很糟糕，但这次扩招很好，这次扩招把我们俩招进去了，而且过了这个村儿，就没这个店了，再也没有再招40岁的研究生。没有了。在中国历史上就这一次，叫我们给碰上了。

这个时候，我在中学里面就经常礼拜天不回家，把语文组的门关起来看一天书。基本上是看文学史，一边读作品，一边读文学史。我手里文学史有好多种。我考研的时候，后来我听严家炎老师告诉我说，有一个著名的诗人——他后来自杀了，那个诗人也来考，他就根本不懂什么叫做文学史。考的是文学史，结果才考大概三分儿还是四分儿；一百分的卷子，他考了个三分儿四分儿。我和老钱呢，老钱考七十多分儿。收到复试通知的时候，老钱一看：完了，这没门儿了，虽然可以复试，成绩这么差，才七十多分儿。他不知道啊，七十多分儿，是那年我们北大研究生考试的最高分。后来全国发了一条消息，全国的优秀研究生要入学了，就指定报老钱。他才考七十多分儿。后来袁良骏老师说：“我们参加判卷，第一天我们大家轮了一遍，来来回回看，没有一张卷子超过五十分儿。到第二天的下午，突然出了一张五十分儿的卷子。哎呀，大家欣喜若狂啊。在判卷的会场上，轮流展示这个超过五十分的卷子。”这个五十分儿的卷子是谁的呢？就是我的同学，同级的，现在是著名的沈从文研究专家，凌宇。凌宇做的这个题，超过五十分儿，你想想厉害不厉害？这个文学史的学习啊，那个诗人根本就没碰到过，什么叫文学史都不懂，怎么还分什么近代文学史、现代文学史，他也不懂，他就乱答一气，答完以后考个三分儿四分儿。

我的第一阶段的文学史学习，概括起来就讲两句话。第一句话，是要大量阅读。没有大量阅读，就不可能有好的文学史的学习。文学史是什么？是描述文学现象、文学世界、文学线索，把它叙述出来，稍微分点段落呀，分点块啊，分点流派呀，把现象总结一下呀，上升到文艺哲学的一个层次上来，谈一些问题啊等等，不过就这样，这就是文学史。但是文学史最重要的一点是什么呀？它产生于作品。没有作家和作品，哪来的文学史呢？作家作品里面，最初你能接触到的，不就是作品吗？作品没读过，没读过老舍的十部作品，你敢议论老舍，敢评价老舍吗？你首先要阅读，阅读量要大。我和老钱，在高中的时候，都属于典型的文学青年。是不是愤青，我不知道。典型的文学青年，典型到什么程度？除了上课以外，上课的分数一点儿都不低，像我们那时候是五分制啊，要争取全五分的学生，五分就是一百分啊。当然，九十九分也是五分，这是五分制的好处。它是比较模糊的，比如说九十五分，实际上也是一百分的意思了。你想一百分啊，这对于录取是有用的，对评价一个人是没用的。九十九分就比九十八分高明吗？哪有这个事儿啊！天下根本就不存在这个事儿。你这个九十五分的学生，可能赶不上那个八十五分的，你信不信？我到普通的大学讲课，第一句话就说，你们不要老垂个头，是不是啊？差的大学里面，也会有最好的学生；最好的大学里面，指定有最差的学生。你信不信？他们都说信，差不多头就慢慢抬起来了。我说我就是从最差的学校里面出来的，我也没念过什么好学校，对不对？在考研以前，我当时如果能够进鞍山师范学院去当讲师，那我就蹦高乐了，所以千万不要迷信这个事儿。

我一直认为文学史的学习，最重要的，你要在高中阶段就开始阅读作品，甚至初中阶段就开始阅读作品。我可以告诉大家，我读《鲁迅全集》是初中，《鲁迅全集》啊，红布皮儿，大家看过这个版本没有？我们文学馆有很多这个《全集》。这个《全集》，是唐弢先生和许广平先生在上海沦陷时期编的，出版的十卷本是光本。什么叫"光本"呢？没有注释，除了鲁迅的文字以外，没有任何的解释文字。这个十卷本，外面就是红布面儿，很多中国作家都买过，所以他们后来捐书捐给文学馆，就包括这套书，我们馆里面有好多那个初版本的《鲁迅全集》。这个《鲁迅全集》，我在初二读的；初中二年级，我就开始借，我读中专的师范图书馆里面就有。说这话的时候是很早了，非常早了，各位的爸爸可能还没出生，对不对？应该是1952年左右。你现在要问我，考考吴老师：屠格涅夫的作品是什么？《贵族之家》《父与子》。你说普希金有没有小说？有。除了诗歌以外，普希金还有小说《上尉的女儿》，改编成电影，鲁迅去看过，鲁迅在上海看过《上尉的女儿》。我还读过陈荒煤的小说。一般都知道陈荒煤是评论家，解放以后任电影局局长，管电影。他写过小说，他的小说还是写监狱里的生活。所以作品要大量的阅读。没有大量的阅读，就没有办法去很好地读文学史。

第二句话就是要注意关联。我什么时候对文学史有兴趣的呢？我可以告诉大家，就是在阅读到一定程度以后，我就想把文学作品和作家各方面联系起来、关联起来。比如说，鲁迅的前期思想和后期思想，有什么关联呢？鲁迅的散文和小说，有什么关联呢？一个写小说的人又写戏剧，那他的戏剧和小说有什么关系啊？比如茅盾的戏剧，大家从来没看过演出吧？茅盾也写过戏剧，对不对？老舍如果解放以后不写戏剧，就凭解放前的那几个戏剧，和茅盾差不多，都是只适合阅读，不适合演的。本人没有演剧的经验，写出来的剧本呢，只适合看的。他们后来就进步了。老舍的戏剧和他的小说什么关系啊？如果他有很多戏剧的话，那《茶馆》和老舍早期戏剧有什么关系啊？你想，这个左翼作家和非左翼作家有什么关系啊？你作品看多了以后，就考虑到联系；而联系是文学史的灵魂。什么叫文学史啊？文学史就是讲联系的。如果一部作品一部作品地讲，一个作家一个作家地讲，那基本不叫文学史；把他们关联起来讲，形成像网状一样的东西，这样一个知识的系统，就像文学史了，这叫关联。我曾经无数次讲过爱因斯坦的一个故事。爱因斯坦逝世以后，美国有医生把他的大脑偷出来了，研究他的脑子，研究半天以后还寻思他的脑子的容量一点儿都不大，那和什么有关系？和你的那个脑袋褶皱多少有关系。你脑子像一块发皱的布，打开以后那个平面很大，你多大他多大，那就不一样了。屠格涅夫是个大脑袋，你看过屠格涅夫的像吗？屠格涅夫死以后，他的大脑被做了医学研究，脑容量很大。有一个人的脑容量肯定大，就是钱理群。你们注意看没有，钱理群脑袋非常大，不是一般的大。我俩在一个宿舍嘛。双人床，我在下面，他也在下面；上面这两个人都比我们年纪小，很自觉就往上爬，就上“二层楼”了。我的上面是凌宇，钱理群上面是古代文学的，叫张国风。我平常往左边儿一瞭，就看见老钱了。他中午看《文学评论》，像一目十行一样，哗哗，我还没看完他就放下了。我怀疑他根本就没好好看，我也看了那期了。我就问他，考他；一考发现，他很熟啊，他的阅读效果很好啊，证明他脑子好使。当然，我这样说，不是说我的成就比钱理群差，是因为他脑子比我好。他还有呢，脑子好的人，照样勤奋得不得了，你的勤奋根本没办法跟老钱比。老钱是这么一个人。

继续讲第二句话，爱因斯坦的脑容量并不大，但是它脑区的关联是特殊的。爱因斯坦的脑区和脑区之间的关联，我哪懂得什么脑区啊，我就知道我脑袋往后一撞，前面冒金星儿，我就知道管视力的大脑的那个区域。我想这个不会错的，因为有好几次我突然一下撞到后面了，冒金星。那么，既然这个脑子里分区，脑区之间的联系很重要。爱因斯坦的脑区的联系是最发达的，这就揭开爱因斯坦之谜了。各位，大家想想，你的脑区之间的联系发达不发达？你有没有通过文学史的学习懂得联系、懂得关联，把文学现象互相关联起来思考问题？你有没有学会这个？如果学会这个了，你就没有白读文学史了。这是我要讲的第一个阶段。

第二个学习阶段，就是我考研以后。考研以后，这段文学史的学习，也用两句话来概括。第一是进一步继续阅读。这时候阅读啊，严家炎老师就有书目了。这个书目啊，有些人是不尊重的，比如赵园，她就不尊重，自管自去读，她不按照严老师那个书目读。严老师不考核这个书目大家读没读，他发个单就完事。这是北大的好处，你愿意读就读，你不愿意遵照读就不读。赵园就读自己想读的，看鲁迅和俄罗斯的关系，她专门去读这个东西，到时候真正做毕业论文的话，她又不做鲁迅而做老舍了，这个就是赵园的特点。我呢，就是按照严老师规定的书目读。五四时期、五四以前哪些作品没读过的就补，大部分都读过了，没读的就都补上，继续补读现代文学的作品。那么到哪儿去找呢？哪个作品没读，找文学史啊，文学史里面有经典的书目对不对？哪个没读，去找，补上了。所以现在我招研究生第一年，按照王瑶先生上面的那个文学史的作品去对照，发现没读过的争取多读一些，叫他全读是不可能了。现在的学生呢，最大一个特点，根本没读过什么作品。我不知道你们怎么样，因为有高考啊，这个是体制造成的。你们在中学当中，如果也算一个爱好文学的人，根本就不读作品，这就断代了，出不来人才了。我的第二个阶段就是继续深入地读作品，作品的参考物就是文学史。这样呢，我就把经典的作品补齐。补齐干什么？等着考试得高分儿？不是。什么时候有关联啊。茅盾有时代女性，那别的作家有没有？丁玲有没有？张天翼有没有？时代女性啊，如果脑子里都读过这个作品了，时代女性不就关联起来了吗？茅盾写的时代女性是什么样的？丁玲写的时代女性怎么样？他俩一区别，你愿意写茅盾写茅盾，愿意写丁玲写丁玲，对不对？这个题目不就出来了。这个时代女性的比较论做一篇，拿茅盾和丁玲作比较，不就完了吗？这个题目，我看做硕士论文绝对没问题，对不对？

第二句话，在我的学习的第二个时期里面，我更多地注意比较性的研究。怎么比较呢？把我读这个作品的初步的印象，去和文学史里边对这个作品的评价，两方面加以比较。因为这时候我有点儿专业性，不像以前当文学青年，注意关联就行了。现在的话，我要把它关联出一个结果出来，就比较性地思考，比较性地阅读，来和文学史的结论做比较。这样呢，出新不就是很容易的事吗？这是我的第二个阶段。

最后一个阶段，大概就是从毕业以后，王先生交代我们写《中国现代文学三十年》，一直到现在，算是我的第三个文学史的学习阶段。这个学习阶段，是以写为主。写和读的关系，我想和中学语文教育是一样的。阅读是技术，得多读，写作是在阅读基础上的一个升华。如果自己不写作，阅读的某些奥妙，那些微妙的地方，那些说不清的模糊的地方，永远是个白痴，你永远不知道。如果你写作了，你设想一下，朱自清看到荷花能写出《荷塘月色》，你看过多少次荷花呀，你能写成什么样？如果你写的时候处处都很差劲儿，你就会想到，哎哟，这写作的微妙在字句方面，在一个形象性的描写描绘方面，在叙述的前后方面，在文字的轻和重之间，都有很多区别啊。文章是有节奏的，这个节奏要靠自己写作，再去读，去体会，也说不清楚。你要体会文字的节奏，对中国语文要有体会，对作家的作品要很熟悉。这个很重要，所以说读和写的关系，包括文学史的读和写。一般来说，都是读是基础；最后写的时候，写是可以带领其他的。

我们全中国的导师里面有两位是特别的，一位是我的导师王瑶先生。我们考研究生的时候，他要求现代文学的学生要答古代文学一张卷子。所以，我们考的时候，文学理论一张卷，现代文学一张卷，古代文学一张卷。现在想想，很有道理啊。为什么现代文学研究生要考古代文学？很有道理，我就不展开讲。再一个呢，就是钱谷融先生。钱谷融先生刚去世不久。钱先生在华东师大招研究生，他有一个不二法门，就是要考写作一张卷。你要到华东师大，你要考我钱谷融的研究生，你得把你的写作亮亮相，让我看看你的写作怎么样。一张卷，写一篇作文；王晓明，现在到南大那个吴俊这些人，都写过。你们注意到没有，上海的研究生，文字比较漂亮，比我们北京的漂亮啊。北京的话，我还算是勉强，有些人文字不好啊，就是很枯燥的文字。他习惯了，他能说道理。但是，不注意文字漂亮不漂亮。上海的研究生文字比较漂亮，据说和钱谷融先生这个要求有关。别的学校，比如复旦，虽然是不考写作一张卷，也受这个风气影响，知道华东师大的研究生文章写得好，大家都跟着往上铆劲儿。

你不写文学史，讲文学史永远是讲不通的。可以写个片段，不用写一本啊。像我这个“老傻”，到现在为止，居然写了三本文学史，和钱理群、温儒敏我们写了《中国现代文学三十年》，这本书现在已经印了一百五十多万册，出了快到五十版了，最多的时候一版就印八万、十万册，这是第一本。第二本就是刚才关校长讲的《(插图本)中国现代文学发展史》，这本书现在大陆版二印，台湾繁体字版二印，还出版了韩译本，出版了俄译本，马上就要出英译本。英译版，有哈佛的王德威先生——没有和我联系过——写的“序”，这本书马上就在英国出了，说明这本书还有点意思。这本书我大概用了十年的工夫，在退休后，从 2000 年到 2010 年出版，写了十年。这个书最大的特点，就表示出了我要说的第二句话：如何呈现文学史现象？如何多元地、立体地、如实地呈现文学史现象？什么是平面的呢？这个世纪有五个作家最好，五个作家每个讲他三部作品就完了，这是过去的写法。苏联的教科书过去就是这么写的，我们之前就是在学习苏联。我们现在的文学史呢，要讲文学史的产生，还要讲文学史的传播，传播当中有专家的评价，还有普通读者的评价，还有和文学有关系或没关系的人的评价。比如说，我介绍鲁迅书的传播的时候，又专门写了一节《阿Q正传》的传播，拿六七幅美术家画的阿Q来说事，这就是美术家接受阿Q的过程。有人画胖了，有人画瘦了，有人画流氓，有人画得像农民起义的将领。从接受美学的角度来讲，他们也是接受者；通过他们的接受，就可以将鲁迅作品的传播情况讲出来一点，这个就是立体的。我的书里面有各种插图，插图就可以加深对作家作品的认识；有表格，也有我自己做的图。比如五四以前小报在全国分布，这是和白话有关系的；小报上全是白话。现在的港台小报的文言气氛是很浓的，没有文言就显得你的文学修养有点差劲儿了。新加坡曾经把我找去，让我去讲萧乾。萧乾是新闻记者里面文学性很强的一个人，他既是作家又是记者，他是京派青年里著名的小说家。他们很有意思啊，新加坡的报业要求记者加强文学性的学习，这才找我的啊。要呈现萧乾，就比较复杂。怎么呈现？在文学作品里面怎么呈现啊？我编过一个图，就是上海话剧刚开始演的时候，哪些剧场在演初期的话剧。专门编这个图。有点意思吧？咱们翻译了哪些作品，各个国家做比较，在全世界的图上标出来。五四以前到现在，翻译情况怎么样？翻译是很重要的文学引入，是很重要的语言引入，我们现在说的白话是离不开翻译界的。所以，如何多元立体地呈现，我专门写过一节三十年代小说和电影的关系，以张天翼为主的一群小说家，怎么吸收电影里的节奏，形成自己语言的叙述节奏，这样就打开了文学史的各个层面。文学史里面，文学和其他艺术也是有关系的，和翻译也有关系，都是不可缺的，我作个提示性的分析就可以。这是我要讲的第二点。

最后一点，就是我第三本文学史，也是和老钱合作的，叫《中国现代文学编年史》，分三卷。第一卷老钱主编，第二卷我主编，第三卷邀请了陈子善来主编。这个叫“以广告为中心”的文学史。我体会啊，广告就是另外一个角度。民国时期的这些刊物和报纸，都登文学广告，而文学广告是一个侧面，也是对作品的一个评价。严格来讲，广告文学史也是一种文学史，是一个特殊的接受文学史，来表明我们的文学史可以多种多样。文学史的写作空间还大着呢。只要你肯翻材料，肯思考，就能写出各种各样的文学史。但是无论写多少种，归根结底还是当代的文学史，任何文学史写到最后，你的当代性是不可避免的。我们说现在历史很多都被歪曲了，将来都要重新把它纠正。政治干涉历史的叙述，大家别忘了，除了政治以外，历史本身它也干扰自己的叙述，你一叙述可能就已经变了。比如我们强调个性，要写有个性的文学史。什么叫个性呢？个性，就是灵动的，有感情的，有热度的，同时又是偏的，有可能就会歪曲历史。所以，歪曲历史是很容易的事情。在某种意义上来说，是必然的事情。我们要把握住过去，又努力地把握住未来，让文学史更接近于现场和原状，在原状的基础上来分析文学现象，比一开始就离开原状要强。我在我的文学史里面，穿插了四个经典的年份，给这四个年份都编了文学大事记。我认为：文学大事记是最有现场感的文学史。年谱，事无巨细；再没有比大事记更有现场感的文学史叙述了。如果有，我愿意向你鞠躬。我考虑了半天，我认为大事记是有它的优点的：一月份哪个作品出来了，二月份哪个刊物出版了，像记豆腐账一样的大事记；但是，真正懂文学的人就知道，这是文学现场。我希望大家认真地来考虑文学的呈现和文学的叙述；然后，把自己文学史的学习学好。你们学好了，才能教好。我恭祝大家教课顺利！再见！

（张梦文整理，编者校订）

第二讲

中国近代文学研究七十年

关爱和

各位同仁、各位同学，大家好！这一讲，我简要把自己对中国近代文学七十年学术史的梳理与大家分享一下。这是为了参加五月份中国社科院文学研究所召开的中国文学研究七十年会议所写的文章。文章主要讲述三个观点：

第一，中国近代文学的发生发展是一个“自新”与“他新”相结合的历史过程。不要试图否定近代文学的政治功利性，这既是一种事实存在，又是一种历史选择。近代文学如果不以自身参与中国的近代进程，会受到更多诟病。历史的发展是那样的迅猛，文学以匆忙而惶惑的目光注视着瞬息万变的现实世界，运用并不纯熟也无暇雕琢的艺术方式，参与了历史的进程，责无旁贷地担负起“他新”与“自新”双重使命。担负“他新”任务的中国近代文学，真实地反映了中华民族所蒙受的屈辱与屈辱中的觉醒；处在“自新”状态下的中国近代文学，完成了中国文学由古典向现代的转变。

第二，建国七十年中国近代文学的研究，其发展成长与七十年间中国学术的眼界与认知，有着大致相同的发展轨迹；但作为精神史、情感史、审美史，且植根于古代文学与现代文学夹缝中的学科，又呈现着自身成长的特殊与艰难。我这篇文章将七十年中国近代文学研究分前三十年和后四十年两个时段予以叙述：前三十年近代文学研究完成了“过渡性”的价值评判，后四十年则由“过渡性”到“转型”，从古典向现代的转型，近代文学不仅仅是五四文学的准备，更是中国文学从古典到现代的转型。由“过渡”到“转型”，近代文学研究的丰富性得到了极大的开拓。

第三，从研究方法看，前三十年研究以革命叙事为主，后四十年革命叙事仍然是文学史叙事的主要方式，但已经是多元叙事。尤其是现代性概念被引进到近代文学研究领域后，现代性与现代化的理论所给予文学史描述的影响越来越大，革命叙事 / 现代性叙事以及海外汉学家的“刺激 / 挑战—反应”论的叙述，在近代文学史叙事中多元存在。从前三十年的单一叙事到后四十年的多元叙事，扩大了中国近代文学研究的学术路径和空间。

1949—1979：单一叙事模式与视野下的中国近代文学

中国近代文学的研究范围涵盖了 1840 年到 1918 年间近八十年的文学。1840 年以前，属古代文学的领地；1919 至 1949 年，是现代文学的场域。1949 年以后，归当代文学的范畴。这种文学时期的划分，带有明显的新民主主义理论时代划分的痕迹：近代文学属旧民主主义的范围，现代文学属新民主主义的范围，当代文学属社会主义的范围。在此文学历史分期的框架下，中国古、近、现、当代文学，各守疆域，各擅其场。

在新民主主义的理论框架中，鸦片战争至五四时期的文学，属于旧民主主义时期的文学。新民主主义理论认为：自外国资本主义侵略中国之后，中国逐渐成为殖民地、半殖民地、半封建社会。中国的政治、经济、文化均带有殖民地、半殖民地、半封建社会的色彩。从上述社会形态出发，中国革命必须分两步走：第一步，建立一个独立的民主主义社会；第二步，建立一个社会主义社会。而鸦片战争以来所经历的太平天国运动、中法战争、中日战争、戊戌变法、辛亥革命、五四运动，均是中国建立民主主义社会的准备过程，其性质是由资产阶级领导的旧民主主义革命。旧民主主义革命，属于旧的世界资产阶级民主主义革命的一部分。在中国这个殖民地半殖民地国度里产生的资产阶级，在政治及经济上是软弱的，因此无法担负起领导中国革命的责任。第一次世界大战之后，社会主义阵营出现，全世界被压迫民族反对帝国主义的事业，便具有了新的性质与方向。中国的新民主主义革命，则是无产阶级领导之下的人民大众的反帝反封建的革命，它自然成为无产阶级社会主义世界革命的一部分。鸦片战争至五四前，新学与旧学、西学与中学之争，是资产阶级新文化与封建阶级旧文化的斗争。五四前，中国新文化，是旧民主主义性质的文化，属于世界资产阶级的资本主义的文化革命；五四以后的新文化，有共产主义的宇宙论和社会革命论作指导，在政治学、经济学、历史学、文学、艺术学诸方面，形成了所向无敌的文化生力军。五四以后，中国的新文化，是新民主主义性质的文化，属于世界无产阶级的文化革命。五四新文化是无产阶级领导的人民大众的反帝反封建的文化。

新民主主义论在深刻论述中国民主革命发展阶段与规律的同时，给鸦片战争以来的中国政治、经济、文化的历史变迁及未来方向，提供了理论阐述的基础，并形成了特有的新民主主义学术话语体系。新中国的建立，刚刚步入社会主义社会，如何运用新民主主义论的思想与学术方法，去描述鸦片战争至五四时期中国文学的发展变化，构建近代文学知识体系，成为学术界普遍关注的课题。建国前30年的近代文学研究就是从这里起步的。

李何林1954年发表在《新建设》上的《从鸦片战争到“五四”的社会背景和文学概况》，拉开了全面探求中国近代文学学术讨论的帷幕。李文认为：维新变法与辛亥革命时期，有“诗界革命”“新文体”与“小说界革命”的发生，可以称之为资产阶级文学改良运动。文学改良运动的发生与“软弱的资本主义经济基础和软弱的资产阶级的阶级基础”有关。此外，“宋元以来市民社会的文学传统，外国的资产阶级的文化思想的侵入，也起了很大的作用”。文学改良运动是“代表资产阶级、小资产阶级及其生活思想感情的文学”。与其同时存在的“当然也就有代表封建地主阶级的生活思想感情的文学”。李文的总论部分，值得我们注意的有两点：一是作者对经济基础、阶级基础、资产阶级、封建地主阶级等政治词汇的使用频率很高。其学术评论与经济、阶级基础决定论，阶级斗争论紧密结合在一起，如影随形，须臾不可离开。二是作者较早创制“文学改良运动”这一词语，用于描述梁启超所领导的“诗界革命”“新文体”“小说界革命”。其对“文学改良运动”产生条件的分析，采用社会学的方法；其对文学改良运动与旧派文人如王闿运、陈三立等人的创作，以新、旧划线。王、陈等旧派文学因其旧而日见衰微，而文学改良运动则因其新而“日渐壮大，直至五四以后”。李文接下来分诗词曲、小说、散文三个方面分述鸦片战争到五四时期的文学概况，诗推黄遵宪、康有为、梁启超、马君武、苏曼殊，词曲推王鹏运、黄燮清，小说推狭邪公案小说、小说界革命、谴责小说，文推桐城派、梁启超。在一篇论文的篇幅中，将晚清到五四的文学发展做出大致的勾勒，以引起学术界的关注，李何林的目的达到了。其综合运用经济基础与意识形态理论、阶级分析方法及新民主主义论词汇解释晚清至五四时期文学发展的尝试，有新意但不免显得生硬隔膜。强大理论与学术实践的交融结合，对学术界而言，并非易事。

继李何林之后，1956 年，舒芜、傅璇琮分别在《光明日报》发表题为《开展自鸦片战争到“五四”时期文学史的研究》《对〈从鸦片战争到“五四”的社会背景和文学概况〉一文的商榷及其他》的文章。舒文是有感于从鸦片战争到五四运动之前这一段时期的文学史，在实际研究工作中几乎成了“两不管”的空白地段的学术现状而发，进而倡言古典文学研究者应该着手来改变这种不合理的情况。舒文分析戊戌辛亥时期文学不受重视的原因，认为可能与这个时期没有产生特别杰出的作家与作品有关。但从这个时期的文学在社会大众中所产生的效果衡量，其传播效应又是极为巨大的。因此对近代文学，应该坚持政治标准第一，兼及艺术标准的评价原则。舒文多次引鲁迅的话或描述鲁迅所受影响以曲折证明：爱国主义和民主主义是这一历史时期文学思想的主流。旧民主主义革命时期文学传统和五四以来社会主义现实主义文学发展，有着直接的、密切的关系。在近代文学研究刚刚起步时期，舒芜的文章是比较能够回到历史现场，具有知人论世之明的文字。傅璇琮的文章，一是对舒文的响应，认为“现在关于这个时期文学的研究是提到古典文学研究工作者的日程上来”；二是与李何林《新建设》所发表的文章商榷。作者个人的立论主要围绕中国近代文学史的主流、中国近代文学发展过程中的新旧斗争、对于作品评价的具体历史观点等三个问题展开。傅璇琮认为：近代文学史的发展中爱国主义和民主主义的线索是非常鲜明的。近代文学发展存在着新、旧之争，不揭示新旧思想在文学领域中的激烈斗争，是不能深刻地发掘这一时期文学发展过程的本质的。对中国近代文学的作家和某些复杂的文学现象就必须采取谨慎小心、实事求是的态度和具体的历史观点。对于第三点，傅文举黄遵宪为例，以为黄遵宪是中国近代文学中具有代表性的大诗人，对黄遵宪的评价，往往有过高或过低的偏向。王瑶 1951 年在《人民文学》撰文《晚清诗人黄遵宪》，文中依据黄的一两句诗，即做出判断，以为黄遵宪作品表现出反帝爱国的思想和变法维新的要求，未免有评价过高之嫌。而任访秋次年在同一杂志刊出的《对于〈晚清诗人黄遵宪〉的意见》，以为黄遵宪的立场始终未脱清代王朝的立场，不免评价则又过低。傅文告诫研究者，对中国近代复杂人物、复杂文学现象，研究者必须从详细而全面地占有材料出发，而不可把材料迁就研究者所持的观点。文中再举陆侃如、冯沅君的《中国文学史稿》中对《冯将军歌》中的“将军少小能杀贼，一出旌旗云变色”诗句引用，认为黄诗中所说的“贼”，实指太平军。而陆、冯《史稿》未能细查，不能说不是一种“疏忽”。文如其人，从傅璇琮的文章中，我们可以感受到谦谦君子善意平和的学术批评的态度。

新中国成立后近代文学研究的起步阶段，和黄遵宪研究同时形成研究热点的还有《老残游记》的研究。与上述傅璇琮文所体现出的温文尔雅不同，张毕来在讨论《老残游记》时则变成唇枪舌剑。张文的唇枪舌剑是有原因的。他 1955 年发表于《人民文学》上的《〈老残游记〉的反动性和胡适在〈老残游记〉评价中所表现的反动政治立场》，是要通过批判《老残游记》批判胡适，故而火气甚重。张文以为：“刘鹗的《老残游记》，由于胡适的推崇，三十多年来一贯被认为是一本‘好书’。”目的在于说明两点：第一，《老残游记》是一部坏书；第二，胡适评论介绍文学作品，是一种政治性的活动。《老残游记》是一部坏书，是因为作者刘鹗和与书中的老残均反对革命，其描写的清官可恨具有欺骗性。胡适对《老残游记》的推崇，是以对小说形式的赞美，在政治上开脱刘鹗，也从政治上开脱自己。

五十年代初，是一个百废待兴的年代。诸位学术大家在《人民文学》《光明日报》发表有关鸦片战争到五四文学研究论文和加强此段文学研究的倡议，对推动新中国建立后的近代文学研究有着重要的意义。

诸位大家关注鸦片战争到五四文学研究的倡议，很快得到教育部及北大、复旦的在校学生的响应。教育部 1957 年颁发的《中国文学史教学大纲》专设“鸦片战争到五四文学”的内容。《大纲》的制定对高校的课程设置有指导意义。在大跃进的形势鼓舞下，北大开展老师与学生共同编写的《中国文学史》活动，《中国文学史》为中国近代文学专设章节。《中国文学史》出版后，季镇淮教授又带领参与过《中国文学史》编写的学生孙静、杨天石、孙钦善、陈丹晨、陈铁民等编选《近代诗选》。《近代诗选》1963年由人民文学出版社出版时，配有《前言》。《前言》把八十年的近代史，看作是“在帝国主义侵略下，中国的封建社会一步一步地变为一个半封建半殖民地的社会，同时中国人民也进行了不屈不挠的一系列的革命斗争，即反帝、反封建的旧民主主义革命”的过程。八十年的近代史可以分为鸦片战争和太平天国革命时期，资产阶级改良主义运动和义和团运动时期，资产阶级民主革命时期。随着社会历史的发展，“在诗歌范围内，首先发生了内容的变化，逐渐发生了形式以至风格的变化，出现了前所未有的新的精神面貌。这是服务于反帝反封建斗争的诗歌，是进步的现实主义和积极浪漫主义的诗歌。它们是近代诗歌的主流，是在新的历史条件下进步诗歌的新发展。它伴随近代历史的进程，不断成长壮大，并通过对诗歌逆流的斗争，起了一定的历史的进步作用。它以自己的成就，打击了正统诗坛的各种反动腐朽诗派；在文化思想战线上，配合了反帝反封建的革命斗争；并为‘五四’时代无产阶级领导的、属于新文化运动的新诗歌运动，准备了一定的历史条件。”《近代诗选》所划分的鸦片战争和太平天国革命时期，被归入诗歌主流中的诗人有：龚自珍、魏源、张际亮、贝青乔、张维屏、陆嵩、朱琦、林昌彝，太平天国领袖；被划入腐朽诗派的有程恩泽、祁寯藻、曾国藩、何绍基、郑珍、莫友芝等宋诗派诗人。在资产阶级改良主义运动和义和团运动时期，归入进步诗歌潮流中的有：黄遵宪、康有为、梁启超、夏曾佑、谭嗣同、蒋智由、丘逢甲及严复；列入腐朽诗派的诗人有：陈三立、陈衍、沈曾植及王闿运、樊增祥、易顺鼎、李慈铭。在资产阶级民主革命时期，归入进步诗人阵营中的有：秋瑾、章炳麟、南社；归入腐朽诗派的有：陈衍、樊增祥、易顺鼎、陈宝琛、郑孝胥、林纾、王国维等。近代诗歌发展的特点一是政治性、战斗性增强，二是题材、意境扩大，三是诗歌形式、语言与风格特征发生变化，四是呈现出复杂性特点。近代诗歌发展最大的复杂性是时代发展迅速，作家不能与时俱进。上述三个时期和两个阵营的划分，近代文学为五四新文学的产生准备了条件的历史定位及近代作家复杂性的描述，代表着这一时期学术界对中国近代文学认知水平的进步。

好像是一种大跃进背景下的学术竞赛，北大1955级有《中国文学史》和《近代诗选》，复旦1956级则着手于《中国近代文学史稿》的编写。北大文学史近代部分约十六万字，复旦《史稿》则达二十八万字。复旦《史稿》在突出爱国主义文学主线和阶级斗争主线的梳理，加强西方学术传入对中国文学发展影响的研究，强调作品思想性与艺术性关系，运用一分为二的方法区分作家的进步性与局限性等方面都做出了积极的努力。因为是“急就章”，加上是在校生的集体写作，书中的生硬、粗疏与错误也在所难免。

1963年，人民文学出版社出版游国恩等编著的高校教材《中国文学史》，这是教育部组织专家统一编写的文学史教材，极具权威性示范性。文学史中设“近代文学——晚清至五四的文学”

一编，共六章。该编的执笔人是《近代诗选》的主编季镇淮。季文沿用了《近代诗选》关于近代文学三个时期两个阵营划分等思想成果，既坚持回到历史现场，又比较圆熟练达地运用社会分析、阶级分析的方法叙述文学的发展，比较全面地描述近代八十年文学的发生发展。在近代文学的第一个时期，季文明确把龚自珍称为“近代文学的开山作家”，龚、魏等早期改良主义人物的诗文，以及太平天国革命领袖的诗文，构成了这个时期进步的文学潮流。在近代文学的第二个时期，梁启超等由于政治改良运动的需要，发出文学改良的呼声。西方社会科学和文学在严复、林纾的努力下传入中国，促进了新闻事业和文学期刊的兴盛，也促进了小说等文学的繁荣。他们共同成为这个时期进步的文学主流。旧派文学阵营则有宋诗派、常州词派、桐城派。近代文学的第三个时期，南社及章太炎、陈天华、秋瑾代表着新的文学潮流。王国维与进步潮流背道而驰，前一时期改良派人物如梁启超、严复、林纾则成为腐朽文学的代表，历史的任务落到无产阶级领导的“五四”新文化的肩上。在本编的“小结”部分，季文总结了近代文学发展的特点：一是政治性、战斗性，文学发挥了阶级斗争工具的作用；二是文学反映现实领域空前扩大；三是现实主义和浪漫主义的优良艺术传统，得到了继承和发展；四是文学的形式、语言乃至风格特征向通俗方向变化。上述种种特点，共同显示出近代文学的过渡性特征：传统文学依然活跃，进步文学不够深广；旧形式、旧风格与通俗化不彻底。“但近代文学是有成就的。它的反帝爱国和民主主义的基本主题，它的现实主义和浪漫主义的精神与方法，它的突破旧形式，语文合一、走向通俗化的探索和努力，都为五四以来的新文学准备了一定的条件。”教育部统编的《中国文学史》对“近代文学”发展的描述，及“过渡性”特征的总体评价，体现出以“五四”为中心的价值判断。这种带有权威性的文学描述与价值判断，影响着 1979 年以前的学术界对中国近代文学的认知水平。

除了文学史的写作外，构成 20 世纪 50 至 70 年代近代文学研究学术热点的还有如下问题。

龚自珍研究。龚自珍去世于 1841 年、鸦片战争爆发后的第二年。但因为其文学影响主要在鸦片战争之后，所以近代文学研究者毫不犹豫地把龚自珍放在近代文学开山作家的位置。北大《近代诗选》论龚自珍以为：“龚自珍是这个时期最敏感、最突出的先驱者。他是一个具有批判眼光和叛逆精神的改良主义的启蒙思想家和诗人。他的先进的思想就是他的诗作的灵魂。他的许多诗篇，揭露了在封建统治阶级内部到处可以感觉得到的一种昏沉、庸俗、愚昧无能，令人窒息的生活和精神状态，表现了面临崩溃的封建制度不可挽救的腐朽，同时交织着作者的忧郁、愤激、无可奈何以及某种幻想和希望。”“龚自珍诗的创作方法，基本上是一种积极浪漫主义。他观察敏锐，想象奇异，揭露矛盾，憎恶黑暗，而又热情地幻想和要求变革现实。他的表达方法也是独特的，语言瑰丽清奇，运用传统形式而能放纵自如，无视于声调格律的束缚。龚自珍的诗诚然是‘奇境独辟’‘别开生面’的。他不为当时的腐朽诗坛所重视，到了十九世纪下半纪和本世纪初才发生广泛的、深刻的影响。”1960 年，《四川师范学院学报》创刊，创刊号上以本校古典文学教研室的名义发表《龚自珍诗研究》一文。文章以为："龚自珍，十九世纪我国的卓越诗人，揭露鸦片战争前夕社会矛盾、预言民族危机的杰出思想家，资产阶级民主思想的先驱者，他的诗作和他的政论文章一样，以令人警醒的变法思想和动人心弦的炽烈情感影响着十九世纪末叶维新派的康有为、梁启超等人的思想。如果说，戊戌维新运动的主要功绩在于使中国知识分子在封建思想的重重束缚下得到一次解放，龚自珍便是这次思想解放运动的'导夫先路'的人。当清王朝加强了思想钳制，一般知识分子在'避席畏闻文字狱，著书都为稻粱谋'的时候，他勇敢地高举起了反对思想奴役，要求个性解放的火炬。"20世纪60年代对龚自珍的评价，就是在较高起点上进行的。至70年代，这种较高起点的评价有增无减。1975年《龚自珍全集》由上海人民出版社重印，陈旭麓以《九州生气恃风雷》的题目作重印前言："恩格斯说，但丁在欧洲是中世纪的最后一位诗人，同时又是新时代的最初一位诗人。在中国历史上，龚自珍也恰是这样一个最后和最初转折时代的著名思想家、文学家、诗人。"陈序对龚自珍诗文带有评法批儒立场的解读，如风行水上，风停水止，没有留下太多痕迹。但上述的比喻，则常常被人记起。与陈文相较，1977年王元化在《中华文史论丛》著文《龚自珍思想笔谈》，试图把龚自珍从法家队伍中解脱出来，还其思想家、文学家的本来面目。王文认为："中国近代史以鸦片战争为起点，在这个新旧交替的大动荡时代需要有魄力的人物出现，并且也确实产生了一批学识渊博、性格坚强、才气横溢的思想家。他们留下的著作不仅反映了自己的时代，而且也开导了以后资产阶级启蒙思潮的先河。他们中间的主要代表就是龚自珍。"

龚自珍的文学主张可以通过《识某大令集尾》这篇文章中所提出“达”“诚”“情”三字来概括。龚自珍诗文充满“自我”和“个性解放”的思想倾向。以文为例，其文可分为两类：一类为经世致用之学，另一类是批判性的讽刺文。“龚自珍给我们留下的遗产是他的批判性的寓言，它们一直保存着生命和活力。这些寓言的最大特色就是讽刺。这类讽刺诗文，需要丰富的想象力和强烈的现实感，要使两者毫不露出斧凿痕迹地结合起来，彼此相涵，化为浑然的有机整体。这是很不容易做到的，因为弄得不好就会流于浅薄恶俗的比附影射。”“这类采取寓言形式的讽刺诗和他写的那些经世致用的文章有着明显的区别。它们用不着考虑当局采纳而委婉进言，用不着针对社会弊端而提出改良方案。它们可以直抒胸襟，只要揭露真相，说出事实就行了。有时他把隐藏在心灵深处连他自己也不完全理解的感情写在纸上。《又忏心一首》诗中说的‘何物千年怒若潮？’就是指这种情况。尽管他没有意识到或根本不理解，事实上，他做了他那时代资产阶级思想萌芽的代言者。这种体现了新时代的思想，虽然在他的经世致用之学中也可以找到痕迹，但更充分地显现在他的寓言中。他的经世致用之学偏重于更法和改良，并不想动摇封建社会的根本。他的寓言则偏重于批判和暴露，直刺封建社会的心脏。”20 世纪 70 年代末的龚自珍研究，尚未摆脱非学术因素的参与。而王元化的文章，发人所未发，代表着拨乱反正时期龚自珍思想与文学研究的全面与深刻。

鸦片战争文学研究。鸦片战争文学是中国近代文学的起点。1957 年，文学史料专家阿英将其初稿于 1937 年的《鸦片战争文学集》增补出版，并修改完成《关于鸦片战争的文学》一文，阐发研究鸦片战争文学的意义。文章认为：鸦片战争是资本主义国家侵略中国的最初的战争，是中国人民反抗资本主义国家侵略的最初的战争，同时也是在中国人民开始觉醒的日子。鸦片战争时期的文学，最有成就的是诗歌。林昌彝的《射鹰楼诗话》，谢兰生的《咏梅轩杂记补遗》收集了不少关于这一重大事变的诗歌作品。张维屏、朱琦、魏源、徐时栋、金和、贝青乔、黄燮清等人有较多数量的诗歌作品反映了战争所带来的苦难和中国人在苦难中的觉醒。其他散落的与鸦片战争有关的小说、戏曲、散文有关文学史料也都被编者甄别收集，汇编成七十万字的文学史料，其筚路蓝缕之功让人钦佩。《鸦片战争文学集》增补完成后，阿英又增补完成了《中法战争文学集》《甲午中日战争文学集》《庚子事变文学集》与《反美华工禁约文学集》，由中华书局总题为《中国近代反侵略文学集》推出。这些史料集的出版，给近代文学研究带来了便利。这一时期，陈友琴的《略谈林则徐的诗及其文学活动的影响》、陈丹晨《试谈魏源的诗》、萨兆寅《略谈林昌彝和他的文学思想》、赵宗颇《陆嵩记述鸦片战争的爱国诗歌》、洪克夷《评鸦片战争时期的爱国诗歌》，均为研究鸦片战争文学的代表作品。研究者在鸦片战争文学中，着意生发的是爱国精神和民族觉醒。洪克夷《评鸦片战争时期的爱国诗歌》写作在1978年，洪文认为："诞生于鸦片战争时期的大量爱国诗歌，较之战前是明显不同的。首先是诗歌所反映的社会内容广泛，它们的社会价值大大增强了。爱国主义的精神在诗歌领域中形成气势磅礴的潮流，而这种爱国主义精神，又与对人民的深切同情，对清王朝的愤怒批判结合在一起，它们所达到的思想高度是战前数百年间的一般诗歌所不能比拟的。鸦片战争文学已属于反帝反封建的近代文学的前奏。”

太平天国文学研究。在新中国建立之后的学术体系中，太平天国革命是反帝反封建的农民革命。太平天国在十八年的存在过程中，组织了军队，建立了政权，达到了农民革命的最高峰。1951 年 1 月，麦若鹏在《光明日报》以《太平天国时代的文学》为题撰文。麦文认为太平天国时代，存在着太平天国将领创作的“革命的农民阶级的现实主义文学”，和以桐城派、宋诗派为代表的“没落的贵族地主官僚阶级的伪古典主义文学”。太平天国起义时期，洪秀全、杨秀清、石达开均有一些反映革命要求而受旧文学影响痕迹明显的诗歌作品。起义后，太平天国的领导人物常常用浅近通俗的文字写成读物和诏谕。太平天国后期的文艺政策有两个特点：第一，在作品的内容上，强调政治性、思想性，反对言之无物与对政治的漠不关心；第二，在形式上，强调新颖、活泼、通俗，反对陈腐、呆板、古奥。1960 年，太平天国研究大家罗尔纲为中华书局出版的《太平天国诗文选》作序，序文把太平天国 1861 年发布的《戒浮文巧言谕》中提出的“言贵从新”“文以纪实”要求以及删定新字典、制定标点符号等举措一起称之为“文学革命”。罗文认为：“太平天国的文学革命，虽然是有着不少缺点，如不够深入，不够彻底，语文还在粗朴阶段，并且应用许多隐语和避讳文字等，但是，它在中国文学史上却是具有极其重大意义的。它在中国历史上第一次站在人民立场提出反对封建古文，提倡语体文，提出反对浮文巧言的封建文学，提倡文以纪实的人民文学，无论在语文的形式方面，或思想内容方面，都反映了人民的要求，并且实践了它的主张。它在近代中国文化启蒙运动上实居于先导的地位，这是应该大书特书的。”“太平天国的诗文，是用有生命力的人民语言的语体文，表现出反封建、反侵略的革命斗争的伟大内容。它是农民在革命斗争中自己表现自己的力量，是农民的理想与感情的高度结合，具有高度的思想性与艺术性。它是生长在农民革命土壤上的红花，是我国文学遗产宝库中永远不朽的花朵。”这一时期对太平天国文学革命与诗文创作的评价，形成了一个小小的热点。但就其全面与高度而言，无出罗文其右者。

公案侠义与谴责小说研究。1956 年 1 月，上海文化出版社出版赵景深校订的《三侠五义》，赵写作《〈三侠五义〉前言》说明对《三侠五义》的认识及校订的经过。赵文认为：《三侠五义》是在武侠小说中是较好的一部。一是这部书极少荒诞、神怪和猥亵的成分。二是《三侠五义》中就没有《施公案》等效忠异族、卖友求荣的卑鄙行径。鲁迅先生故称这部书是“为市井细民写心”。三是这部书语言的流利生动。在校订中改删较为集中的是因果报应的句子，用方言表达地方歧视的句子，文言字句及有关一妻一妾的情节。赵景深校订小说的做法引发学术争论。熊起渭在《三侠五义》出版的当年在《光明日报》著文《〈三侠五义〉的思想和艺术》，认为“《三侠五义》的思想和艺术虽然次于《水浒》这样的作品，但它的基本思想倾向是健康的，艺术上亦有许多可欣赏和借鉴的地方”。文章对赵景深的删改提出批评：删改一妻一妾的内容，是在“拿现代人的眼光来要求古代人，这未必是真正科学的，历史的态度”。删改方言俚语，也大可不必。“在叙述和描写人物中运用方言，这原是评话的特色，目的是要求风趣和生动，不等于嘲笑该地人”。侯岱麟发表在《读书月报》上的《略谈〈三侠五义〉》发表了与熊文相似的意见，以为：“整理古书，不能不管它所产生的时代，而将其中不合现代思想的东西随便删去。如果这样，那就等于‘草菅’书命了。古书是古人写的，整理者加以校订是可以的，但决没有权力擅加更改。如果这样，那就不算整理古书，而是自己在‘创作’古书了。”1957 年，吴小如在《文艺学习》发表《读〈三侠五义〉札记》。吴文从中国侠客传统特征、侠客与公案故事的关系、《三侠五义》思想和艺术、与《三侠五义》相比，其他侠义公案小说（如《施公案》）的缺点方面入手，得出《三侠五义》一书思想有积极意义，艺术得评话所长，侠客与绿林豪杰关系健康的总体结论。1964 年，刘世德、邓绍基在《文学评论》著文，讨论《清代公案小说的思想倾向》。论文认为，以《施公案》《彭公案》《三侠五义》为代表的清代公案小说，与前代相比，有两大改变。一是通过官吏的审案的活动来歌颂他们的忠君思想。二是歌颂的对象不仅仅是清官，还有他们手底下的一大群侠义。在清代公案小说的作者们看来，忠是最主要的，忠君高于一切。人们渴望清官，清官可以把解除“一人之忧”和“万民之害”统一起来；人们渴望侠义，侠义主持着正义公道。希望清官来保护人民，期待侠义人物来拯救人民。欺骗性和奴性，是清代公案小说中清官与“侠义”人物共同的实质。“这种幻想就会妨碍人民群众自己起来，特别是组织起来，向统治者展开殊死的斗争。”《三侠五义》之外，《荡寇志》

所受到的批评更多。公盾 1962 年在《学术月刊》上发表的《关于〈荡寇志〉》则直将此书称为“是披着艺术盛装出现在我国古典文坛上”的“反动小说”。

这一时期对谴责小说的争论是先从《老残游记》开始的。张毕来批判胡适与《老残游记》的文章发表后，刘维俊在《河北日报》撰文《〈老残游记〉简论》。刘文认为：刘鹗以其尖锐的目光和泼辣的笔锋分析和刻画了清朝末年满目疮痍和鲜血淋漓的世界，以雷霆万钧之力打击了那些隶属于他自己阶级的官僚集团，鲁迅将它摆在“清之谴责小说”中是很有理由的。“《老残游记》这部书在短短的几十年中得以在广大人民中普遍流传和获得崇高的荣誉，它和胡适的推荐无丝毫瓜葛，而张毕来同志对于这方面的事实却熟视无睹，以粗暴的态度横加诋毁，在打击胡适的同时，也无情地撕毁了这部现实主义杰作。”1961 年，严薇青在《文史哲》发文《关于〈老残游记〉的作者刘鹗》专就刘鹗生平事迹予以辨证，以证明“他只能是一个买办文人，还不能算是汉奸”。此外，刘文主张评价刘鹗，需要与批判胡适区分开来。

第二部进入争论范围的作品是《二十年目睹之怪现状》。《光明日报》1957 年 7 月 14 日发表剑奇《略论〈二十年目睹之怪现状〉》一文。文章以为：在晚清的数以千计的小说中，吴趼人的《二十年目睹之怪现状》，要算是具有代表性的作品之一。全书内容主要是对于晚清社会黑暗的揭露和批判。书的开头，书中的主人公九死一生说他应世二十年来，所遇见的无非是蛇虫鼠蚁、豺狼虎豹、魑魅魍魉三种东西，幸而都避免了过去，而这部书便是他二十年来的笔记。全书以九死一生的活动为主线，而若干重要人物反复出现，通过他们的互相活动，许多单个的故事联结起来，组成一部比起其他谴责小说较有结构的结集。吴趼人在作品中使用的语言是明白流畅的，某些地方还具有性格化的优点，在描写人物时，某些细节和场面也是颇为真实的，能吸引人的。作品的不足是缺乏对典型人物的塑造，此外，作者过分追求故事的离奇性、偶然性，因而许多情节在作品中显得很累赘，同时也缺乏真实感。1959 年人民文学出版社出版《二十年目睹之怪现状》，化名简夷之的舒芜写作《前言》。《前言》认为，《二十年目睹之怪现状》是一部著名的暴露封建专制制度末期政治和社会黑暗的小说。这种暴露性的小说，在清朝末年义和团起义失败之后，盛行一时；第一部是李宝嘉的《官场观形记》，接着就是这部《二十年目睹之怪现状》，两部代表作打开了道路，后来类似的作品，便风起云涌地出现。《二十年目睹之怪现状》，写的是从一八八四年中法战争前后到一九〇四年前后这二十多年间的历史。《二十年目睹之怪现状》所描写的范围，较之《官场现形记》稍广，但还是以官场的怪现状为中心线索，其次则涉及于“商场”和“洋场”。本书的一个特色，是鲜明地把“做官”和“经商”对立起来，写“官场”不是人干的，而“商场”尽管也有“怪现状”，还是比“官场”干净。小说中大致与全书相终始的反面人物是苟才和九死一生的伯父子仁，正面人物是吴继之和九死一生。小说重在暴露官场商场的种种丑恶，对这种丑恶没有任何解决的方案。有感于学术界对《二十年目睹之怪现状》评价过高，王俊年 1965 年在《光明日报》发文，谈《怎样看待〈二十年目睹之怪现状〉》。王文从如何反对帝国主义，如何揭露社会问题两个方面着手考察，并对小说作品得出如下结论："半是哀怨，半是讽刺，半是过去的余音，半是未来的幻想，它虽然对当时丑恶的现实不满，但不愿意经历消除这种丑恶的现实所必然产生的斗争和危险，它有时固然也能用俏皮而尖刻的评判鞭挞封建统治者，但是由于作者完全不能理解近代历史的进程，却常常使人感到可笑。这是这部作品的特点，也是晚清改良主义的特点。"文章不时提醒读者，这是一个改良主义受到批判的时代。

最热闹的争论在《官场现形记》。1965年6月5日，章培恒在《光明日报》所设《文学遗产》栏里刊出《论李伯元作品思想倾向》一文，引发对李伯元和《官场现形记》的争论。文乃山的商榷文章《李伯元作品思想倾向初探》认为，评价作家，要从作品本身出发。作品的思想倾向，不是离开作品内容，外加上去的东西。李伯元的作品，深刻地反映清朝末年，封建专制制度总崩溃的年代，帝国主义和中华民族的矛盾，封建官僚制度和广大人民群众的矛盾，封建制度必然灭亡的规律。海孺以《李伯元作品的思想倾向是进步的》为题，参与讨论。海文认为：李伯元的作品反映了清朝末年的进步思想，它和刘鹗《老残游记》之类作品有所不同。李伯元的作品对"五四"时期的新文化运动起了启蒙作用，其时代局限性不可苛责。1966年3月，章培恒在《光明日报》刊出《关于李伯元作品评价的几个问题》，针对批评作反批评。章文认为对李伯元作品争论的背后，包含着对三个问题认识的分歧：晚清文学的主流是什么？怎样看待改良主义作品的谴责作用，它们能不能跟资产阶级革命小说"合二而一"？晚清文学跟"五四"新文化的关系如何？章文对上面三个问题的回答是：

在清末的文学界，代表着历史的进步方向而成为当时文学的主流的，必然是属于资产阶级民主主义革命运动这一政治路线的文学，而绝不可能是属于改良主义政治路线的文学。资产阶级革命民主派和改良派在二十世纪初就是相互对立的两个派别，属于革命派的文学和属于改良派的文学也必然相互对立，而不可能“合二而一”。“五四”新文化跟旧民主主义文化之间的发展关系，归根到底就在于：前者乃是后者的否定，而绝不是后者的简单延续。

章培恒先生文中提出的问题，笼罩着五六十年代的中国近代文学学界。革命与改良，新文化与旧文化，政治话语划分开的文学鸿沟，被研究者机械地视为不可混同、不可躐等。唯物史观、阶级分析的思维和方法，赋予新中国建立之后的学术以强大的穿透力、解释力，使研究者具备了在历史隧道中荡涤廓清的能力；但如果过于依赖理论力量而脱离作品实际，袭用政治语汇而代替知人论世的分析，也极容易走上贴标签式的简单化或泛政治化的非学术之路。贴政治标签式的批评，在这一时期谴责小说的评论中表现最为明显。

关于《孽海花》的争论也是如此。1956 年，陈则光在《中山大学学报》第三期发表《正确估计〈孽海花〉在中国近代文学史上的地位》一文。陈文认为：它在许多优秀的晚清小说中，比较真实全面地反映了中日甲午战争前三十年晚清政治社会演变的历史过程，相当明显地表现了旧民主主义革命时期反帝反封建的爱国主义思想和革命思潮。在艺术形式上，它不但继承了中国古典小说现实主义的优良传统，而且在某些方面还吸取了西洋现实主义文学的创作方法。由于《孽海花》作者的立场是倾向革命的，取材是现实的，描写是真实的，因此这部小说在1905年出版后，便得到广大读者的爱好和欢迎。五四时期，当钱玄同把它与《水浒传》《红楼梦》《儒林外史》《官场现形记》《二十年目睹之怪现状》并列为旧小说中“有价值”的“六书”之一时，即刻受到胡适的攻击，胡适一口咬定《孽海花》，只能“居第二流”“不当与其他书并列”，并诋毁作者为“老新党”。陈文最后作出了《孽海花》是一部价值实高出李伯元、吴趼人等同时代任何作家的作品之上的学术结论。1962年，中华书局出版《孽海花》，张毕来作《前言》，其开宗明义的第一句话就是：“晚清几部著名的小说，依我看来，《孽海花》是最好的一部。”《孽海花》描述了从同治初年起，到甲午战败止，这三十年的政治和文化变迁情况。小说中的人物，都实有所指。作者以金雯青和傅彩云的关系及其发展作为一条线索来贯串全局，目的在于借此使许多不相连的情节连成一气，构成一个完整的故事。本书最后写到了孙中山的革命活动。曾朴在小说创作上所受的影响，就本国而论，《儒林外史》《红楼梦》等的影响是很明显的；就外国而论，主要是受了法国作家尤其是雨果的浪漫主义的影响。吴敬梓、雨果这些作者，往往把人物事件夸大增饰，力求其诡谲多变，奇险惊人。《孽海花》在全书结构上，在人物描绘上，受这些古典小说的影响很大。喜欢夸饰，不尚平实的白描，这是曾朴的风格，在一定程度上也反映了当年的时代风尚。两年后，穆欣在《光明日报》上发表《如何看待晚清的文学和政治》，与张毕来的《前言》商榷，批评“《前言》未对这本书的思想倾向和作者的政治观点进行历史的阶级的分析”，因此对其内容与艺术表现均有评价过高的倾向，没有把握好什么东西是应该称赞歌颂，什么东西不应该称赞歌颂的基本原则。此后，葛杰《关于〈孽海花〉的评价问题》、徐梦湘《评〈孽海花〉的思想内容和社会作用》则将《孽海花》的政治倾向定位于改良主义立场。

王国维研究。王国维研究的难点也在于思想定位。1957 年，中国戏剧出版社出版《王国维戏曲论文集》，《出版说明》强调论文集的出版“旨在介绍先驱研究者的学术成果”。1960 年，王季思在《光明日报》著文《王国维戏曲理论的思想本质》。文章的缘起是北大 1956 级学生上戏曲选讲课，需要作者作引导发言。王文中称“向来没有写过批判性的文章”，其认为“作为一个比较早的对我国戏曲作系统的论述的学者，在引起人们对于我国戏曲历史发展的注意方面，王国维的戏曲论著还是有它一定程度的贡献的，他的个别有关戏曲资料的考证以及说明古代歌舞戏形式发展的论点等等，也还有值得我们参考之处。因此我们对于王国维的戏曲理论也不能采取全面否定的态度而是有批判地继承”。王文认为王国维戏曲论需要批判的地方，主要在于其在强调帝王贵族在戏曲发展上的影响的同时，还夸大了外来艺术对于我国戏曲的影响；从形式方面论述我国戏曲的发展，而把我国戏曲的成就限止在宋元时期；对作家作品的欣赏评价，偏重于感伤情味一类等等。1963 年，吴奔星在《江海学刊》著文《王国维的美学思想——“境界”论》。吴文在多方面考察“境界说”之后认为：“王国维的美学思想可以说初步立足于唯物主义的基地，具有现实主义的倾向。”“对于‘境界’说的这种理论意义和实践意义，过去一些研究《人间词话》的论著是肯定不够的，有的甚至予以全盘否定，笼统地斥之为唯心观点，似欠公允。”吴文唯物主义的判断刚出，林文唯心主义的立论新起。林雨华 1964 年在《新建设》著文《试论王国维的唯心主义美学观》，文章认为，王国维美学思想是建筑在以“欲”为基础的历史唯心主义上面的，表现为两个基本侧面：一是要求艺术脱离政治，变成人生“解脱”的工具，二是要求艺术脱离社会斗争内容，变成表达“真性情”的纯形式。前者表现为《〈红楼梦〉评论》的悲观主义，后者表现为《人间词话》的“境界”说。“王国维的美学思想的时代根源、阶级根源，是他的同情总是在最保守、最落后的清朝封建势力方面。”

王国维属于唯物主义还是唯心主义的争论持续到 1979 年。在思想解放的大潮推动下，李泽厚 1979 年在《历史研究》第 7 期发表《梁启超王国维简论》一文，文中以梁启超、王国维为例，提出如何看待评价中国近代人物这一学术界争讼不已的话题。李泽厚认为：“中国近代人物都比较复杂，它的意识形态方面的代表更是如此。社会解体的迅速，政治斗争的剧烈，新旧观念的交错，使人们思想经常在动荡、变化和不平衡的状态中。先进者已接受或迈向社会主义思想，落后者仍抱住‘子曰诗云’‘正心诚意’不放。同一人物，思想或行为的这一部分已经很开通很进步了，另一方面或另一部分却仍很保守很落后。政治思想是先进的，世界观可能仍是唯心主义，文艺学术观点可能是资产阶级的，而政治主张却依旧是封建主义。如此等等，不一而足，凑成了中国近代思想一幅极为错杂矛盾的图景。用形而上学的简单办法是不能正确解释这种图景的。关于梁启超和王国维的许多评论，就可以说明这个问题。解放以来，对他们两人的评议虽多，但基本论调则几乎一致，即都是作为否定的历史人物来对待。”“批判一切唯心主义和科学地评价历史人物，毕竟还不完全是同一件事情或同一个任务。先进人物也有许多应该批判的唯心主义思想，落后者也可以在某些方面作出重要的贡献。因之，科学地评价历史人物，就不止是批判他的唯心主义或政治思想了事，而应该根据他在历史上所作的贡献，所起的客观作用和影响来作全面衡量，给以准确的符合实际的地位。如果从这个角度和标准着眼，梁启超和王国维则都是应该肯定的人物。他们在中国近代历史上所起的客观作用和影响，其主要方面是积极的。”不简单以唯物或唯心、改良或革命、封建阶级或资产阶级划线，而把历史人物放在历史的现场中，以历史贡献作为科学评价历史人物的标尺。李泽厚所讲的道理，在思想解放初兴的时代，起到了开启鸿蒙的作用。

同样在 1979 年，中国社科院文学所近代室的王俊年、梁淑安、赵慎修为他们所编辑的《1949—1979 中国近代文学论文集》写作《序言》,《序言》的题目是《建国三十年来中国近代文学研究的回顾》。《序言》坦言：“建国以来在近代文学研究方面的成果是近代文学研究者们披荆斩棘，在这片文学史的‘处女地’上辛勤拓荒，付出巨大劳动取得的。拓荒者们创业的实绩，自然也格外宝贵。然而，就目前近代文学研究状况来看，在整个中国文学史的研究中，仍属最薄弱的环节。”《序言》所要完成的一个重要任务，就是“力求找出症结所在，彻底打碎那无形的精神锁链，以求对今后的研究工作能有所裨益”。因为立意在“彻底打碎那无形的精神锁链”,《序言》中的“回顾”则成为一种对新中国建立以来近代文学研究学术思想和思维方式的清算。《序言》所要清算的中国近代文学研究弊端之一是：不从研究对象所处的时间、地点条件出发作历史的具体的分析，而是从当前的政治需要出发，以今天的是非标准去评价历史事件、褒贬历史人物、分析文学作品。在近代文学的研究中，如何认识外国资本主义文化的影响和资产阶级文学，就成了一个中心问题。“在解放后的近代文学研究中，对资产阶级改良派的研究并没有能给予应有的重视。人们对于肯定资产阶级改良主义的勇气远不如肯定近代史上那些属于旧时代的和带有严重落后成分的农民运动的勇气足。特别在六十年代，大约是为了适应现实斗争中批判资产阶级和现代修正主义的需要，近代资产阶级改良派又一次成为学术批判的‘靶子’。一九六四年下半年到一九六六年上半年开展的关于‘谴责小说’的批判，就是一个突出的例子。”《序言》所要清算的中国近代文学研究弊端之二是：不是实事求是地从材料、从作品的客观实际中引出固有的结论，而是根据作家的政治立场、态度和世界观来评判他们的文学事业和学术研究成果，用类似“黄鹂皆好音，乌鸦定恶声”这样简单化的逻辑推理来对待十分复杂的社会意识形态——文学创作和学术研究，并以此作为研究工作的“革命性”的一种标志。这样就往往肯定了不应该肯定的东西而否定了真正有价值的东西。这种情况，在对太平天国文学和某些资产阶级作家、学者如王国维的研究中，表现得最为典型。《序言》所要清算的中国近代文学研究弊端之三是：不是从思想和艺术两方面研究文学作品，而是片面地强调思想性，忽视甚至无视艺术性；以对作品的思想内容的分析代替对作品的艺术成就的分析，把文学作品与一般的政治思想宣传读物等同起来。这样一来，便在文学研究工作中取消了文学的特点，从而也就取消了文学研究本身。上述三种弊端，在编辑资料、选注作品、编选作家文集（全集或选集）及确定研究项目等问题上，也同样存在。十年来出版的有关近代文学的资料，除《中国近代文论选》等个别的之外，几乎成了清一色的，既看不到近代文学史上各种文学流派的作家和作品，也看不到近代文学史上进步与落后（或反动）两股文艺思潮的斗争情况。《序言》认为：近代文学作为中国古典文学的终结和"五四"新文化运动的准备，在内容和形式方面都产生了许多既不同于中国古代的传统文学，又不同于"五四"以后新文学的特点。这些都值得我们认真地去进行总结。因此，中国近代文学研究更需要"历史科学的革命性与科学性"。历史科学的根本任务在于发现和揭示自然和社会的发展规律，而历史科学的革命性，就是对人类历史发展所起的推动作用，它必须接受客观实践的检验。这就是我们研究工作的出发点和归宿。

1979 年注定成为新中国建立后中国近代文学研究的转捩点。

1980—2019：多元叙事模式与视野中的近代文学

1979 年成为新中国建立以来中国近代文学研究的转捩点的真正原因是思想解放浪潮的推动。1978 年年底召开的十一届三中全会，提出解放思想、实事求是、团结一致向前看的指导思想，果断地停止使用"以阶级斗争为纲"的口号，号召全党把工作的重点转移到社会主义现代化建设上来，从而开启了改革开放的新时代。现代化叙事，逐渐成为观察叙述中国近代史的又一新的视角。现代化叙事与原有的革命叙事、舶来的“挑战—反应”叙事，把中国近代文学的研究带入一个多元叙事的时代。在多元叙事的视野中，学术研究的精神锁链被渐渐打破，中国近代文学的研究如长江水初出夔门，汹涌澎湃，向着浩荡且广大的方向发展。

80 年代，思想的坚冰在学术界渐渐打破消融。唯物史观仍然是历史研究的指导思想。反帝反封建的一条主线、沦为半殖民地和反抗斗争的两个过程等革命叙事的框架还在支撑着中国近代文学的研究。但阶级斗争不再是唯一的历史动力。研究者开始从经济、社会、文化、思想、学术史的不同视觉观察叙述中国近代八十年，建立了“横看成岭侧成峰”的历史发展多样性研究的路径。以现代化的标准叙事，鸦片战争之后的洋务运动、维新变法、立宪运动与辛亥革命一样，均成为现代化过程中的重要节点、重要组成部分。李泽厚所提出的把历史人物放在历史的现场中，以历史贡献作为科学评价历史人物的标尺的愿望，逐步得到接受。王俊年等人文章中所指出的中国近代文学研究的三大弊端，也逐渐在学术研究中得到纠正。

1982 年 10 月，中国社科院文学所与河南大学在开封联合召开中国近代文学学术研讨会。这是新中国建立以来第一次全国性的近代文学讨论会。与会代表七十余人，会议论文四十余篇。会议号召学术界提高认识，加强对中国近代文学的研究，弥补近代这一中国文学史研究的薄弱环节。此后，又有 1984 年杭州、

1986 年广州第二、第三次中国近代文学学术会议。1988 年，在敦煌召开的第四次学术会议上，经民政部批准，宣布成立全国性的一级学会——中国近代文学学会。学会挂靠中国社科院文学所。与会代表推举中国近代文学研究的前辈季镇淮、钱仲联、任访秋为第一届学会名誉会长，文学所研究员邓绍基为会长。自 1988 年起，学会担负起统筹学术资源、团结学术力量、共襄研究事业的责任。1985 年，中山大学召开“中国近代文学的特点性质和分期”学术讨论会，邓绍基在会上提出：讨论中国近代文学的分期问题，要能够回答文学史与一般历史学的相同与不同。重大历史事件是历史分期标志，是不是也必然是文学史的分期标志？历史学家评价历史人物、历史事件，判别的标准是对人民的态度和在历史上有无进步意义。用这两条标准评论文学作家与文学作品，就显得简单不够了。文学史研究与史学研究既有联系，又有区别。寻找文学自身发展变化的节奏，才是文学分期讨论的基本遵循。寻找文学的判别标准和演变节奏，使文学研究与历史研究有同也有不同，这是 80 年代中国近代文学研究工作者的一个反省，一个觉悟。以文学的眼光和节奏审视近代八十年历史起承转合，便成为一种学术风尚。这种风尚形成的重要标志就是众多讨论近代文学特点、性质与分期文章的增多。大家都试图用自己的阅读及理解来阐释建构近代文学史体系。

1988 年，任访秋主编的《中国近代文学史》出版。这部文学史编写的动议产生于 1984 年杭州第二次近代文学年会。会上在如何开创近代文学研究新格局的讨论中，许多同志提出高等院校近代文学课的教学及广大文史工作者急需一本较为详尽，能反映近代文学研究最新成果的《中国近代文学史》。任访秋教授召集与会的高校专家王杏根、张中等商量《中国近代文学史》编写事宜。经过数年的努力，凝聚集体智慧的近代文学史问世。任先生主编的《中国近代文学史》分为三编：上编 1840—1894 年。在这一时期内，时代风云的急骤变幻，改变了诗文家悠闲的步武与浅斟低唱式的吟诵，文学开始注目拥抱现实生活。但从总体上讲，近代文学的发展仍是在中国古典文学的轨道上运行。这个时期的文学尚未明显地表现出引人注目的近代意识与近代色彩。龚自珍对人的尊严及个性解放的呼唤，在这半个世纪中，少有知音与响应者。中国古典文学的高度成熟，还使人流连忘返，学唐、学宋的旗帜下，仍徘徊着苦苦寻觅的诗魂文魄，明清小说、戏曲虽然曾经取得了令人眩目的成就，但人们却仍把诗、文视为文学正宗。中编 1895—1905 年。在西风东渐背景下，文学开始了巨大变化。梁启超的“文学界革命”开创了文学的新时代。梁启超所完成的“新文体”，以崭新的风貌，开创了一代文风，震动海内。黄遵宪主张别创诗界，以反映一系列近代重大历史事变和西方世界新事物的诗篇，表现了“诗界革命”的实绩。这一时期的小说创作与翻译特盛，小说理论也有明显发展，小说杂志如雨后春笋，显示了文学界革命的实际成效。传统诗文，仍拥有相当的作家群，他们因师承和共同的艺术旨趣而形成各自流派。下编 1906—1918 年。以辛亥革命为中心的二十世纪初期的中国文学，从内质到外形，都是时代的真实写照。它在中国文学从旧内容、旧形式向新内容、新形式过渡的途中，迈出了重要的一步，是传统文学向新文学发展途中重要的一环。无论这一时期的文学作品有着怎样的成就和不足，当时的广大读者都迫切地需要它们，包括那些被作者视作“我的政治宣传品”的应时之作，包括已被新译品代替的古旧体译诗和用文言文翻译的小说，包括已被今人鄙薄不道的鸳鸯蝴蝶派小说。文学创作吸引了当时一大批最杰出的人才来参加。这一时期的文学中，也不乏具有永久价值的作品，如章太炎、秋瑾、邹容等人和一部分南社诗人的作品，如王国维那些精粹深湛的美学、文学史论著，如前编中梁启超的“新民”之作、李伯元等人的谴责小说等。因此，从历史发展的眼光来看，二十世纪初期至辛亥革命时期的文学，应该在中国文学史上占有一席光荣的位置。二十世纪初期的中国文学，是古老的中国文学一个新的黎明时期。任访秋主编《中国近代文学史》的分期与描述，我们明显地感觉到 80 年代写作的文学史在向文学的内容与文学的节奏靠近。

任访秋主编的文学史是集体合作的结果，郭延礼 1988 年完成《中国近代文学发展史》则是个人著作。郭著文学史特别注意强调多民族、中西交流、文学创新点和比较眼光等观察视角。郭著文学史将八十年的近代文学发展分为三个时期。即：资产阶级启蒙时期的文学（1840—1873）；资产阶级维新时期的文学（1873—1905）；资产阶级民主主义革命时期的文学（1905—1919）。郭著共三卷，皇皇一百余万言，体现出这一时期中年学者的识力和勤奋。

稍后的 1991 年，华南师大的管林、钟贤培主编出版了国家教委“七五”文科教材项目《中国近代文学发展史》。管著文学史的《前言》认为：文学的分期和历史的分期一样，只能搞“模糊”概念。要分割时代，截然两断，正像抽刀断水一样的困难。历史的发展只是到了质变时才是明晰的，而在量变阶段则往往是模糊的。建国后新编的各类文学史，都比较普遍存在两种倾向：一是片面强调文学的现实性，或人民性的一面，自觉或不自觉地把文学视为政治历史的附庸，从而狭隘地从机械决定论的视角去探讨文学发展的动因，研究文学发展的变化轨迹，这实际上是把文学视为民族史、社会史、思想史、文化史的文献，忽略它作为文学所特有的特性、规律，文学史被写成了历史的文学，而不是文学的历史；或者片面地以政治观代替艺术观，以政治上的进步和反动作为衡量文学优劣的唯一标准，在古代作家中搞政治站队，不是现实主义，就是反现实主义，一部文学史，就看不到错综复杂的文学现象，看不到一个时代文学发展所特有的特点和规律。一种倾向是注意了文学，或者说注意了名家名作，但又往往忽视了史的纵横变化，文学史往往成了作家作品的汇集，未能从探索文学规律着眼。管著将文学史分为综论编、文体编、作家传和大事记四大部分。在四大部分中，有的章节，如近代文学的性质、特点，近代文学思想和诗、文、小说、戏曲等几种文体的变化，是供课堂上教学用的，其他部分，主要是供学生自学用的。管著《前言》中对建国后文学史写作的反省，代表着学术界对文学史写作的最新认识。

从上述几部文学史著作中我们欣喜地看到：80年代以后，近代文学研究的观念在变化，研究视角在更新，研究范围在扩大，对作家作品的研究多了许多知人论世的同情，少了很多“打棍子”“扣帽子”式的简单与粗暴。

1985 年，在学术界思考中国古代、近代、现代、当代文学的性质、特点与分期的讨论中，产生了“20 世纪中国文学”这样一个概念。提出“20 世纪中国文学”概念的学者是陈平原、钱理群、黄子平。三位研究近、现、当代文学的学者首先在《文学评论》1985 年第 5 期发表《论“二十世纪中国文学”》一文，后又在《读书》杂志，发表《“二十世纪中国文学”三人谈》。论文建议在文学史研究中建立一个“二十世纪中国文学”的概念：“所谓‘二十世纪中国文学’，就是由上世纪末本世纪初开始的、至今仍在继续的一个文学进程，一个由古代中国文学向现代中国文学转变、过渡并最终完成的进程，一个中国文学走向并汇入‘世界文学’总体格局的进程，一个在东、西方文化大撞击大交流中、从文学方面（与政治、道德等其他方面一起）形成现代民族意识（包括审美意识）的进程，一个通过语言艺术来折射并表现古老的民族及其灵魂在新旧嬗替的大时代中新生并崛起的进程。”在“三人谈”中，陈平原认为，二十世纪中国文学作为不可分割的有机进程来把握，这就涉及建立新的理论模式的问题；它不同于一些研究者提出的“百年文学史”（1840—1949），或者近代、现代、当代中国文学的“打通”研究的主张。黄子平指出：在我们的概念里，“二十世纪”并不是一个物理时间，而是一个“文学史时间”；要不为什么把上限定在戊戌变法的 1898 年而不是纯粹的 1900 年？如果文学的发展，到 21 世纪，它的基本特点、性质还没有变，那么下限也不一定就到 2000 年为止。陈平原认为：20 世纪中国文学的提出是以文学的现实感为依据的。“五四”时期的许多问题，比如国民性批判、白话文运动、诗体解放、话剧的输入等等，其实都是从戊戌之后开始的，尽管到“五四”才彻底、不妥协地掀起高潮，但是窗口是从那时打开的。20世纪中国文学的提出又是以1979年的思想解放为起点的。幸好我们也经历了1979年的一次思想解放，从“79”来看“19”，比较能够根据自己的体验，来理解“五四”时代的作家，理解他们的心态，他们为什么会写那样的小说和诗歌，为什么会有那么多的苦闷、彷徨。这种由现实感所激发出历史感与学术觉悟，钱理群称之为从当代文学中发现问题，再追溯到现代文学去挖掘历史的渊源，是一种“倒叙”的思维方式。黄子平称之为历史总是由现实的光芒来照亮的。20世纪中国文学概念从方法论上包含总体文学意识、比较文学意识，也隐含着“现代化”的叙事模式。钱理群认为：近几年的现代文学的研究状况来看，最早是拨乱反正，提出用“反帝反封建”作为标准来研究现代文学，范围一下子扩大许多，以前不能讲的作家作品、文学现象，只要是“反帝反封建”的，都可以讲了。但这还只是用比较宽泛一点的政治标准代替原先过于褊狭的政治标准。后来严家炎老师在一篇文章里最早提出了中国文学的现代化是从鲁迅手里开始的，他用了“现代化”这样一个标准，打开了思路。现代化叙事模式的引入使文学史研究中的历史感、现实感、未来感得到了统一。现代化叙事与革命叙事的共同使用大大开拓了研究者的研究视野。

20世纪中国文学概念很快为学术界所使用。最早使用现代化视角研究鲁迅的严家炎教授，又较早使用《二十世纪中国文学史》的书名编写教材。《二十世纪中国文学史》2010年出版，严先生亲自写作引言《二十世纪中国文学的现代性特征》。严文认为：历史悠久的中国文学，到清王朝晚期，发生了前所未有的重大转折：开始与西方文学、西方文化迎面相遇，经过碰撞、交汇而在自身基础上逐渐形成具有现代性的文学新质，至五四文学革命兴起达到高潮。从此，中国文学史进入一个明显区别于古代文学的崭新阶段。二十世纪中国文学的成分是复杂多元的，但毫无疑问，现代性不仅构成这阶段文学的重要脉络，并且也是它区别于中国古代文学的根本标志。所谓“现代性”，除了现代物质生活条件外，更指传统社会转变为现代社会过程中形成的一系列新的知识理念与价值标准。中国近代变革时期的文学主要是启蒙与关心现实的文学，是“为人生”而且“改良这人生”的文学。这些文学当然也可以说是传统的“经世致用”态度的一种继承。但它们又与传统文学很不相同：一是用来启蒙的思想具有现代人文关怀，与封建的“道”及“三纲”观念根本对立；二是肯定文学具有自己的独立价值，反对简单地将文学只当做“载”某种观念的工具。从这样的意义上说，五四之后，无论是“为人生的文学”或是“为艺术的文学”，同样都是具有现代性的。在创作方法上，二十世纪中国文学是写实主义（亦称现实主义）、浪漫主义、象征主义、现代主义的多元共存。中国文学的近代变革，也是一个文学概念重新明确，文学与其他文字门类分离而获得独立地位的过程。只要对比一下二十世纪文学与中国古代文学，不难发现，几乎所有的文学体裁如诗歌、散文、戏剧、小说这时都已发生了重大变化：诗歌中白话新诗占据主导地位，同时也还有古体诗长期地存在；散文引进了西方的随笔，却也继承了传统的体式和境界；戏剧中既有外来话剧，也有传统戏曲；小说品种则更是中西杂陈，几乎到了包罗万象的地步。严家炎先生关于二十世纪文学的现代性问题的讨论，还见于他2003年为北师大教授杨联芬《晚清至五四：中国文学现代性的发生》一书所写的序言中。严家炎著作出版前后，使用“20世纪中国文学”名称的学者渐多。稍后的刘中树、张福贵也以《20世纪中国文学史》的题目承担了“马工程”教材的编写。20世纪过去了，中国近代、现代、当代文学研究的基本格局没有变，20世纪中国文学的概念也许还会继续使用下去。

“20世纪中国文学”概念不胫而走之际，李泽厚的“启蒙救亡双重变奏”的理论也逐渐在学术界开枝散叶。1986年李泽厚在《走向未来》创刊号上发表《启蒙与救亡的双重变奏》一文，从思想史的角度论述五四运动。李文认为：五四运动包含两个性质不相同的运动，一个是新文化运动，一个是学生爱国反帝运动。论述五四，必须弄清二者的复杂关系及由此来的思想发展和历史后果。五四运动时期，启蒙性的新文化运动开展不久，就碰上了救亡性的反帝政治运动，二者很快合流在一起了，彼此支援，而造成浩大的声势。以专注于文化批判始，仍然复归到政治斗争终。启蒙的主题，科学民主的主题又一次与救亡、爱国的主题相碰撞、纠缠、同步。中国近现代历史总是这样。不同于以前的是，这次既同步又碰撞带来了较长时期的复杂关系。五四时期启蒙与救亡并行不悖相得益彰的局面并没有延续多久，五卅运动、北伐战争，然后是十年内战、抗日战争，好几代知识青年纷纷投入这个救亡的革命潮流中，救亡的局势，国家的利益，人民的饥饿痛苦，压倒了一切，压倒了知识者或知识群对自由平等民主民权和各种美妙理想的追求和需要，压倒了对个体尊严，个人权利的注视和尊重。国家独立富强，人民吃饱穿暖，不再受外国侵略者的欺压侮辱，这个头号主旋律总是那样地刺激人心，萦绕入耳。时代的危亡局势和剧烈的现实斗争，迫使政治救亡的主题又一次全面压倒了思想启蒙的主题。启蒙与救亡（革命）的双重主题的关系在五四以后并没得得到合理的解决，甚至在理论上也没有予以真正的探讨和足够的重视，特别是近三十年的不应该有的忽略，终于带来了巨大的苦果。今天流行的“人道主义”“思想解放”和启蒙运动是历史的再一次重复吗？我们今天的确要继承五四，但不是像五四那样激烈地批判传统和主张全盘西化，而是要使传统作某种创造性的转换。因为真正的传统是已经积淀在人们的行为模式、思想方法、情感态度中的文化心理结构，不是你想扔掉就能扔掉、想保存就能保存的身外之物。所以只有从传统中去发现自己、认识自己从而改换自己。创造性的转换应该在两个层面进行：一是社会体制结构层面。目前已经基本赢得较长期的和平环境，国家的富强（现代化）虽然仍是中国人的首要课题，但启蒙与救亡的关系毕竟可以不同于军事形势下和革命时期中。重视个体的权益和要求，重视个性的自由、独立、平等，发挥的个体自动性、创新性，使之不再只是某种驯服的工具和被动的螺钉，并进而彻底消解传统在这方面的强大惰性，在今天比在近代任何时期，都更加紧要。二是在文化心理结构层面。儒家孔孟的伦理主义已完全不能适应以契约为特征的近代社会的政法体制，现代社会不能靠道德而只有靠法律来要求和规范个体的行为。因此真正吸收和消化西方现代某些东西，来进一步改造学校教育，社会观念和民俗风尚，以使传统的文化心理结构也进行创造性的转换，便是一个巨大课题。之所以巨大，正是因为这种转换既必须与传统相冲突又必须与传统相接承。历史的解释者自身应站在现时代的基地上意识到自身的历史性，突破陈旧传统的束缚，搬进来或创造出新的语言、词汇、概念，思维模式，表达方法，怀疑精神，批判态度，来“重新估定一切价值”，只有这样，才可能真正去继承、解释、批判和发展传统。五四以来到今天，以文学在这方面做得最好，从五四到今天，以白话文为形式的中国现代新文学，在扫除封建陈垢刷新民族心灵上，起了重要作用。而这种扫除和刷新又自然承续了中国传统中的积极成分，例如新文学中爱国主义感情和批判现实主义精神与关心国事民瘼，以天下为己任的士大夫历史传统便不能说毫无关系。但它又确乎是在对传统中封建主义内容的否定和批判中，来承接这传统心理，这就正是对传统进行转换的创造。

以“启蒙与救亡双重变奏”的理论描述五四之后的思想史革命史，“以救亡压倒启蒙”诠释启蒙在五四之后被迫缺席原因，强调启蒙补课的当下意义，“以转换性创造”作为80年代思想解放的路径选择，李泽厚此文在思想界文学界的影响是巨大的。1988年刘再复、林岗在《文艺研究》发表《“五四”文化革命与人的现代化》一文，文章认为：中华民族自我认识的历史是从鸦片战争之后开始的。第一个重大觉醒是多次战败后发现自己不是强国；第二个重大觉醒是五四时期发现自己不是现代意义上的人。立国之道，在于立人，严复、梁启超一代知识分子的觉醒，到五四时期，一批伟大的爱国者，都表现出对自己民族的

“不满”，并萌动出很深切的“审父”意识。在历史性“文化法庭”中，他们无情地审判自己的父辈文化。“五四”新文化运动，对国民性弱点的反思和对人的重新思考，本来是在文化的层面上展开的，是带着“形而上”特点思考的，这种文化运动，在于启蒙人的自觉意识，重塑与现代社会相适应的新的国民灵魂。但是，由于当时民族灾难过于深重，民族“救亡”的实际要求太迫切，因此，不可能让知识分子在形而上的层次上从容地思考，先驱者们便纷纷地转入实际的革命实践活动，把精力放在救国的实际行动上，无暇深入反省我国的传统文化和改造国民性的问题。只有到了今天，我们才有“从容”的文化条件，可以重新思考这一切，并用马克思主义的观点和眼光，审视这一切。可以说，我们真是时代的幸运儿。刘再复、林岗之文立论的基调，一方面表现出对思想解放改造国民性的急切，另一方面也可以隐约感受到“双重变奏”说影响的存在。

助力学科、实事求是、拨乱反正的，还有出版社。改革开放初期成立的中国大百科全书出版社，1986 年推出第一版《中国大百科全书·中国文学》卷。其中的近代文学部分，由季镇淮主编，共设立撰写近代文学词条一百九十余个。设置条目数量之多，涉及作家流派之广，词条叙述之真实平和，显示了尚在学术回归时期词条写作者的学术勇气和学术眼光。“近代文学”词条为季镇淮所撰，其关于近代文学的分期的基本叙述，与他执笔写作的游国恩主编《中国文学史》中的叙述大致相同。其对近代文学特点的概括是：近代文学的政治性趋于加强；文学反映现实的领域空前扩大；现实主义、浪漫主义的优秀传统得到继承发展；

文学团体文学刊物空前增多；文学形式语言向通俗化发展；文学变化呈现出过渡性。近代文学的过渡性表现在“近代文学的成就在于它的反帝反封建的进步主流，它的反映现实和追求理想的精神和方法，它的语文合一、走向通俗化的探索和努力，为‘五四’时代新文学运动准备了一定的历史条件。”这种学术表述，已经是满满的正能量了。此外，许多原来因为政治倾向不见于近代文学史书的人物、流派与史料，也在一版中专列词条。如镇压太平天国的曾国藩，伪满洲国务总理郑孝胥，都赫然在册。季镇淮写曾国藩词条，首句身份界定为“晚清军政大臣、近代作家、湘乡派古文的创立者”。论及曾国藩湘乡古文理论的作用，季文认为：他利用桐城派，私立门户，创建湘乡派，有扩大势力，反对人民革命的一面；但他强调“经济”，要求应时实用，纠正桐城派古文日益脱离实际，追求清闲的倾向，有一定的意义。正像他兴办洋务、选派留学生一样，为先进的中国人向西方寻求救国真理，学习西方近代科学文化知识，准备了一定的条件，客观上有利于中国的近代化。如此评定曾国藩，在当时是需要胆识的。在思想解放的大潮中，《中国大百科全书·中国文学》卷的出版，也成为一道靓丽的学术风景线。

1994 年上海书店完成出版的《中国近代文学大系》，构成了另外一道靓丽的学术风景线。上海是中国近代文学重要的发生地。1935 年，上海良友图书印刷公司赵家璧筹划《中国新文学大系》，约请新文学大家择选 1917—1927 年新文学第一个十年的作品，辑为十册，并请蔡元培作总序一篇，胡适、郑振铎、茅盾、鲁迅、郑伯奇、周作人、郁达夫、洪深、朱自清分别为理论、小说、散文、戏剧、诗集作导言九篇，成为现代出版的典范之作。1987年，上海老出版人范泉向其供职的上海书店建议：仿照《中国新文学大系》体例，编辑一套《中国近代文学大系》，以解决近代文学资料繁、碎、乱的问题。编成出版的《中国近代文学大系》共十二专集三十分卷，计两千余万字。分别是文学理论集两卷，徐中玉主编。小说集七卷，吴组缃、端木蕻良、时萌主编。散文集四卷，任访秋主编。诗词集两卷，钱仲联主编。戏剧集两卷，张庚主编。笔记文学集两卷，柯灵、张海珊主编。俗文学集两卷，范伯群、金名主编。民间文学集一卷，钟敬文主编。书信日记集两卷，郑逸梅、陈左高主编。少数民族文学集一卷，马学良主编。翻译文学集三卷，施蛰存主编。史料索引集两卷，魏绍昌主编。吴组缃、季镇淮、陈则光写作《总序》。《总序》以“求新、求变、求用”概括中国近代文学的主要特征。中与西的碰撞，古与今的抵牾，旧与新的裂变，贯穿于近代文学的全过程。《序言》认为：文学的历史，既是历史对文学的选择，也是文学自身选择的历史。中国近代文学的变革与演进，是一个历史与文学双向选择的结果。《中国近代文学大系》出版地在上海，各卷主编特邀上海专家大家居多。这些专家大家对近代文学发表了甚为可贵的学术意见。徐中玉为理论卷作序，强调从整体上评价近代文学不断进步的意义：如果没有1840年以来、特别是戊戌政变后形势的发展与各种努力和准备，就不可能有1919年文学革命的胜利。后者实际是瓜熟蒂落，是近代文学发展由量变到质变的飞跃和结果。施蛰存为《翻译文学集》作序。他把1890年到1919年的翻译，看作是“中国文化史上继翻译佛经以后的第二次翻译高潮”。在第二次翻译高潮中，外国文学被介绍给中国读者，最多的是小说。我国文学，上古文学以散文为大宗，中古文学以诗为大宗，近代文学以小说为大宗。晚清小说翻译成就很大。短短的三十年间，欧洲几个文学灿烂的大国，英、法、德、俄、西班牙、意大利等，十八、十九世纪许多主要的作家，他们的作品，几乎都有了译本。甚至在十九世纪最后一二十年才蜚声文坛的作家作品，也迅速地有了中国译本。根据文献资料，1890 年到 1919 年三十年间，文学译本的数量，要多于五四到 1950 年三十年间的数量。外国文学的翻译给中国文学带来的影响有三：一、提高了小说在文学上的地位；二、改变了文学的语言；三、改变了小说的创作方法。外国文学译本尽了它们作为文化转型期的任务。范伯群为《俗文学集》作导言。他认为：俗文学的兴起是与市民文艺联系在一起的。近代俗文学中，曲种由明代的数以十计到近四百种，俗文学的各种讲唱样式相互渗透，如演义之于评话、评书，评话、评书之于相声、弹词等。其他民歌与唱本大融合，文人参与俗文学的写作，各大城市形成自己的“天桥”。清代的俗文学如野火之燎原，如水银之泻地，活跃在中国的城镇乡村，循环于市民、农民的血脉之中。魏绍昌为《史料索引集》作导言，以为正确、完备、客观是资料编写的三大要素。其五十年代收集编辑《老残游记》《孽海花》、吴趼人、李伯元资料，尤其注重第一手材料，避免重复与繁琐，力求简洁完美。魏绍昌在《导言》中谈及他五十年代编辑鸳鸯蝴蝶派研究资料过程，并发表了对鸳鸯蝴蝶派的认识。他认为：鸳鸯蝴蝶派这个名称，的确不是鸳鸯蝴蝶派作者自封的，且不是他们自己愿意戴上的，而是新文学方面对它的称呼。而新文学家笔下所指的鸳鸯蝴蝶派，决不是单指一种文体，更不是只指通篇用四六对偶，“鸳泳蝶舞”那么缠绵悱恻的笔调所写的哀情小说，而是泛指一贯抱着宣传趣味，提供消遣为宗旨的这一派所办的刊物与所写的作品。鸳鸯蝴蝶派又称礼拜六派，两者联起来的意思是在读者休息娱乐的日子里，这一派会提供悦目有趣的作品。而这样的作品，当然不限于哀情小说，势必包括了社会、言情、武侠、侦探、滑稽、历史、宫闱、民间等许多各式品种。鸳鸯蝴蝶派一直被新文学所歧视与蔑视。事实上，过去新文学对鸳鸯蝴蝶派的批判，并非完全正确无误。出于当初斗争的需要，缺少冷静的调查研究与具体分析，而且矫枉也难免有过头的一面，而鸳鸯蝴蝶派却也有不敢正确对待自己，过于自卑自馁的一面。《中国近代文学大系》中以南方为主研究者的发声，与《中国大百科全书·中国文学》卷中的“近代文学”以北方为主研究者的发声，显示着解放思想之后学术界的活跃与热闹。中国近代文学的研究进入一个众声喧哗的时代。

90 年代之后的中国近代文学研究，在 60—80 年代的学术基础上，自然形成了数个不同学术风格、不同研究路径、不同研究特色的研究与人才培养基地。1988 年成立的中国近代文学学会，也自然成为全国近代文学研究与人才培养的学术组织者、促进者和领导者。

北京基地。北京高校和科研机构集中，中国近代文学的研究与人才培养任务相对集中于北京大学和中国社科院。北京大学近代文学研究的开创者是季镇淮。北大中文系 1955 级编写《近代诗选》和《中国文学史》时，他以指导教师的身份参与，并写作《近代诗选》前言。当时参与两项学术工作的学生有孙静、杨天石、孙钦善、陈丹晨、陈铁民、刘彦成、李坦然。这些学生中的大部分，毕业后从事与近代、古代文学有关的学术工作。季老 1964 年参与游国恩文学史编写，负责近代部分。70 年代末参与北大近代文学专业研究生培养，张中、张永芳、夏晓虹、吴迪等均出自季先生门下。后担任中国大百科全书中国文学卷近代文学部分主编，著有《来之文录》《来之文录续编》。季老之后北京大学近代文学研究与人才培养的担纲者是陈平原、夏晓虹夫妇。1989 年两人合编《二十世纪中国小说理论资料》第一卷出版，标志着学术合作的开始。同年，陈著《二十世纪中国小说史》第一卷出版，研究内容为清末民初小说。1991 年，夏晓虹的硕士学位论文《觉世与传世——梁启超的文学道路》出版。此后，两人的学术研究，逐渐向文学史与近现代学术史、教育史、报刊传播史结合处偏移。2013 年夏晓虹选集出版，名为《晚清报刊、性别与文化转型》，陈平原 1998 年《中国现代学术之建立》、2001 年《图像晚清》、2003 年《触摸历史与进入五四》、2006 年《大学何为》、2008 年《左图右史与西学东渐——晚清画报研究》、2010 年《大学、文学与文学教育》等著作的出版，显示出两人学术变化的轨迹。“进入报刊，返回现场”的价值取向，影响到他们的学生。陈平原 2008 年所写的《文学史视野中的“报刊研究”》谈及报刊研究时夫子自道：“从二十年前撰写博士论文《中国小说叙事模式的转变》，关注清末民初的西学大潮如何开启了‘以刊物为中心的文学时代’，到即将由香港三联书店刊行的《左图右史与西学东渐——晚清画报研究》，特别强调报刊阅读及阐释的多样性。在这期间，我做过不少个案研究，也尝试过若干综合论述，还指导过十几篇有关‘大众传媒’的硕士及博士论文，可以说，对于文学史视野中的‘报刊研究’，虽成绩不大，却深知其中甘苦。”在文学史视野中，通过报刊、图像、文献等路径，返回晚清现场，成为北京大学中文系近代文学研究的学术特点。这些学术特点在王风、陆胤等年轻一代的研究工作中，得到传承。夏晓虹2016年谈及北大对她学术选择的影响时说道：“这么多年走过来，对我发生影响的人和事肯定很多。要说影响最大，一个是我的导师季镇淮先生，他引导我走上了近代文学研究之路，由此，一片充满魅力的新天地在我面前敞开；另一个是我的先生陈平原。我和他相识正好在研究生毕业之际，而且，我从古代顺流而下，他从现代溯源而上，又正好在近代相遇。”因学术而结缘，因结缘而学术，陈、夏的学术与姻缘同样的美好。

80年代的中国近代文学研究，其他地区大多为游兵散勇状态，只有中国社科院文学研究所可称为研究的重镇。在1979年的思想解放中，文学所陈荒煤提议编辑《中国近代文学论文集》两辑七本，近代文学研究组王卫民、王俊年、赵慎修、梁淑安、裴效维参与编选。当时的近代组兵强马壮，按文体分为小说、诗文、戏曲等若干小组，研究水平居学科前沿。近代组70年代末开始招收近代文学研究生和研究工作者。连燕堂、王飚是第一届研究生，林岗大学毕业分配至近代组工作。这些后来者很快成为近代文学研究的主力军。

1996年，由中国社科院文学所张炯、邓绍基、樊骏担任主编的九五国家社科规划重点项目《中华文学通史》着手编写。在

《中华文学通史》的结构中，近、现代文学合为一编。做出这种调整的原因，是近代章节的设计者王飚希望在符合《中华文学通史》编撰体例基本要求的前提下，力求反映出近代文学是转型期文学的性质和文学转型过程的轨迹。近代组连燕堂、梁淑安、王飚参与写作。近代文学部分的《绪论》由王飚写作。《绪论》说明《中华文学通史》将近、现代文学合为一编的理由如下：1929年陈子展的《中国近代文学之变迁》和1930年钱基博的《现代中国文学史》，是最早分别以“近代”“现代”冠名的文学史专著，但两书论述范围却基本相同，大体始于清末戊戌维新时期，以迄五四文学革命之后，分叙“新文学”与“旧文学”。说明当时新、旧文学有别，而近、现代文学未分。五十年代初，形成“现代文学”“近代文学”概念的依据是新民主主义论，这一理论包含着可以将近、现代文学视为一个完整的文学发展历史过程的逻辑。新、旧民主主义革命时期，不是对中国历史大时代的划分，只是指近代民主革命过程的两个段落。新民主主义论在指出这两个时期区别时，也多次指出半殖民地半封建社会的性质、民主革命的基本性质和基本任务没有改变。就对文学事实的认定而言，呈现过渡状态的近代文学既非独立的文学形态，也非完整的文学过程；它们未能完成的历史任务由现代文学来完成，也说明近、现代文学承担着共同的历史使命，并构成从开始到完成的序列；“五四”后新文学反帝反封建的彻底性和坚决性以及领导思想固然有别于近代文学，但反帝爱国和民主主义的基本主题则一致。从龚自珍开始，到清末文学界革命，近代文学不是、已不可能只是古代文学的延续，它是一种转型期文学。中国文学的这一转型并没有在“五四”时期结束。近代与五四两个时期文学变革的深度和广度存在重大差异，但变革方向却一致且衔接；文学表现的时代精神不同，却从不同侧面构成对近代意识的艺术把握；不同文学体裁的转换存在着时差，有些新体裁在清末已开始生成。

戊戌至辛亥的文学是“五四”文学的“序幕”“奠基”或“胎孕期”，而“五四”时期实现了比晚清全面、深刻得多的革命。当我们把近现代文学置于整个中华文学历史中审察，就更清楚地看到，近、现代文学固然存在着区别，而与古代、当代文学比较，就显出基本的共同性和变革的连续性。王飇所论，代表着学术界 80 年代以来对近、现代文学分期的讨论，已经开始进入文学史的知识体系中。

同是 90 年代的文学所，在近代室的王飇高屋建瓴地为近代文学与现代文学联袂牵手寻找理论契合的时候，现代室的刘纳却在用自己的文本细读，细腻地从文学作品中寻找线索，描述中国文学由古代到近代的变革。作为唐弢的学生，刘纳对新文学的发生有探究的学术兴趣。她的研究成果题为《嬗变——辛亥革命时期至五四时期的中国文学》。据“后记”记述：本书的写作开始于 1984 年，1986 年起陆续在刊物发表了大部分章节。其间断断续续，终于于 1993 年完成。后经樊骏、袁良骏、何西来、董乃斌、白烨等多位师友竭力促成，终于 1998 年得以出版。《嬗变》一书的学术观点，在书的首页已开宗明义：“我国文学从‘古代’到‘近代’的变革，开始于 1902、1903 年间，完成于五四之后。它跨越三个时期——辛亥革命时期和五四时期以及在这之间的一个没有名目的时期：1912—1919 年，经历近二十年，由两代文学作者完成。”“辛亥与五四，以及横亘在它们之间的1912—1919年，这是三个信仰的转捩时期，它们作为历史时期与文学时期早已成为过去，但它们向一代代文学青年昭示着对文学和人生作出不同解释与不同选择的可能性。这样的可能性永远都会存在。”正因为“一千个读者就有一千个哈姆雷特”，作者在《嬗变》中，恪守着“止于描述”的写作原则。其《后记》中交代说：“回想当初进入这个课题时，曾经设想本书并不以提炼规律为目标，它止于描述。即使在对一个时期文学现象的描述中已经能推导出某些包含超出现象本身意义的结论，我仍然无法将这些结论指认为规律——我们几乎总可以以其它时期的文学现象为依据推出相悖的结论。”刘纳“止于描述”的书写策略，使得《嬗变》至今仍然是一个学术的高峰。

文学所另外一位女性学者对晚清戏曲的“描述”也是十分成功的。幺书仪2004年出版了《晚清戏曲变革》一书。作者认为，晚清戏曲的变迁，牵连着诸多社会、文化的现代“转型”问题。如何“描述”上述“转型”？作者选取钩沉晚清戏曲诸如男旦兴衰、宫廷演剧、名伶堂子等种种细节，以丰富的材料和耳目一新的发现，对以往戏曲史所忽略的诸多问题进行了考察，还原戏曲最繁荣之时的原生状态，重新构建了一个活生生的戏曲环境。读两位女性学者的著作，我们折服于她们的细致和敏锐。

中国社科院文学研究所近代室在王达敏教授的带领下得以重建，重建后的近代室已经取得了累累硕果，再次成为是中国近代文学研究的重镇。我们衷心祝愿文学所近代室年轻的队伍继续站在学术前沿与研究高地。因为这里是国家队驻地所在，是中国近代文学学会挂靠所在。

苏州基地。苏州基地得以建立，缘于钱仲联教授。钱仲联教授毕业于无锡国专，这是一个专门培养国学人才的地方，后又被唐文治校长聘为无锡国专教授。新中国建立后，钱先生在苏州大学任教，是国务院1981年批准的首批博士生导师。钱先生对明清诗文研究有较深的造诣，擅长笺注与年谱之学。《人境庐诗草笺注》《清诗纪事》即是其与近代文学有关的文献整理的代表作。钱老1981年在《文学评论》发表《论同光体》一文，把“同光体”分为闽派、江西派、浙派，引起学术界对同光体诗派的重视，影响很大。钱老晚年主持的苏州大学明清诗文研究室工作，并办有《明清诗文研究丛刊》。钱老和研究室人员许多研究成果发表于《丛刊》与《苏州大学学报》。钱老的学生中，王永健、赵杏根、马卫中、马亚中的研究，均以明清与近代诗文见长。马卫中发表过专论潘德舆、黄爵滋、翁同龢、张之洞、袁昶、陈三立、文廷式、刘光第、曾广钧、许承尧等近代诗人的论文，并著有《陈三立年谱》等著作。年龄更轻的学者如薛玉坤、陈国安也专攻于近代诗文，学术渐入佳境。

开封基地。河南大学成为中国近代文学研究与教学基地，缘于任访秋先生。任老求学于北师大和北京大学研究院。毕业后到河南大学工作。先治古典文学，后治现代文学。20世纪60年代后，专攻近代文学。著有《中国近代文学作家论》《中国新文学渊源》《中国近代文学史》等近代文学研究著作。任老治学，古今兼融，文史不隔，在作家、流派、思潮研究方面收获颇丰。与季镇淮、钱仲联先生一起，用自己的学术努力，为近代文学学科的建立、发展做出贡献，留下学术的绿荫。缘于此，中国近代文学学会成立时，三老共同为学会顾问。学会成立三十年后，又以三老的名义设奖，鼓励年轻学者的成长。目前河南大学已形成完整合理的学术梯队，胡全章、侯运华、朱秀梅等人的教学与研究，也渐入佳境。他们共同继续着任老开创的学术事业。

济南基地。济南基地以山东大学为骨干。山东大学是一所以文史哲见长的大学，学术传统，源远流长。20 世纪 50 年代末毕业于山东大学的郭延礼，留校后即讲授近代文学课程。90 年代辞去山东社科院文学所长的职位，重返母校教学研究。数十年间，以个人之力写成的三卷本一百七十万字的《中国近代文学发展史》，于此可见其著述勤奋，也可见其贡献良多。继踵者孙之梅在南社及近代诗文整理研究、李开军在陈三立及宋诗派研究等领域，成果丰硕，厚重扎实。郭先生在济南大学工作的学生郭浩帆主攻晚清小说，也是山大团队中的上将一员。

广州基地。广州基地的依托主要是中山大学、华南师大。中山大学陈则光教授 1959 年写作《中国近代文学的社会基础及其特征》发表于《中山大学学报》。1980 年代重治近代文学，1987 年出版《中国近代文学史》上册。上海书店《中国近代文学大系》总导言初稿也出自陈先生之手。陈先生 1992 年病逝，以《中国近代文学史》未完成下册成为永久的遗憾。中大与陈则光同时治近代文学的还有吴宏聪，曾担任广东丘逢甲研究会会长。陈、吴两位后，有张正吾教授，学术研究与学术会议组织，能力俱佳。中山大学近代文学研究的后起之秀是彭玉平，其《人间词话疏证》和《王国维词学与学缘研究》，显示出宽阔的学术视野和研究的功力。华南师大的近代文学研究传统是管林、钟贤培两位教授开创的。管林1979年由中华书局出版其著述《龚自珍的诗文》。在担任华南师大校长期间，为近代文学学会的学术活动提供了多方支持。1991年与钟贤培主编《中国近代文学发展史》，参编者陈永标、汪松涛、谢飘云，均为华南师大近代文学研究队伍成员。管林先生的研究生左鹏军，现任岭南文化研究中心主任，浸淫近代戏曲日久，厚积薄发，出版《近代传奇杂剧研究》等多部学术专著，成为华南师大近代文学研究新的领军者。华南师大在研究广东籍作家如康有为、梁启超、黄遵宪等方面具有比较优势。

上海基地。把上海放在最后，作者是试图取得一种“曲终奏雅”的效果。因为只有上海的学术内蕴和研究实力，才能和北京基地相提并论。上海是近代文学重要的发生地。上海高校与科研机构近代文学的研究人才辈出，成果丰厚，特色明显。1937年起在复旦任教职的陈子展先生，是近代文学研究的先驱。他在20年代末完成的《中国近代文学之变迁》《最近三十年中国文学史》，是近代文学研究的奠基之作。50年代，复旦学生编写《中国近代文学史稿》时，指导教师是鲍正鹄。鲍正鹄在无锡国专做过钱基博的学生，在重庆复旦大学时，又曾是陈子展所开选修课的唯一学生。80年代，鲍到北京图书馆、社科院科研局工作后，回到复旦，仍以近现代文学为题目开设讲座。60年代，章培恒先生就晚清小说诗文发表多篇论文。其80、90年代组织的古今文学演变学术讨论会，均把中国近代文学列为主要讨论题目。中国文学批评史是复旦的学科强项。黄霖1993年出版《近代文学批评史》，建立了近代文学批评的学术框架，以“十大变化”概括文学理论近代化的特征，贡献颇多。近年黄霖主编了“马工程”《中国文学理论批评史》，其守正出新学风，得到学术界的好评。复旦从事近代文学研究的另一员大将是袁进。袁进《中国小说的近代变革》《近代文学的突围》等著作为他赢得了良好的学术声誉。复旦中文系现当代文学方向的栾梅健及其同仁把研究的触角延伸到近代。栾梅健主编的《中国近代文化转型与文学现代化》丛书，从近代出版、近代报刊、近代思潮、新式教育等角度切入，研究中国近代文学的转型。他们把这种研究路径称之为“外部研究”。“外部研究”与从文学作品的主题、思想、结构、语言的“内部研究”相对，可以清晰地揭示出作品与社会、时代的对应关系。“学术客串”可能是复旦学者的习惯。70后教授周兴陆目前担任中国近代文学学会副会长，却习惯性地把研究的目光投向明清小说、唐宋诗文。

华东师大也是中国近代文学研究的重镇。郭豫适先生研究明清小说，也关注过近代的章回小说、林译小说。影响所及，明清及近代小说、戏曲及词的研究成为华东师大的学术特色。谭帆的近代小说研究，朱惠国的晚清民国词研究，都在学术界有较高的声誉。陈大康1998年完成《明代小说史》出版，接下来的计划是顺流而下，准备清代小说史的撰写。清代小说史中，以近代小说最为繁杂，最难把握。于是陈大康决定先从近代小说的编年梳理开始，结果是一发而不可收。作者在《书序》中感叹：“刚进入近代小说研究领域时，我计划用两三年时间对该领域的基本状况进行一次盘点，然后再回到《清代小说史》的撰写上。我对近代小说的庞大与复杂性实在是太低估了。《中国近代小说编年史》的完成或许可算作是盘点告一段落，可是时间却已过去了十四年。刚进入这一领域时年方五十，如今却已六十有四。耗去了光阴，留下一部或可在较长时期内有益于近代小说研究的书稿，这总比为应对某种要求推出各种著述却很快又成为过眼烟云要强些。”更重要的是陈大康在多年从事《中国近代小说编年史》的过程中，培养了一批以近代小说为研究方向的学生。《书序》不无自豪地写道：“我的博士生们基本上也都以近代小说为研究对象，他们的论文有一个共同的特点，即引用的多为学界不知或不熟悉的第一手资料。”

从陈大康研究与教学实践的现身说法中，我们可以更深切地感受到“基地”存在的意义。“基地”就是有学术传统、学术精神的地方，是自然形成学术特色，自觉担负起薪火相传责任的地方。“基地”同时也是中国近代文学学会工作的支点。2018年，学会成立三十周年之际，编辑出版《中国近代文学论文集（1980—2017）》，设立“季镇淮钱仲联任访秋学术奖”，其人力物力支持，均来自上述基地。

在回顾中国近代文学七十年学术历程的时候，我们知道我们走过的路极不寻常。秉承实事求是精神，回到近代文学现场，我们有更多的学术工作要做，有更漫长的学术之路要走。希望中国近代文学研究与教学的基地，越来越强，越来越多。希望更多有学术志向的年轻学子，投身于中国近代文学的研究，因为这块土地充满着神秘、充满着魅力，当然也充满着成功，充满着收获。

（朱秀梅整理，关爱和校订）

第三讲

观念·文献·书写：文学史的建构与解构

孙之梅

通过文学史进入中国文学的学习，几乎是中文专业学生不二的途径。可是古代没有文学史（最起码没有当下意义的文学史），古人是如何学习文学的历史呢？文学史在古代以怎样的方式呈现呢？

一、汉代的文学史叙述

齐梁以前，文史哲不分家，不存在纯文学的观念。春秋战国时期，孔子改革教育体制，提出“有教无类”，那么孔子教学生什么呢？教所谓“六艺”，即文学和历史文献以及日常行为规范，这些统称为“文”，孔子所说的“文质彬彬”，“郁郁乎文哉”，就是那时的文学观念，诸如《诗》《书》《礼》《乐》《易》《春秋》就是那时的作品集，显然，孔子教学以作品为主、以文献为主。

战国时期百家争鸣，是中国文化最辉煌的时期之一，除了自由发表意见外，还是中国文化大创造的时代。没有战国时期的文化产品，就不会有诸子百家的盛景，不会有《国语》《战国策》等文化遗产。

近似于文学史意识的出现，应该是在汉代。与前代相比，两汉时期以撰作文章著称的人增多，一种新的观念出现：撰作文章成为衡量人素质、才能的标准，撰写各种文章与研治儒家经学在性质上有了区别，史书开始为文学家立传。司马迁是第一个为文学家立传的史家，其《史记》就有《屈原贾生列传》《司马相如列传》等文学家传记。东汉班固提出把研治儒学与撰写文章（包括诗赋、奏议、子书等）区分开来，较之司马迁，《汉书》给更多的能文之才立传，如《陆贾传》《贾谊传》《贾（山）邹（阳）枚（乘）路（温舒）传》《司马迁传》《严（助）朱（买臣）吾丘（寿王）主父（偃）徐（乐）严（安）王（褒）贾（捐之）传》《东方朔传》《扬雄传》，并在传记里大量收录作品。而后历经几代史家成就的《东观汉记》也有类似的表现。

《史记》《汉书》《东观汉记》对《后汉书》产生了深远的影响，范晔《后汉书》设置《文苑传》。《后汉书》除依仿《史记》《汉书》之例，为桓谭、冯衍、班彪、班固、王充、张衡、蔡邕等著名文人立传外，还以类相从，专设《文苑传》（有作《文艺传》），为杜笃、傅毅、李尤、苏顺、王逸、王延寿、崔琦、张升、赵壹、郦延、侯瑾、祢衡等二十多位文人立传。范晔在行文中表现出对撰作之才多有称赞，动辄以“能文章”“善属文”“有文才”“以文章显”称之，说明东汉新观念之盛行，从立传人数看出能文之士之众。

范晔《后汉书》的《文苑传》为中国史书开辟了一种新体例，也是古代人进入文学史的重要途径。《汉书》设立《艺文志》，是后人了解文学进程的目录之始。例如《艺文志》讲“歌诗”：“自孝武立乐府，而采歌谣，于是代赵之讴，秦楚之风，皆感于哀乐，原始而发，亦可以观风俗，知厚薄云。”列出除不系于地者有二十八家，凡三百一十四篇，可以了解汉代乐府的歌诗之量。

二、齐梁时期的文学史建构

齐梁时期是文学史撰作的自觉时代，刘勰、钟嵘、沈约都是这个时期的文论家，也是文学史家。《文心雕龙》虽然是一部理论著作，但它离不开对文学史的叙述。例如《明诗篇》：

> 大舜云：“诗言志，歌永言。”圣谟所析，义已明矣。是以“在心为志，发言为诗”，舒文载实，其在兹乎！诗者，持也，持人情性；《三百》之蔽，义归“无邪”，持之为训，有符焉尔。
>
> 人禀七情，应物斯感，感物吟志，莫非自然。昔葛天乐辞云：《玄鸟》在曲，黄帝《云门》，理不空绮。至尧有《大唐》之歌，舜造《南风》之诗，观其二文，辞达而已。及大禹成功，九序惟歌；太康败德，五子咸怨：顺美匡恶，其来久矣。
>
> 自商暨周，《雅》《颂》圆备，四始彪炳，六义环深。

子夏监绚素之章，子贡悟琢磨之句，故商赐二子，可与言诗。自王泽殄竭，风人辍采，春秋观志，讽诵旧章，酬酢以为宾荣，吐纳而成身文。逮楚国讽怨，则《离骚》为刺。秦皇灭典，亦造《仙诗》。汉初四言，韦孟首唱，匡谏之义，继轨周人。孝武爱文，柏梁列韵；严马之徒，属辞无方。至成帝品录，三百馀篇，朝章国采，亦云周备。而辞人遗翰，莫见五言，所以李陵、班婕妤，见疑于后代也。按《召南·行露》，始肇半章；孺子《沧浪》，亦有全曲；《暇豫》优歌，远见春秋；《邪径》童谣，近在成世：阅时取证，则五言久矣。又古诗佳丽，或称枚叔，其《孤竹》一篇，则傅毅之词。比采而推，两汉之作也。观其结体散文，直而不野，婉转附物，怊怅切情，实五言之冠冕也。至于张衡《怨篇》，清典可味；《仙诗缓歌》，雅有新声。

暨建安之初，五言腾踊，文帝陈思，纵辔以骋节；王徐应刘，望路而争驱；并怜风月，狎池苑，述恩荣，叙酣宴，慷慨以任气，磊落以使才；造怀指事，不求纤密之巧，驱辞逐貌，唯取昭晰之能：此其所同也。及正始明道，诗杂仙心；何晏之徒，率多浮浅。唯嵇志清峻，阮旨遥深，故能标焉。若乃应璩《百一》，独立不惧，辞谲义贞，亦魏之遗直也。

晋世群才，稍入轻绮。张潘左陆，比肩诗衢，采缛于正始，力柔于建安。或析文以为妙，或流靡以自妍，此其大略也。江左篇制，溺乎玄风，嗤笑徇务之志，崇盛忘机之谈，袁孙已下，虽各有雕采，而辞趣一揆，莫与争雄，所以景纯《仙篇》，挺拔而为隽矣。宋初文咏，体有因革。庄老告退，而山水方滋；俪采百字之偶，争价一句之奇，情必极貌以写物，辞必穷力而追新，此近世之所竞也。

故铺观列代，而情变之数可监；撮举同异，而纲领之要可明矣。若夫四言正体，则雅润为本；五言流调，则清丽居宗，华实异用，惟才所安。故平子得其雅，叔夜含其润，茂先凝其清，景阳振其丽，兼善则子建、仲宣，偏美则太冲、公幹。然诗有恒裁，思无定位，随性适分，鲜能通圆。若妙识所难，其易也将至；忽以为易，其难也方来。至于三六杂言，则出自篇什；离合之发，则萌于图谶；回文所兴，则道原为始；联句共韵，则柏梁馀制；巨细或殊，情理同致，总归诗囿，故不繁云。

赞曰：

民生而志，咏歌所含。兴发皇世，风流《二南》。神理共契，政序相参。英华弥缛，万代永耽。

此文无疑是一篇诗史。再如钟嵘的《诗品·序》：

气之动物，物之感人，故摇荡性情，形诸舞咏。照烛三才，晖丽万有，灵祇待之以致飨，幽微藉之以昭告。动天地，感鬼神，莫近于诗。

昔南风之词，卿云之颂，厥义夐矣。夏歌曰：“郁陶乎予心。”楚谣曰：“名余曰正则。”虽诗体未全，然是五言之滥觞也。逮汉李陵，始着五言之目矣。

古诗眇邈，人世难详，推其文体，固是炎汉之制，非衰周之倡也。自王、扬、枚、马之徒，词赋竞爽，而吟咏靡闻。从李都尉迄班婕妤，将百年间，有妇人焉，一人而已。诗人之风，顿已缺丧。东京二百载中，惟有班固咏史，质木无文。降及建安，曹公父子，笃好斯文；平原兄弟，郁为文栋；刘桢、王粲，为其羽翼。次有攀龙托凤，自致于属车者，盖将百计。彬彬之盛，大备于时矣。尔后陵迟衰微，迄于有晋。太康中，三张、二陆、两潘、一左，勃尔复兴，踵武前王，风流未沫，亦文章之中兴也。永嘉时，贵黄老，稍尚虚谈。于时篇什，理过其辞，淡乎寡味。爰及江表，微波尚传。孙绰、许询、桓、庾诸公，诗皆平典似道德论，建安风力尽矣。先是，郭景纯用俊上之才，变创其体；刘越石仗清刚之气，赞成厥美。然彼众我寡，未能动俗。逮义熙中，谢益寿斐然继作。元嘉中，有谢灵运，才高词盛，富艳难踪，固以含跨刘郭，陵轹潘左。故知陈思为建安之杰，公干、仲宣为辅。陆机为太康之英，安仁、景阳为辅。谢客为元嘉之雄，颜延年为辅：斯皆五言之冠冕，文词之命世也。

一品之中，略以世代为先后，不以优劣为诠次。

嵘今所录，止乎五言。虽然，网罗今古，词文殆集。轻欲辨彰清浊，掎摭病利，凡百二十人。预此宗流者，便称才子。至斯三品升降，差非定制，方申变裁，请寄知者尔。

刘勰、钟嵘在表达他们的理论观念时，文学史是其支撑。齐梁时期最具文学史性质的是沈约的《宋谢灵运传论》一文：

史臣曰：民禀天地之灵，含五常之德。刚柔迭用，喜愠分情。夫志动于中，则歌咏外发；六义所因，四始攸系；升降讴谣，纷披风什。虽虞夏以前，遗文不睹，禀气怀灵，理或无异。然则歌咏所兴，宜自生民始也。

周室既衰，风流弥著，屈平、宋玉导清源于前，贾谊、相如振芳尘于后，英辞润金石，高义薄云天，自兹以降，情志愈广。王褒、刘向、扬、班、崔、蔡之徒，异轨同奔，递相师祖。虽清辞丽曲，时发乎篇，而芜音累气，固亦多矣。若夫平子艳发，文以情变，绝唱高踪，久无嗣响。至于建安，曹氏基命，二祖陈王，咸蓄盛藻，甫乃以情纬文，以文被质。自汉至魏，四百馀年，辞人才子，文体三变。相如考为形似之言，班固长于情理之说，子建、仲宣以气质为体。并标能擅美，独映当时，是以一世之士，各相慕习，源其飙流所始，莫不同祖风骚；徒以赏好异情，故意制相诡。

降及元康，潘陆特秀，律异班贾，体变曹王，缛旨星稠，繁文绮合，缀平台之逸响，采南皮之高韵。遗风馀烈，事极江右。有晋中兴，玄风独扇，为学穷于柱下，博物止乎七篇，驰骋文辞，义殚乎此。自建武暨于义熙，历载将百，虽缀响联辞，波属云委，莫不寄言上德，讬意玄珠，遒丽之辞，无闻焉尔。仲文始革孙、许之风，叔源大变太元之气。爰逮宋氏，颜谢腾声，灵运之兴会摽举，延年之体裁明密，并方轨前秀，垂范后昆。

若夫敷衽论心，商榷前藻，工拙之数，如有可言。夫五色相宣，八音协畅，由乎玄黄律吕，各适物宜。欲使宫羽相变，低昂舛节，若前有浮声，则后须切响。一简之内，音韵尽殊；两句之中，轻重悉异，妙达此旨，始可言文。至于先士茂制，讽高历赏，子建函京之作，仲宣灞岸之篇，子荆零雨之章，正长朔风之句，并直举胸情，非傍诗史，正以音律调韵，取高前式。

自灵均以来，多历年代，虽文体稍精，而此秘未睹。至于高言妙句，音韵天成，皆暗与理合，匪由思至。张、蔡、曹、王，曾无先觉；潘、陆、颜、谢，去之弥远。世之知音者，有以得之，知此言非谬。如曰不然，请待来哲。

此文无疑是一部齐梁前文学发展史。因此可以说，齐梁是我国文学史第一个撰作时期。我们考察此时的文学史观念，概括起来有几点：一是文体嬗变的观念，二是风格承递的观念，三是优秀作家作品论，四是某个时期的文学风貌。齐梁时期开创的文学史体例具有典范意义，后世的文学历史叙述体式有新变，大概要叙述的问题不外如此，如唐代的《唐才子传》、宋以后的诗话、纪事体。在明清时期出现了大型诗文总集，其体例一般都有作者小传，几乎等同于今天文学史的作家论与作品选。

如果我们研究明清的诗文史，不能不读《明史·文苑传》《清史稿·文苑传》，还要读大型的诗文总集，如《四库全书总目提要》中集部提要、钱谦益的《列朝诗集》、朱彝尊《明诗综》、钱仲联的《清诗纪事》《清诗话》系列等，通过这些书籍的阅读，构建起文学史世界，而不只是我们上大学时的《中国文学史》教材。

三、游本文学史评略

近代以来开始了文学史的撰写，至今有数百种之多。如果我们把这一百多年文学史的写作作为一个课题来研究，一定会发现许多问题，比如关于文学观念的问题，林传甲、黄人的文学观念与我们今天的文学观念差别很大，另如文学史叙述的理论方法问题，文学史的陈陈相因与体例创新、写作出新举步维艰的问题等。

建国后流行时间最长的是游国恩、王起、萧涤非、季镇淮、费振刚等五教授编的《中国文学史》，简称游本文学史，是教育部统编的教材，四册，八十馀万字。这套文学史是受中宣部、高教部委托，于1961—1963年编撰。编成后作为高校教材使用近三十年，印刷次数之多，使用时间之长，居各种文学史之冠，因此在三十年间中国古代文学学科建设中影响之巨，几无能及。1988年该文学史获国家教委优秀教材特等奖。这套文学史是一定时代的产物，在今天看来有可圈点之处，下面具体言之。

第一，建立了中国文学史的谱系。编写者在《说明》中说："我们努力依照各个时代文学发展的实际情况勾画出它们的面貌，同时还注意到各种文学形式的发展和相互影响，以及它们的源流演变。"该书除了专章论述文学艺术的起源外，对各种文学形式的发生发展都有所论述，说明了它们的发展线索和继承关系。这部文学史以历史时代为序，以各种文体的发展为经，以作家和作品为纬，建立起中国文学的谱系。文学史的谱系，包括历史、文体、作者、作品几个方面。游本《文学史》这样处理：每编对该部分所涉及的主要文体的产生发展演变进行具体论述。这样，不仅使读者能了解各种文体在各个时期发展的状况及其产生、发展、兴盛、衰微的原因，而且可以把握住各个时代文学发展的概貌和各种文体之间互相影响、互相渗透、互相促进的复杂关系。

文学史是由无数具体的作家和作品构成的，把作家作品选择出来，放在特定的历史、文体这个纵向链条中，公允地评价，确定其位置，这是文学史编写的关键环节。编写者用大量的篇幅和翔实的资料对作家、作品进行分析和论证。诸如屈原、司马迁、陶渊明、李白、杜甫、白居易、韩愈、柳宗元、欧阳修、苏轼、陆游、辛弃疾、关汉卿、王实甫、汤显祖、曹雪芹等大家，还有对左思、鲍照、李贺、李商隐、柳永等有特点的作家；无论是对建安诗人、唐代的山水田园诗派、边塞诗派、新乐府运动、古文运动、近代黄遵宪等人的"诗界革命"，还是对六朝骈文、花间词派、南宋的江湖诗派和四灵诗派、明代的台阁体等，都将其放在特定的历史范围内，努力做到知人论世、知世论文，为评价作家的成就和作品倾向提供可靠的基础。游本文学史初步把历史时代、文学流派、文学思潮、代表作家和代表作品组成了一个有机的整体，并努力从宏观和微观的结合上去探讨中国文学发展的规律，去评说作家及其创作的功过得失，以其科学性和系统性为中国文学史的教学和学科建设做出了贡献。

游本《文学史》所建立的体系，在后来的袁行霈文学史、张培恒文学史，包括新编的“马工程”文学史应该说突破都不大，从框架的设立、文学现象的选择，突破游本所建立的谱系似乎仍然有待时日。

第二，提供了相对正确的文学史知识。游本前面的《说明》表示：“在内容上，希望能给予同学以比较正确系统的文学史知识和正确的历史观念。”该书在叙述文学史知识方面基本是正确的学术定论，故而后来有人曾批评该书“重知识轻史”。正因为“重”，所以准确是其表现。也正是因为这一点，这套书至今仍然是文学史中重要的一种。文学史知识，包括文体的产生演变，例如汉代五言诗，至今关于这一问题的论述无出其右；关于《史记》的分析，其论述水平也难以超越。关于概念的釐析、文学的传承影响、作家的生卒年与生活履历、文学题材的演变、文学流派的构成、戏曲小说以及别集的版本等，凡是涉及文学史知识、文学史术语等，其正确性大多数经得起时间的考验。

第三，文学史史体的大致呈现。作为文学史，说到底是一种史书，而且是作为一种教材的史书。这就要求符合史体的写作。所谓史体，包括史识（历史意识）、史断（评判）、史书（文学史书写）。在这三个方面，游本文学史在史识、史书方面做得较好。

特别是史书层面，层次清晰，特别适合教学；概括特别简练，是史体的基本要求；语言特别平实准确。而在史断方面由于时代的原因，存在诸多不如人意之处。

游本文学史被替代是其必然的趋势，其最大的问题是支撑全书的理论观念。该书《说明》里讲：“本书编者力图遵循马克思列宁主义、毛泽东思想的原则来叙述和探究我国文学历史发展的过程及其规律，给各时代的作家和作品以应有的历史地位和恰当的评价。”马克思列宁主义、毛泽东思想在今天仍然是文学史要贯穿的理论原则，但是其内涵在不同时期却有较大的差异。游本编撰时期，马列主义、毛泽东思想被简单化为阶级斗争理论。六十年代中国的政治氛围就是阶级斗争。阶级斗争是政治之纲，是指导一切社会活动之纲，阶级斗争要年年讲，月月讲，天天讲，每时每刻都要讲。从事意识形态工作的，更是字里行间都有阶级斗争。

阶级斗争的理论来源于马克思主义。中国接受马克思主义主要是在19世纪末和20世纪初，尤其是在苏俄十月革命胜利以后。在中国社会体制转轨的过程中，马克思主义的革命理论被孙中山和中国共产党接受过来，作为建立共产主义理想社会的理论体系。列宁在俄国、毛泽东在中国实践了马克思阶级斗争的学说，建构了无产阶级专政的国家。列宁与毛泽东的斗争哲学和实践理论，就构成了列宁主义与毛泽东思想。新中国成立后，马克思主义、列宁主义、毛泽东思想就成为中国共产党治理国家的政治理论。我们知道：一种理论的适用性，与社会时代密切相关。和平年代把人与人的斗争，提高到社会治理的核心地位，执政党热衷于连续不断的政治运动，其恶果就是经济衰退到崩溃的边缘，人们的思想与行为极度扭曲，传统道德被毁灭，正常的伦理关系不能维系，国家与民族前途堪忧。

阶级斗争的理论是游本文学史的理论核心与贯彻始终的红线。我们知道文学史的专业性很强，但是由于编写者对理论的强化与滥用，导致该教材充斥着唯物主义、唯心主义、现实主义、浪漫主义、世界观与创作方法、阶级斗争、揭露讽刺、反动落后等陈词滥调，用这种牵强附会的理论解释文学史的现象、作家作品，文学的本质被曲解，常常会出现匪夷所思的论断。一部文学史就是地主阶级和农民阶级斗争的历史，文学的真善美被阶级斗争所淹没。文学作品只要是歌颂农民起义的就是好作品，谁反对统治者谁就是进步的作家。《上古至战国时的文学·概说》说："由于阶级斗争的激烈，许多政治家、学者都企图推行自己的'道'，更由于统治者的争取，他们纷纷到诸侯各国进行游说，宣传自己的政治主张……他们各人站在自己的阶级立场，代表不同的阶级利益，互相辩难，各不相下，著书立说，授徒讲学。"我们知道，战国时期的重要矛盾不是阶级矛盾，而是各诸侯之间以及与周天子国之间的战争和矛盾，各种学说与学派之间的辩论，多数是思想学术与政理上的争鸣，并不是阶级代言之间的矛盾。再比如"逮至尧之时，十日并出，尧乃使弈诛凿齿于畴华之野"（《淮南子·本经训》）的故事，游本如是评论道："可见原始人是在塑造一个自己的英雄形象，描绘一个一切自然灾害的战胜者。当然，这个神话通过后人的传说，把反映氏族部落集体抗旱、除害的行动归功于什么尧天子，显然是阶级社会的意识。"这完全是牵强附会。《山海经·海内经》舜与鲧、禹相争的神话也被说成是“掺杂了阶级社会的意识，因为鲧之被杀，正是最高统治者同人民对立以及地上王权——奴隶主的权威日益提高的反映。”再比如《红楼梦》内容的评论，同样充满了火药味：

> 在《红楼梦》中作者写出了各种各样的矛盾和冲突，如贵族地主和农民的矛盾，贵族统治者和广大女婢的矛盾，封建卫道者和封建叛逆者之间的矛盾以及封建统治阶级内部的矛盾等等，但其中最主要的矛盾是以封建阶级叛逆者所代表的进步势力和以贾母、贾政、王夫人等封建家长们为代表的封建势力之间的冲突。它实质上反映了当时社会上所存在的初步民主主义思想和传统的封建主义思想与封建主义人生道路之间的矛盾。

斗争哲学是这部经典名著的思想核心，这样一部反映人情百态的小说几乎成了一部图解阶级斗争的政治斗争的政治教材。宝玉挨打后，游本文学史如此评论：

> 在小说的第十三回中，代表封建势力的贾政想置宝玉于死地，“以绝将来之患”。宝玉遭了一顿毒打之后，非但没有屈服，反而因为认清了封建统治者的凶恶面目，他的叛逆性格更为坚定。

一个父亲按照世俗的期待管教儿子，即使有点过激，恐怕难与阶级间的斗争牵扯在一起，把贾政理解为必置对方于死地而后快的阶级压迫。文学叙事中矛盾冲突，在游本中一般被牵强附会成敌对势力之间的斗争，上纲上线，扰乱了对作品的正确解读。

游本文学史一开始就把阶级斗争当做该书的写作的理论思想，所以无处不用阶级斗争的眼光去看待，导致这部文学史阶级斗争学说泛滥，为了附会阶级斗争说，对许多作家的评价、对许多作品的分析，牵强附会，穿凿扭曲。作为教科书，显然是不适宜的。改革开放，各种社会意识回归本位，阶级斗争的理论意识必然引起人们的反感，这是这种教材被替代的根本原因。

四、袁本文学史评略

改革开放以后，学术繁荣，关于中国文学史的研究，几乎在做同一件事情，重新审视已有文学史上的所有现象，给予新的评价。重写文学史已成必然之势。二十世纪九十年代的最后五年里，接连三部中国文学史教材问世，第一部是复旦大学章培恒、骆玉明主编的《中国文学史》（复旦大学出版社，1996 年），第二部是北京师范大学郭预衡主编的《中国古代文学史》（上海古籍出版社，1998 年），第三部是北京大学袁行霈主编、被教育部指定为“面向 21 世纪课程教材”的《中国文学史》（高等教育出版社，1999 年）。我们这里主要评述袁行霈本《中国文学史》。

此教材由主编邀请了九位全国知名学者组成各编主编，作者是来自十九所高校的三十位学者，历时两年半（1995 年 8 月—1998 年初），全书一百六十万字，比游本多出一倍。袁行霈先生说他们编写方针是“守正出新”。“所谓‘守正’，首先是以辩证唯物主义和历史唯物主义为指导，贯彻批判继承的精神，实事求是，具体问题具体分析”；所谓‘出新’，就是以严谨求实的态度，挖掘新的资料，采取新的视角，做出新的论断，力求有所突破和创新，并把学生带到学术的前沿和宗旨。”其实说白了，就是要继承之前文学史的许多东西，比如体例、文学史知识、文学家在史中的安排等，只要之前的文学史有价值的东西继承下来。同时在体例、观念、文献、分析、结论、书写上尽量吸取改革开放二十年的研究成果，实现教材的“两重性”的目标。袁行霈先生在《后记》里说：

> 一方面，作为向学生传授知识的教材，应当讲述那些基本的、已经成为定论的知识，这和具有探索性的学术著作不同；另一方面，好的教材又有总结已有研究成果，将学生带入学术前沿的作用，因而也必定是具有探索性的学术著作。兼顾这两个方面，我们注意以下几点：一、在准确介绍文学史基本知识的同时，注意挖掘新资料、提出新问题、找到新视角，将学生带入本学科的前沿，给希望深造的学生指出治学的门径；二、给教师留有发挥的余地，为学生进一步钻研提供线索，启发学生独立思考，引导学生树立良好的学风；三、语言简洁晓畅，篇幅适当。

这部教材的创新点是：一、三古七段的文学史分期。过去的文学史多以朝代分期，袁本文学史“三古七段”的分期，试图通过这一分期体现文学本身的发展变化所呈现出的阶段性。这个分期也表现出该文学史以文学为本位的文学史观。遗憾的是这一思想在全书中贯彻得并不明显，给人突出的时段概念仍然是朝代。二、体例上在每一章之后，以注的方式补充说明论点的依据，并介绍与此相关的或有所不同的说法，提供大量的学术信息，这是很好的创意。三、吸纳了改革开放以来新的研究成果，确实如编者所言，把学生带到学术前沿。例如对江西诗派的讲述，元代文学的叙述，清代诗文的扩展，近代文学的两段分法以及在叙述中增加新媒体传播的内容等。四、全书的文字流畅，有的部分写得很有文采，确能体现文学研究本身的学术水平与审美意味。

但是，此书出自多人之手，水平参差不齐，存在许多硬伤与讹误，很多学者提出具体的批评意见，于是有了 2005 年的修订版。经过修改，仍然存在问题。首先是体例问题。第四编《隋唐五代文学》章节安排详略失当，体例不一。李白、杜甫各列一章，李商隐单独列了一章，大历诗风为一章，体例变成概论式的。唐代重要诗人王维、孟浩然、王昌龄、高适、岑参等则与其他数人一起被挤在《盛唐的诗人群体》一章里。如果说，李商隐能单独成章，“冷落寂寞”的大历诗歌也有资格专列一章，那王维、孟浩然不能设一章吗？高适、岑参不能合列一章吗？再比如把贾岛、姚合放到《晚唐诗歌》杜牧、许浑之后，也明显失当。作家分析失当，如嵇康以文见长，而书中只提到他的《养生论》，其他不及；庾信的《哀江南赋》是历代名篇，在文学史中只讲序不讲赋。增补内容失当。在明、清两编里增加了部分小说在国外的影响，如第七编第一章《〈三国志演义〉的影响》里新增《〈三国志演义〉在国外》，第二章增加了《〈水浒传〉在国外》，第七编第九章《〈金瓶梅〉的续书及其影响》里，增加了《〈金瓶梅〉在国外》，第八编第四章第五节《〈聊斋志异〉的馀响》里，增加了《〈聊斋志异〉在国外》，在《西游记》和《红楼梦》的有关章节里，虽然没有《〈西游记〉在国外》和《〈红楼梦〉在国外》这样的标题，但也提到了这两部小说在国外的影响。第七编第十章第四节《明代的文言小说》里，还提到了明代文言小说在国外的影响。中国古代文学在国外有影响是毋庸置疑的，在文学史的编撰中增补这方面的内容也是无可厚非的。但问题是，既要撰写中国文学在国外的影响，那就要全面地、恰如其分地反映事实，既不夸大，也不缩小。而《文学史》只是到了明清小说时才突然增加“中国文学在国外”的内容，前面都没有相关内容，后面其他文体也没有这样的内容，显然增补这样的内容欠考虑，造成了明显的顾此失彼。根据注释，这些内容基本上都出自王丽娜的《中国古典小说戏曲名著在国外》（学林出版社，1988 年）和宋柏年主编的《中国古典文学在国外》（北京语言学院出版社，1994 年），王书只限于“中国古典小说戏曲名著”，袁本《文学史》自然也只能限于小说而不涉及诗文了。其次袁本文学史还有一个缺点，篇幅过大，内容过多，在课程压缩的有限时间里，讲授如此庞大的教材实在不可能，也让初入门的自学者感到庞杂，望而生畏。

五、“马工程”《中国古代文学史》

袁本教材使用了十几年后，教育部开始组织编撰“马克思主义理论研究和建设工程教材”（简称“马工程”），其中的《中国古代文学史》2012年采用了竞标的方式，最后由袁世硕、陈文新二位教授获得项目。项目从2013年启动，九个分卷主编加作者共二十一位作者撰写。全书一百二十万字。2016年出版第一版，出版后发现许多不当之处与硬伤笔误等问题，2018年进行了修改，2018年8月出版了第二版。修订的指导思想，《中国文学史》第二版《后记》作了交代：

> 党的十九大胜利召开，为推动习近平新时代中国特色社会主义思想进教材、进课堂、进头脑，深入贯彻落实党的十九大和十九届二中、三中全会精神，教育部统一组织对已出版教材进行全面修订。

文学史的更新是正常现象，每一次重写，都是学术研究不断出现新成果新视野所需要的，都应该吸纳新的研究成果，在体例上和作家作品研究上有新的突破。“马工程”《文学史》在形式和内容上的主要变化：篇幅较袁本缩减，由一百六十万字缩减到一百二十万字，由传统的四卷本改为上、中、下三册，简化教材，适应教学时数的减少。上册内容涵盖先秦文学、秦汉文学和魏晋南北朝文学，中册包含隋唐五代文学、宋代文学和辽西夏金元文学，下册内容为明代文学和清代文学和晚清（近代）文学。增加了少数民族文学的篇幅，如第六编第三章将《元朝秘史》独立成节予以介绍，第九编用一章的篇幅介绍藏、蒙古、柯尔克孜族三大史诗；每章之后增加了思考题，将阅读文献列于每编之后，同时删减了袁行霈版文学史每章节后的大量注释。

“马工程”文学史在体例、内容上有进步的地方，也有退步的地方，在个别章节的设置上畸轻畸重，例如宋、元文学阶段一改以往将辽金文学附于宋代文学骥尾之惯例，将其列于元代文学之首，以类相从，造成时间上的混乱。中册第五编宋代文学第九章将陆游编入辛派词人，但陆游比辛弃疾年长十五岁，与其他辛派词人受辛弃疾的影响有很大不同。还有就是“马工程”文学史同样出自多人之手，史识、史断、史书的水平参差不一。

六、我与三种文学史

游本《文学史》是我读大学时的教材，可以说进入古代文学苑囿的领路者。读研究生期间，正是学术事业拨乱反正的阶段，因此在做研究生学位论文时，顺应那个时代的思潮，我们都在作已有学术的攀登者与审视者。质疑、翻案是当时的学术精神。所进行的工作，一是纠正文学史的定论，进行新的评价；二是作翻案文章，文学史评价不好的作家进行重新研究，得出新的结论，文学史评价低的作家作品，改换理论方法，以新的角度进行重新认识；三是发现新文献新现象进行填补空白式的研究。我的选题是钱谦益研究。

其一，选题缘起。二十世纪八十年代，古代文学领域的耆宿是苏州大学的钱仲联先生。钱先生一生著作等身，在唐代文学领域有《韩昌黎诗系年辑释》，宋代文学有《剑南诗稿校注》，但是钱仲联先生下功夫最多的是清诗和近代诗歌研究。在清诗方面，主编了《清诗纪事》大型丛书。有《梦苕盦诗话》《清诗论稿》

等多种著作，钱先生最大的学术贡献是他在八十年代提出了清诗“超越元明、抗衡唐宋”的命题，带领苏州大学古代文学的师生进入了清诗的研究领域，促成了八十年代至今的清诗研究热。因此我常说，钱仲联先生是改革开放后出现在学术界的英雄，他老人家矮小瘦弱的身体里聚集着改变古典文学研究格局的巨大能量。而我读硕士研究生期间正是清诗热的发端，我的选题自然离不开这个学术背景。研究清诗是方向，具体课题选什么？为什么会选钱谦益作为自己的研究课题？则是基于对游本文学史的反叛。游本文学史关于钱谦益的介绍十二行半，三百三十馀字，而且以贬抑为主。作为明清之际数十年的文坛领袖，不可能是这一文学史反映的面貌，一探其究竟就是我确定选题的初衷。

其二，当时研究钱谦益是有压力的。钱谦益贰臣的身份如何评价，是研究者无法回避的问题。当时不止一二人质疑，那么多的作家，为什么非去触碰这个人物？比如顾炎武、黄宗羲都是清初大文人，研究他们就不会有如此的尴尬。我要感谢我的导师袁世硕先生，他支持我这个选题，当时关于钱谦益的东西很少，钱谦益的《初学集》《有学集》还没有整理本。我记得袁先生给了我一张上海古籍出版社即将出版《初学集》整理本的书讯，我像得到了救命稻草一样珍视，这张报纸一直保存着。

我的关于钱谦益诗歌与诗文理论的研究，关于钱谦益与明清之际文学的研究的成果，部分进入袁行霈主编《中国文学史》中（我参与了清诗部分的修改工作）。袁本文学史中，钱谦益在文学史上的地位得到了体现，由原来否定性批评的三百馀字变成了专节，体现了袁本文学史对钱谦益研究成果的认可和重视。此外关于

《桃花扇》的思想价值部分，袁本文学史也采用了我的研究成果。

“马工程”《中国古代文学史》是中宣部、教育部的教材建设重点项目，我是课题组成员之一，负责晚清文学部分。从1996年我改弦易辙，研究工作重心从清诗转到近代，其缘由是因为我跟随郭延礼先生攻读博士学位。近代文学尤如清代诗文，进入其领域，就会发现到处是“生鲜”，可耕耘开垦的生地、荒地很多，可改良的半生不熟的地也很多，只要你勤劳，所谓的发现创新是必然的。我的博士论文选题是清末文学社团研究——南社研究，2003年出版，便成了南社研究领域的开创性著作，出乎意料地受到了学界的欢迎。后来我陆续去研读那些不被重视的近代诗人与作品，整理他们的文献，阅读他们的作品与品评其成就，疏通他们与前代及当代的关系，勾绎他们的理论脉络与创新之处。接受“马工程”文学史的课题后，这些学术积累汇聚成我对晚清文学的总体认识，试图作出具有突破性的叙述。

第一，晚清文学与近代文学如何区分？其中有很多理论上的纠缠，作为文学史，没有必要进行概念上的釐析。其实不管理论如何不同，从所叙述的内容来看，差异并不大。我们不能因为称为晚清文学是一套叙述手法，称为近代文学就是另一套叙述手法。因此我是按近代文学看待的。近代文学始于1840年，终于1919年，几乎是无可置疑的定论，在此前提下，将其分为三期、四期、两期等。我基于对本段落文学演进的掌握，提出了晚清文学始于嘉道之际，把所谓近代文学提前二十年，使之能更好地处理经世致用社会思潮中的文学现象；进而将百年晚清文学分为道光、咸丰、同治五十年间文学为前期，光绪、宣统与民初为后期。如此分期，照顾各体文学的起讫与盛衰变迁，突出文学本位的文学史观念。

第二，“新旧”作家一视同仁。从胡适的《五十年来中国之文学》，到陈子展《中国近代文学之变迁》，重新轻旧。所谓新，就是前期的龚自珍、魏源，后期维新派的诗界革命作家和革命派作家，对恪守文学传统的作家要么视而不见，要么轻描淡写，甚至批判否定。解放后的近代文学史多数沿袭了这种文学史观念，关于作家的评论，梁启超、胡适的观点得到陈陈相因的阐释。我们改变了这种叙述策略，力图反映文学史的时空场域，把以前被排斥的作家程恩泽、祁寯藻等作家引入文学史，并给予符合历史的客观评价，尽可能反映文学史的全貌，而不是拿来主义地来印证自己的文学史观。因此经世致用思潮中的作家、太平天国时期的作家、庚子事变中的作家给予适当的理解与肯定，在新旧交错中表现文学史的进程。

教材的利弊得失将在使用中凸显，我们期待着各方面的反馈。

从以上的回顾与评略中，我们可以看出，文学史观在文学史撰写过程中的重要作用，同时对文学现象的考订、对文献的整理、对作品的广泛而正确的阅读理解、良好的文学史叙述能力，都是文学史写作不可或缺的因素。回顾古人的文学史学习，尤其能领会文学史之文学本位的重要性，历史的与美学的标准，应该是万变中不变的规则。

（许萌整理，孙之梅校订）

第四讲

关于鲁迅、《狂人日记》与新文化的反思

解志熙

回归说渊源：我与近代文学研究的短暂因缘

重回河南大学，在我的确是很高兴的事，因为河大是我曾经受教的母校和工作十年的所在。说来惭愧，我与近代文学研究只有很短很浅的关系，而那渊源就始于河南大学。1983 年秋天，我从甘肃来到河南大学读研究生，主导师是任访秋先生。任先生 1935 年在北大研究生毕业，是周作人唯一的研究生。任先生后来成为研究古代文学的大专家，又是现代文学研究的开创者之一，六十年代以后又转向近代文学研究，所以他是难得的兼通古代、近代和现代文学的大学者。我来求学的时候，年近古稀的任先生给我们讲了一门课《中国新文学的渊源》，这当然受他的导师周作人的《中国新文学的源流》的影响。因此，任先生把新文学的

渊源上溯到晚明的思想解放运动如王学左派，还有公安派的文学革新运动，一直讲到清末民初的文学改良运动。我们由此跟着学习了一点近代文学。我写的第一篇作业，你们都想象不到，是关于李贽的文学思想的。我认真地读了李贽的《焚书》《续焚书》，三百字一页的稿纸写了有一百页的作业，眼睛高度近视的任先生居然把它看完了。我那时候完全不会写文章，啰里啰唆，不知道写了什么。我的第二篇作业写的倒是近代文学的。那时看阿英编的《晚清文学丛钞》小说理论分册，知道近代的小说界革命，是维新派的梁启超、严复等人提倡起来的，学术界一般比较重视的也是资产阶级维新派的小说理论，因为按照时间来看，资产阶级维新派的小说观念是打头的，但是我读《晚清文学丛钞》的小说理论卷，发现稍后还有一些人，比如黄摩西、徐念慈和王钟麒等人，他们都是资产阶级革命派，但他们讲小说的时候，反而比较重视小说的审美性、艺术性问题。这一点恰恰被学术界忽视了。我就写这个。这是我写的第二篇作业，任先生推荐发表了，成了我发表的第一篇学术论文，题目大概是《简论革命派的理论贡献与晚清小说理论的深入发展》，你们看题目多么长多么教条，发表在《河南大学学报》1985 年第 2 期上，后来河大的张如法老师还把这文章的观点吸收到任先生主编的《中国近代文学史》里，我自己很惭愧，此后再也不敢看这个文章，抛掷在集外了。

到了 1986 年夏天我快毕业了，就跟你们的会长、我的师兄关爱和，还有我另外一个师兄袁凯声，合写了一篇文章，也涉及近代文学。那时正是文学新观念、新方法潮流很热的时候，学术研究要开拓新局面。热点问题之一就是近代、现代、当代文学的分期问题，大家都感觉到过于细碎的分科、分期倾向是不利于学术发展的。分得那么细，没有一个整体的观照、统一的思路，各个二级学科都各自守着自己的小地盘，互不往来，这是成问题的。关爱和、袁凯声和我在河大这里受到任访秋先生的影响，熟悉一点近代，我们的专业是现代，也关注当代文学。所以当时我们三位年轻的研究生还不是那么封闭，那时关老师已经工作，就在河大中文系任教，我和袁凯声即将毕业，师兄弟三个商量着合写了一篇文章，参加关于近现代文学分期问题的讨论会——1986年的后半年，北京的中国社科院文学所正好开一个关于近现代分期问题的讨论会，我们合写的文章，由袁凯声带去参会，我则去北大上学了，没参加会议。据说我们三个人的文章被认为是主要的观点之一，也被采编到会议的学术报道里去了，现在还能查到，更有趣的是还赢得了知名学者樊骏先生的称赞，他称我们三个是“河南大学三剑客”，只是此后就剩下关老师、袁老师两个剑客，我则“学剑不成”，半路上逃跑了。

我没想到这个关于分期问题的合作文章，还带了一个更严重的后遗症。到了1987年的寒冬腊月天，我的大师兄关爱和，那时候他已经出任河大中文系的副主任了，他严肃地叫我赶快从北京回河大来，有紧急事情。师兄叫我，那得回来啊。我不知道要干什么，回来才发现面临一个严峻的任务。那时河大邀请全国的学者编了一本《中国近代文学史》，任访秋先生担任主编，1988年由河南大学出版社出版，现在又由河大出版社修订重版，你们应该都看过吧？那书的前面有一个很长的“绪论”。按说这个绪论应该由主编任先生来写，可是当时我们的系主任、我的另外一位导师刘增杰先生，考虑到任先生到底年纪大了，写这么一个绪论，可能会老套一点，所以刘先生就让我们三个年轻人来写这样一个绪论，好使它有新意一点，开拓一个新局面。但我觉得这个事儿不大对，拼命地抗拒，不想写啊。可是最后还是耐不住我的两位师兄的左劝右说，只得从命。我们三个商量划出了一个大纲，然后从开封来到郑州关爱和老师的家里，准备分头写出文章、然后合改。我当时准备撒腿回北京，可是没有跑脱——关爱和老师说不行，你得把它写完才能走，我就故意刁难他，说那我就得吃黄鳝才写。1987 年那个时候市场上的黄鳝很少，关爱和老师骑着一个破自行车，在全郑州跑了大半天，终于买到几条黄鳝，回来就气愤愤地说："给你这个货，做了给你吃，吃完就写文章！"我吃了黄鳝，就没办法了，只得硬着头皮写。然后我就发现，这里面有大问题，这是我的一个重大的学术教训。原先觉得那个提纲还能勉强收得圆——我们有时候想提纲的时候想得很好，想得很有逻辑，可真去写那个文章的时候，你却发现具体的例证、史料跟不上，能够拿来支持我们观点的材料，还是人所共知的那些材料，我真去写文章才发现依据人所共知的材料去论证一个新观点，那是太困难了，所以我勉强地写了几页纸，就撇下不管啦。你们看，当师弟、当弟弟有个很大的好处，就是可以在师兄和哥哥面前耍赖。我撒腿就走，把任务丢给了两位师兄，随你们怎么办吧！他们就辛苦地把这个文章完成，成为那个《中国近代文学史》的绪论。据出版后的反馈说，这个书受到好评，而最受好评的就是这个绪论。这侥幸得让我暗自惭愧，很不好意思啊，后来一直不敢提这个文章。

这就是我跟近代文学研究的渊源。你们看，我对近代文学实在是一知半解，由此获得了一个深刻的教训，就是当你想出一个大纲，自以为有一个很好的理论逻辑，可是你具体写起来，因为不熟悉文献，史料掌握得不充分，你的具体论述可是太困难了，勉勉强强地缝制那个东西，难免七扭八歪，到处都是缝隙。我跟近代文学研究的关系到此为止。因为有了这点关系，有时我思考现代文学问题的时候会多少从近代的角度来考虑一下，这是一个好处。

随喜说鲁迅：关于《狂人日记》的若干感想

这一次来勉强找到一个题目，实际上是我最近写的一个学术随笔。因为这个题目比较接近近代文学一点，跟咱们这里的胡全章老师商量了一下，他说可以讲这个题目。

那篇随笔文章是怎么写起来的呢？你们知道，今年（2019）是五四运动一百年，去年是《狂人日记》发表一百年。我不是一个很著名的学者，但也算是一个资深研究者吧，所以从去年到今年，我接到一系列的会议邀请和刊物的约稿，我把所有的邀请和约稿全推掉了，决心不去参与写歌颂或者反思“五四”的文章。那样的文章要歌颂什么、要反思什么，我大致都知道的，我不想“咸与热闹”，就尽可能推掉。可是最终有些事情是事与愿违的，到今年（2019）4 月份，上海社科院的一家刊物《探索与争鸣》找来一个年轻的跟我有点私交的学者，组织一系列的笔谈，请现当代文学的一些资深学者写文章。他们大概觉得不应该缺了我，就勉强我也写一篇短文，说是“就四五千字的一个短论嘛，解老师，那有什么难的？你怎么也给我们写一篇嘛！”我实在推不掉，就说好吧，于是就像一个不很虔诚的人“随喜”去进香一样，写了这个随笔文章。只是我一贯做不了大题目的文章，只能找个小点的题目来写，于是想到，不如就讲讲《狂人日记》吧，借此来反思一下鲁迅思想的偏颇和“五四”新文化、新文学运动的问题。

这其实也是我的老想法。我告诉你们一个小秘密吧。1988 年的后半年，当时中国社科院的文学所，正筹备在第二年召开五四运动七十周年纪念大会，向当时的北大中文系邀请了三个人，一个是我的导师严家炎先生，一个是“青年学者”钱理群先生，加上我这个学生。我们自己报题目，我报的题目就叫《“五四”神话的消解》。到了第二年三四月，你们知道有事情了，并且事情闹得越来越大，那个会议主要组织者却希望严老师和我师弟两个人去吵架，让会议热闹一点。他们把动员我去的任务交给钱理群先生。到了 5 月初，钱理群先生给我打电话说：“志熙，你去不去？”我用了鲁迅的话，你们都知道鲁迅在《祝福》里面说“沸反盈天”，知道这个词吧？我说：“都什么时候了，时局已经沸反盈天，我们还哪有劲去凑热闹？师弟两个人吵架，大家看热闹？我不去了！”我反问，钱理群先生去吗，他说我也不想去了，后来大概还是去了，我没有去。所以那个“‘五四’神话的消解”的文章，我也就没有写完。现在又被诱逼着写这样一个关于“五四”百年纪念的文章，我选了《狂人日记》的小题目，小问题好讲些。这是一个随笔小文章。后来写完以后是一万字多一点，刊物的编辑又觉得我的文章长了，他说：“解老师，别人的文章都是四五千字，你这个长了。”我说你们嫌长了，就撤下来吧，我本来就不想写嘛，可是他们又不好意思撤稿，要求我同意他们删减，我自然同意了，并不爱惜。最后他们就把那个一万余字的文章删减到五六千字，登出来了。同时也发在《探索与争鸣》的微信平台上，你们是可以看到的，只是它是被删减版。总之，这是临时匆忙赶出来的文章，从一个小题目来讲大问题，这是讨巧的写法，我得承认。

《狂人日记》大家都很熟悉，鲁迅当然也很熟悉，鲁迅是很伟大的，大家都说他很伟大，我也觉得他很伟大。现在我却要说，《狂人日记》这个小说并不是那么伟大，好像故意跟人抬杠似的，其实倒也不是那个样子。一是从艺术的角度，鲁迅写这个小说，没有准备好，是应钱玄同的催促，帮那个“五四”文学革命者的忙，因此才勉强写了这个小说，写得不免匆促。鲁迅后来也说这个小说写得“偪促”，在艺术上是不甚均衡也不很成熟的。

《狂人日记》刚发表不久，后来成为著名学者的傅斯年立刻评论说：“就文章而论，唐俟君的《狂人日记》用写实笔法，达寄托（Symbolism）的旨趣。”我觉得傅斯年真聪明，他用“寄托”来翻译“Symbolism”，非常好。紧接着他又赞誉说：“这是中国近来第一篇好小说”（记者［傅斯年］：《〈新青年〉杂志》，《新潮》第1卷第2期，1919年2月1日出刊），这评价是很高的。直到新时期之初，学术界重新开始对中国现代文学进行研究、从更宽泛的现代化角度研究鲁迅小说的时候，严家炎先生重审了《狂人日记》的艺术特征，认为它是写实主义与象征主义的结合，其实还是重复了傅斯年的观点。隔了那么多年，他们都指出《狂人日记》的艺术特点是写实主义与象征主义的结合，都认为这是一篇好小说。严家炎先生认为，“从思想上说，它（《狂人日记》）可以说是一篇新的《人权宣言》”（严家炎：《论〈狂人日记〉的创作方法》，《北京大学学报》1982年第1期，1982年3月2日出刊），评价很高。

我觉得，《狂人日记》这个小说确实有写实主义和象征主义结合的特点，但结合得不太好。鲁迅稍后回复傅斯年的时候也说：“《狂人日记》很幼稚，而且太逼促（就是太仓促——志熙按）。照艺术上说，是不应该做的。来信说好，大约是夜间飞禽都归巢睡觉了，所以单见蝙蝠的能干了。”（鲁迅：《对于〈新潮〉一部分的意见》，《新潮》第1卷第5期，1919年5月1日出刊）夜间鸟都归巢睡觉了，但是蝙蝠是晚上出去觅食的，我们都知道蝙蝠像鸟，其实不是鸟。鲁迅自比是蝙蝠，鲁迅有时候也自比是枭——猫头鹰。鲁迅这话其实是说，当时新文坛太寂寞，我就是临时帮帮忙，凑凑数而已。这个小说由于各种原因，其实不成熟、写得仓促。可是，我们不信鲁迅的话，因为我们把鲁迅过于伟大化了，老觉得鲁迅的话是客气、是自谦，对吧？鲁迅的话当然有谦虚的成分，但也不全是谦虚。因为这个小说确实是被催出来的，鲁迅那个时候对中国社会现实很绝望，他也参加过几次变革，但都失败了。他对中国很绝望，觉得中国像个打不破的铁屋子。他在北京教育部任职的时候，就躲在破庙里边看佛经，抄古碑，思想是比较消沉的。这时候他的老同学钱玄同，就在一个晚上跑来了，问他抄那个干什么？鲁迅说不干什么。然后钱玄同就劝鲁迅参加《新青年》，参加新文化运动。鲁迅觉得没有希望，铁屋子是打不破的，但是钱玄同说，将来也许铁屋子里有几个人醒来，那就有救啊，鲁迅觉得我的绝望和他的希望，都是未来的事情，我无法用我的绝望证明他的希望不合理，说服不了他啊。而且钱玄同这个人非常会约稿，非常会缠人，没完没了的。鲁迅为了避免他叨叨，于是答应给《新青年》写稿，就写了《狂人日记》。当然鲁迅心里也是同情《新青年》这些人搞新文化新文学的。不管怎样，这个小说确是仓促写出来的一个作品。

《狂人日记》当然有它了不起的地方，它的确尝试把写实主义和象征主义结合起来，这个小说出版以后获得了很高的评价。比如北京大学教授张定璜，他是读法国文学的，他就写了一个著名的评论，叫《鲁迅先生》。他说《狂人日记》1918 年发表，在这四五年前杂志上流行的是苏曼殊的小说，他把苏曼殊的小说比如《绛纱记》等等跟鲁迅的《狂人日记》一比，发现那中间的距离太大了——他说苏曼殊的小说还是中世纪的浪漫传奇，而读鲁迅的小说如《狂人日记》，你突然发现“我们由中世纪跨进了现代”（张定璜:《鲁迅先生》,《现代评论》第 1 卷第 7 期，1925 年 1 月 24 日出刊）。这是张定璜的评价，评价很高啊，我觉得这也是对的。《狂人日记》是我们新文学的一个创世之作，这很重要。但它确实是仓促写出来的，创作不太从容。所以这个小说在写实主义和象征主义的结合上做得并不好。一方面写实确实做得很地道，比如写实主义地描写那个狂人，那个迫害狂患者，写得真好。鲁迅是学医的，有医学知识。里面那个狂人的迫害狂患者的心理，鲁迅写得都非常真实。可是狂人写得越真实，越表达不出那个宏大的主题，就是要揭露家族制度和礼教的弊害，鲁迅单写狂人的病态心理，那不就是一个病理学的记录吗？那就没意思了，宏大的批判主题无法表达，然则怎么办呢？于是乎鲁迅只能采取所谓象征影射的办法来补救，就是在那个狂人的疯言疯语里面，隐含着某种暗示、某种微言大义——所谓文化批判、文化反省的微言大义。我们至今对《狂人日记》主题的认定，都是从《狂人日记》那些微言大义里边得出来的判断，这些个微言大义就是我们所谓的象征，通过象征手法提点出宏大的主题，指斥几千年的中国文明历史其实是吃人的历史等等。只是这个宏大的主题是通过微言大义、疯言疯语表达的。我们并不能通过一个迫害狂患者的真实生活状况，自然而然地获得这个深刻的思想，可见写实和象征结合得不好。

在鲁迅的创作里，写实和象征融合得很好的例子也有。比如你们也知道，鲁迅的《野草》里面最有名的作品是《过客》。《过客》写一个中年的过客，他不知道自己从哪儿来，不知道自己到哪儿去，甚至不知道自己叫什么名字。他旅途过程中到了那个坟墓前，遇到老头和小姑娘，他问前边是什么？小姑娘说前面是鲜花，老头说前边是坟墓。我们知道，这些写的是日常经验，同时我们也明白这个作品的意义肯定不到日常经验为止。就一个普通人的日常经验，他总知道自己姓什么，自己从哪来，自己到哪去，可是这些东西在《过客》里同时都含着象征的意义。《过客》把写实和象征结合，结合得天衣无缝，真是自然而然。而《狂人日记》没做到，鲁迅的写作有些仓促，并且鲁迅也是第一次提笔写白话小说，所以在艺术上还不很熟练。我们看鲁迅后来写家庭兄弟关系、反思家族制度的小说《弟兄》，那是 1925 年写的，那个时候鲁迅和周作人兄弟两个人已经产生了矛盾，然后鲁迅写了这个叫做《弟兄》的小说。这个小说并不那么有名，但从艺术上看，这个小说写大家庭里两兄弟的关系及其潜在的矛盾，写得更好更恰当。而反观《狂人日记》呢，那个真正的主题都是借助狂人的疯言疯语来表达，这些疯言疯语你无法完全信以为真，鲁迅把那个狂人写得越真实，读者就越是知道那不过说疯言疯语而已，不会把它当真的。可是我们的研究者却一直把狂人的疯言疯语当真了，以为里边有了不起的反封建思想，是吧？这就成了问题。鲁迅借助狂人的疯言疯语，把几千年中国的历史和文化全盘否定了，这就有点过火，让我们想到孟子批评那些妖魔化殷纣王的话。我们知道殷纣王是一个很坏的帝王，很多历史传说讲他坏得一塌糊涂，说他挖空心思折磨人来取乐、来博取妲己的欢心。可是孟子不相信这些，他说："纣虽不善，不如是之甚也。"因为这样过甚其辞，反而启人疑窦。《狂人日记》有它的宏大主题，但写实主义与象征主义没有完全结合好，没有达到自然浑成，写实与象征实际上是分裂的。可是学术界的解读，抛开了那个写实，而完全以象征为主，是吧？我们认定那些疯言疯语就是真理，这样我们得以充分肯定这部小说。当然，学术界是从新文化的意识形态立场上来肯定《狂人日记》的，这个可以理解。可是从艺术上来讲，《狂人日记》做得不是很好，有些过甚其辞。作为比较，我们看《孔乙己》，写得多么自然圆熟，描写不过分、不过甚其辞，一切都显得那么真实。但同时你感觉到《孔乙己》意义，不仅仅是致力于揭露封建士子四体不勤、五谷不分，怎么受到封建科举制度的毒害——没有这么简单，我们能够感觉那里边别有深意，写出了人们对“苦人的凉薄”，揭示出国人普遍的人性麻痹症。可是《孔乙己》又写得如此的朴素自然、如此的含蓄蕴藉，对它的言外之意，我们也就很自然地领受了。而《狂人日记》没有做到，但这可以理解，这个作品毕竟是第一篇急就的白话小说，艺术上难免不成熟的地方。我们长期以来对它的解读，是有意地利用狂人那些疯言疯语，并且刻意地提升了它，拔高了它的象征意蕴。其实，《狂人日记》在艺术上不很成功，显得很“偪促”。这是我讲的第一点。

进而说到鲁迅这个作品借助狂人的疯言疯语表达对我们历史文化传统的攻击和批判——意在揭露家族制度和礼教的弊害，这个我们都知道。这个攻击和批判有它合理的地方，但是也确实有过甚其辞的地方。比如对于中国几千年的文明，狂人说他翻开历史一看，那就是吃人二字，这也只能是疯言疯语吧。可是我们一百年来都把这疯言疯语当作真理。其实中国是一个人文主义发展比较早的国家，至少从春秋战国时期，中国的人文主义就形成了。中国实际上是一个具有悠久人文主义传统的国家，可是“五四”以来新文化人却批判说，中国几千年的历史一团漆黑、封建礼教就是宗教神权统治，如此等等，其实不是那样的，中国实际上是人文主义很早就发达的国家。尤其是以儒家、墨家、道家为代表的人文主义，它们几千年对中国人的生活影响很大，人性的自觉、人的道德意识很早就醒觉，宗教迷信的势力比较弱，这些都是中国文化很好的一些地方。当然也有吃人的情况，但那是特例，不能把它夸大到那么过分的地步。相比之下，我们看看西方，看看别的民族，有几个国家能跟中国相比？比如西方，古希腊罗马其实也是很残酷的奴隶统治，杀人不眨眼的战争，中世纪的宗教裁判极其残酷，那才叫吃人。所以中国并不比西方坏，中国恰恰是人文主义比较发达的国家。当然，到了“五四”时代，新文化人想提倡新的人文主义，比如强调人的个性，这些都没问题，但是传统人文主义仍然有很好的东西，不能把传统的人文主义与现代的人文主义简单地对立起来，不应把中国几千年的历史文化传统全部否定掉，可是新文化界在这一点就过甚其辞了，显示出这些新文化人年轻气盛，有很大的片面性和极端性。在这里面，鲁迅提出他的人学理想，他在日本写的那几篇论文，比如在《文化偏至论》《摩罗诗力说》里边，就表达了他的文化观念和人性观念。最著名的话，你们应该知道的，就是他认为近代中国最需要的是什么呢？他认为最需要的不是经济发展、科学技术、议会民主，而要“掊物质而张灵明”，中国这么一个贫穷的国家，原来缺的不是物质经济的发展，而是“灵明”即精神，他认为精神才是最重要的，所以他要“掊物质而张灵明”。然后呢，他又主张“任个人而排众数”，“任个人”这种极端个人主义的新人学观念，就是从鲁迅开始的，这种思路当然也贯穿到《狂人日记》，我的老师严家炎先生就赞誉《狂人日记》是小说版的中国人权宣言。那时也出现了理论上的中国人权宣言，就是周作人在《狂人日记》之后紧接着写的那个《人的文学》。在《人的文学》里边，周作人跟鲁迅一样的，口气大得很，他充满仇恨地说，中国几千年的文明都不算什么，都是野蛮的，中国人枉生了几千年，过的都是非人的生活，如今还要从头“辟人荒”，哎呀真是惭愧，不过周作人觉得还来得及。原来几千年来中国都是一个野蛮国度，急需从头“辟人荒”。《人的文学》是理论性的人权宣言，而《狂人日记》是文学化的、小说化的人权宣言。周氏兄弟两个如此桴鼓相应地推动了“五四”的以个性主义为主的新人学思潮。

如此高调的新人学观念有没有问题呢？当然有的。一方面，它对中国的传统人文主义和古代的历史文化，表现出非常简单化的否定；另一方面，新的人学主张也极其片面和简单化。是不是就像鲁迅所说的那样，我们这个沙聚之邦只要任个人，每个人的个性至，沙聚之邦就很自然地转为人国？事情就是那么容易吗？仿佛治大国如烹小鲜那么简便易行、马到成功吗？其实没那么简单。有时候知识分子是想当然、说大话，什么个性至沙聚之邦就转为人国。好像易如反掌，其实立人思想没那么容易实现的。你想立人，可是有多少人有资格去立个人，那时全国不过一二十万新知识人，他们有多大能耐在所谓沙聚之邦里去立个人？那复杂繁难得很呢，根本就没那么简单。而且这种任个人的个人主义，除了任个人之外，还有没有更健全的人的标准、人的价值观念呢？没有。好像只要任个人，做个敢打敢骂敢怒敢哭的个人就行了，然后就自然而然地就变成有个性的个人，然后这个国家就会变好了，真这么容易吗？如果变成“狂人”怎么办？现在学术界讲到人的启蒙的时候，总要援引到康德的《论启蒙》，却忘了康德同时有其伟大的道德哲学。康德的道德哲学讲的是什么？那是强调人之所以为人，是因为人是有道德的，而康德的道德哲学的第一条道德律，就是强调人要按照你同时认为是普遍规律的法则行动，道德才能成立，所以这一条也叫做道德的普遍律。意思是说道德不能只适用于你一个人，同时也适用于别人，才具有普遍的道德意义。这其实也就是孔子所讲的“己欲立而立人”“己所不欲勿施于人”的意思。康德道德哲学的第二条道德律，强调人是目的，就是你的行动，在任何时候都把人视为目的，永远不能看作手段。这让我们想起孔子的“为仁由己、仁者爱人”“仁以为己任”的话。孔夫子不愧是伟大的古典人文主义者，他的仁学强调为仁由己的主动性，强调“立人”首先意味着对他人的尊重、把他人也当做人，不是任个人的“立人”，“任个人”的“立人”走到尼采所谓超人的地步，那很可能不把别人当人的，因为“任个人”的个人觉得“朕归于我”、我就是真理，我想怎样就怎样，然则这种纯任个人的人，不把别人当人怎么办？这种“任个人”的人变成一种极其自私自利的人怎么办？变成像曹操那样“宁可我负天下人，不可天下人负我”，怎么办？变成“人不为己天诛地灭”的个人主义，怎么办？所以纯然“任个人”的新人学，未必能立起“人”来的。这个“任个人而排众数”的新人学，所要树立的人很有可能是没有道德底线的人，那就问题大了。而周氏兄弟等新人学论者，是没有人的道德意识的。在他们看来，好像只要“任个人”即放任个人就行了。那么人变成原始丛林的个人主义怎么办？变成自私自利的个人主义怎么办？新人学呐喊着要“立人”，但没有道德意识，立出来的是好人还是坏人？那可是差之毫厘、谬以千里了。如果只要“任个人”就够了，任何有违个人的都是坏的，个人可以肆意践踏别人，那该怎么办？我们在生活中碰见这样的个人主义者还少吗？从近现代以来，打着这样的“任个人”的旗号，自私自利、成为精致的利己主义者的还少吗？并滋生出专革他人命的革命个人主义者，也多的是。所以我觉得鲁迅在这里面批判传统的文化、传统的人文主义，有点过头了。其实，传统人文主义尤其儒家的仁学，在现代仍然可以作为对个性主义的补充。新文化人其实不必把传统的仁学思想和新的人学观念对立起来，是吧？可惜的是，在新文化人那里，传统的仁义道德却统统被贬斥成为“吃人”的东西，他们提倡的新人学理想变成了没有道德的东西，如此没有道德的“立人”，人成为动物怎么办？像动物一样只顾自己怎么办？为了个人利益而任意伤害践踏他人怎么办？这样的偏至一定会发生、一定会有恶果的。从这个角度来讲，中国的古典人文主义有些东西如孔子的仁学思想，是值得后人重视和珍视的，同样的，我们在重视康德的《论启蒙》之余，也不要忘掉康德伟大的《道德形而上学》，抛弃或忘掉这些东西，只标榜一种“任个人”的个人主义，那是半吊子的无道德的人学。由此反省“五四”新文化人的人学思想，确实是有问题的，不仅是缺着胳膊少着腿的，甚至可以说是缺少灵魂的人学。那就很可能变成尼采式的“超人”——那种恣意践踏他人的超人，瞧不起庸众的超人，狂妄自大的超人，丧心病狂的超人。“任个人”的新人学变成了自私自利的护法，是吧？康德的道德普遍律强调人觉得道德的必须同样也适用于别人，这才叫人的道德，而非所谓“朕归于我”，自个就是真理，那不行的。孔子也是这么讲的：“己欲立而立人，己欲达而达人。”所以，“五四”新文化人的人学理想，其实潜藏着很大的漏洞和问题，是有严重弊端的。到了抗战期间，那么多新文化人附逆投敌却坦然自若，就是惨痛的教训。

所以抗战胜利以后，朱自清先生曾经反思“五四”以来的新人学思潮，认为它把传统人文主义简单当作吃人的礼教彻底否定掉，这是很有问题的，后果很严重。朱自清是一个很诚实也很严肃的人，我参考了他的看法。我的那个小文章里有一段话，我就念一念吧——

诚然，鲁迅的激烈言说在现当代中国产生了广泛深远的积极影响，但消极影响也无须讳言：当鲁迅借狂人对中国历史文化传统的全盘否定被视为无可怀疑的历史真实之后，后起者竞相效仿此种“深刻的片面”之论，终于蜕变为批判论者装饰其“深刻”的修辞皮毛，却使中国的历史文化传统蒙冤至今；而鲁迅所一再鼓吹的个人主义新人学——所谓“惟有此我，本属自由”、“朕归于我，而人始自有己”的个人，带着“先该敢说，敢笑，敢哭，敢怒，敢骂，敢打”的革命勇气，成为从事“辟人荒”的“立人”胜业的“新人类”，但倘无超越的神明之警戒或仁义精神之引导，则个人主义的“新人学”也会趋于“朕归于我”“我即真理”之极端，张狂到任性妄为甚至丧心病狂之境，催生出周作人之类“赤精的利己主义”者，和专革他人之命、践踏他人自由的革命—自由投机主义者。诸如此类自私的个人主义者和自是的革命—自由投机主义者，在现当代中国是层出不穷的。由此反省一下，作为新文化“人权宣言”的《狂人日记》及其相关杂文，是不是有些自迷于“人的自觉”却“人而不仁”呢？！

这里“人而不仁”最后那个“仁”是仁义。我自小是个农家孩子，儒家思想对我有影响，大人们在孩子们很小的时候就教导他们要做一个仁义的人。我家乡人对一个孩子的最好评价就是说“这个孩子真仁义”。你们读上海著名女作家王安忆写得很好的小说《小鲍庄》，那里边的小孩捞渣，从小就是一个仁义的小孩。别小瞧民间的农民，他们接受了儒家的仁学观念，崇尚仁义的人、要求小孩要仁义、要善待他人，也就是说为人不是简单的“任个人”就够了。

事实上，“五四”新文化人尤其是周氏兄弟大力倡导的那种“任个人”的新人学，后来也确实产生了严重的弊病。所以到了抗战胜利之后，作为“五四”运动过来人的朱自清先生，检讨“五四”新文化运动蛮横地贬斥古代人文主义、放任个人的新人学观念的偏颇，有非常痛切的反省。下面是朱自清的话，他说：“‘五四’运动以来，攻击礼教成为一般的努力，儒家也被波及。礼教果然渐渐失势，个人主义抬头。但是这种个人主义和西方资本主义的个人主义似乎不大相同。”（朱自清：《生活方法论——评冯友兰〈新世训〉》，《朱自清全集》第3卷第44—45页，江苏教育出版社，1996年版，下同）我补充一下，西方真正的个人主义、自由主义是要负责任的，自由同时意味着要负责任，要有担当。朱自清接着说，在中国“结果是只发展出任性和玩世两种情形，而缺少严肃的态度。这显然是不健全的。近些年抗战的力量虽然压倒了个人主义，但是现在的中年人和青年人间，任性和玩世两种影响还多少潜伏着，时代和国家所需要的严肃，这些影响非根绝不可”。这种消极的自私的个人主义，投机取巧、任性妄为，弊害甚大。所以朱自清痛切地批评道："这二十年来，行为的标准很分歧；取巧的人或用新标准，或用旧标准，但实际的标准只是'自私'一个。自私也是于时代和国家有害的。"这是朱自清在抗战胜利以后沉痛的反省，反省了"五四"新文化运动对古典人文主义简单的否定，他们贬斥仁义道德是吃人的，一脚踏到底；反省流行于现代中国的个人主义不如西方个人主义那么健全，发展成任性的、不负责任的个人主义，结果是要么变成周作人那种精致的个人主义者，要么变成那种热狂野蛮的革命投机主义者。他们都可以拿个人主义来说事儿，拿个人自由来为自己的自私妄为以至于附逆行为辩护，的确存在这样的问题。

应该说，朱自清对"五四"新人学流弊的反省是切中要害的，极富历史感和思想深度的。可叹的是，"五四"和周氏兄弟的崇拜者们，至今对"五四"以来的新人学之偏颇缺乏反省，于是新时期以来再次高涨的新人学思潮也就依然故我地沿着"任个人"的惯性向下滑行。我自己也常遭遇到任性的个人主义者，看到他们总是慷慨悲壮地拿鲁迅的话尤其是其新人学来说事儿，真是屡见不鲜。当然，好的个人主义是现代社会所需要的，但个人主义却并不必然都是好的。那种只知纯任个人的立人之道，只会助长任性玩世、自私狂妄的个人，只能离人国愈来愈远。健全的个人必须而且首先要把别人当作人来尊重。就此而言，"己欲立而立人，己欲达而达人"和"己所不欲勿施于人"的儒家仁学思想，的确是值得我们珍惜的精神遗产。

我在那个小文章里也说到，《狂人日记》那种分裂的描写，那种宏大的新人学主题，尤其是对仁义道德的凌厉攻击，就把那个狂人的大哥给丑化了。其实我们看看，狂人的大哥并没有多少问题是吧？一个弟弟出了心理上的毛病，大哥还是尽心尽意地照顾他。可是小说却借助象征的写法，把那个大哥漫画化以至丑化了，隐含作者最后跟读者达成一种共谋，把那个大哥变成一个莫须有的吃人者，一个没有人味的封建家长，这真让大哥蒙冤了！其实，以我对中国传统家族和礼教的了解，包括我个人的生活经验，我知道这些描写并不具备普遍的真实性。中国传统文化尤其是儒学礼教，其实是很讲人情、很有人情味的，并不是人吃人的，比西方要好多了，有人情味多了，所以鲁迅对"大哥"的描写其实是不公道也不人道的。鲁迅自己也是封建大家庭长大的，他从小为什么那么孝敬，对弟弟们那么友爱呢？那都是传统文化教育出来的。可是，恰恰在鲁迅和周作人获得新观念、成为新人学的鼓吹者之后，两兄弟却闹得不可开交了，以至成为不相谋面的长庚启明，从此分道扬镳了。在这之前，鲁迅的祖父犯事儿，父亲有病，鲁迅年纪那么小，十几岁就开始履行长孙长子长兄的职责，照顾弟弟、照顾母亲，牺牲自己，自觉自愿，很了不起，那是吃人的吗？鲁迅的道德是哪里培养出来的？不就是儒家文化吗？鲁迅身为大哥，他恶待过弟弟吗、是吃人的吗？当然不是。与西方比一下，最典型的比如说英国的贵族继承权，那是嫡长子继承，只有他才能继承家业，其他子女是没有分儿的。为什么西方殖民主义会很发达呢？修女和传教士那么多呢？因为假如你不是嫡长子，而是弟弟或者妹妹，那么你接受教育后，女的要么去当修女，要么去当家庭教师，就是《简·爱》里面的简·爱，没有财产继承权的弟弟，也只有去经商或到殖民地当兵传道。中国不是这样，所有的儿子都是平等的，都有财产继承权，长兄对弟弟妹妹还要特别照顾。所以在中国大家庭里大哥最难当，大哥是要仁义的，我自己都能体会到啊。我常对关爱和老师开玩笑说，谁让你是觉新呢？我就是觉慧，我是师弟我就可以耍赖呀。他就一直让着我，一直照顾我，那是很有人情味的。你们能相信关爱和老师是一个吃人的封建大哥吗？绝不能那么说吧？我自己的亲哥哥也是一个仁义的大哥。鲁迅当然也是传统的人文观念培养出来的嘛！他是那么好的一个长孙长子长兄，那么负责任，那么孝敬，那么照顾弟弟，这不挺好嘛！你怎么在小说里把大哥写成那样呢？以莫须有的罪名与读者共谋，最后把这大哥糊弄成了一个吃人恶魔。我所谓“蒙冤的大哥”，广义上是说整个传统文化都是蒙冤的，新文化人的批判是不公道的。同时他们提倡的那种新人学太简单化了，是缺乏道德灵魂的新人学，那是有问题的。这是我借着评论《狂人日记》进而对“五四”新文化提出的一点小小的质疑。

当然，《狂人日记》还是算得上一个杰出的作品，一个开创性的创作。我只是说它在艺术上有点仓促，思想不完善。中国那时候需要改革，需要思想的突破，《狂人日记》因缘际会而作，难免在思想上有点片面，有点极端，这也可以理解。但是我们不能永远把这个作品当作正确无误的圣经，以为它对整个中国历史文化传统的否定，都是正确无误的，那实际上只是鲁迅在思想文化上要破旧立新的话语策略而已。如果我们信以为真，以为中国历史多么黑暗，中国文化多么不值一提，那么这个民族是怎么走过来的，怎么全世界唯独只有中华几千年文明能够延续下来，岂不成了咄咄怪事吗？你们知道，文人有时是自高自大的，比如晋代有一个鲁迅非常佩服的人叫阮籍，阮籍有一句很狂妄的大话，他瞧不起刘邦项羽，他就放言道："时无英雄，遂使竖子成名。"在中国历史上文人真正成为文化政治的主导力量，唯一的一次就是在"五四"那个时代，那真是一个特殊的时代，北洋政府很无能、国家极为纷乱，反倒给文人提供了机会，掀起"五四"新文化革命，开创了中国历史文化的新阶段。这是文人唯一一次唱主角的机会，我也要开鲁迅们的玩笑说："时无英雄，遂使竖子成名。"不是吗？

随机答问录：关于鲁迅思想的偏颇及其他

学员一提问：鲁迅立人思想中的"个人"，我觉得更多是相对于封建时代的文化，对于人的发现和再造。您是怎么看的？

解志熙：其实鲁迅的"立人"概念也来自传统，孔子不是说过"己欲立而立人"吗！只是鲁迅彻底调转了方向，转向了"任个人而排众数"，提倡一种极端的个人主义，其所"立"之人，缺少为人的道德底线，只要纯粹"任个人"就好了，可这样立出来的个人未必就是好人啊，那鲁迅就不管了。这不值得怀疑吗？鲁迅干嘛就不该怀疑呀？我们干嘛要把鲁迅神化呢？鲁迅自己也有一个著名的话："从来如此便对吗？"我在这个文章里面说，我们对《狂人日记》从来高度肯认（定），那就对吗？怎么鲁迅就不可怀疑，鲁迅就没毛病？这天底下谁没毛病？谁都有毛病，鲁迅当然也有。把鲁迅神化是毫无必要的，鲁迅也是有脾气、有偏颇的人，当然鲁迅是有天分的，有思想的，他在新文化开创之初对传统的仁义道德之否定，是出于策略性考虑，讲得极端一点，难免有偏颇和流弊，对传统并不公正。中国是一个传统的内陆农业国家，强调家族和谐，强调社会秩序的稳定，比较抑制个人，这是很自然的事情。到了要现代化的近现代，我们要强调点个人的权利，那是可以的，也是应该的。但是不能把个人主义讲得没有原则，以为“任个人”就可以了。放任个人纵情任性地敢打敢骂，自己是绝对正确的、就是真理，别人不在话下。这对吗？谁给你这样的权力？“任个人”地为所欲为，就是对的？“任个人”以后的新人有没有人的灵魂，有没有人的道德观念？全没有。好像只要任个人就够了，这怎么得了？那人变成原始丛林那种个人主义怎么办？变成不把他人当人的恶人怎么办？这些恶果都是可能发生的。周氏兄弟就这样抛出一个“任个人”，拒斥人的道德传统，那是有大问题的。而我们长期忽视了周氏兄弟的这个缺失。就像我刚才说的，我们讲康德时就讲他的启蒙观，却忘了康德伟大的道德形而上学，看看康德的三大道德律吧。第一条道德的普遍律，就是跟孔子讲的一模一样。一个人为人，要有道德，你的道德观一定同时适用于他人。如果只适用于你一个人，变成一个朕归于我，我就是真理，我可以不把别人当人呐！那麻烦就大了。你看有些自由主义者、有些热狂的革命者，他以为他有绝对的个人自由、有任意杀伐的革命权力之后，他就不把别人当人。我爱自由，我搞革命，我一切很崇高，可以把别人不当人，是吧？鲁迅自己在写到下层社会的时候，他觉得那些人是愚昧、落后、麻木的，就不像人。真是那样吗？以我对中国社会的了解，中国大多数老百姓的国民性没那么坏，中国人第一勤劳，全世界没得比；第二善良，也是全世界没得比，还很仁义，全世界没得比。坏在哪里了？鲁迅有时候自己也有点犹疑。比如他的小说《一件小事》里面写到那个人力车夫拉着一个小知识分子走，路上无意中发现一个老太太倒了，当然那个老太太也不是碰瓷，那个小知识分子觉得不关我的事，可是人力车夫反而把那个老太太扶起来送走，他觉得那是个可怜的老人，他不能一走了之。你看看这个普通的劳动者比知识分子更有仁心。我是农村人，农民世代相传，大都很仁义、很善良、很勤劳的，人性坏哪了？鲁迅把普通的老百姓说得那么愚昧落后，那么缺乏人性，觉得国民性那么糟糕，其实你知道这是为谁说话呢？是为了给知识分子争话语权嘛，以为知识分子最重要，因为国民性太差了，需要知识分子来启蒙和改造他们，是不是？所以掩映在启蒙论背后的就是知识分子自高自大。其实谁跟谁啊？我的老祖父跟鲁迅年龄差不多，他就常让我吃惊，他也有思想，有时候甚至很复杂呢！他面对生存的态度，我觉得有时候比鲁迅还伟大。我曾写过一首诗嘲讽鲁迅对死亡问题的作张作致。我的祖父和父亲都是农民，我眼见祖父两代对生死之通达，鲁迅都比不了。不要小瞧老百姓，中国普通老百姓就是仁义、善良、勤劳，全世界没得比。瞧不起他们，以为他们人性不足、没有个性，那是知识分子的傲慢与偏见。“五四”新文化新文学的国民性批判，实际上是为知识分子说话的，让知识分子显得特重要，这个世界离了他们是不行的，离了他们的革命就不会好，可是知识分子自己闹革命也不成，闹革命是集体闹的，这与个人主义冲突，所以左右不行。但无论如何还是知识分子高明。鲁迅也有这种知识分子的傲慢。

学员二提问：如何看待作家创作动机与写作内容之间的关系？文中用西方嫡长子继承的例证是否能够恰切地展开论述？

解志熙：这个是大约的说法。西方也有国家处理得比较好的，但是英国的贵族嫡长子继承制，它是剥夺其他儿子和女儿的继承权的，所以好多女性变成修女或者家庭教师，男的就去当传教士或去从军打殖民战争，这是很糟糕的。中国家庭也有兄弟阋于墙啊，坏事例肯定是有的，但总体来讲中国的家族制度不剥夺次子庶子的权利，兄弟都有财产继承权，并且兄长有照顾弟弟、妹妹的义务，这是他作为长子长兄的道德教养。弟弟也要尊敬兄长，视长兄如父。而且，中国人在个人奋斗的时候，他会得到整个家族的支持，所谓家族不完全跟个人奋斗相矛盾。中国的个人主义和西方的个人主义不同，西方的个人主义真是很孤独，家人对你没责任，可是中国的个人奋斗者有个好处就是整个家庭都在支持你，明白了吗？所以不见得我们的家族制度就一定不容忍个人奋斗，有时候全家的人都会尽力支持你去闯。当然个人成功以后，也会有很大的家庭负担，要回馈家庭，那是必然的，是吧？所以"五四"那一代人搞新文化运动，对旧文化的批判有一些极端偏颇的地方，比如鲁迅对家族制度和礼教道德的否定，他其实是出于一种推动文化革新的策略之考虑，所以把话说得言过其实，否定得过分一点，这样才能推动文化的更新，否则传统文化有它的惰性，你要改变它可是太难了，因此就把它说得毛病多一点，以至于言过其实一点，那是为了推动大家去变革。用鲁迅的话来说，这个屋子太过封闭了，我们要开个窗户，人家不同意。

你干脆说把这房子给扒了烧了，人家就妥协一下，好吧，你弄个窗户吧。如此言过其实一点，这是策略。但是你知道，这种策略思维也会形成惯性的。鲁迅开始是有这个策略考虑的，他私下里对中国传统文明是有肯定的。比如三十年代他有一个最好的日本朋友内山完造。内山完造在卖书之余也会写一点介绍中国风土民情、礼俗文化的散文，在那些文章里边他经常夸中国。鲁迅就抗议说："老板呐！这不行，我不赞成。因为你这么讲，中国人是会骄傲的。"明白吧？我们还是要变革，不能让中国人骄傲。后来有个人叫尤炳圻把内山完造的书翻译成中文出版，尤炳圻给鲁迅写信讨教，鲁迅就回信说：内山完造作为异国的人来介绍我们的风俗人情，让我们惊喜地看到，我们还有这么多优点。又说，想想我们这个民族，一再受北方蛮族的侵略，竟然支撑到现在，其实是伟大的。但是我们不能讲那么多优点，免得国人骄傲、不思进取。所以我们当然要理解鲁迅，他为了推进中国文化和社会的变革，而有意对传统文化批判得严厉一点，偏颇一点也在所不惜，对个人的热烈鼓吹则不及其余。但策略手段用多了用久了它就会变成目的。我感觉到鲁迅发展到后来，偏颇成了思维和言说的习惯，那些极端偏颇的意见就成为他对整个中国的定论了，这是有问题的。他觉得要使自己的批判引人注目，获得社会的反应，非得那么极端言说不可，说得多了他自己全相信了。而这些极端激进之论，年轻人更容易相信啊，于是从策略性的文化历史批判变成了文化历史的原罪定论，这就出问题了。可是，很多鲁迅的崇拜者从来不反省鲁迅带着策略性考虑的文化批判，完全把鲁迅的话当作对中国历史文化的真实判断。他们经常会学着鲁迅说，中国几千年就是做稳奴隶的时代和没做稳奴隶的时代，中国永远就是个打不破的铁屋子，中国几千年的历史文明就是人吃人的历史，这扯不扯？世界上哪个民族的历史能经得起这么衡量、能这样去审问——用这么抽象的人学标准去衡量，那还了得！是吧？这样的历史文化反省看似深刻，其实是有很大问题的。鲁迅喜欢显示自己很绝望，绝望于中国几千年就那么黑暗，绝望得厉害。有时候你感觉到，他甚至是以自己的绝望来自傲，来宣示举世皆醉吾独醒，我越绝望就越深刻啊。开始我还相信他的真诚，后来看得多了，不胜其烦也不以为然：你这是干嘛呀，整个民族的历史，最后剩下你一个人是绝望的深刻、孤独的伟大！这值当吗？是真的吗？其实是大有问题的。鲁迅去世后的八十多年，中国还顽强地存在着，中国人的日子也好起来了呀！所以我们也别把鲁迅神化，他是人，我们也是人嘛。鲁迅写那些东西的时候才三四十岁嘛，并且他弄文学、文化、思想也是半路出家，不可能无所不知、绝对正确。鲁迅当然是一个伟大的天才，可是鲁迅读过的书，我们也读过一些吧？甚至也读过他没读过的；鲁迅经过的事情我们固然没有经过，但我们经过的事他也没经过嘛。他在动脑子，我们也在动脑子。彼亦人我亦人，谁跟谁呀！最不该把一个人神化、绝对化，鲁迅最反对的就是无原则地崇拜一个人。可是鲁迅没想到，他的思想做派哺育了一批又一批崇拜者，并且鲁迅也是很有虚荣心的人，他大概也很高兴自己能有一些崇拜者，却没想到他们会变成无原则的崇拜者，把他当成神一般的偶像来崇拜。这实在没有必要！

学员三提问：如何处理中国现代文学数量庞大的文献，从而服务于自己的研究？

解志熙：这个也是难题。关于古代的文献，前人喜欢用汗牛充栋和浩如烟海两个词来形容。其实古代文献没那么多，古代的文献，截至清代的统计，总数大概是八万册多点，它是有限的。近现代以来，由于出版传媒的发达，文献倍增，那才真叫浩如烟海，实在太多了。有时候我偶尔到一个书店里去，我就完全绝望了。我觉得自己写什么东西呀！你写那个书放在架子上，谁认得谁看啊，是书看人呢，傻待着等人看，真是太可怕了，量太大了。所以我们现在面临的问题是文献太多。不像古代文献就那么多东西，而且它也经过历代的整理，有类书，有别集，有总集。经过清代和现代的整理研究，古典文献大体清楚，就那么多东西。近现代以来的文献太多了，它的问题就在于太多。但是你想想这也是好事，你别悲观，你从积极方面考虑，正是有那么多的文献，所以在文献上还有很多生荒地需要我们去开拓。这正好嘛！如果一切都有人做得井井有条，都做好了，你还干什么呢？你没得干嘛！你想想唐诗宋词研究，你要有点突破，那太难了嘛！几乎每个诗人词家，都被人做过了。可现代的东西，你随便看随意做，东西太多了、问题太多，并且大量的东西没人整理，这给我们提供了用武之地嘛。只是你一开始面对那么大量的文献，想全部都读，那太难了吧？应该根据自己的专业选择、选题，一步一步地去读，慢慢地扩展，有些东西是要专题去搜寻，有时要浏览，大量地漫无目的地浏览。一方面要有目的地去读，你要做作业，要写论文，就要有目的地去整理专题资料。同时还要借助别人的研究提供的线索，现在还有很多数据库，为你提供了很大的方便。另一方面，任何专题研究都不能穷尽文献，你还要漫无目的地、非功利地博览文献。一些真正重要的发现，很可能是在漫无目的地浏览阅读中发现的。你如果太有目的，有时候反而找不到。在这个浏览过程中，你了解了当时的出版状况、文化状态，比如文化界在讨论什么热点问题，这些是有关联性的，慢慢地你就都了解了，你感兴趣的东西在脑子里装着，突然有一天，这些东西都串起来了，你发现它们不是孤立的，原来这个刊物跟那个刊物不照面，但有人在这个刊物上发文章是针对那一个刊物上的另一个人的，就像隔山打牛，像气功一样，你慢慢就了解了隐藏其间的关联，一个个孤立的东西慢慢就建立了联系，从中发现一个共同的现象、共同的问题，于是就有了研究的兴趣和目标，是不是？我告诉你们实话，我当年离开河南大学的主要原因，就是我当时在河大找不到近现代的原始文献，这让我非常痛苦。因为我从北方那个大学毕业回来以后，已经有那么一个学术习惯，就是从原始文献做起，旧刊物、旧报纸，就集聚在北大和北图。河南大学很可惜的，它也是民国时期的著名大学，但是抗战和解放战争时期到处搬迁，仓皇之中能保存的就是古籍善本，近现代文献几乎全扔了。所以做近现代文学研究的，在河南大学最困难的就是没有多少原始文献。那么，我的研究怎么做呀？我只能看二手文献做跟风文章，我又不愿意那样做，那时候也没有数据库，我真感到无法可想。我要早知道后来会有数据库，我就不离开河南大学了。我当年在河大写我的第二本书——《美的偏至——中国现代唯美—颓废主义思潮研究》的时候，基本上靠我在北大读书时所做的几十本读书笔记写的，中间有些资料不全，我只能托人在北京、上海代我复制，那太麻烦人了。我也不可能随时到北京、上海去查，也没有那么多经费让我跑啊。我当时还年轻，不想混日子，才三十岁多一点嘛，怎么办呢？想了又想，那就换个地方，到资料文献好找一点的地方，我只能这么做了，所以我才离开了河南大学。其实河大的老师、领导对我很好，我在这儿待得很愉快，还成了家生了孩子，小日子过得很好。我干嘛离开呀？就是因为没原始文献看，学术做不下去。没想到离开以后，过了两三年吧，大量的原始文献通过数据库上网了。这个让我后来很后悔，但是既然走了，没有回头路了，只能这么做下去。

学员四提问：读书研究时怎么处理版本的问题？

解志熙：这个看你怎么做，你要看它最初的创作状况，当然要看它最初的刊发本。但有的刊发本会比较草率，可能随后初版本会做一些修订，所以初刊本或者初版本是比较保险的。当然有些作品是作者后来在第二版做了重要的订正，但是没有别的添加。比如说冯至的《十四行集》第一版印得很草率，连作者序言都丢掉了。后来冯至修订的第二版纠正了一些误印，还加了序言，这个第二版就很好。有些作品的刊发本后来没有收集，有些刊发本在收集或再版的时候会有较多的修改，你要研究这中间的变化，你就要把那个刊发本或初刊本与后来的修订本对照，追究差异之所在及其原因。我们研究近现代文学，要尽可能看当年的刊发本或初版本，那可以了解近现代文学的最原始的状况。根据后来修改的版本进行研究，那就是另外一回事了。我自己受的最大的刺激就是三十年前，一个外国学者——欧洲的一个汉学家，他研究中国现代文学、比较文学，研究茅盾。他有一次就跟我说，你们中国学者的东西我不能看。我说为什么呢？他说，第一，你们研究茅盾，研究三十年代茅盾的《子夜》，研究他的“农村三部曲”，可是你们用的版本是五十年代的《茅盾文集》本。那是当代修改的版本，不是现代的版本。你们研究的是三十年代的茅盾创作，可是用的是五十年代的修改本，这个是完全不行的。这是第一条，修改的文本我不能用，你们中国学者却连版本都不讲。第二，你们中国学者没有学术道德，没有学术纪律。我看到某个学者关于茅盾或者其他作家的研究文章，我以为他的文章是新观点，可是我再看看再查查，另外一个人又写了一个同样观点的文章，第三个人还是这样的观点，好些人的文章是同样一个观点，没有任何说明，我不知道谁是谁的了，这怎么行？这在西方是决不允许的嘛！他的这些话对我刺激很大。而这位学者为了探寻茅盾早年一篇文章的究竟，所付出的劳动是最好的例子。你们知道茅盾（沈雁冰）最初编《小说月报》的时候，他要介绍西方文学，写过一篇关于邓南遮的论文，邓南遮是意大利的唯美主义者，后来也是法西斯主义者。这篇介绍文章写得很成熟，我自己看了有点怀疑，但是我没有追究下去。我当年写《美的偏至——中国现代唯美—颓废主义文学思潮研究》那本书的时候，也用了这个文献。可是这位西方学者，他二十世纪六十年代在中国留学认识茅盾，他就一直带着这个问题，后来他在新时期之后，有一次到北京来告诉我说：“解先生，我找到了茅盾写的那篇关于邓南遮的文章的底本，是在马克思写《资本论》的伦敦大英博物馆里找到的，茅盾（沈雁冰）的那篇关于邓南遮的文章有一个外国的底本，那不是他自己的文章，而是他编译的。”

你看，原本是在大英博物馆收藏的一个报刊上找到的，是西方人写的，茅盾只是编译。这位先生为了弄清这个文章的真相，整整坚持了四十年，终于在大英博物馆找到了。一个西方学者对文献的追溯，大海捞针一样，苦心没有白费，四十年后终于找到了。这种严谨的态度值得我们学习。“五四”、二十年代的时候，茅盾的知识水平有限，那个时候也没有严格的学术标准，人们介绍外国文学的时候，把外国人的文章编译过来当作自己的东西，这在当时不足为怪，但后来的研究者对此要有警惕。我们研究一个作家，要注意他的思想、他的文学修养逐渐成熟的过程，他年轻的时候很可能拿外国人的评论文章，编译过来用自己的名字发表，你把它当作这个作家本人写的那就成问题了。我们一定要有这种警惕和追究的精神，学术就是学术，来不得半点虚假。现代学术有它的文献标准，同时学术界也要有点学术道德。弄虚作假的东西迟早是会露馅的，虽然有的时候可能侥幸得逞，但迟早会露馅的。所以我们最好是从严要求自己，对文献做严肃的批判性考订，用起来才觉踏实。

学员五提问：鲁迅的神话是如何一步步确立的？

解志熙：鲁迅的同代人绝不会把他神化，比如钱玄同、胡适都不会这样的。后来鲁迅名气越来越大，其伟大的创作成就和深刻的思想见识很吸引人，越来越受推崇。他去世前后左翼作家对他很推崇，尤其是左翼里面受鲁迅影响很大的那一批弟子特别崇拜鲁迅，周扬那一派左翼人士，对鲁迅就没有像他的弟子一派那么崇拜，当时的周扬一派至少没有把鲁迅神化。鲁迅的神化是从鲁迅自己的弟子辈开始的，就是从冯雪峰、胡风、萧军等开始的，我曾经开玩笑说，鲁迅加上冯雪峰、胡风、萧军，就是左翼一派文学的一祖三宗，这几个弟子就逐渐把鲁迅悲壮化、神话化，他们成了鲁迅的三大护法。后来再加上毛泽东对他的高度评价，进一步加重了鲁迅的分量、提高了他的地位。到解放后鲁迅成了仅次于马、恩、列、斯、毛的伟大人物，完全被经典化、神话化了，此后就一发不可收拾，成了永远正确的神。有鉴于此，二十世纪八十年代王富仁先生和钱理群先生都强调回到鲁迅本体，强调鲁迅的复杂性和矛盾性，不再把他当作一个政治上永远正确的神化人物，注意到他也有复杂矛盾的地方，有彷徨绝望的时候，鲁迅也是人，努力还原一个人间化的鲁迅……这些都是鲁迅研究的新进展。但是，新时期对鲁迅神话的祛魅是未完成的。鲁迅仍然被神化，被神化的不再是他在政治上的永远正确，而是他在思想精神上的永远正确、在文化批判上的绝对深刻、在生命沉思上的绝望的深度……他还是被当成神圣的偶像。比如王富仁先生说鲁迅是中国文化的守夜人，那差不多像过去人们说孔子一样，“天不生仲尼，万古如长夜！”同样的，天不生鲁迅，中国就黑暗得如长夜了。其实，无须这么夸张，我甚至觉得那样说孔子还有点道理，那样说鲁迅可就不一定了，鲁迅没有孔子那么伟大，那恰恰因为他总想追求深刻，失去了孔子那样的质朴性。我是个古典文史哲的爱好者，最近写的一个文章，就是关于《论语》的。我长期以来觉得，古代的圣人孔夫子很可能比现代的圣人鲁迅更伟大、更有人情味，因而也更可爱。我觉得真是这样。鲁迅确实在各方面被人神话化了，而且不客气地说，成名后的鲁迅之言行也颇有“装”或“作”的成分。事实上，周氏兄弟都是比较会“装”会“作”的人，鲁迅常常装悲壮，使自己显得很崇高很深刻，其实没有必要；周作人则一直装低调，说自己不懂这个不懂那个，所知有限呀，你看多自谦。于是，就有许多人无限地崇拜鲁迅的悲壮，觉得他那么悲壮，言行哪有错误啊；还有人特别地推崇周作人的低调，觉得那低调实在高妙得不得了。可是，如此装悲壮和作低调，渐渐变成习惯、变成表演，怎么办？那是会有问题和危险的。当然我这样说并不是向鲁迅学习，以所谓“不惮以最坏的恶意，来推测中国人的”态度来推测鲁迅，我只是一个长期研究文学的人，也多少有些生活经验了，有时读鲁迅就不免怀疑，他真是那样悲壮吗？还是做给人看的？鲁迅常常悲壮地沉痛地批评别人，有时其实是批错了的，可是崇拜者总觉得鲁迅那么悲壮沉痛，他即使批错了具体的人事，在文化思想上一定是正确的，因为他有伟大的动机，哪怕他对具体人事批错了，也无损于其批判思想的普遍正确性和无比崇高性——常有人用这样的逻辑为鲁迅辩护以维护其伟大的。比如鲁迅和施蛰存关于《庄子》和《文选》的论争，施蛰存说搞新文学的也应该学习点古典文学如《庄子》和《文选》，并举鲁迅为例，说他也喜欢《庄子》。鲁迅就很生气，就小题大做地把施蛰存狠批一顿。施蛰存只好忍耐。晚年的他坦白说，自己并不服气鲁迅夸大其辞的批评。的确，事情是一码归一码嘛，最好就事论事，别把问题扩大化，从具体问题转移目标，然后弄出一个崇高悲壮的东西来压人，那样是不行的。再比如，鲁迅也曾经警告左翼作家说，辱骂与恐吓绝不是战斗。可是现代中国文坛上的辱骂与恐吓就是从鲁迅开始的。鲁迅从与《现代评论》派论战开始，就把思想论敌不当人，贬斥之为狗为猫，开了这样一个骂人的坏风气。所谓使酒骂座，他的笔又那么厉害，骂人文章没完没了，别人只能退避三舍。他成为左翼作家以后，又写了《丧家的资本家的乏走狗》来批梁实秋，那不就是辱骂与恐吓吗？他的这种作风影响没影响年轻的左翼作家？当然影响了嘛！可是鲁迅又反过来摆出一副正确的架势说："辱骂与恐吓绝不是战斗。"鲁迅也常常悲壮地说自己遭受了许多来自左翼内部的暗箭，可是鲁迅自己对别人放暗箭了没有？鲁迅放的暗箭实在不少，杂文里比比皆是。比如他很挑剔胡适，总是拐弯抹角地挖苦胡适，经常会拿胡适来说事，而胡适却一直忍着不吭声。看看谁更有风度！有人说鲁迅那是在进行文化斗争，可是文化斗争也是人与人之间的斗争，也要把人当人吧？是不是？不能说你有一个崇高的目标，就把自己的言行悲壮化、正确化，而理所当然地把别人不当人，那样行吗？革命的文化人骂人是狗是猫，就对了，资产阶级作家不能如此回应，是吧？有这样的道德特权吗？如果道德成为特例特权，还成为什么事儿？道德必须有普遍性，"己所不欲勿施于人"嘛。当然，鲁迅也有自我批评，可是他往往是为了显示解剖自己比解剖别人更严厉，这多么高人一等啊，你看看！鲁迅诚然是伟大的作家，但他确实也是褊急的人，这有他性格的原因，还有病痛的原因，是不是？病痛的原因有时候使他偏激一些。他也会突然莫名其妙地发火啊，好好的人比如茅盾和郑振铎都是很好的左翼作家或准左翼作家，鲁迅有时却把这些人为难得要命，茅盾和郑振铎觉得鲁迅伟大，就让着他吧。大家就这么长期地让着他，也会惯坏他，对不对？你知道把一个人长期惯着，会怎么样？他一定会恃宠而骄！

学员六提问：以鲁迅为代表的新文学作家提出"任个人"的

思想，是否把西方思潮中国化的一种策略或者手段？

解志熙：你说的这种可能性是有的吧。不管怎么说，“五四”新文化人不可能不受中国传统文化的影响，因为他们大多是中国传统大家庭出身，“立人”一词就来源于孔子啊。但我们要注意，不要又弄成了一个传统决定论，是吧？鲁迅等新文化人对西方的东西是不大怀疑的，他们觉得西方的东西都很好，连书也要只读西方的。对进化论、个人主义等各种主义完全拿来，当他们把这些东西发挥得片面极端的时候，我们却不能把他们片面发挥的问题，也归罪于传统文化的影响，那就变成循环论证了。事实上，孔子的仁学思想是“己立”与“立人”相对的，并没有那种片面性。所以，我觉得有些事情还是一码就归一码，是吧？比如近现代的新文化先驱提倡进化论，让中国人从越古越好的崇古尊古思想传统里走出来，走向进步、走向现代化。这是好事情好思想嘛！并且，因为旧中国是传统的农业社会，比较维护家庭的和谐和社会的整体利益，个人主义相对比较弱，虽然不能说一点没有，毕竟欠缺些，所以在现代的确有提倡个人主义的必要。其实，好的思路是把传统的仁学思想与现代新人学如个人主义结合起来，而不要把它们之间的关系搞得那么矛盾对立，不要抛弃一面而偏至到另一面。但鲁迅等“五四”新文化人为了推动文化的革新，就刻意把传统的仁学与现代的人学对立起来，故意把传统文化说得一团糟，以为西方的个人主义就能包治百病，对个人主义没有提出任何道德标准，以为只要“任个人”就可以了，个人立则“沙聚之邦转为人国”！这就把问题简单化了。当然，我们在具体地分析的时候，不能脱离当时的情况，必须明白新文化人是为了破旧立新，推动文化变革，不得不过甚其辞、矫枉过正一些。但是，过甚其辞、矫枉过正不能成为一种思想惯性或者说思维定式，如其如此，那就会造成很大的问题。一旦出现偏至，我们不能说这种思维定式是传统文化决定的，那最后就变成一种循环论证，一个永远也走不出去的怪圈，是不是？因为同时代的人比如胡适，为什么没这样像鲁迅那样偏激？胡适讲个人自由的同时特别强调个人自由也意味着责任和义务，而且胡适也没有采取激进的方式，他的文章叫《文学改良刍议》不叫《文学革命论》。由此可见，胡适和鲁迅同样都出生于传统文化大家庭，都是父亲早逝、由母亲抚养长大的人，可是你看两个人是不一样的，胡适就相对温和宽容得多。所以我们不要把鲁迅的某些不好的东西归结于传统，把反传统反出来的弊病又归罪于传统文化的决定论，这会变成循环论证。同学们一定要明白，我无意否认鲁迅的伟大，鲁迅对旧文化的批判，在当时是出于某种文化革新策略的考虑，他心里对中国文化和历史还是有所肯定的。只是他当时觉得别多说中国文化的优点，那会让国人懒于改革的。但他的过分片面之词说多了以后，会形成一种定式和惯性，就不免产生负面影响了。鲁迅也是人，也有人的虚荣，觉得这样说能赢得群众、赢得青年的鼓掌，让他显得悲壮和崇高，于是成为言说习惯，发展到后来，显然带有自我表演的成分。如此一来，论战策略变成了战略，言说手段变成了目的，那就难免出问题，可即使出问题，他好像也在所不惜了。

（许萌整理，解志熙校订）

第五讲

中国文论的古今演变

周兴陆

我讲的题目叫《中国文论的古今演变》，主要是讲中国文学批评史。

中国文学批评史这门学科，从 1927 年算起，陈中凡在中华书局出过一部《中国文学批评史》，虽仅七万多字，但标志着学科的确立；到了 30 年代的时候，中国文学批评史像雨后春笋般一下子就爆发出来了，郭绍虞、朱东润、方孝岳、罗根泽等先生的批评史著作纷纷出现，有郭绍虞《中国文学批评史》、方孝岳《中国文学批评》、朱东润《中国文学批评史讲义》（1940 年代开明书局改成《中国文学批评史大纲》）、罗根泽《中国文学批评史》等；到了 40 年代的时候，傅庚生先生著过一本书名为《中国文学批评通论》。中国文学批评史到后来发展成为中国文学批评史和古代文论。"古代文论"这个概念当然是后来才有的，但这种思维方式，其实在傅庚生先生书中就已经出现了，这本书最近重新出版了，大家可以很容易能够找到。钱锺书先生的《谈艺录》最早在 40 年代后期就出版了，后来我们看到的是它的补编本。40 年代钱锺书先生的思路其实是一种古代文论的思路；到了 50 年代以后，特别是 1959 年的时候，周扬提出要建立中国特色马克思主义文学理论，当时从 1949 年到 1958 年这段时间不大重视批评史；从 1959 年以后周扬提出重新建设中国有民族特色的马克思主义文学理论，后来就有了复旦郭绍虞先生编的《中国历代文论选》、复旦刘大杰先生主编的《中国文学批评史》、南京大学罗根泽先生编的《中国历代文论选》等等此类文学批评史著作。80 年代的时候，郭绍虞先生的《中国历代文论选》出了四卷。刘大杰先生去世后，《中国文学批评史》的主编任务交给了王运熙先生。我们现在经常看到的《中国文学批评史》（三卷本），就是复旦的批评史。那么，另外一种思路，以北京大学张少康先生为代表。北大中文系过去的老系主任杨晦先生，提出研究文学理论一定要研究中国自己的古代文学理论。北大有张少康先生的《中国文学理论批评史》，更为注重文艺理论的阐发。80 年代以后存在两个方向的分化，一是靠近文艺学，通常称为"古代文论"；一是靠近文学史，通常称为"中国文学批评史"。复旦的思路基本上是后者，非常注重文献的基础性地位。比如说我的老师黄霖先生最近出版一套十五册的《历代小说话》，是一部汇辑有关历代小说话的总辑。汇集从明代万历间胡应麟的《少室山房笔丛》开始，至 20 世纪 20 年代后期的小说话，为研究中国古代小说以及小说批评提供全面的资料。这件事情过去人家都不重视，或者说没有人愿意拼全力去做，但对我们来说这是非常重要的基础。所以第一步要从文献做起。

第二步是重视文学文本的解读。王运熙先生有过一篇文章谈到，研究古代文论，一定要重视文学作品。如果不重视文学作品，光在那里空谈理论，这个是不行的。还有南开大学罗宗强先生主编的《中国文学思想史》，不仅从古人的理论表述中总结文学思想，还从古人的文学创作、文学思潮中提炼出文学思想，更接近文学史。

所以研究中国文学批评实际上有三种思路：一种就是复旦的这种思路，第二种是张少康先生的思路，第三种是罗宗强先生的思路。举例来说，张少康先生的《中国文学理论批评史》为《声无哀乐论》专门设了一节，但复旦王运熙先生和杨明老师撰著的《魏晋南北朝文学批评史》并没有把《声无哀乐论》单列为一节。从文艺学的角度来说，《声无哀乐论》当然是一个非常重要的问题，但我们的文学批评史并没有过多关注它。我再举一个例子，罗宗强先生撰写的《魏晋南北朝文学思想史》专为陶渊明设了一节。陶渊明除了“不求甚解”和“自娱”以外，似乎没有专门谈文学理论的话，但是罗宗强先生是从文学作品中发掘他的文学思想，觉得陶渊明非常重要，但在复旦的文学批评史里并没有为陶渊明专设一节。我想用以上例子，可以非常简要地概括三家的特点。这三家各有特点。你不能说哪家好哪家不好，是风格不同而已。不同的风格之间应该取长补短，相互吸收。刚才讲到了王运熙先生强调一定要重视文学作品，他所表达的观点与罗宗强先生直接从陶渊明文章里找出文学思想观念又不一样。他强调的是什么？我认为是要结合作品来论述文学理论。一个最直接的例子，是王运熙先生曾在文章里提到，严羽的《沧浪诗话》提出“标举盛唐”到底是成功的还是失败的？你去读《沧浪吟卷》里的诗篇，并结合这些诗篇来理解他标举盛唐的一些文学理论，这样才可以更好地理解严羽。我想这样讲，大家应该都能够理解什么叫结合文学作品来研究文学批评史。

郭绍虞先生30年代想要编一部文学史，但他觉得要编文学史首先要把一些理论的问题搞清楚，所以他转而先去研究文学批评史。说明文学批评史这门学科起步时就重视文学作品和文学史。的确，要熟悉文学文本，然后再上升到文论。从文献到文学到文论，当然更高的一个境界是到哲学文化这个层次，但是我们批评史一般没有达到这个层次，一般还是在文论的层面打转。

那么讲到近代文学研究，我要特别提到另外一个问题：我们过去讲文献，除了目录、版本、校勘以外，我觉得辨认行草书和印章的基本功，对于入门来说，也非常重要。我过去给同学们上中国文学批评史文献学，就是从认字认印章开始，这个非常重要。因为我们做文学研究的人，不能过着一种寄人篱下的生活。什么叫寄人篱下的生活？用二手材料。用别人已经整理过的材料，就永远过着一种寄人篱下的生活。过这种生活，特别是做近代文学研究，是没有出息的。因为近代有大量的手稿、抄本和尺牍还保存在世上，是很重要的第一手文献。若要利用，首先要释读出来。我过去就因此吃尽苦头。我在刚入门做评点研究时，从图书馆里面找到一本书，前面有评点，但由于基本的辨认行草书的能力不够，因而往往陷入僵局。钱陆灿的评点，在上海图书馆里藏着，他的评点是用狂草写的，他写的评点有时跟印刷的字体互相重叠，基本上看不懂，所以现在没有人去研究钱陆灿的评点。其他人的评点基本上是楷书行书，少数有草书。除了评点以外，还有书前书后的题跋，往往都是用行草书写的，那么就需得先辨认行草书才能着手整理。读书先从识字始，认行草书的能力，今天的搞文史的年轻人要有意识地培养。这一重要的基本功足够好的话，就能省心省力且事半功倍。还有就是辨认藏书家印章。大家有意识地培养，长时间地学习，在这些方面能力提高了，就能够直接地处理一些基础文献了。

关于理论正如大家所知：它不仅包括国外的文学理论，也包括中国自己的文史哲方面的东西。最关键的，我觉得还是问题意识。20世纪的学者，较为普遍的是拿西方的意念来解释中国的问题，在那个时代当然是迫不得已。但我们今天的学者，应该学会反思过去那种直接拿西方的某一种理论原理，去套用中国材料的行为。把在西方特定的文学传统里面形成的特定的文学理论命题，上升为普遍的文学原理，来解释中国自己的文学材料，这是我们过去许多学者的治学方法。比如，我们现在从文学的角度读《史记》，谈的是《史记》对人物形象的塑造之类，但是你会发现《文心雕龙》的《史传篇》根本就不谈《史记》的人物形象塑造的问题，我们过去就有人认为《文心雕龙》的文学观念不清晰，太落后。再比如说，西方有史诗的传统，研究者觉得我们中国应该也有史诗的传统。西方有典型论，我们就在中国对应地找到有金圣叹的一些说法，认为是典型论。我们过去都是这样去思维。但有一个问题是，拿这个“典型”来解释金圣叹的“一百零八人是一百零八样”，是不是把金圣叹的独特性给取消了？拿西方的理论命题作为一个原理，来解释中国材料，往往误读了材料，且取消了中国理论的独特性。这个是我们过去的问题，我们现在应该避免这个问题。既要注意到中外文学理论有相通的一面，更要注意到各自有其独特的面目。

再谈谈研究文史的断代格局和通史意识。断代研究是我们现在研究的基本格局，但我们回头去看一看民国时候的学者，他们没有人搞断代的。当然民国时候也出现过一些断代研究的书，但总体上来说，民国时候学者的视野都非常的广阔。比如像谭正璧、赵景深等人撰写《中国文学史》就写到文坛刚刚发生的事情。民国时期的学者没有人说一定要以 1911、1919、1949 等作为文学史划分的时段界标，他们的脑子里面都是古现代不分的，中国文学史就是从古写到今。当时的学者研究的面非常广博。像郑振铎、郭绍虞、朱东润许许多多学者，真正的大家做文学研究都非常的博通。但是现在的文学研究基本上都是断代的研究，比如说分为先秦两汉、魏晋南北朝、唐宋、元明清等等。这样的格局有它的必然性，各守一段有利于学术的精深开掘。比如说我们长期全力做唐代的、宋代的，或者明清的东西，有利于把某一个问题做得很深，这是优点。断代研究，目前来说，是整个古代文学研究的基本格局，这种格局的出现有它的必然性，也有它的必要性；但是我们反过来来想，也有它的局限性。没有通史观念，对断代的把握和阐释很难说准确的。不读前面的书，后面的诗文基本上是很难读懂的。我想大家应该都知道复旦的章培恒先生。章先生非常强调打通古今之间的疆界，贯通古今，研究古今的演变。在座的硕博士生做研究的话，一定不能面太窄。不能三年就搞一个博士论文，跟博士论文有关系的我就关注它，跟博士论文无关的我都不管它。那么等你毕业之后，会发现除了博士论文，其他一无所知。断代研究和通史意识、精与通，是我们要注意的。大家现在读书，建立自己的知识结构，不能太狭隘，面还是要广一点。

接下来我想讲一讲近代文学研究可开拓的一些新前景。我对近代文学虽然了解一点，但并不精通，不到之处，望请谅解。我想讲几个方面：

1. 在“古今演变”的视野里认识近代文学的特质。文学如何参与近现代的社会变革，在服务于社会变革中实现自身的革旧图新。

2. 都市与文学。

3. 从传统书院到现代大学（科举兴废）。

4. 媒介形式变革对文学的影响。

5. 域外文明的影响。（外国人：早期的传教士、外交官到后来的外籍教授；本国人：早期的使臣到后来的留学生）

6. 女性意识与女性文学。

7. 今文学 / 古文学之争、骈散之争、唐宋之争、雅俗之争、文白之争演变到现代的中西之辨、新旧之争、贵族 / 平民、白话 / 文言等。

我记得黄霖老师的《近代文学批评史》的序论部分，讲到中国近代文学最大的一个特点：变。它怎么从传统向现代演变，变是它最大的特点。研究者要在古今演变的大的视野里，来认识近代文学的特质。也就是说，近代文学如何参与近现代的社会变革，它是如何在服务社会变革中实现自身的革旧布新的。当然，我们研究前代文学，也要跟前代的社会、历史、文化等方面结合起来，但研究近代文学的时候，这方面可能会更加突出。谈近代文学，首先要理解近代的政治、社会、文化进程，然后再来理解近代文学。这是一个基本原则。

第二个是都市和文学的关系问题。现在有不少人在做这样的课题。因为近现代跟传统相比，一个非常大的区别就是都市问题。古代往往是山林文学和庙堂文学之间的分野。随着城市的发展，出现了一些都市文学，宋词是都市文学，但都市仅仅是一个背景，古代通俗小说中对都市生活的反映逐渐增多。都市和乡村的对抗，古代就有，明人的“不入城”现象，就是这种对抗的表征。但真正的城市文学的繁盛，是近代。近代文学的一个显著特点是它的都市性，而都市文学又是现代文学的一个非常重要的组成部分，这一点非常值得重视。

第三个是从传统的书院到现在大学的教育体制的变化，对文学的影响。近来已经有一些这方面的研究。传统书院在近代社会思想文化变革方面占有重要的地位。近代书院中经世致用精神的增长、对格物学的重视，某种程度上显示了思想的转变。广东的学海堂、湖北的思贤讲舍、南京的金陵书院、河北的莲池书院等等，在造就人才、改革文风等方面，有自己的特点。特别是废除科举，由传统书院向现代学堂的转变，近代教育体制的建立对文学观念、文学创作和接受的影响，都是很好的研究方向。

第四个是媒介形式变革对近代文学的影响。近现代的报纸杂志、现代出版印刷技术对于文学生产和传播的影响甚大。有人编过一个文学史，以《申报》创刊为界，把古代文学跟近现代文学分开起来。传统的诗文和小说戏曲的生产传播方式与近现代以报刊为媒介的生产传播方式迥然有别。传播方式也反过来影响创作。写旧体诗只是为了抒发自己的感情，不是为了发表，而写新诗的人大多怀抱着发表见世的目的。新诗是为了宣传鼓动，或为他人服务，很少有人写了一首新诗不去发表。这就是媒介对文学的影响。小说、说书这种方式制约着传统的章回体，现代的报刊连载形式也制约着白话新小说的结构。作者一首诗创作后，不同阶段的修改稿会发表于不同的媒体上，形成不同的版本。还有在再版的时候不断删增的现象。如胡适的《尝试集》，在出版后又不断地修改、增删。现代文学作品只要在不同地方发表，一般都存在异文的现象，这些异文到底是作者的重新修改呢？还是当时印刷校对不严谨造成的？媒介形式的变化引起文学活动的变化，值得研究。

第五个就是域外文明的影响。过去这一方面的研究比较多，比如研究日本文学对中国近代文学的影响；研究传教士对中国文学的影响。实际上还有一点，二三十年代的时候，西方一些学者到中国来，带来的一些新的思想对中国文学的影响。还有一种是本国的使臣，如早期的黄遵宪、黎庶昌，后来是留学生以各种文学体裁对域外生活和域外文明的书写。外国人走进来和中国人走出去，都给中国文学带来了某些新的景观。这是很值得重视的。第六个方面略去不讲了。

关于传统的今古文经学之争，到了近现代如何转变为中西文学文化之争，到了现代如何转变为国粹派和激进派之争，散文方面的骈散之争，骈散之争如何转变为近现代的纯文学和杂文学之争，我过去就专门写文章来谈这个问题。过去对文笔论的解释就是“有韵谓之文，无韵谓之笔”。到了阮元，他认为“文”不仅仅是有韵，还要有讲究藻饰。他认为骈文才是真“文”，韩愈的古文和之后的散文，不是“文”。阮元的思想，直接为刘师培所吸收。刘师培《中古文学史讲义》，前面说骈文是中国正宗的文学，可以跟西方文艺相抗衡。1924 年，杨鸿烈在《文心雕龙研究》里说“文”是纯文学，“笔”是杂文学。郭绍虞受到了杨鸿烈的影响，也这么认为，似乎成为定论。实际上，“骈散之争”如何演化到近代的纯文学和杂文学或者文学和国学之争，这是很值得思考的。民国时候，桐城派学者大多在各个高校和中学里教国文，所以在普遍的观念上，散文逐渐变成国文。另一个现象是唐宋之争，明清时候，唐宋之争是主要的诗学论争。晚清时候宋诗派和南社两个社团之间，实际上存在着诗学观念的冲突。杨萌芽教授过去写过一篇文章谈 1917 年南社内部的分裂。加之《文学改良刍议》《文学革命论》等新文学观念的出现。1917 年是文学观念激变的一年。再有一个是雅俗之变。过去是雅文学压制俗文学，随着现在的出版业和现在的市民社会的成长，俗文学在倔强地反抗，快速地成长。从戏曲的角度来讲，清代的“花部”的兴盛实际上体现了雅俗观念的转变。到了梁启超，他认为小说是中国文学的正宗；后来胡适也说过类似的话：白话文学是正宗，小说是中国古代文学的正宗。中国古代文学假如说存在着雅对俗的压抑和俗对雅的斗争的话，到了 20 世纪，雅俗文学的力量有了翻转。过去所谓的士大夫文学遭到了压抑，而过去被压抑的俗文学翻了个身，成为中国文学的正宗。还有文白之争，语言的演变。胡全章教授专门写过书，谈近代白话文运动的问题。的确，可以从很多的方面来探讨古今文学的演变。

我刚才讲的大多不是文论方面的，而是文学方面的。接下来，我想再缩小一点范围，讲讲近代文论方面的问题，今天的题目也叫《中国文论的古今通变》。过去写文学批评史的人，一般写到1917年结束。比如复旦的批评史，写到王国维1911年出版的《宋元戏曲史》，现代文学批评史一般是从1917年开始写起。给人感觉是：古代的文学批评史到1911年结束了，现代的文学批评史1917年才开始，且大部分是受西方文学的影响。传统的批评史著作都是这种格局，我隐隐地觉得有问题。传统文学批评到近现代就结束了吗？现代的中国文学理论都是从西方而来的吗？我一直在思考这个问题，于是，自不量力，写了一本《中国文论通史》，这本书是从孔夫子到毛泽东的中国文论史，是一部从头通到尾的中国文论史，当然写得比较浅薄，但我想解决的问题是：是不是古代文学批评史发展到1911年就结束了？现代的文学批评观念是不是都是从西方来的？我想解决的就是这些问题。我得出的结论是：中国传统的文学理论并非到晚清就结束了，中国现代的文学观念并非都来自西方。它们之间还有很多的通与变。

我讲几个比较重要的方面。第一个方面，从学术精神上看，"经世致用"思想一以贯之。从龚自珍、魏源到康有为、梁启超再到"五四"时胡、陈、二周等以及后来的"革命文学"家，文学经世致用精神是一脉贯穿的。这是中国人的特点、中国文学的特点。过去余英时先生的《士与中国文化》谈士道统、学统意识和担当的精神，值得一看。这种经世致用的精神，在龚自珍、康有为、梁启超、胡适、鲁迅、陈独秀等许许多多文人身上都体现得淋漓尽致。早年周树人的《摩罗诗力说》和周作人的《论文章之意义暨其使命因及中国近时论文之失》，激烈批判传统思想，引入西方的浪漫主义和审美主义，他们是把它作为一种革命的思想引入国内的。20 年代中后期的革命文学一直到抗战文学，从学术精神上看，经世致用的思想是一以贯之。从这个角度来说，中国古代和现代的文学不是断裂的，它是有内在精神的传承的。没有一个作家、没有一个学者不关心我们的时代和社会，这是第一点。

第二个方面，从文论的核心来讲。文论之核心“文以载道”精神一以贯之。从梁启超的“文学界革命”到“五四”时“人的文学”“平民文学”和后来的革命文学、抗战文学，各有其道。“文学界革命”不过是把传统封建之“道”转为黄遵宪、康有为、梁启超他们说的“新意境”，他们的新意境就是鼓吹欧洲文明。黄人和王钟麒都批评过梁启超。他们认为，中国古代把小说看得太轻，今天又把小说看得太重。把小说当成改良社会的一种工具，但事实上，小说没有这么大的责任和功用。梁启超他们的文学界革命实际上是发挥了中国传统文艺载道的思想，有区别的是，他是把传统的道变为现在西方的资产阶级文明而已。到“五四”的时候，“人的文学”和“平民的文学”的启蒙实际上还是用“文”去实现，就像周作人讲的，我们现在搞的其实也是一种“文以载道”，不过是把过去那种不道德的道否定掉，拿出资产阶级西方文明的尊重文明和人性新道德而已。他讲的道德或不道德，不过是站在那个时代的价值上做的判断。实际上到现在，这种思维方式还在延续，强调要用文学去表达某一种价值观念或思想主张。

文学革命论进入中国为什么能够迅速发展起来？跟中国传统的思想基因有关系。文学对现实的关注和干预，是中国文学的一种精神传统。这种传统今天并没有断绝，需要我们去呵护，去发扬光大，让文学更好地为人民、为社会服务。

第三个方面，“纯文学”艰难滋生并遭压抑。从王国维、黄人到早年周树人、周作人，再到“五四”后的“为艺术而艺术”及后来的朱光潜，纯文学观念是在曲折发展的。中国古代到底有没有纯文学的传统？二十世纪初，为了把西方的“纯文学”介绍到中国来，让国人容易接受，学者们努力在中国找自己的“纯文学”传统。过去段凌辰教授在一本《中国文学史》里，一下子把中国“纯文学”传统追溯到“鸿都门学”。当然，这比西方要早很多，但这是没有道理的。中国有没有纯文学传统？中国假如有“纯文学”传统，我觉得不是“文笔论”，“词章学”传统。中国最早引入“纯文学”这一概念的学者是王国维、黄人等一批人，王国维介绍了西方的“文学游戏说”、审美超功力主义文学理论。黄人 1902 年前后在东吴大学教《中国文学史》，就接受了日本的太田善男对“纯文学”概念的理解。1919 年年轻的方孝岳发表过一篇很重要的文章，谈“纯文学”并强调“纯文学”和“杂文学”的分别。接着，文学研究会强调“为人生而艺术”，创造社强调“为艺术而艺术”，实际上强调的是“纯文学”的观念。朱光潜是继王国维之后，在“纯文学”的中国传播方面做出很大的贡献。朱光潜在 1937 年编过一个很著名的文学杂志，仅出四期。在这四期的文学杂志里，他宣扬“纯文学”的观念。到了抗战结束的时候，《文学杂志》1947 年复刊，朱光潜在复刊词中再次强调“纯文学”的观念。后来则不了了之。现在大家都在谈的“纯文学”，实际上跟王国维、朱光潜的“纯文学”是不同的概念，意思差别大。王国维、朱光潜主张“超功利”的纯文学观，而大多数人认为纯文学就是要表达情感、辞藻华美。杂文学传统在20世纪里被破坏了，导致了不好的后果，实际上杂文学依然有它的价值和意义，把杂文学的传统放弃了，是一个难以弥补的损失。

第四个方面是人性意识的成长：从明末的童心、性灵到龚自珍再到周作人等，对人性的认识和尊重越发明显。大家都已有所认识。从古代文学来说，举一个简单的例子来讲：《世说新语》中写的是哪些人？是上层的士人。唐代的传奇写的是哪些人？是科举仕途中的士人。宋代话本写的是哪些人？是更底层的读书人，甚至有一些是工匠，是不读书的市民。从这个角度来看，中国文学对人的关注不是在逐步变化吗！宋人说“存天理灭人欲”，把人欲和天理对立起来，以天理压抑人欲。戴震主张“理存于欲”，“人生而后有欲、有情、有知，三者，血气心知之自然也”。“情之不爽失也，未有情不得而理得者也”，认为人欲的合理实现就是天理。为欲望的满足挣脱了束缚，这不是非常光辉的人性论思想吗？然后再到龚自珍，是一个人性论的发展过程。龚自珍的人性论，更具有否定权威的叛逆性。到了“五四”时期，周作人的“人的文学”“平民的文学”表面上是从西方来的，事实上它可以往前追溯，跟中国自己的“性灵”是有很大关系的。1932年周作人做过一个演讲，叫《新文学的源流》，把新文学的源流追溯到晚明，这是一个直接的证据，近现代的人性论不是全部都从西方来的。西方的人性论被引入中国后和中国的人性论自然地结合在一起，甚至在某种程度上，西方的人性论的引进促进了中国的人性论的成长。

前面我从大的文学观念来讲，后面我从具体的文体方面来讲。比如诗歌。明清诗歌的内在矛盾本来是唐宋之辨、是性灵与格调的冲突；到黄遵宪、梁启超演变成“新旧问题”，即所谓“新意境、新语句，旧风格”，前面两个“新”，后面一个“旧”，可以看出此时还是很垂念旧风格。到了胡适再跨一步，彻底打破旧风格，提倡白话诗，与格律诗分道扬镳。民国时期的旧体诗（格律诗）的总体特征是新意境、新语句、旧风格。格律诗不仅依然存在，且也在演变，并表现突出的时代意识，所以我们现在也花很多工夫去研究民国时期的旧体诗。我们要为当今的旧体诗找到依据，找到它存在的合理性，实际上还是要从民国时期的旧体诗着手。中国旧诗的传统并没有丢掉，甚至“文革”时期还有聂绀弩等人写旧体诗。旧体诗对新诗影响很大。1928 年前后，新月派成员——闻一多、徐志摩等人又重新从中国传统诗歌中找到了格律性的因素，以防止白话诗的过度欧化，提出“新格律”。30 年代引入西方的象征派形成中国的现代派。即使是中国的现代派，也并没有和传统完全隔绝，如梁宗岱对姜夔的欣赏，朱光潜阐释比兴与象征的关系等。民国诗坛是新旧相互竞争的局面。一般人都关注抗战中的新诗，其实旧诗对抗战的关注度也很高。举一个例子，1937 年下半年胡怀琛住在上海租界，天天听到连天的炮火声，于是他翻看报纸，看到一个消息写一首绝句，炮火一路打到他的家乡皖南，依然在天天写绝句，把这一切记录下来，后来出过一部诗集叫《上武诗抄》，这就是一部抗战诗史。当时像这样关注现实的旧体诗作还有很多。

另外一个是词的问题。清词大多宗南宋，王国维宗唐五代和北宋词。民国时候有一批人以胡适为代表受王国维的影响。过去有一个学者曾今可提倡“词的解放”，柳亚子对它非常认同。还有一个张凤，提出“活体诗”，就是能唱的诗，采用词的格式。这些跟我们现在的通俗歌曲、流行歌曲有很大的关系。中国最早的歌曲是取自西方的乐曲加中国的古诗词的结合体，多为军歌、学堂歌等。30 年代初，上海音乐学院的萧友梅等人提出“新体歌”的说法。后来在抗战中新的诗乐结合形式更为普遍，如果要溯源的话，与“词的解放”“新体乐歌”等探索都有着千丝万缕的联系。

接着我们讲到文章。明末小品文浸染古文，甚至以小说笔法写古文，所以才有方苞以“雅洁”论作出矫正。清代的骈散之争，散文到梅曾亮、曾国藩时更关切时事；到吴汝纶、严复和林纾时，以古文论学术，写小说，无所不可。骈体得到阮元的张扬，经过刘师培，俨然成为中国式的“美文”“纯文学”。

在骈散之争的同时，出现了“东瀛体”“报章体”，吴汝纶与刘师培同时批判“东瀛体”。但姚永朴与刘师培的骈散之争在北京大学等演绎为国文与纯文学之争，从此二者再次分道扬镳。而被方苞批判的小品文，经过周作人等的张扬，俨然是中国式的“美文”，后又得到林语堂的提倡，“小品文”越过古文，成为能够进入现代文学的一种文体。“东瀛体”借着报刊等形式演化为诸如《新青年》“随感录”的形式，发展为现代杂文。

小说的古今演变也很有意思。在传统里遭到抑制的通俗文学，到了“五四”时期俨然成为“中国文学的正宗”，大放异彩。古代小说中“平民文学”精神得到发扬，为现代市民小说的兴起作了铺垫。所以小说总体上，不像诗文的新旧冲突那么厉害，是古今一贯的。茅盾等对旧小说的批评，对“写实主义”的提倡，是小说思想与艺术境界的一大提升。张恨水等的章回小说、谷斯范的《新水浒》依然有广泛的受众。在西方文学的影响下出现了新感觉、意识流等，对传统小说做出大胆的革新。

最后是戏曲。话剧和京剧（地方戏）基本上是各行其道，但在理论上也提倡话剧的中国化和旧戏的现代化，实践上也作出积极的探索。限于时间，这里没法展开了。

（下文为师生互动、学术问答。）

学员提问：周老师好。您刚才谈到的纯文学杂文学这一块我很感兴趣，因为我是做曾国藩之后的桐城散文研究的，比较熟悉《吴汝纶文集》。吴汝纶时期的文章学家并没有把文学当做一种工具，而是充分认可文学的自足性，希冀通过文章的“气”达到“理”的境界，因此“纯文学”这个观念是不是可以往前追溯到19世纪末？请问您怎么看待我的这种想法？

周兴陆：嗯。好。“纯文学”这个名词在西方其实有两种解释：一种是美辞，一种是超功利的。王国维主要吸收了康德美学，他认为的“纯文学”是超功利主义的。当然也可以往前追溯。曾国藩《湖南文征序》里提到，文章是不好表现“理”的。吴汝纶在给姚永朴写的一封信里也提到相似的观点。曾、吴两个人隐约地透漏出“纯文学”的观念。相反地，把古文巨大的表现力和张力运用到淋漓尽致的，一个是林纾（林纾用古文叙事），一个是严复（严复用古文讲道理）。

学员提问：曾国藩又在关于“气”论阐述中提到“气挟理行”，他认为，“气”带来感知、审美体验、生命体验等东西是领悟“理”的第一步，这是一个自然而然的过程。但不直接讲道理不等于不讲道理，对么？

周兴陆：你说的很好。这位同学其实已经意识到文本身的价值和文的审美意义等问题，虽然他没有直接表述出来。这个问题是值得研究的。

学员提问：老师您好。我是西南大学的博士研究生，师从何宗美先生。我的问题关乎我博士论文的选题。第一个问题：《四库全书》里有很多批评方面的提要，它有没有可能进入中国文学批评史？第二个问题：《四库全书》收录的小说大多是宋以后的通俗小说，在一定程度上遮蔽了宋以后雅言小说的脉络。我们现在的小说史写作存在类似的遮蔽行为么？

周兴陆：第一个问题，你可以看一下陈中凡先生的《中国文学批评史》。朱自清给罗根泽的批评史写书评时说，陈中凡先生的《中国文学批评史》是第一部批评史。这部批评史粗陈梗概，因为陈中凡先生的《中国文学批评史》里面很多的材料、判断的依据是从《四库全书总目提要》里来的。所以，《四库全书提要》能不能进入中国文学批评史？当然，第一部批评史就把《四库全书提要》纳入了批评史的范畴，并且现在批评史里面很多的观念和看法都借鉴了《四库全书提要》。例如，我们经常说的小说的几个源流，在《四库全书提要》里就有谈到。第二个问题。纪昀的小说观念，其实是有很大问题的。纪昀的小说观念对现在小说史的书写会产生多大的影响？我想他的小说观念，跟我们现在所理解的差别很大。比如，纪昀并不关注唐传奇，这里面的原因很多。我们现在“小说”的概念，几乎完全按照西方概念界定的。但在我国古代，小说的范畴非常庞杂。假如现在有人抛开西方的“小说”概念的影响，把中国小说的脉络勾勒出来的话，的确是非常了不起的，但这很难。我觉得中国古代的“小说”不是一个文类概念，它是图书分类上的概念，最初是一切归不了类的都放在“小说”名下，因此很庞杂，很难对它原原本本地做梳理工作。

（郑哲整理，周兴陆校订）

第六讲

同光体诗论述要

马卫中

各位同学，上午好！

我今天讲的题目是《同光体诗论述要》。

同光体研究是当前学界的一个热点。首先，同光体最重要的理论著作——陈衍的《石遗室诗话》，最近二十年出版的版本，我所见到的，就有五种之多：福建人民出版社 1999 年出版的钱仲联先生编《陈衍诗论合集》、上海书店 2002 年出版的张寅彭先生编《民国诗话丛编》，都收了《石遗室诗话》。而单行的版本则有辽宁教育出版社 1998 年“新世纪丛书”版、人民文学出版社 2004 年“中国古典文学理论批评专著选辑丛书”版。还有一种，估计你们不太多见，2017 年由朝华出版社出版——听说过这个出版社吧？这个出版社成立于 1982 年，隶属于我国历史最悠久、规模最大的对外新闻出版机构中国外文局。有需求才有出版——说明对其研究已经是显学了。我不知道外文局的出版社怎么会出这个书，是不是国外学者也在研究同光体、对《石遗室诗话》也有需求？朝华出版社的这个版本是影印的，很有价值。但这个出版社不是很专业。比如它影印的底本是民国十八年、也就是1929年商务印书馆——当时也叫涵芬楼的一个排印本。但其“版本说明”首先是年份搞错了——变成了民国十七年；第二个错误是排印本说成了石印本。其实排印本和石印本，只要稍有版本学知识，分辨起来还是非常容易的，是吧?

还有，同光体研究很热的另外一个标志，刚才主持讲课的杨萌芽老师也说了，现在有关同光体研究，有很多很多的论文。特别是许多博士、硕士的论文，都做同光体。杨萌芽老师自己的博士论文做的就是同光体，他是复旦大学陈思和先生的博士，专业是中国现当代文学。而这一次来参加讲习班的同学，大家提供的论文当中，做陈三立的就有好几篇。有一位南京大学来的同学，是做陈三立的教育思想。你不要看陈三立好像是个遗老，但他在教育方面的观念其实还是非常先进的：他把儿子陈衡恪、陈隆恪、陈寅恪等都送到国外去留学了，分别学习美术、财经、文史，以后在各自的领域都非常有成就。另外，他主张女学。现在我们大学中文系，本科生、硕士生是以女生为主，就是博士生也是女生居多。今天坐在这里听讲座的，好像女生也比男生多了不少。可是在陈三立生活的时代，女生要接受教育是很不容易的。陈三立的女儿都接受了很好的教育。在他的《散原精舍诗集》中，有《女婴入学戏为二绝句》，就是他送女孩去读书时写的。诗中说“安得神州兴女学，文明世纪汝先声”。

再简单介绍一下当下同光体研究的特点。一个文学研究者的成长过程，接触的文学现象，首先是作品，然后是作家，接着是流派，最后是思潮。我想你们也是这么一个过程，最早接触的肯定是作品，是吧？小时候爸爸妈妈逼着，《千家诗》《唐诗三百首》开始背起，小学课本里面也有古典诗歌。慢慢的，才会去了解作家。知道的作家多了，才会上升到流派层面。某一时期的流派有了一定的研究积累，才可能去思考文学思潮方面的问题。有关同光体，作品的解读，学界最早多停留在艺术鉴赏的层面，而现在流行所谓的综合分析，譬如“诗史互证”。我们这一次讲习班的讲座安排中，好像就有老师谈“诗史互证”。过去在这方面做得最好的，那就是陈寅恪。他的《柳如是别传》，原来的题目就是《钱柳因缘诗释证稿》，是“诗史互证”吧？当然，其研究范畴不属于近代。但是，我们今天可以用“诗史互证”这样一种方式，去发掘同光体作品中的史料价值，同时去寻找其诗史意义。有关诗人的研究，过去局限于同光体几个重要诗人，像陈三立啦，陈衍啦，沈曾植啦。在二十一世纪初，上海古籍出版社的聂世美、李保民先生，和我们一起策划过一套“中国近代文学丛书”，其中就有陈三立、郑孝胥、范当世、陈曾寿等同光体诗人的诗文集。当然，在同光体的重要诗人中，郑孝胥比较特殊，研究较少。大概二十年前，福建有一位先生，就写过一本有关郑孝胥的著述，题目是《郑孝胥前半生评传》。他送过我一本，当时我就想着，为什么郑孝胥的“后半生”就不能研究或者不好研究了？是不是因为郑孝胥后来做汉奸了？其实，做了汉奸也可以研究，关键在于研究者的立场、角度和观点。现在对同光体作家的研究，已经扩散到今天常人不太听说的许多诗人，如沈瑜庆、何振岱、夏敬观、胡朝梁等。今年毕业的我的一位硕士研究生，论文做的就是李宣龚研究。我想，在座的同学有听说过李宣龚的，但或许不是很多。其实，在同光体闽派中，李宣龚的诗写得非常有特点，在当时也是有一定影响的。再说诗派的研究。解放以前，甚至解放以后的前三十年，把同光体作为流派专门来研究的论文，基本上没有。汪辟疆先生的《近代诗派与地域》，讨论了近代六个地域性诗派，其中有“闽赣派”，汪辟疆说这就是陈衍所谓的同光派。但因为闽赣派只是其论文所讨论的一小部分，篇幅有限，既不全面，也不准确。汪氏此文，最早是1934年在金陵大学中文系所作演讲的记录稿，后扩充重写，发表在中央大学《文艺丛刊》第2卷第2期。而钱仲联先生20世纪80年代初发表在《文学评论丛刊》第9辑上的《论同光体》，是大陆最早把同光体作为一个流派来进行专门研究的论文。当然，在海外，曾克耑先生的《论同光体诗》，50年代完成于香港，要稍早。但由于历史的原因，80年代之前海外学者的研究成果，当时在大陆是无法看到的。此文被邝健行、吴淑钿收入《香港中国古典文学研究论文选粹·诗词曲篇》，并由江苏古籍出版社2002年出版后，学术界才能比较方便的阅读。当同光体的研究深入到一定阶段以后，现在有学者，把同光体融入整个近代诗歌史的研究之中，注重时间和空间方面与其他诗派进行比较，因为近代诗歌的流派很多，如湖湘派、晚唐诗派、诗界革命派等等。这样的研究，既可以彰显同光体的特点，又能展现近代诗歌的整体风貌。我当年做博士论文，题目就是《光宣诗坛流派研究》。我的初衷，就是比较全面地观照包括同光体在内的晚近诗歌流派的成就和不足，同时展现这些诗歌流派的特点和背景。至于同光体背景的研究，就是将其置于当时的文学思潮之中，凡可能对文学会产生影响的因素，诸如历史、政治、哲学、经济等等，进行关联的考察。过去往往只是就文学谈文学，现在是把它放到更广阔的层面上。总而言之，现在的同光体研究，更细致、更客观、更丰富。

当前的同光体研究，也有弱点、缺点，甚至盲点，主要就是诗学理论的研究相对薄弱。诗学理论在与诗歌相关的实践活动中，非常重要。它可以揭示诗歌和诗人，特别是流派和思潮的特点和规律，同时也是诗歌创作和诗歌批评的原则和方法。所以，研究同光体，一定要研究同光体的诗学理论。但是，诗学理论的研究非常枯燥。第一，书写形式多为古文，对今天的年轻人来说，在语言的解读方面就有很多的隔膜；第二，理论的阐述，往往是宏观的、抽象的、思辨的，不容易理解。因此，同光体诗学理论的研究，相比诗歌创作研究，目前做的不多，也不够深入。我们做老师，都感觉到文学批评史的课，要比文学史难上。如果是文学史，可以一个故事接着一个故事讲，奇闻轶事，听得同学们哈哈大笑，快活无比。还有作品的分析、鉴赏，也可以说得头头是道，生动有趣。我今天的这个课是讨论同光体的诗论，就可能比较枯燥。还有，同光体内部存在的理论差异，我们学界现在的关注和研究也还不够。这其实是造成诗风差异的一个重要原因。对诗学的认识不同，会影响到诗人的创作，钱仲联先生就将同光体分成闽派、江西派和浙派。后面我会介绍，三派的诗学观是同中有异。总而言之，研究诗论，目前多皮相之言，远没有达到鞭辟入里的境界。

文学理论的研究，依赖于文学现象研究的深入。理论研究是建立在作家、作品的研究基础之上的。程千帆先生在 1980 年全国中国文学批评史师训班上讲过一段话：

> 对于从事文学批评史研究的人来说，研究作品是非常重要的。作品是理论批评的土壤，不研究、理解作品，就难于研究和理解理论批评，更无从体会理论与理论之间的内部联系，无从察觉批评与批评之间相承或相对的情形了。因为这些联系和对立，往往是起源于对作家作品以及由之而出现的文学风格的具体评价。

这一段话告诉我们，研究诗学理论，首先要研究诗歌作品。对诗歌作品有了比较深入的体会，再研究理论也就得心应手了。所以，我们今天讨论同光体的诗论，也是要从同光体的概述开始。

我们有些同学，他本身的研究方向是近代诗歌，甚至就是做同光体研究的，对我今天讲的题目和内容，一定不会感到陌生。但是，也有的同学不做这一块，是研究散文、小说和戏曲的，那就对我讲的不一定熟悉。但是，你做一个老师，或者将来准备做一个老师，你要讲授近代文学的课程，我认为你必须了解近代诗歌研究，包括同光体研究的成果和不足，尽管你自己不研究。你要做老师，你要上课，你不能专拣自己研究、自己熟悉的东西去讲。

刚才所说的，算是开场白。言归正传，我今天讲三个问题：第一是同光体概述；第二是同光体内部之派别；第三是同光体代表诗人之理论分歧。

有关同光体概述，讲两点：一是同光体之诗坛影响，二是同光体之发轫时间。我们先说同光体之诗坛影响。

民国时期，同光体非常之流行——popular。我跟你们举一个小说家之言吧。钱锺书的《围城》，想必在座的各位都读过。里面有一个狂傲到极点的人物，天王老子也看不起，叫董斜川，他曾经口出狂言：

> 我作的诗，路数跟家严不同。家严年轻时候的诗取径没有我现在这样高。他到如今还不脱黄仲则、龚定庵那些乾嘉习气，我一开笔就做的同光体。

钱锺书说董斜川是名父之子，你们看看，是不是老子都不在他眼里，厉害吧？所以现在我们好多老师和好多同学都在写诗，我不敢写。因为同光体的诗我看得多了，我感觉如果我来写诗，写出来的所谓诗，和同光体相比，那简直就不能称之为诗，那是一定要被董斜川之流嘲笑的。当然，如果你写诗只是记录自己的心声，自己的情感，藏在家里是不给别人看的，那就无妨。其实，学会写诗对你理解诗歌是有很大帮助的。董斜川在同光体诗人中，最佩服的就是同光体的大诗人陈三立了。当方鸿渐问他当下诗人谁最了不起，钱锺书笔下有这么一段惟妙惟肖的董、方两人的对话：

> “当然是陈散原第一。这五六百年来，算他最高。我常说唐以后的大诗人可以把地理名词来包括，叫

‘陵谷山原’，三陵：杜少陵、王广陵——知道这个人吗？——梅宛陵；二谷：李昌谷、黄山谷；四山：李义山、王半山、陈后山、元遗山；可是只有一原：陈散原。”说时，翘着左手大拇指。鸿渐懦怯地问道：“不能添个‘坡’字么？”“苏东坡，他差一点。”

我也问一下：知道王广陵这个人吗？估计在座的当中有人不知道。王广陵就是王令，北宋的诗人。方鸿渐其实是有钱锺书的影子的。“方孔兄”，就是“钱”。“方”和“钱”，就是这个关系。而董斜川的原型，是冒效鲁，安徽大学外语系的教授。他生于1909年，卒于1988年。我见过，你们没见过。20世纪80年代初，钱仲联先生曾请冒效鲁先生来苏州大学讲课。他和钱锺书的关系真是不错，课堂里和我们说：“钱锺书跟我说看见我是要‘三跪九叩首’的。为什么呢？钱锺书说他不懂俄语，我懂Russian啊。”他解放前是国民政府驻苏联大使馆的工作人员，他的俄语的确非常好，在外语系也是教俄语。冒效鲁是民国时期的名士冒广生的儿子，也就是冒辟疆的后人。你们知道，传说中冒辟疆和董小宛有关系，所以在《围城》里面，他就姓董了。董斜川的“董”，就是从这里来的。近代有一位诗人叫陈诗，安徽庐江人，1941年与冒广生唱和，有两句诗：“于今耄耋藏人海，又见斜川侍子瞻。”“斜川”后面有陈诗的自注：“谓效鲁世兄。”世兄，是对世交晚辈的称谓。此诗前面一句，化用苏轼《病中闻子由得告不赴商州三首》诗句“万人如海一身藏”，后面一句中的“子瞻”，大家都知道是苏轼，而“斜川”，是苏轼第三个儿子苏过的号，这个可能同学们不知道。陈诗和冒广生诗，他把冒广生比作苏子瞻，所以这个冒效鲁呢，就是苏斜川。董斜川的“斜川”，出处在此。我借《围城》董斜川之口，只是想说明同光体在民国非常流行，而陈三立在当时的地位则非常崇高。钱仲联先生《论同光体》也说“陈三立被近代宋诗派诗人推为一代宗师，等同于宋代的黄庭坚”。

同光体在诗坛的影响，还有一点可以说明的，就是清末民初最有影响力的文学社团——南社，是把同光体作为对手的。要证明自己厉害，就要找个厉害的对手。柿子专挑软的捏，一定不是厉害的角儿。柳亚子在1944年写过一篇文章，题目是《介绍一位现代的女诗人》。这位现代的女诗人叫林北丽，是南社的诗人。在这篇文章中，柳亚子说：“从晚清末年到现在，四五十年间的旧诗坛，是比较保守的同光体诗人和比较进步的南社派诗人争霸的时代。”其实，南社是一个文学社团，同光体是一个诗歌流派，两者不是在一个道上跑的车，没有可比性。我们的中国近代文学学会，就是一个社团，还是民政部批准成立的全国性的社团。但大家研究的文学对象是不同的：或诗歌，或散文，或戏曲，或小说。如果写诗，有人写旧诗，有人写新诗。就是写旧诗的，各自也有不同的学习对象，以致也会有不同的创作风格。这就是社团。但是同一流派的诗人呢，他们的诗风肯定是有相近甚至相似之处的。所以，南社当中，有不少诗人倾向同光体，比如诸宗元、黄节、胡先骕等。当然，还有林北丽的爸爸林景行——上海滩非常著名的新闻工作者，以及她的丈夫林庚白，都是著名的南社诗人，但诗风却都与同光体接近。柳亚子说争霸，我不晓得我刚才列举的这些倾向同光体的南社诗人怎么争霸。除非是像练了《九阴真经》的周伯通，自己左手打右手。林景行民国初年在上海的时候死于车祸，是一个英国人开的汽车，可当时马路上真没有几辆汽车。而林庚白则在 1941 年太平洋战争爆发以后，在香港给日本人枪杀了。所以林北丽跟帝国主义侵略者有着深仇大恨。南社以后的分裂和灭亡，也和同光体有关。当时，南社中有人公开吹捧陈三立、郑孝胥等同光体的大腕诗人，出头的是姚锡钧——我估计你们不一定知道姚锡钧，但知道他的大号姚鹓雏。上海古籍出版社出版的《姚鹓雏文集》，是苏州大学著名的前辈学者，也是我的老师范伯群先生整理的。还有闻宥，还有朱玺——他俩和姚锡钧都是江苏松江人，还有胡先骕——胡先骕是著名的植物学家，哈佛大学博士。但他热衷于旧文学，是《学衡》派的干将，同光体的拥趸。他们的所作所为，引起柳亚子、吴虞等强烈不满，于是在南社集会的时候双方吵架，可柳亚子是个结巴，一吵架就说不出话，只能在那里哭，哭到后来说，我把他们几个开除掉。人家说你不能开除他们，我们这个社团就是喝喝酒、写写诗的，怎么好开除他们呢？就像今天你们来听课，你们如果不同意我的观点，我也不可以赶你们走的，是吧？所以这个吵架吵得不行，南社就在他们的争吵声中衰落，并就此散伙。

接着讲同光体发轫的时间。

同光体始于什么时候？第一种说法是清末民初。根据是刚才我引的柳亚子的那段话，他说这四五十年间两者争霸。但这话有问题：柳亚子这篇文章发表的时间是 1944 年，上溯四五十年，就算四十年，也是 1904 年。那时南社还没有成立。南社初次雅集，是 1909 年的 11 月 13 日，所以 2019 年是南社成立一百一十周年。每年大家都可以想一些历史上发生过的事情，开个会纪念纪念什么的。比如 2019 年，大到新中国成立七十周年，学界的大腕都在撰写学术研究七十周年的综述。2019 年还是“五四运动”爆发一百周年，作为纪念，中国近代文学学会和复旦大学、苏州大学联合举办了近现代中国文学与文论高层论坛。还有一些小的活动，譬如龚自珍《己亥杂诗》问世一百八十周年，杭州前几天开过会了。2020 年也有——鸦片战争爆发一百八十年。2020 年还是林则徐逝世一百七十周年，是否可以筹办一个鸦片战争和林则徐的学术讨论会，我认为很有意义。当然，还可以纪念庚子事变一百二十周年，阿英就编辑出版过《鸦片战争文学集》和《庚子事变文学集》。

第二种说法是光绪九年（1883）到光绪十二年（1886）之间。陈衍的《沈乙庵诗序》有云：

> 余与乙庵相见甚晚，戊戌五月，乙庵以部郎丁内艰，广雅招之武昌，掌教两湖书院史学，与余同住纺纱局西院。初投刺，乙庵张目视余曰：“吾走琉璃厂肆，以朱提一流，购君《元诗纪事》者。”余曰：“吾于癸未、丙戌间，闻可庄、苏戡诵君诗，相与叹赏，以为同光体之魁杰也。”同光体者，苏戡与余戏称同光以来不墨守盛唐者。

沈乙庵就是沈曾植。这篇文章写于光绪二十七年，也就是 1901

年，是有关同光体最早的文字记载。所谓“余与乙庵相见甚晚，戊戌五月，乙庵以部郎丁内艰”，言光绪二十四年（1898），沈曾植丁忧。清制丁忧期间是不能做官的，但可以去教书，所以张之洞——当时是湖广总督，就“招之武昌，掌教两湖书院史学”，并和陈衍“同住纺纱局西院”。张之洞是洋务派，倡导“中学为体，西学为用”，还办实业：开工厂，有纺织局，还有制造毛瑟步枪的汉阳兵工厂。“初投刺”，刺是名片——name card，十年前名片非常流行，最近好像不时兴了。现在碰到人要联系方式，微信扫一扫就行了。沈曾植接过名片，张大眼睛盯着陈衍，然后说：“吾走琉璃厂肆，以朱提一流，购君《元诗纪事》者。”这就开始了两个人的互相吹捧，陈衍说：“吾于癸未、丙戌间，闻可庄、苏戡诵君诗，相与叹赏，以为同光体之魁杰也。同光体者，苏戡与余戏称同光以来不墨守盛唐者。”癸未是光绪九年（1883），丙戌是光绪十二年（1886），可庄是王仁堪，苏戡是郑孝胥。据陈衍这里所述，同光体应该发轫于此时。

第三种说法就是晚清同治年间。如果不能上溯到同治，就不能称其为同光体。前面我们分析陈衍的话，得出同光体发轫于光绪九年（1883）到光绪十二年（1886）的结论。但是同样依据这段话，有学者得出的结论是同光体起于同治年间。因为这里又说“同光体者，苏戡与余戏称同光以来不墨守盛唐者”。但是，钱仲联先生认为陈衍是在标榜。他在《论同光体》一文中说：

> 陈、郑举出“同光体”旗帜，“同”是没有着落的，显然出于标榜，以上承道咸以来何、郑、莫的宋诗传统

> 自居。后来汪国垣著《光宣诗坛点将录》，不用“同光”划界，而改用“光宣”之称，便符合客观事实。汪氏《点将录》实际以宋诗运动为主，所以推陈三立为一百零八将的都头领。

点将之作，最早肇始于明朝末年。魏忠贤阉党为打击对手，编了一个《东林点将录》，诬陷东林党人结党营私。而文学方面的“点将录”，最早可以追溯到舒位的《乾嘉诗坛点将录》。这是一种游戏文字：把《水浒》一百零八将排定的座次，选择某一时代或某一群体的诗人，按诗歌风格、创作成就，甚至人生经历予以对应的一一配置，并附上亦庄亦谐的评语。《光宣诗坛点将录》现在很容易找，有人笺注了，变成厚厚两本。都头领宋江是陈三立，那卢俊义是谁呢——郑孝胥。

我们对同光体进行了概述，下面我们归纳一下：同光体是近代——主要是光绪到民国年间学宋的诗歌流派，代表人物有陈宝琛、郑孝胥、陈衍、陈三立、沈曾植等。至于同光体学宋的特点，等会儿我会重点解释。顺便说一下，汪国垣《光宣诗坛点将录》所论诗人，与其《近代诗派与地域》是一致的。所以在汪国垣那里，“近代”就是“光宣”，不是我们今天所说的从鸦片战争到五四运动的“近代”。历史的分段本身就是约定俗成的，没有像法律一样的硬性规定。如果你请台湾学者来跟你一起讨论“近代文学”，他会跟你论到宋代文学。因为过去有一种观点：把文学史分成上古——秦以前、中古——汉到五代、近古——宋到清代。台湾学者把近古统统算作近代。可见文学史分期在概念方面，并不统一。刘师培的《中国中古文学史》讨论汉代至六朝文学，而钱基博的《现代中国文学史》讨论的内容，是清末民初——也不是我们今天的“现代”。我们今天所说的“现代”，是1919年以后，1949年以前。而钱基博写作《现代中国文学史》的时候，还在民国。

下面我讲今天要说的第二个问题：同光体内部之派别。

前面我已经介绍过，流派形成的重要原因，是诗学观的主流认同。而流派内部又产生不同的派别，则是因为他们在次要的诗学观方面的不认同。中国古代文化注重传承，譬如书法、绘画、音乐，甚至武功，都是如此。讲到门派，基本上都有一个祖师爷，然后代代相生、相承、相变。中国文学也一样，也是注重在对前人学习的基础上，再进行创新。《文心雕龙》有《通变》一篇，强调“变则其久，通则不乏”，并说要“望今制奇”，还要“参古定法”。所以，我们在谈同光体内部之派别之前，必须首先介绍一下同光体诗学宗趣的主流，也就是同光体诗人基本都认同、并加以学习的中国历史上某一时代的诗风，以及这个时代的代表诗人。

陈衍《沈乙庵诗序》在谈同光体发轫的时候，也介绍了同光体的诗学宗趣，这就是“不墨守盛唐”。有关同光体发轫和宗趣的相似论述，还可见《石遗室诗话》。1912年，民国成立，万象更新，梁启超这时也从国外流亡归来，主编《庸言》杂志。河南大学好像也是1912年创办的，所以我每次到河南大学都非常有仪式感和神圣感——民国纪元的开始，宣告了中华数千年帝制的结束。这一年陈衍应梁氏之约，在《庸言》上连载《石遗室诗话》，而卷一开宗明义就说：

> 丙戌在都门，苏戡告余，有嘉兴沈子培者，能为同光体。同光体者，余与苏戡戏目同光以来诗人不专宗盛唐者也。

你们可以比较一下，《石遗室诗话》的说法，跟《沈乙庵诗序》相比，有了多少变化。首先是时间，从“癸未、丙戌间”变成了“丙戌”；还有人物，从“可庄、苏戡”，变成了“苏戡”；另外“同光体之魁杰”成了“能为同光体”，“不墨守盛唐”成了“不专宗盛唐”，这种遣词和语气上的变化，可见陈衍态度的变化——程度上的区别是一目了然的。到商务印书馆在民国十八年，也就是 1929 年排印《石遗室诗话》，陈衍又有改动：

> 丙戌在都门，始知有嘉兴沈子培者，能为同光体。同光体者，余戏目同光以来诗人不专宗盛唐者也。

说是“始知”，怎么知道的？没有了“苏戡告余”。大家一定想，是郑孝胥做汉奸了。那一定是你们想多了，因为 1929 年郑孝胥还没有做汉奸，他做汉奸是在 1931 年的“九一八”以后——伪满洲国成立，郑孝胥出任总理。其实由此可见，民国时候的学术风气、文人的学术操守也不咋的：这同光体明明是几个人一起发明的，但陈衍最后是贪天之功为己有——一人独霸了。放在现在，人家要打版权专利官司，那就麻烦了。

这里请大家注意陈衍所说的“同光以来不墨守盛唐”，或者“不专宗盛唐”。钱仲联先生给我们上课的时候讲过，在唐以后的诗歌史上，好像没有诗人是“专宗”或者“墨守”盛唐的。真正想“墨守”或“专宗”，也不好办啊。大家都知道“明七子”是鼓吹“诗必盛唐”的，但何景明《与李空同论诗书》，在进行批评和自我批评的时候，就说“近诗以盛唐为尚，宋人似苍老而实疎卤，元人似秀峻而实浅俗。今仆诗不免元习，而空同近作，间入于宋”。我有元诗习气，你李梦阳也不过和宋诗相近。有关同光体具体的诗学宗趣，《石遗室诗话》卷三有很详细的论述：

> 前清诗学，道光以来，一大关捩。略别两派：一派为清苍幽峭。自《古诗十九首》、苏、李、陶、谢、王、孟、韦、柳以下，逮贾岛、姚合，宋之陈师道、陈与义、陈傅良、赵师秀、徐照、徐玑、翁卷、严羽，元之范椁、揭徯斯，明之钟惺、谭元春之伦，洗炼而熔铸之，体会渊微，出以精思健笔。蕲水陈太初《简学斋诗存》四卷、《白石山馆手稿》一卷，字皆人人能识之字，句皆人人能造之句，及积字成句，积句成韵，积韵成章，遂无前人已言之意、已写之景，又皆后人欲言之意、欲写之景。当时嗣响，颇乏其人。魏默深源之《清夜斋稿》，稍足羽翼，而才气所溢，时出入于他派。此一派近日以郑海藏为魁垒，其源合也；而五言佐以东野，七言佐以宛陵、荆公、遗山，斯其异矣。后来之

> 秀，效海藏者，直效海藏，未必效海藏所自出也。其一派生涩奥衍，自《急就章》《鼓吹词》《铙歌十八曲》以下，逮韩愈、孟郊、樊宗师、卢仝、李贺、黄庭坚、薛季宣、谢翱、杨维桢、倪元璐、黄道周之伦，皆所取法，语必惊人，字忌习见。郑子尹珍之《巢经巢诗钞》，为其弁冕，莫子偲足羽翼之。近日沈乙庵、陈散原，实其流派。而散原奇字，乙庵益以僻典，又少异焉，其余诗亦不尽然也。

这里把同光体分成两派：一派为清苍幽峭，一派为生涩奥衍。他列举了许多前代的诗人诗作作为同光体的源流。清苍幽峭是从《古诗十九首》开始，里面属于盛唐的诗人只有两位——王、孟。其后的“韦”已经到大历了，“柳”和韩愈齐名，“韩柳”，那也就已经是元和诗人了。生涩奥衍是从《急就章》开始，压根就没有一个盛唐诗人，《铙歌十八曲》以下，就直接韩愈、孟郊了。所以，乍一看好像陈衍还不是“不专宗盛唐”的问题，甚至是“不宗盛唐”。当然，陈衍并不排斥唐诗，包括盛唐。后面我们会介绍陈衍的“三元说”——他在《石遗室诗话》卷一说“余谓诗莫盛于三元：上元开元、中元元和、下元元祐也”。开元就是盛唐，元和特指中晚唐，元祐则是陈衍诗学宗趣的落脚点——宋诗，特别是江西派的诗。因此，在陈衍的列举中，有没有盛唐并不重要：他是循着宋诗特别是江西派的脚印走的，江西派说“一祖三宗”，陈衍他们自然也会去学习杜甫。《石遗室诗话》接着上面的“三元”之说，还强调“宋人皆推本唐人诗法，力破余地耳”。有关同光体学宋，后人的认识没有歧义，“五四”新文学运动倡导者批判所谓“桐城谬种”“江西余孽”，指的就是清末民初在文坛还占有重要甚至统治地位的桐城派和同光体。汪国垣的《近代诗派与地域》也说“闽赣派或有径称为江西派者，亦即《石遗室诗话》所谓同光派也”。有关“同光派”的诗学宗趣，汪国垣的介绍是：

> 同光派者，陈石遗、郑太夷目近贤学三元体者之戏称。三元者，唐开元、元和、宋元祐也。此派以杜甫、韩愈、苏、黄为职志，而稍参以李白、王维、白居易、柳宗元、孟郊、梅尧臣、王安石、陈师道诸家，以其人并生三元前后，共拓疆宇，颇有西方探险家觅殖民地开埠头本领。沈子培诗所谓“开天启疆域，元和判州郡”，及“勃兴元祐贤，夺嫡西江祖”者，即指此也。

随后，汪国垣又强调“闽赣派诗家，实以宋人为借径”。讨论同光体总体的诗学宗趣，只要记住这最后一句话——“实以宋人为借径”。

简单介绍完同光体总体的诗学宗趣，我们就可以来介绍同光体内部之派别了。也就是在大的框架下，他们具体的诗学差异所形成的不同群体。

同光体内部的派别有几种说法，汪国垣认为就是一派，叫闽赣派。陈衍划分为两派：清苍幽峭和生涩奥衍。清苍幽峭的代表诗人是郑孝胥，他没好意思把自己顶上，其实可以、也应该顶上陈衍。生涩奥衍的代表诗人是沈曾植和陈三立。钱仲联先生把它分成三派：闽派，代表诗人为郑孝胥、陈衍；江西派，代表诗人为陈三立；浙派，代表诗人为沈曾植。

汪国垣的划分诗派，是以地域为中心的。在交通不通畅、资讯传播不发达的中国古代，特别是农耕时期，土地作为最重要的生产资料和家庭财富把人们囿于一域的时候，地域文化，甚至家族文化彰显着极大的影响力。在中国文学史上，许多流派都是以地域命名的，譬如宋代的江西派，明代的茶陵派、公安派、竟陵派，清代的浙派、桐城派、阳湖派等等，举不胜举。《近代诗派与地域》将光宣以后的诗派分为湖湘、闽赣、河北、江左、岭南、西蜀六派。其中有关闽赣派，汪国垣说：

> 闽赣派近代诗家，以闽县陈宝琛、郑孝胥、陈衍、义宁陈三立为领袖，而沈瑜庆、张元奇、林旭、李宣龚、叶大壮、何振岱、严复、夏敬观、杨增荦、华焯、胡思敬、桂念祖、胡朝梁、陈衡恪羽翼之，袁昶、范当世、沈曾植、陈曾寿，则以他籍作桴鼓之应者也。

在汪国垣看来，这些诗人是可以归入同光体的骨干队伍。其中“弢庵行辈最尊，诗名亦最著”，之所以认为陈宝琛最了不起，是因为他是溥仪的师傅。而“他籍作桴鼓之应者”，袁昶、沈曾植是浙江人，范当世是江苏南通的诗人，陈曾寿是湖北蕲水人，其曾祖就是那位被陈衍认作近代宋诗运动的大纛、“当时嗣响，颇乏其人”的陈沆。

陈衍的两派，一派就是清苍幽峭，“此一派近日以郑海藏（孝胥）为魁垒”；还有一派是生涩奥衍，“近日沈乙庵、陈散原，实其流派”。有关生涩奥衍，他又说“散原奇字，乙庵益以僻典，又少异焉”，两个人不一样，一个是“奇字”，“奇”到什么样？刘成禺的《世载堂杂忆》里面说，陈三立写诗，有一个换字的秘本，类似于我们今天的同义字辞典，他写好诗以后，就专门挑大家很少见到过的生僻字来替换同义的常见字，这样一来，看不懂了吧？生涩奥衍了吧？是不是这样，你们可以考证。沈曾植的诗歌，确实好用僻典，沈曾植的诗是钱仲联先生笺注的。钱先生跟我说，笺注沈曾植的诗真是不容易，他在二十世纪三四十年代就开始笺注沈诗了，但到2001年、也就是钱先生去世的前两年，《沈曾植集校注》才由中华书局出版。钱先生高寿，活了九十六岁。如果再晚一点印出来，老人家生前就见不到此书了。其实，沈曾植的学问非常好，譬如佛学，沈曾植研究得非常透彻，诗里也大量引用释典。钱先生说他笺注沈诗，如果弄一本《佛学大辞典》是不能解决问题的。怎么办？钱先生专门去买了一部《大藏经》，先从头看到尾仔细研读，然后再去笺注沈诗。钱先生用了一个非常形象的比喻：“沈曾植那个字纸篓里面有的东西，我的字纸篓里面也一定要有。”陈衍所说的陈三立和沈曾植的“少异”，就是钱仲联先生将同光体分为三派的最初的依据。

钱仲联《论同光体》将其分为三派，闽派以陈衍、郑孝胥、沈瑜庆、陈宝琛、林旭为首，这些人好像基本上都住在福州城里面的“三坊七街”，最后有李宣龚、何振岱诸位作为殿军。江西派的首领是陈三立，稍后一些有夏敬观。浙派以沈曾植为代表，沈的同派是袁昶，继承者是金蓉镜。这里顺便说一下，同光体江西派之名最早得自汪国垣，也就是我刚才所引的“闽赣派或有径称为江西派者，亦即《石遗室诗话》所谓同光派也”。钱先生这篇文章发表以后，有一次我跟钱先生闲聊，我说，“您应该把江西派改成赣派，一个是闽派，一个是浙派，您再弄了一个江西派，就不像汽车车牌那样统一了。还有一个问题就是跟宋代的江西派容易混淆”。后来，上海古籍出版社的王镇远在1985年第2期的《文学遗产》发表了《同光体初探》。文章写得很好，但不能说是“初探”，钱先生他们已经探过了。王镇远划分同光体的内部派别，也是按照钱先生的三派，但他就已经改称“赣派”。钱先生后来选编《近代诗钞》，《前言》先行发表在《社会科学战线》，题目是《近代诗坛鸟瞰》，里面也称“赣派”了，这就比较统一。

那么，同光体除了这三派，现在要跟大家探讨的是，有没有皖派？汪辟疆《近代诗派与地域》讨论闽赣派的时候，他附了一个皖派，他说：

> 近代皖派诗家，以桐城吴汝纶行辈为早。吴氏习闻姬传姚氏之说，为诗以山谷为宗，辅以杜韩，故其诗平实稳顺，绝无俗韵。晚年与范当世唱和，益觉清苍。其乡人姚永概、方守彝皆能诗，姚氏简远朴茂，诗如其文，山水之作，工于刻镂。方氏体源山谷，瘦硬澹远，兼而有之。盖桐城文家，多以诗名。姚惜抱曾手批《山谷集》，宗风大启。

这一段话探讨了近代的皖中诗派。其实，陈衍提出同光体之名，他是要承接前代诗风的，也就是道咸时期那批学宋的诗人。由于生活所处的年代，那批诗人我们不能称之为同光体，只能称其为早期的宋诗运动。其中最早的诗人，应该是程恩泽。但陈衍的《近代诗钞》没有收程恩泽。按照现在的标准，近代从鸦片战争爆发的1840年开始，此前去世的，就不能算近代诗人。龚自珍死于1841年，就可以列入近代诗人。钱仲联先生编纂的《近代诗钞》，就是依据这个标准。程恩泽是道光十七年、也就是1837年死的，所以钱仲联先生也没有收程恩泽。但陈衍不是因为这个原因不收程恩泽，陈衍的标准是在他出生的时候，也就是1856年诗人还活着，可以收进去。他生下来人家已经死了，他见不着的诗人，就不能收进去。但是，你今天生下来，人家明天死，你也还是没见着。即使见着了，你也没有印象。陈衍的标准太主观了，太以自我为中心了。程恩泽是道咸时期宋诗运动的一代宗师，他就是安徽歙县人。当时学宋而开启宋诗运动，有一批非常重要的诗人，比如郑珍、莫友芝、何绍基，他们都是程恩泽的学生。及清末民初，诗歌宗宋、又与同光体诗人过从甚密的皖地诗人还有许多，著名者如许承尧、周达、陈诗等。当然，与同光体倡导的学宋，有着千丝万缕关系的是桐城派。

我们再来梳理一下桐城派与同光体两者在诗学宗趣方面的传承。姚鼐过世的时候，曾国藩才虚龄五岁，且上辈与姚鼐也并不相识。但曾国藩后来是认姚鼐为老师的。曾国藩曾经说过："国藩之粗解文章，由姚先生启之也。"曾国藩称姚鼐为老师属于私淑，尽管你不知道我是谁，但我认你做老师没商量。我和钱仲联先生都是常熟人，我们常熟在清初有一位非常著名的诗人叫冯班，在常熟人的心目中诗坛地位仅次于钱谦益。《清诗话》里收录了冯班的《钝吟杂录》。而赵执信是王士禛的甥婿，但是关系不好，两人诗论也不合。赵执信就曾跑到常熟，找到冯班的墓，行弟子礼，跪拜了一下，以后便自称是冯老师的私淑学生了。这件事情，见王应奎《柳南随笔》。王应奎说赵执信“以私淑门人刺焚于冢前”，并言王士禛《古夫于亭杂录》中“所谓‘世人于冯定远，乃有皈依顶礼，不啻铸金呼佛’者”，说的就是赵执信。这样的情节今天看来更像小说家言。但古人《世说新语》看多了，真做得出来的。而赵执信《谈龙录自序》也说“既而得常熟冯定远先生遗书，心爱慕之，学之不复至于他人。新城王阮亭司寇，余妻党舅氏也，方以诗震动天下，天下士莫不趋风，余独不执弟子之礼”。你们可以更牛一点，去曲阜的大成殿对着孔子的像磕几个头，出门也可以自称是孔门弟子了，在文学方面就可以和子游、子夏平起平坐了。当然，《论语》是要背出来的。那曾国藩在诗学方面，从姚鼐那里学到了什么呢？姚鼐学黄庭坚，施山《望云楼诗话》就说“今曾相国酷嗜黄诗，诗亦类黄，风尚一变。大江南北，黄诗价重，部值千金”。钱仲联先生《梦苕庵诗话》也说“自姚姬传喜为山谷诗，而曾求阙祖其说，遂开清末西江一派”。钱先生认为，同光体的源头就在于此。具体而微的学习，则如徐世昌《晚晴簃诗汇》所说：“惜抱以古文名一世……作诗亦用古文之法，七律劲气盘折，独创一格，曾文正、吴挚甫皆效其体，奉为圭臬。”确实，吴汝纶是曾门四弟子中唯一的桐城人，诗歌创作却是追随曾国藩才回归桐城的。吴汝纶有学生范当世，继承了他的衣钵，并加以发扬光大。曾克耑《论同光体诗》就认为“真正这场运动的中心人物，那只有通州的范肯堂先生”。

同光体与皖派——实际上与桐城派之间的枢纽是范当世。我们现在经常读吴闿生的《晚清四十家诗钞》，这部书最早刊印是民国十三年，就是1924年，2006年浙江古籍出版社重印过。吴闿生在此书自序中说：“先大夫垂教北方三十余年，文章之传则武强贺先生，诗则通州范先生。”“先大夫”是吴汝纶，吴闿生的老爸；“贺先生”是贺涛，贺涛的诗集近年也出版过；“范先生”为范当世。由此可见，范当世就是吴汝纶在诗歌方面的传人。而吴闿生的学生曾克耑序《晚清四十家诗钞》，则说吴闿生“秉太夫子挚父之学，以古文诏后进，又尝问学范先生，于诗所得尤深”。这说明吴闿生他的古文功底是源自家学，诗学则更多是从范当世那里学习而继承所得。范当世跟陈三立的关系，不是一般的好，两个人是儿女亲家，范当世的女儿嫁给了陈三立的儿子陈衡恪。陈三立的儿子都很厉害，陈衡恪是大儿子，也是著名的画家。齐白石有今天的地位，主要靠陈衡恪在北京提携。陈三立有诗《肯堂为我录其甲午客天津中秋玩月之作，诵之叹绝，苏黄而下无此奇矣。用前韵奉和》，对范当世是推崇备至：

> 吾生恨晚生千岁，不与苏黄数子游。得有斯人力复古，公然高咏气横秋。深杯犹惜长谈地，大月难窥澈骨忧。旷望心期对江水，为君洒涕忆南楼。

在陈三立眼里，范当世已经是可以和苏黄并驾齐驱的一代诗人了。范当世被汪国垣《近代诗派与地域》归入闽赣派，说他是“以他籍作桴鼓之应者”。而钱仲联《论同光体》也同样将其当作同光体的代表诗人，所以我也在想，仅仅再列一个皖派，好像还不够准确，因为范当世是江苏南通人，现在有一个著名的画家叫范曾，估计你们都知道，他就是范当世的曾孙。所以，皖派是否可以扩大一下，称之为“江左派”。为什么叫“江左派”呢，你们知道，江左在明代是包括了江苏和安徽的，当时称直隶，那是因为安徽是朱元璋的老家，而南京又是明朝开国的首都，后来虽然迁都北京，但直隶没变，只是前面加了一个“南”字，以区别北京周边的北直隶。入清，改朝换代了，南直隶也不是龙兴之地了，就不能叫直隶了，就叫江南省。到康熙年间，又把江南分成两个省，西部有安庆府和徽州府，那就叫安徽吧，东部有江宁府和苏州府，那就叫江苏吧。江南又称江左，与江西称为江右相对。清初顾有孝选编江苏钱谦益、吴伟业和安徽龚鼎孳诗，就名其为《江左三大家诗钞》。江苏诗人与同光体和桐城派关系都比较密切者，大有人在。在清末，还有泰兴朱铭盘、南通张謇，他们和范当世交好。朱铭盘出张裕钊之门，擅长桐城派古文，与张謇是挚友，俩人同为淮军吴长庆军幕，且一度与同光体诗人郑孝胥过从甚密，当时郑孝胥是李鸿章的幕僚。而入民国，前面我们举到的加入南社又倾向同光体的诗人姚锡钧、闻宥、朱玺等，他们都是松江人，当时隶属江苏省，解放后划归上海市。还有李详，苏北兴化的一位诗人，他的文章写得非常好，得桐城派古文的真谛。如果同光体添加江左派，赣派可称江右派。

现在我讲第三个问题，也就是今天重点要讲的一个问题：同光体代表诗人之理论分歧。刚才讲的前面两个问题，都是为讲这第三个问题作铺垫的。讲完了前面的两个问题，我想大家对下面这个问题的理解，相对可能容易一些。第三个问题也讲两点：一是"'三元说'与'三关说'"，二是"'学人之诗'与'诗人之诗'"。这是同光体诗歌理论的关键和核心。

先说"三元说"与"三关说"。讲两个小问题，第一个是"三元说"创立者之争，第二个是"三元说"与"三关说"之本质差异。

"三元说"的创立者还存在争论？我们现在一般认为，"三元说"的创立者是陈衍，而沈曾植创立了一个"三关说"。但是，有关"三元说"的创立者，还是有不同的说法，所以叫作"之争"。"三元说"见诸文字，最早是1912年，这我在前面已经说到过。陈衍在《庸言》发表的《石遗室诗话》卷一，不惜版面，全文引录了沈曾植的长诗《寒雨积闷，杂书遣怀，襞积成篇，为石遗居士一笑》。并说："余与君论诗语，略具其中。"其后，又发表读诗感言：

> 余谓诗莫盛于三元：上元开元、中元元和、下元元祐也。君谓"三元皆外国探险家觅新世界、殖民政策、开埠头本领"，故有"开天启疆域"云云。余言"今人强分唐诗、宋诗，宋人皆推本唐人诗法，力破余地耳。庐陵、宛陵、东坡、临川、山谷、后山、放翁、诚斋，岑、高、李、杜、韩、孟、刘、白之变化也；简斋、止

斋、沧浪、四灵，王、孟、韦、柳、贾岛、姚合之变化也。故开元、元和者，世所分唐宋人之枢斡也。若墨守旧说，唐以后之书不读，有日蹙国百里而已”。故有“唐馀逮宋兴”，及“强欲判唐宋”各云云。

正如我前面所言，这一段话的中心意思，“三元说”是和宋代江西派一脉相承的：开元，主要是盛唐，关键在杜甫；元和，主要是中唐，关键是韩愈；元祐，主要是北宋，关键是黄庭坚。而“三关说”见诸文字，是沈曾植的《与金潜庐太守论诗书》：“吾尝谓诗有元祐、元和、元嘉三关。公于前二关均已通过，但着意通过第三关，自有解脱月在。”金潜庐便是金蓉镜，曾经追随沈曾植学诗。这是1918年沈氏写给金蓉镜的一封信。沈曾植的《文集》在“文革”之中已经散佚，但这封信被金蓉镜奉为圭臬，刊载在他自己的诗集《彪湖遗老集》之首代序，因此得以保存。近年来上海图书馆发现了一大批沈曾植的文稿手迹，其中就有这封《与金潜庐太守论诗书》。金蓉镜以后也说：“三关之说，始见《瀛奎律髓》，其说未鬯。至师确指元嘉、元和、元祐三关。”

有关“三元说”创立者的权威定谳——第一版的《中国大百科全书·中国文学》认为，“三元说”是陈衍独创的。其“陈衍”条是钱仲联先生撰写的，其中写道：

他提倡“三元”之说，即“上元开元、中元元和、下元元祐”。他认为这是古近体诗的三个演变阶段，第一个高峰在唐玄宗开元年间，第二个高峰在唐宪宗元和年间，第三个高峰在宋哲宗元祐年间。而继承“三元”的就是清代同治、光绪间的“同光体”，也即他所倡导的诗风。

现在大家找度娘，我们有些学生对百度百科的依赖性很强。但是，百度百科是大众娱乐性质的，仅作参考，所有材料都要核实，所有结论不可全信。和百度百科不一样，《中国大百科全书》特别是第一版，其条目都是行内专家撰写、又经权威专家审定，具有很高的学术性和严肃性。

对于“三元说”的创立者，学界还是有疑义。疑义出于异议。有异议者认为，“三元说”是沈曾植所创，至少是与陈衍、郑孝胥共创。许全胜《沈曾植年谱长编》就如此认为。许全胜是复旦大学的老师，《沈曾植年谱长编》是他当年的博士论文，做得非常好。其中讨论到“三元说”和“三关说”：“本年（指光绪二十五年，即 1899 年）公与陈衍、郑孝胥论诗，倡三元、三关之说。”这里将“三元说”和“三关说”合为一体，基本上当作一码子事了。许全胜依据的材料，就是《石遗室诗话》卷一陈衍有关“三元说”的记述。其实这一段材料并没有说到“三关说”。至于所说“倡”，到底是谁倡，两种可能，一是“公”，也就是沈曾植，还有一种理解是“公与陈衍、郑孝胥”共倡：沈曾植和其他两位讨论讨论、商量商量，然后就有了“三元说”和“三关说”。我认为许全胜说的是共倡。而王蘧常先生早年所编的《沈寐叟年谱》，就有类似的记载。王蘧常先生是钱仲联先生在无锡国专时候的同学。据钱先生介绍，王蘧常和沈曾植是同乡，都是浙江嘉兴人。在很小的时候王蘧常被大人按着头给沈曾植跪拜了，于是成了沈曾植的学生。但王蘧常先生学问非常好，文史哲兼备，是复旦大学哲学系的教授。其《沈寐叟年谱》光绪二十五年说："与陈石遗、郑太夷创诗有'三元'之说，盖谓开元、元和、元祐，以为皆外国探险家觅新世界、开埠头本领。"不仅如此，王蘧常还在这里加了一个按语：

"三元"之说，《石遗室诗话》以为发自石遗，然考公《遣怀》诗云："郑侯凌江来，高论天尺五。画地说三关，撰杖策九府。"郑侯谓太夷也，则"三元"不仅石遗发之。且比下公《答金甸丞太守论诗书》观之，盖审非石遗一人之言，盖公与陈、郑一时言论所定也。

明言非陈衍一人而为，当然，这里也是混淆了"三元说"和"三关说"的。只是有人耐不住了，不服气了，这个人就是陈衍的学生王真。他在《续编陈侯官年谱跋》里说："惟一时海内著述，于师之言论，有传闻异词，不可不辩者。"讲这个话的时候，语气有点不太客气了，有点像我们今天在法庭上打专利官司。王真又说：

王蘧常撰《沈寐叟年谱》，据叟《与金甸丞书》，言元和、元祐、元嘉为诗中"三关"云云，谓"三元"之说实寐叟创之，非创自师。不思师所标举者"三元"，指自唐至宋之开元、元和、元祐，撇却六朝也。寐叟

> 所标举者“三关”，有元嘉而无开元，杂六朝于唐宋中，宗旨不同，焉得指鹿为马乎？

情绪非常激动。钱仲联先生在《沈曾植集校注》中说“其论甚辨，殆出石遗所示意”。并且，在王蘧常《沈寐叟年谱》“画地说三关，撰杖策九府”句下，钱仲联先生有一段按语：

> “九府”，周指九种官，后世指九卿之官府，与“三关”为对，可知此时公诗所谓“三关”，初不指诗，而是指中国古代的重要关隘。郑孝胥好谈经世，故云“画地说三关，撰杖策九府”。王君牵合“三元”之说，指为谈诗，误矣。

我们还原事情的真相，陈衍确实与沈曾植讨论过“三元说”。陈衍《石遗室诗话》卷一所引沈曾植诗《寒雨积闷，杂书遣怀，襞积成篇，为石遗居士一笑》，这首诗里面有这么几句：“开天启疆域，元和判州部”、“勃兴元祐贤，夺嫡西江祖。”涉及“三元说”。梳理一下陈衍对此的解释，其中有他和沈曾植的对话：陈衍说“诗莫盛于三元：上元开元、中元元和、下元元祐”，沈曾植附和说“三元皆外国探险家觅新世界、殖民政策、开埠头本领”，所以就有了上述诗句；陈衍又说“今人强分唐诗、宋诗，宋人皆推本唐人诗法，力破余地耳”，并列举了宋人变化唐人的例子，于是再有了沈曾植这首诗中“唐馀逮宋兴”，及“强欲判唐宋”等其他诗句。

要说明一点的是，沈曾植从来都没有争过“三元说”的发明权。沈曾植创“三关说”，这一点王真也认可。“三关说”不知起于何时，但绝不晚于1918年作《与金潜庐太守论诗书》之时。“三元说”和“三关说”二者文字相似，陈、沈两人又交流过心得，故引起一段公案。我想这个解释你们是不是满意？你们也可以有新的材料来作新的证明、新的判断。

下面介绍“三元说”与“三关说”的本质差异。前面我谈到，“三元说”肇始于江西派的“一祖三宗”，开元是一祖——杜甫；元祐是三宗——黄庭坚、陈师道、陈与义。其实，江西派“一祖三宗”当中也应该是有元和的，元和是从开元到元祐的过渡。元和著名的诗人很多，影响最大的是韩愈和白居易，再后来对宋人影响比较大的，就是晚唐的李商隐了。这里的元祐是泛指中晚唐。“三关说”也是起自江西派，但溯源到六朝，元祐还是黄庭坚，元和也是泛指中晚唐，主要是韩愈和李商隐。沈曾植说自己写诗，早年也是学韩愈和李商隐的。《与金潜庐太守论诗书》就说“鄙诗蚤涉义山、介甫、山谷以及韩门，终不免流连感怅”。自己不满足，于是就必须突破常规：上溯元嘉。主要是颜、谢——颜延之和谢灵运。“三元说”和“三关说”两者的差异：第一，前者是顺下，后者是溯上；第二，也就是王真说的“寐叟所标举者‘三关’，有元嘉而无开元”。有没有元嘉，有没有六朝，区别真的很大。

我刚才说“三元说”中的元和是泛指中晚唐，元和是从开元到元祐的过渡。对此，郭绍虞先生《中国文学批评史》有一段非常精彩的话，他讲杜甫与中晚唐的关系，用了三句杜诗来概括杜甫多种诗风对中晚唐的不同影响，同时也说明了后人对此的歪曲。他说：

> 杜甫诗“老去诗篇浑漫与”，这固然也开了元白诗风的平易一格，然而杜诗却不是像晚唐五代的郑都官（谷）诗，人家用来教小儿的。杜甫诗“语不惊人死不休”，这固然也开了韩愈孟郊一流豪健奇警奥涩等风格，然而杜诗也不是像刘义卢仝这般用奇诡来吓唬人的。杜甫诗“晚节渐于诗律细”，又说“熟精文选理”，这固然也开了李商隐一流的细腻纤秾风格，然而更不像周朴诗这样极其雕琢，月锻季炼的。也不是像西昆体这样挦扯义山的。

郭绍虞《中国文学批评史》也讨论了中晚唐与宋人的关系，他的结论是：宋人淡化了白居易，排除了李商隐，接受了韩愈。他说：“宋诗是不是完全接受白居易所高喊的现实主义呢？那又不尽然。与其说宋诗是由接受白诗现实主义的精神，毋宁说宋诗接受韩愈反现实主义的技巧为来得更恰当些。”接着又说：

> 韩愈是文人，不是诗人，所以他做不到李杜豪放雄浑之格，于是为了掩盖他的以散文为诗，不得不创为“横空盘硬语，妥帖力排奡”的作风，以豪气来慑服人。但是这一类的横空硬语，正同老妪能解的熟语一样，用于古诗还可以，施于律诗就成为怪癖或奇诡。宋人一方

> 面不要用熟语成为庸俗，但是一方面又反对西昆体，不要用丽辞成为雕镂：要避免这两种而再要用于律体，所以只能学老杜的夔州以后之作，一方面好似“老去诗篇浑漫与”，一方面却依然是“语不惊人死不休”，这才成为宋诗特殊的风格。所以清代学宋诗者有“三元”之称，就是于开元宗杜甫、于元和宗韩愈，于元祐宗苏轼和黄庭坚。

郭绍虞先生以为，“三元说”中的元和，主要是在韩愈。我引用的郭先生的这些话，出自解放以后修改的、上海古籍出版社出版的《中国文学批评史》，解放前最早的版本，商务印书馆最近重新印过，跟这里的说法不太一样。

其实，陈衍的“三元说”是并不排斥李商隐的，因为元祐的江西派就不排斥李商隐。宋代朱弁的《风月堂诗话》说黄庭坚是“用昆体功夫而造老杜浑成之地”，即谓李商隐是黄庭坚通向杜甫的一把梯子。而西昆体，约定俗成就是学习李商隐的代名词。光绪末年，有一批聚集在北京的吴地诗人，如汪荣宝、曹元忠、张鸿、徐兆玮，他们学习李商隐，创作了大量的集李诗。但是他们编纂唱和之作，就学西昆体诗人，以张鸿寄居的西砖胡同，名其为《西砖酬唱集》。我再举一个例子：曾国藩有一首诗，题目为《读李义山诗集》，前两句是讲李商隐诗歌的妙处：“渺绵出声响，奥缓生光莹。”写诗写到李商隐这个分儿上，那是很了不起了。但是后面两句有点伤感：“太息涪翁去，无人会此情。”大有林黛玉“侬今葬花人笑痴，他年葬侬知是谁”的味道。李商隐诗歌的绝妙佳处，黄庭坚之后，几乎无人知晓。你们应该知道，江西派学习中晚唐并没有撇清李商隐，甚至也没有撇清白居易。现在讨论陆游，都说他受白居易影响最深，但莫砺锋《江西诗派研究》便认为“陆游是受到江西诗派的一定影响的。有的文学史著作说陆游‘一扫江西派的积弊’，并不符合事实”。可见，在陆游那里，白居易和江西派并不矛盾。由此推断，“三元说”学习江西派“一祖三宗”，也包括学习“一祖”和“三宗”之间隐含的韩愈、白居易、李商隐，当然重点是韩愈。陈衍讲“三元”，但有时也不提元和诗人，比如《近代诗钞》就说：“嘉道以来……诸公率以开元、天宝、元祐诸大家为职志。”中间就没有元和。这暗合江西派的“一祖三宗”。

下面介绍“三关说”。“三关说”最早的出处，刚才我已经说过了，是沈曾植《与金潜庐太守论诗书》：

> 吾尝谓诗有元祐、元和、元嘉三关。公于前二关均已通过，但着意通过第三关，自有解脱月在。元嘉关如何通法？但将右军《兰亭诗》与康乐山水诗打并一气读。刘彦和言：“庄老告退，而山水方滋。”意存轩轾。此二语，便堕齐、梁词人身。……康乐总山水、庄老之大成，开其先支道林。此秘密平生未尝为人道，为公激发，不觉忍俊不禁。勿为外人道，又添多少公案也。

这里明言“诗有元祐、元和、元嘉三关”。但是，在陈衍《石遗室诗话》里面，似乎也讨论到“三关说”。他说“前清诗学，道光以来，一大关捩。略别两派”，他列举一派为清苍幽峭，源头则有《古诗十九首》、苏、李、陶、谢；另一派生涩奥衍，他也举了唐以前的《急就章》《鼓吹词》《铙歌十八曲》。而且陈衍几乎没有举到开元诗人，这似乎跟“三关说”暗合。可我必须强调，虽然两人都谈到了六朝，沈曾植和陈衍还是有着很大的不同。沈曾植“三关说”的关键在元嘉，所以他说：“公于前二关均已通过，但着意通过第三关，自有解脱月在。”等于修道啊，你不通过最后那一关，你就没有达到最高的境界，只是量变没有质变，没有完成蜕变，一不小心，就会现了原形，又暴露本来面目，一觉回到解放前。你通过了元嘉这一关，才算完成蜕变。而通过元嘉最紧要的，沈曾植认为是学习颜延之和谢灵运。在我所引的这一段话后面，他还说：“在今日学人，当寻杜、韩树骨之本；当尽心于康乐、光禄二家。”康乐，谢灵运；光禄，颜延之。为什么呢？是因为“康乐善用《易》，光禄长于《书》。经训菑畬，才大者尽容耨获”。

有关学习元嘉的秘诀，沈曾植在《与金潜庐太守论诗书》中认为：

> 如无目前境事，无唐以前人智理名句运用之，打发不开。真与俗不融，理与事相隔，遂被人呼伪体。其实非伪，只是呆六朝，非活六朝耳。凡诸学古不成者，诸病皆可以呆字统之。

要有目前境事，有唐以前人智理名句运用之，这是打通“第三关”的钥匙。在此，他和金蓉镜说了这么一个故事：癸丑年，他和樊增祥等同年友一起喝酒赋诗，沈曾植“出五古一章，樊山五体投地，谓此真晋宋人诗，湘绮毕生何曾梦见”。樊增祥当然是奉承，可马屁拍到了沈曾植的心坎上，他听了以后还是非常开心，说“虽谬赞，却惬鄙怀”。接下来他就向金蓉镜交代了他创作这首“癸丑年同年修禊赋诗”的秘诀：“其实止用《皇疏》‘川上章’议，引而申之。”只是王闿运尽管专门学汉魏六朝，号称“汉魏六朝派”，但“湘绮虽语妙天下，湘中选体镂金错彩，玄理固无人能领会得些子也”。他和王闿运的区别，就在于有无目前境事，能否运用唐以前人智理名句。在沈曾植看来，王闿运他们“真与俗不融，理与事相隔，遂被人呼伪体。其实非伪，只是呆六朝，非活六朝耳”。推而广之，沈曾植说“凡诸学古不成者，诸病皆可以呆字统之”。

所以，学习古人要有灵活性，非但要借鉴，更要有创造。明七子号称“诗必盛唐”，结果被钱谦益讥为“优孟衣冠”和“土偶蒙金”，只是舞台上的帝王将相和庙宇里的泥塑木雕。而如果要学宋，宋诗的精髓就是“推本唐人诗法，力破余地”，是具有创造性的。清中叶查慎行学宋，主要是学习苏轼，可查慎行是有创造性的，所以袁枚《仿元遗山论诗绝句》就说“他山书史腹便便，每到吟诗尽弃捐。一味白描神活现，画中谁似李龙眠”。但学宋的诗人未必都能做到这一点，譬如翁方纲也学宋，对黄庭坚是字临句摩，不越雷池一步。诗歌成就当然不高，故袁枚论其诗，说“天涯有客太詅痴，误把抄书当作诗，抄到钟嵘《诗品》日，该他知道性灵时”。这后面两句，我们不妨可以看作，袁枚也是追求“活六朝”的，也是反对“呆六朝”的。这里，“目前境事”，就是诗歌与时代精神的关系，“唐以前人智理名句运用之”，则是诗歌与学术的关系。

有关诗歌与学术的关系，沈曾植在这方面的意见，我再阐释一下。刘勰在《文心雕龙》中提出“庄老告退，而山水方滋”，庄老就是当时的玄学，山水便是禅道。沈曾植稔熟玄学，更精于禅道。所以，讨论沈曾植的诗学观，我们可以注意一下《与金潜庐太守论诗书》中这一段论述：

> 须知以来书意、笔、色三语判之，山水即是色，庄老即是意；色即是境，意即是智；色即是事，意即是理；笔则空、假、中三谛之中，亦即偏计、依他、圆成三性之圆成实性也。

沈氏此话非但介绍诗歌与学术之关系，还谈到了诗歌的时代精神，也就是现实意义。但说得非常玄，不知道大家明白没有？我所以说中国文学批评史不好讲，也不好学，因为理论的东西非常抽象，无论是讲，还是学，都会感到非常枯燥、非常乏味，但听懂了就有升华，因为我们就掌握了文学研究的工具，或者说是武器了。沈氏此语如果没有明白，我们可以阅读钱仲联先生《论同光体》中的相关诠释：

> 沈氏与金氏信中所论，尤其值得注意的，是借用佛家天台宗所宣扬的《中论》“空假中”三观和慈恩宗所

> 宣扬的《瑜伽师地论》《显扬圣教论》《成唯识论》等的“偏计、依他、圆成实”三性以论诗，沈氏就金氏信中“意、笔、色”三点作分析，用今天的话说，意相当于思想性，色相当于诗篇所反映的现实，而笔则是客观现实、主观情思与艺术性的统一。

钱仲联先生的解释言简意赅，非常通俗易懂。所以，一些理论问题，一旦把它从圣坛上请下来，就变得简单明了。许多高深的东西，其实也就不高深了。为方便同学们理解，我们可将金蓉镜《与沈寐叟书》、沈曾植《与金潜庐太守论诗书》、沈氏所引佛教天台宗典籍《中论》和慈恩宗典籍《瑜伽师地论》等，以及钱仲联先生《论同光体》相关论述列表如下：

金蓉镜《与沈寐叟书》	意	色	笔
沈曾植《与金潜庐太守论诗书》	老庄	山水	
	智	境	
	理	事	
《中论》	空	假	中
《瑜伽师地论》等	偏计	依他	圆成实
钱仲联《论同光体》	思想性	诗篇所反映的现实	客观现实、主观情思与艺术性的统一

由此可见，与“三元说”相比，“三关说”更重视诗歌的现实意义。

其实，“三关”最早也是佛教用语：初关、重关、牢关。我们把这三关用到诗里面，初关就是悟道，学元祐，求臻化；重关就是修道，学元和，求完善；最后的牢关是证道，学元嘉，求解脱。

综上所述，我们小结一下，“三元说”，是就诗论诗。学杜甫，中国诗歌之集大成者；学韩愈等，学杜而有变化者；学黄庭坚等，“宋人皆推本唐人诗法，力破余地耳”。而“三关说”，则是就学论诗。所谓“学”，是学术，沈曾植强调了诗歌与学术的关系。

接下来，我们讲同光体代表诗人之理论分歧的第二个问题：“学人之诗”与“诗人之诗”。沈曾植强调的是“学人之诗”；陈三立倡导“诗人之诗”，这里的诗人，是在古代文论中，经常专指的《诗经》作者，也就是继承《诗经》以来的优秀传统；而陈衍则希望“学人之诗”和“诗人之诗”能融为一体，只是他的“诗人之诗”和陈三立所说的“诗人之诗”，在内涵上还是有相当的差异的。

先介绍陈衍的相关论述。在陈衍的《近代诗钞·叙言》中，有这么一段话：

> 文端学有根柢，与程春海侍郎为杜，为韩，为苏、黄，辅以曾文正、何子贞、郑子尹、莫子偲之伦，而后学人之言与诗人之言合。而恣其所诣，于是貌为汉魏六朝盛唐者，夫人而觉其面目性情之过于相类，无以别其

为若人之言也。

文端是祁寯藻的谥号。而在《近代诗钞》“祁寯藻”条下的《石遗室诗话》中，陈衍又说：

> 有清一代，诗宗杜、韩者，嘉道以前，推一钱萚石侍郎，嘉道以来，则程春海侍郎、祁春圃相国。而何子贞编修、郑子尹大令，皆出程侍郎之门。益以莫子偲大令、曾涤生相国。诸公率以开元、天宝、元祐诸大家为职志，不规规于王文简之标举神韵，沈文悫之主持温柔敦厚，盖合学人诗人之诗二而一之也。

由此可见，陈衍心目中的“合学人诗人之诗二而一之”的典型，是钱载、程恩泽、祁寯藻、何绍基、郑珍、莫友芝、曾国藩等人。生在乾嘉，长在乾嘉——或是稍后的道咸，受乾嘉学派的熏染，这些人确实有学问。然而，是不是都能称之为学问家，也不一定。钱锺书先生《谈艺录》讨论到钱载，就说：

> 萚石处通经好古、弃虚崇实之世，而未尝学问，又不自安于空疏寡陋。宜见其屈于戴东原，虽友私如翁覃谿，亦不能曲为之讳也。然其诗每使不经见语，自注出处，如《焦氏易林》《春秋元命苞》《孔丛子》等，取材古奥，非寻常词人所解征用。原本经籍，润饰诗篇，与“同光体”所谓“学人之诗”，操术相同，故大被推挹。

> 夫以为萚石之学，为学人则不足，而以为学人之诗，则绰有余裕。此中关捩，煞耐寻味。

这里所说的钱载与戴震的恩怨，在翁方纲《与程鱼门平钱戴二君议论旧草》中有记载："昨萚石与东原议论相诋，皆未免于过激……萚石谓东原破碎大道，萚石不知考订之学，此不能折服东原也。训诂名物，岂可目为破碎？学者正宜细究考订训诂，然后能讲义理也……今日钱、戴二君之争辩，虽词皆过激，究必以东原说为正也。"翁方纲认为，钱载于考据之学，纯属外行，外行批评内行，说戴震所做学问是"破碎之学"。所以翁方纲说"究必以东原说为正也"。其实钱载和翁方纲关系还是很不错的，两个人都是乾隆十七年的进士，号称同年，平时还是相互帮衬的。翁方纲曾经从钱载三十六卷的《萚石斋诗集》中选录诗作，编成《诗钞》四卷，序而刊之，称"其诗浓腴淡韵，若画家赋色，向背凹凸，东坡谓于王维千枝万叶，一一皆可寻源者也"。翁、钱两人诗歌宗趣都在黄庭坚，当然，就创作成就言，钱载远在翁方纲之上。

钱锺书先生接下来所说的钱载"其诗每使不经见语，自注出处"，所举《焦氏易林》《春秋元命苞》《孔丛子》著作，也不是常人都读过的。在座的都是博士，不晓得有几位见过这些书？所以钱锺书先生谓其"取材古奥，非寻常词人所解征用。原本经籍，润饰诗篇，与'同光体'所谓'学人之诗'，操术相同，故大被推挹"，而其有关钱载的结论，则是"夫以为萚石之学，为学人则不足，而以为学人之诗，则绰有余裕"。也就是说，做学人恐有不足，但其学问用来写诗，那还是绰绰有余的。接此，钱锺书先生对陈衍“学人之诗”的观点进行了“钱式”批评：

> 钟记室《诗品·序》云：“（故）大明、泰始（中），文章殆同书抄，……拘挛补衲，蠹文已甚。”虽谢天才，且表学问。学人之诗，作俑始此。杜少陵自道诗学曰：“读书破万卷，下笔如有神”，信斯言也，则分其腹笥，足了当世数学人。山谷亦称杜诗“无一字无来历”。然自唐迄今，有敢以“学人之诗”题目《草堂》一集者乎？同光以还，所谓学人之诗，风格都步趋昌黎；顾昌黎掉文而不掉书袋，虽有奇字硬语，初非以僻典隐事骄人。……盖诗人之学而已。

在冷嘲热讽的这段话里面，钱锺书先生提出“学人之诗”和“诗人之学”的概念。所谓“学人之诗”是学者所为诗：在诗当中卖弄“学人之学”——也就是经史百家之学，甚至是金石考据之言直接入诗。当年钟嵘就加以抨击，故有“学人之诗，作俑始此”之说。至于“诗人之学”，其典型便是“读书破万卷，下笔如有神”的杜甫。在钱锺书先生看来，就学问而言，当今号称的“学人”，几个加起来还不如一个杜甫，但杜甫的学问是用来写诗的，是用以增强诗人底蕴、陶冶诗人情操的，只能算作“诗人之学”。因此，自唐迄今，“有敢以‘学人之诗’题目《草堂》一集者乎”？

陈衍倡导“合学人诗人之诗二而一之”，因此，他对严羽

《沧浪诗话·论辩》中“夫诗有别材，非关书也；诗有别趣，非关理也”的观点，并不认可。他在《学制斋诗钞序》中明确指出：

> 余屡言，诗之为道，易为而难工。工也者，必有异乎众人之为，则读书不读书之辨也。诗莫盛于唐，唐之诗，莫盛于杜子美。子美曰：“读书破万卷，下笔如有神。”子美之言信，则严沧浪“诗有别才非关学”之言，误矣。

所以，他的“合学人诗人之诗二而一之”，是建立在读书的基础上的。在陈衍看来，写诗容易，好诗难得。要写出好诗，必须有过人之处，而具有过人之处的关键是读不读书。杜甫之所以为杜甫，在于他的“读书破万卷”，所以他才能“下笔如有神”。严羽论诗过分强调“天籁”，陈衍认为“误矣”。而陈衍对此提出的正面的观点，则是“诗也者，有别才而又关学者也。”在《瘿庵诗序》中，陈衍说：

> 严仪卿有言：“诗有别才，非关学也。”余甚疑之，以为六义既设，风雅颂之体代作，赋比兴之用兼陈。朝章国故，治乱贤不肖，以至山川风土，草木鸟兽虫鱼，无弗知也，无弗能言也。素未尝学问，猥曰吾有别才也，能之乎？汉魏以降，有风而无雅，比兴多而赋少，所赋者眼前景物，夫人而能知而能言者也，不过言之有工拙。所谓有别才者，吐属稳、兴味足耳……故余曰：

> 诗也者，有别才而又关学者也。少陵、昌黎，其庶几乎？然今之为诗者，与之述仪卿之言则首肯，反是则有难色。人情乐于易，安于简，别才之名，又隽绝于丑夷也。

这里，陈衍搬出了《诗经》作者，说他们是“又关学”的典范：“六义既设，风雅颂之体代作，赋比兴之用兼陈。朝章国故，治乱贤不肖，以至山川风土，草木鸟兽虫鱼，无弗知也，无弗能言也。”如果一个人“素未尝学问，猥曰吾有别才也，能之乎”？而“有别才”者，陈衍则举汉魏以来作者为例：“汉魏以降，有风而无雅，比兴多而赋少，所赋者眼前景物，夫人而能知而能言者也。不过言之有工拙，所谓有别才者，吐属稳、兴味足耳。”“吐属稳、兴味足”，这就是“有别才”的全部内涵。而真正能做到“有别才而又关学者”，则是杜甫和韩愈，所谓“少陵、昌黎，其庶几乎”？

当然，陈衍并不主张“学人之学”直接入诗。讨论清代诗人，他颇不满“偷将冷字骗商人”的厉鹗，虽然厉鹗是清中叶浙派的代表人物，其学宋的宗趣与陈衍有相近之处。在《诗评汇编》，陈衍评价钱载手批的《樊榭山房诗》，说“虽不尽当，而近于饾饤处，多数不满，自是正论”。并且，陈衍对于翁方纲的评价更是不高。翁方纲无论是诗学主张，还是创作实践，是典型的将“学人之学”直接入诗者。他在《蛾术集序》中说：“士生今日经学昌明之际，皆知以通经学为本务，而考订训诂之事与词章之事，未可判为二途。”其《复初斋诗集》存诗五千多首，十之七八为题图、题画、题拓本之作。花病鹤《十朝诗话》说洪亮吉曾为其作生挽对联："最喜客谈金石例，略嫌公少性情诗。"翁方纲看见以后，"亦不以为忤"。通览《石遗室诗话》，陈衍对这位倡导学宋的诗人，几乎不着一字评价，唯为《翁评渔洋诗平议》写下案语："覃溪自命深于学杜，其实所知者山谷之学杜处耳，只可以傲门下谢蕴山、冯鱼山辈。至其考据，所精在金石书画。至于音韵之学，则未有知，故常以翰林院试帖诗科律律古近体诗。"谢蕴山即谢启昆；冯鱼山则是冯敏昌。二人均为翁方纲学生。

陈衍不主张"学人之学"入诗，关键是要倡导"学人之诗"和"诗人之诗"的融会贯通。这体现在他对道咸年间贵州两位重量级诗人——郑珍、莫友芝的评价方面。郑和莫都是程恩泽的学生，都是近代宋诗运动的代表作家。《石遗室诗话》卷二十八说"郑莫并称，而子偲学人之诗，长于考订，与子尹有迥不同者"。"迥不同者"体现在哪里？其实在陈衍看来，莫友芝长于考订，所作是"学人之诗"，而他在融合"诗人之诗"方面，尚有欠缺。郑珍则不然，所以两人"有迥不同者"。我们看《近代诗钞·石遗室诗话》：

> 子尹先生以道光乙酉选拔贡，及程春海侍郎之门。侍郎诏之曰："为学不先识字，何以读三代、秦、汉之书？"乃致力于许、郑二家之学……窃谓子尹历前人所未历之境，状人所难状之状，学杜、韩而非摹仿杜、韩，则多读书故也。此可与知者道耳。

所谓“子尹历前人所未历之境，状人所难状之状”，是言其“诗人之诗”，而所谓“学杜、韩而非摹仿杜、韩，则多读书故也”，则是言其“学人之诗”；“此可与知者道耳”，其实就是强调，郑珍取得成就的关键，在于“合学人诗人之诗二而一之”。

可以称之为“合学人诗人之诗二而一之”的作品，遍查陈衍著述，其列举者，只有《石遗室诗话》卷十一所录的祁寯藻《题䙰䂮亭集》：“规橅《台斋集》，仿佛《鲒埼亭》。奇字得《家训》，故乡存地形。诗名卑不称，宦味老曾经。惭愧香山社，闲吟任醉醒。”陈衍对此诗所加评价，是“证据精确，比例切当，所谓学人之诗也。而诗中带着写景言情，则又诗人之诗也矣”。可见，“学人之诗”的关键，在于议论方面，要证据精确，比例切当。而“诗人之诗”，则是诗中带着写景言情。

有关陈衍提出“合学人诗人之诗二而一之”的动机，学术界的意见也有分歧。本来，严羽提出“诗有别材，非关书也；诗有别趣，非关理也”，是针对江西派的。陈衍竭力倡导江西派，对严羽之论不敢苟同，也是必然的。黄霖《近代文学批评史》认为：“以苏、黄为代表的宋诗，本有以才学为诗的特点……道咸间的宋诗派，大都是学问家，又企图以标榜宋诗来救神韵、格调、性灵之弊，故一般都重视‘积理养气’，以考据入诗。陈衍本人，亦重经史学问，故在总结历史经验的基础上，自然地提出了‘学人之言与诗人之言合’的理论。”只是钱仲联先生在《论同光体》中，却有着与之不尽相同的看法：“在旧社会，一般文人却怀有学人高出一筹的偏见。陈衍正是用这样的眼光来谈什么‘学人之诗’以抬高同光体诗人的地位。”见智见仁，孰是孰非，或者能否调和中庸，大家可以思考并发表高见。

接下来我们介绍一下沈曾植的“学人之诗”。

钱仲联先生《论同光体》在谈到“学人之诗”时，说“同光体诗人，只有沈曾植是著名学人”。而胡先骕跋《海日楼诗》，更是称其为“清同光朝第一大师”。王国维《沈乙庵先生七十寿序》，对沈氏的学术有具体而微的客观评价：

> 先生少年固已尽通国初及乾嘉诸家之说，中年治辽、金、元史，治四裔地理，又为道咸以降之学，然一秉先正成法，无或逾越。其于人心世道之汙隆，政事之利病，必穷其源委，似国初诸老；其视经史为独立之学，而益探其奥窔，拓其区宇，不让乾嘉诸先生；至于综览百家，旁及两氏，一以治经史之法治之，则又为自来学者所未及。

这里谈到了沈曾植治学的特点。其一，沈曾植治学的重点，一生多有变化：“少年已尽通国初及乾嘉诸家之说”，是偏重古文经学；“中年治辽、金、元史，治四裔地理”，是钻研北方少数民族的历史和地理；其后“又为道咸以降之学”，则又探究今文经学。但是，他的治学方法，却是“一秉先正成法，无或逾越”，也就是坚守传统的治学方法。治旧学，到底应该采用新方法，还是旧方法，学界多有争议。我的倾向是新方法可以尝试，但旧方法必须掌握。使用新方法必须在合理的范围内，就像唱昆曲，现在的青春版《牡丹亭》总少了一点过去的韵味。其二，沈曾植治学的目的，是经世致用。“其于人心世道之汙隆，政事之利病，必穷其源委，似国初诸老”，所谓国初诸老，是指被人称之为“清初三大儒”的顾炎武、王夫之和黄宗羲。他们有感于明代崇尚理学、好发不切实际的议论，以致造成空疏不学的学风，提出了“实事求是”的治学口号。实事求是，关键是要解决实际的问题。沈曾植光绪六年（1880）成进士以后，赴刑部任主事，与工作有关，他开始精研古今律法，其所著有《汉律辑存》《晋书刑法志补》等，被时任刑部尚书、也是晚清著名的律法专家薛允升推为律家第一。光绪十五年（1889），沈曾植调任总理各国事务衙门俄国股章京、相当于今天外交部俄国司司长。此后，他把自己的研究重心转移到西北地理和北方少数民族的历史，旨在与北方强敌俄国打交道的时候，做好知识的准备。事实也是这样。光绪十九年（1893），俄罗斯使臣喀西尼以《唐阙特勤碑》《突厥苾伽可汗碑》《九姓回鹘受里登汨没密施合毗伽可汗圣文神武碑》等影印本，请求沈曾植加以翻译考证，沈氏所作三碑跋，赢得广泛赞同。沈曾植一生著述众多，有关舆地之学的有十五部，其中为世所重的有《元秘史笺注》《蒙古源流笺证》等。

沈曾植是学人，那么，我们将沈曾植的诗学主张定位在“学人之诗”，其要义是什么呢？和钱锺书《谈艺录》所抨击的“学人之诗”又有什么区别呢？

首先，沈曾植谈学诗途径，认为与治学途径甚至修道途径是相一致的。刚才我们已经讨论了陈衍的“三元说”和沈曾植的“三关说”，我们说陈衍的“三元说”是就诗论诗，前面所引钱仲联先生所撰《中国大百科全书·中国文学》“陈衍”条，就说了

“三元说”着眼于“古近体诗的三个演变阶段，第一个高峰在唐玄宗开元年间，第二个高峰在唐宪宗元和年间，第三个高峰在宋哲宗元祐年间”。而沈曾植是就学论诗，“三关说”则高度关注了元祐、元和、元嘉三个时期学术对诗歌影响的紧密关系。元嘉时期，玄学炽热之后与佛学融合，形成新的玄学，儒学和佛学也初次碰撞，这是一个儒、佛、玄三道共存交融的时代。所以，沈曾植在《与金潜庐太守论诗书》中说“康乐总山水庄老之大成，开其先支道林”，对此，他在《王壬秋八代诗选跋》有详述：

> 老庄告退，山水方滋，此亦目一时承流接响之士耳。支公模山范水，固已华妙绝伦；谢公卒章，多托玄思，风流祖述，正自一家。挹其铿谐，则皆平原之雅奏也。陶公自与嵇、阮同流，不入此社……支、谢皆禅玄互证，支喜言玄，谢喜言冥，此二公自得之趣。谢固犹留意遣物，支公恢恢，与道大适矣。

无论是对元嘉时期学术的阐述，还是讨论这种学术对诗歌的影响，均表现出了一个具有学者身份的诗人，其高瞻远瞩且周密圆到的境界。而元和时期，经历初盛唐大昌的佛学逐渐冷却，与儒学逐渐融合并且共同影响文学创作，原来的汉学在此时也发生变化，传统意义的经学家在减少，士人普遍重视诗歌辞章而非学术专著，这与唐代的科举制度有着密切关系，故以唐人而言，学人诗人多二而为一，而诗人的成分要远远超过学人。至于元祐时期，儒学发生新变，经学进入一个新的时代，摆脱前代注疏的传统束缚而直承经典本义，重在发挥经典之微言大义，形成与汉学相对的宋学。影响到诗歌，以文为诗、长于说理，成了宋诗的特色。所以，在沈曾植看来，学诗应该从元祐入手，诗人在经历了学理的初步熏染后，上溯至元和，去掌握诗歌创作的技巧，然后上升到元嘉，在更高的学理层面体会和揣摩诗的本质。所以，在《与金潜庐太守论诗书》中，沈曾植介绍自己学诗所走过的路，与此是相吻合的：

> 在今日学人，当寻杜、韩树骨之本。当尽心于康乐、光禄二家。康乐善用《易》，光禄长于《书》，经训菑畬，才大者尽容耨获。韩子因文见道，诗独不可为见道因乎？鄙诗蚤涉义山、介甫、山谷，以及韩门，终不免流连感怅，其感人在此，障道亦在此。

他的现身说法：“鄙诗蚤涉义山、介甫、山谷，以及韩门，终不免流连感怅。”而流连感怅的原因，就在“其感人在此，障道亦在此”。也就是说，关键是“学人之诗”的学还不够深入。说到这里，你们也就知道了，沈曾植的元祐关，是学习王安石和黄庭坚，元和关是学习韩愈，当然也涉及李商隐，到元嘉关，那就是学习颜延之、谢灵运了。颜延之的玄言诗和谢灵运的山水诗，对沈曾植的直接影响，主要表现在以理入诗方面。

其次，沈曾植“学人之诗”的诗学要义，还表现在倡导融经入诗。这不同于陈衍的要通过读书来提高诗人的修养，由此达到杜甫《八哀》诗所谓“阅书百氏尽，落笔惊四座”的境界；也不同于钟嵘在《诗品·序》序里所批评的任昉、王融等人“词不贵奇，竞须新事”，不想着在字句上下功夫，只是争先恐后地在诗中尝试使用冷僻的典故，以至于“尔来作者，寖以成俗”，他们的不过脑子，随波逐流，终于导致了刘宋大明、泰始年间“文章殆同书抄”的严重后果，也就是钱锺书《谈艺录》所说的“学人之诗，作俑始此”。当然，沈曾植所谓的“学人之诗”，强调的是学问在诗歌里的融会贯通，而决不是“拘挛补纳，蠹文已甚”。那么，怎样才能做到“融经入诗”呢？

据沈曾植《与金潜庐太守论诗书》，其比较骄傲的一件事，就是“癸丑年同年修禊赋诗，鄙出五古一章，樊山五体投地”。查《海日楼集》，这首诗题《三月再赋五言分韵得天字》：

> 适去不自我，有来孰非天。寓形同庶物，观化循徂年。复此赤奋纪，缅怀永和篇。东风煦庭户，巾履来群贤。仰见太虚净，俯玩晨葩鲜。彭殇齐可论，尧桀忘谁先。云藻发谈麈，时珍乐嘉筵。偶然具觞咏，久已屏管弦。今视胥殊昔，后感宁同前。乐缘兹土尽，冥寄他方延。

我们前面谈到，因为金蓉镜的身份是其诗弟子，所以，沈曾植向金蓉镜透露了个中秘密：“其实止用《皇疏》‘川上章’义，引而申之。”他还关照“勿为外人道，又添多少公案也”。钱仲联《沈曾植集校注》，在“寓形同庶物，观化循徂年”联下引了《论语·川上章》皇侃《义疏》作为注释：

> 孔子在川水之上，见川流迅迈，未尝停止，故叹人年往去，亦复如此。向我非今我，故云逝者如斯夫；日月不居，有如流水，故云不舍昼夜也。江熙云：“言人非南山，立德立功，俯仰时过，临流兴怀，能不慨然！圣人以百姓心为心也。”孙绰曰：“川流不舍，年逝不停，时已晏矣，而道犹不兴，所以忧叹也。”

所谓的融经入诗，就是引用经典而不露痕迹，读者细细品味，只是感觉有点意思在。我估计在座的各位如果没有读过《与金潜庐太守论诗书》，看到此诗是很难和“《皇疏》‘川上章’义”挂上钩的。即使看了钱仲联先生的诠释，也还是有云里雾里的感觉。我要提醒的是，现在读书学习，我们也要关心一下学者在自媒体上所发表的意见。华东师范大学的胡晓明教授的博文《沈乙庵修禊诗笺释》，对我们理解这个问题是有很大帮助的：

> 乙庵用皇侃“川上章”义，似有两层意思。一是岁月忽逝，而立德立功之机会，俯仰间即失，感叹时节之易变快变，时为1913年，向我非今我，诗人隐含辛亥变后的感慨。二是今我不同于旧我，后感有异于前人。所谓向我非今我，即顺此大化之流（即“同庶物”“循徂年”），享受太虚之空灵清净，而忘怀世事，乐此因缘而已。此二义隐隐相发，即玄理回应纯情、得情境理事相融之妙，也即所谓乙庵所谓“引而申之者”。

这就是沈曾植所说的“时时玩味《论语皇疏》，乃能运用康乐，乃亦能运用颜光禄”的切身体会。胡晓明此文后来收入海天出版社出版的《古典今义札记》。

最后介绍一下倡导“诗人之诗”的陈三立。刚才我们谈到，钱仲联先生认为同光体诗人中，“只有沈曾植是著名学人”。其实，在《论同光体》当中，钱先生接着又说“陈衍本人虽也博览经史，毕竟只是诗人古文家，是‘文苑传’中人物。此外，同光体诗人，或是以政治活动家而为诗人，或是从事文学专业的诗人”。如果说陈衍是从事文学专业的诗人，而陈三立就是以政治活动家而为诗人。

陈三立一生在政治上最辉煌、最值得称颂的是以下两件事：一是在湖南辅助他的父亲、时任湖南巡抚的陈宝箴推行新政。当时，湖南作为维新的实验基地，聚集了梁启超、黄遵宪、谭嗣同、唐才常等维新党人，他们创办南学会和时务学堂，出版刊行《湘学报》和《湘报》，并陆续筹办水陆交通、开矿、设武备学堂、练民团，按照范文澜《中国近代史》的说法，他们使湖南成为当时“全国最富朝气的一省”。这其中当然与陈宝箴父子的积极谋划、赞助和活动分不开的。梁启超《饮冰室诗话》就说“陈伯严吏部，义宁抚军之公子也，与谭浏阳齐名，有‘两公子’之目。义宁湘中治迹，多其所赞画”。伯严是陈三立的字，谭浏阳就是谭嗣同，其父谭继洵时任湖北巡抚。我一直以为，湖南以后成为革命家——不管是旧民主主义革命，还是新民主主义革命——的人特别多，这和维新时期所开创的风气有关。陈三立在政治上所做的另外一件让我们应该铭记的事情，就是“七七”卢沟桥事变爆发后，陈三立寓居北平，目睹山河沦亡，不胜悲愤，以八十五高龄绝食殉国，晚节让人尊重。

陈三立既然是政治活动家，而不是从事文学专业的诗人，所以，钱仲联先生《论同光体》就说他“工于为诗而不像陈衍那样标榜声气，也没有写过整套的理论”。但是，他倡导“诗人之诗”，就是要和《诗经》作者一样，“迩之事父，远之事君”，他需要突出诗歌的“兴观群怨”的功能，需要表达他在诗歌的社会作用方面，他所持有的肯定的意见——也就是所谓的“诗言志”。我今天甚至怀疑，他好用奇字的习惯，是否也暗合孔子的“多识于鸟兽草木之名”？我们翻阅《散原精舍文集》，我们就会发现：陈三立为其他人诗集所作的序文，都是在强调诗歌与社会政治的密切关系。当廖笙陔请求“子为我尽读而序之”的时候，陈三立序廖笙陔诗，明言“余尝愤中国士夫耽究空文而废实用”。什么是“空文”？他在《刘裴村〈衷圣斋文集〉序》中的解释是“凡非涉富强之术、纵横之策，固皆视为无用之空文”。刘裴村就是刘光第，当年因为陈宝箴的荐举而出任军机章京，因此成为“戊戌六君子”之一——他因此被清廷残害，这是其悲，他也得以流芳百世，则是其幸。当然，陈三立在这里是概言诗文，而对诗歌内容的具体要求，则如他在《余尧衢诗集序》中所说的：“《诗》曰：‘心之忧矣，云如之何’？诗者，写忧之具也，故欧阳公推言穷而后工，诚信而有征者。”所谓“写忧之具”，突出了“兴观群怨”的“怨”，这和《诗经》作者是保持了高度的一致的。所以，他认为优秀的诗歌作品，基本上都是“穷而后工”的产物。陈三立序《梁节庵诗》，说梁鼎芬目睹晚清“学术之升降，政法之隆污，君子小人之消长，人心风俗之否泰，夷狄寇盗之旁伺而窃发”，“愤悱之情、噍杀之音，亦颇时时呈露而不复自遏”，他“志极于天壤，义关于国故，掬肝沥血，抗言永叹，不屑苟私其躬，用一己之得失进退为忻愠”，所以，陈三立说“日迈月征，徙倚天地，吾恐梁子之诗将益工”。并且，在陈三立看来，诗歌如果具有积极的内容，如果能够表达真性情，是可以超越艺术方面不同的宗趣和形式，而产生永恒的魅力的。他在《顾印伯诗集序》中就说：

> 自周汉以来，积数千余岁之诗人，固应风尚有推移，门户有同异，轻重爱憎互为循环，莫可究极。然尝以谓凡托命于文字，其中必有不死之处，则虽历万变万哄万劫，终亦莫得而死之，而有幸有不幸之说不与焉？

其言“自周汉以来，积数千余岁之诗人”，可见陈三立论诗的源头的确是上溯《诗经》传统的。我们要注意的是“风尚有推移，门户有同异”，而“凡托命于文字，其中必有不死之处”。

当然，陈三立的“诗人之诗”，他以《诗经》作者为楷模，除了“兴观群怨”，他还遵循“温柔敦厚”。过去诗人，在儒家思想影响下，“兴观群怨”和“温柔敦厚”一直是并重的。对此发起挑战的也有，但不是很多，譬如袁枚。他在《答沈大宗伯论诗书》中，针对沈德潜提出的“诗贵温柔”提出了质疑：“至所云诗贵温柔，不可说尽，又必关系人伦日用。此数语有褒衣大袑气象，仆口不敢非先生，而心不敢是先生。何也？孔子之言，戴经不足据也，惟《论语》为足据。”不过，袁枚质疑的理由也仅仅是戴圣所编纂的《礼记》可能是伪书，所以《礼记》所载的孔子之言“温柔敦厚，诗教也”，是靠不住的，不一定真的是孔子说的。而陈三立在《沧趣楼诗集序》中先是叙说了同光体诗人，并且还是晚清重臣的陈宝琛之坎坷经历，然后说：

> 公生平遭际如此，顾所为诗始终不失温柔敦厚之教，感物造端，蕴藉绵邈，风度绝世，后山所称‘韵出百家上’者，庶几遇之。然而其纯忠苦志，幽忧隐痛，类涵溢语言文字之表，百世之下，低徊讽诵，犹可冥接遐契于天壤之一人也。

相似的评价还体现在他为同样是晚清重臣的冯煦《蒿庵类稿》所作的序中：“所为文诗词为余所及知推之，吐辞结体，一出于冲淑尔雅，盎然粲然，盖导引自具之性情，以与古之能者相迎。”而陈三立读清末名儒关棠诗并跋其遗集，则谓“类皆根据理要，质厚俊雅，颇不愧古之立言者”。

总而言之，“兴观群怨”和“温柔敦厚”，是其作为“诗人之诗”之诗论的两大准则，前者侧重内容，后者侧重风格。而其核心，便是被朱自清推为中国诗论“开山的纲领”的“诗言志”。

有关陈三立论诗，还有一个重要的话题便是“恶俗恶熟”。陈衍《石遗室诗话》卷一云：

> 伯严论诗，最恶俗恶熟，尝评某也纱帽气，某也馆

阁气。余谓亦不尽然。即如张广雅之洞诗，人多讥其念念不忘在督部，其实则何过哉？此正广雅诗长处。

督部，是指张之洞在武昌官湖广总督。我认为，“恶俗恶熟”，也正体现了陈三立倡导“诗人之诗”的主张。按照陈衍的解释，其“恶俗恶熟”，表现为“评某也纱帽气，某也馆阁气”，也就是厌恶官场上人物故作矜持的官僚气。作为晚清积极参与维新变法的人物，陈三立所遇到的困难和阻力之大是不言而喻的。希望官场的面貌能够焕然一新，希望官员以锐进之气投身变革。言为心声，陈三立也希望诗歌能够反映时代，能够表达理想，进而能够推进改革。所以，他的《漫题豫章四贤像拓本》咏陶渊明诗云：“此士不在世，饮酒竟谁省？想见咏荆轲，了了漉巾影。”这和传统的“采菊东篱下，悠然见南山”，或者“结庐在人境，而无车马喧”的陶渊明形象是有很大不同的。倒是和鲁迅在《且介亭杂文二集·“题未定”草（六）》所说的陶渊明“就是诗，除论客所佩服的‘悠然见南山’之外，也还有‘精卫衔微木，将以填沧海，形天舞干戚，猛志固常在’之类的‘金刚怒目’式，在证明着他并非整天整夜的飘飘然”，是同一个意思。这也应该是强调“诗言志”的体现。所以，当陈衍举张之洞《正月十七日发金陵夕至牛渚》《九曲亭》《胡祠北楼送杨舍人》《秋日同宾客登黄鹄山曾胡祠望远》《九月十九日八旗馆露台登高赋呈节庵伯严诸君》等诗，并作出进一步解释：

以上数诗皆可谓绵邈尺素，滂沛寸心，《广雅堂集》

> 中之最上工者。然东来温峤、西上陶桓、牛渚江波、武昌官柳，文武也，旆旌也，鼓角也，汀州冠盖也，以及岘首之碑、新亭之泪、江乡之梦，青琐湛辈之同沉浮，秋色寒烟之穷塞主，事事皆节镇故实，亦复是广雅口气，所谓诗中有人在也。

陈衍主要说明了张之洞其人其诗并不分裂。诗歌里面即使有点官僚气，那因为张之洞毕竟是大干部，大干部写诗一定是大干部的口气。因此，“诗中有人在”，诗如其人，还是合乎张之洞身份的。《石遗室诗话》接着又说：“伯严不甚喜广雅诗，故余语以持平之论，伯严亦以为然。”

最后我想告诉大家，全国众多的学者研究同光体，一定是有道理的，因为同光体是近代诗歌史上的一个大题目。流行时间不算短，还风靡全国。在“五四”新文化运动掀起以后，还有许多诗人去追随。所以，我今天讲的时间不短了，但还远远没有讲透。当然，讲得透不透，除了时间原因，还有水平问题。就像学习苏东坡烹制红烧肘子，文火慢炖，需要时间，更需要厨艺。耽误了大家的时间，还没能让大家尝到美味佳肴，抱歉啦，谢谢大家的耐心。

（李向阳整理，马卫中校订）

第七讲

做有灵性的学术

——我的王国维研究十年回顾与反思

彭玉平

如何做学术，与个人看待学术的态度不同有着很大的关系。无论是将学术看作一种职业，还是一种事业，都要做有灵性的学术，这也是我一直提倡的。

学术就像看书一样，有的人看书，越看腰就被书压得越来越弯；有的人看书，就把书垫在脚底下，所以站得越来越高。我相信真正的学术是一定会给人带来快乐的，所以做有灵性的学术，才能给大家带来快乐。如果你整天在学术的路上郁郁寡欢，生活没有趣味，始终没有一个开窍的时候，始终没有下笔如行云流水的时候，那你就要反思，你到底适合不适合做学术？因为学术不是适合任何人的，它只适合一小部分人。所以能不能从学术里得到快乐，是衡量你是否适合走学术之路的重要标准。这也是我以“做有灵性的学术”为题目的原因，我本人也在努力这样做。当然我也有愁绪满怀的时候，也有百思不得其解的时候，那么这些都是需要我们通过不断地读书、不断地思考、不断地练笔，然后才能达到这样的境界。我做了十年的王国维研究，要说明一下，这十年中不仅做了这一样事情，我还写了别的书，写了其他方面的文章，但是主要精力还是放在王国维研究上面。真正的学者，一定是谦虚的、平和的，因为他能做的只是很小的一块。我做了十年的王国维研究，也只能谈谈他的文学，谈谈他的哲学，谈谈他的美学，谈谈他的一些文艺理论思想。比如说关于他的文字音韵我没法谈，关于他的西北地理我不知道。花十年时间研究一个人，都研究不透，还有什么可骄傲的呢？我总觉得我了解得太少了，而且就你了解的这一部分来说，可能过一段时间，学术界也会把你扔到一边去。作为一个比你们年长的学者，把自己的学术研究经历、体会与大家进行交流，意义就在这里。

一、十年时光：艰苦与快乐兼具

艰苦就是许多时候，文章是写不下去的时候。而快乐是一篇文章完成以后，有那么一点小小得意的时候。我平常绝大多数时间都在我的工作室，包括节假日。有时候像苦行僧一样，有时候写完一篇文章，回去的脚步都变得轻盈。所以这十年是不断地读书、不断地发现、不断地尝试解决问题的十年。

二、不断读书，不断发现，不断尝试解决问题

我写的关于王国维的论文近七十篇，我总共写了两百多篇论文，大概三分之一的论文都与王国维有关。那么不断地拓展领

域，不断地读书、不断地发现、不断地尝试解决问题，这里面就有很多需要注意的地方了。我总会告诉学生，不要谈你最近想到了什么题目，告诉我你最近读了什么书，从书里面发现了什么问题，这个问题有没有探索的空间，这些才是值得讨论的，我本人也是这样学习的。问题都是读书读出来的，比如说我研究王国维的《静庵藏书目》，这个藏书目几乎无人关注过，所以在读的过程中我发现许多文献来源，就是版本依据，这个藏书目是很重要的，所以我就去看。不断尝试地解决问题，也就是翻阅一篇篇文章，试图找寻结果的过程。

三、拓展新领域，补充新文献，调整新观点

我本人就是研究古典文学的，尤其是研究诗词。词学是我研究的一个重要领域，但是我还曾写过关于《殷墟书契考释》的一桩公案，这是关于甲骨文的，发表在河南杂志《中州学刊》(2008年)。甲骨文我是不懂的，那你怎么就写出一篇关于《殷墟书契考释》的文章呢？那是因为我读过许多的书，我读了许多的学术史，我知道一个不成熟、有错误的说法，它到底是怎么形成的、怎么发展的，后来又怎么回到一个正常的认知的轨道上，而研究甲骨文的人在这方面不一定比我知道的多。大家都知道一个公案，这个公案是怎么来的？这就需要大量的读书。我们都说聪明人下笨功夫，如果你不够聪明，笨功夫就要加倍，我就属于笨功夫加倍的一种人。所以绝大部分时间，我对文本的研读是非常细致的，比如说关于《人间词话》的每一则，我都是从头至尾、前

后对着看的。我始终不是拿着书死记硬背的人，我就是看到这里翻到前面，翻到前面再翻到后面，看到这一条，联想到那一条。所以这本书在我的阅读之下就是一个整体，你一旦提出某个问题，这本书里的许多问题都会汇集到我的脑里，我当年读历史就是用这个办法。学术研究有时候也是这样，拓展新领域、补充新文献也是从这个领域到那个领域，它是互相关联的。你读了文本以后，比如《人间词话》手稿一百二十五则，我看了很多论文里写的，有时候很生气，你没有读王国维的东西，你怎么去评论、去研究呢？不要求你都看，《人间词话》六十四则，你能不能一则则都看看，如果你没有看过，你怎么评价都评价不到位。至于调整新观点，我读书读到一定程度的时候，会发现许多问题，学术史有很多问题没有解决，为什么我发现的问题别人没解决呢？我后来总结了一下，大概是因为我读王国维读的比较多、比较细致，下的功夫比较深，所以能够看出其中的一些问题。

四、四个研究维度：文学观念、词学本体、词学学术史、学术因缘

我们现在看王国维的《人间词话》《宋元戏曲考》，把他当作一个文学家。但他当初最想当一个哲学家，而且是原创哲学家。哲学家他当不成，就想当一个文学理论家，他想写一部“文学通论”，相当于我们现在的“文学概论”，这是他最初的理想。这个理想在努力之后也没有实现，于是开始论词、论戏曲等等。那么《人间词话》是如何走向经典的？其实，在走向经典的过程中，

一直有不同的声音。在二十世纪三十年代的时候，有一些著名的大家，比如说唐圭璋先生、吴征铸先生等都对《人间词话》具备不具备经典的品格提出质疑，唐圭璋、朱光潜对它的否定几乎是釜底抽薪的。但无论是学术界否定这本书，还是学术大家否定王国维，都不影响它稳健地走向今天。这说明什么，说明我们对王国维的词学还缺乏充足的了解。我们可能要换一种眼光，看他到底具有多少经典的品格，这种经典的品格可以抵御多少非学术的评价。与况周颐相比，王国维是一个跨界的人，他的理论是有发散性的，他是有覆盖面与穿透力的。至于学术因缘，我们写学术论文往往会涉及一个溯源问题，比如这个“境界”，佛教里怎么说的，民俗里怎么说的，或者地理怎么说的，《诗经》《楚辞》里怎么说的，可以追溯到很多源头。所以我说这个学术因缘在于个人学术观念上，直接或间接的师承。

五、寻求基点

王国维写《人间词话》有一些西方的美学、哲学概念，但整体来看，从手稿的第一则到第三十一则，都是对传统的诗话、词话的一些修正，或者解说。原本就是立足在传统诗学这样一个土壤里，进行发掘，进行筛选，进行确立。王国维最初一念之本心，完全是立足于中国古典诗学的。王国维在 1915 年的时候，从日本给在上海的沈曾植写过一封信，信中说：“往者十年之力，耗于西方哲学，虚往实归，殆无此语。然因此颇知西人数千年思索之结果，与我国三千年前圣贤所说大略相同，由是扫除空想，求诸平实。”这句话是沉痛的，也就是说中西之间合理的它是可以沟通的，不能沟通的是不合理的，所以王国维说过一句著名的话：“可信者不可爱，可爱者不可信。”目前国内研究王国维的基本有两派，我是属于保守派，我认为王国维的词学或是学术，它的根基是扎在中国古典这个大地上的。有人说，他不是研究过许多年的西方哲学吗？康德、叔本华、尼采不是都研究过吗？我说不错，但是你看看他从 1898 到 1900 年这三年中，他在读什么书？他在读中国古典的哲学。也就是说他的学术根底，是中国古典哲学打的底，然后再去读西方。所以为什么“可爱者不可信”，“可爱者”“可信者”，它一定有一个相比照的对象。他把西方的学术跟中国的学术作一个对比，所以西学是后来的。他的第一部文集《静庵文集》，他经常会有这样的说法，说完叔本华、尼采之后，往往会笔锋一转，“吾国亦然”，他的思维方式就是这样，他是注重沟通的。有的时候论述中国的学术，他也会笔锋一转，“验诸西方”“验诸西学”，对照一下西学，也是这样。所以王国维主要做的是中西方的沟通，而沟通的底蕴就在中国的古典，这也是我学术研究的一个基点。

六、治学十条

第一，重视语境与真实还原

熊十力：根柢无易其固。也就是说我们研究一个对象，它本来面目是怎样的？我们要弄清楚，否则无法评价对错。

陈寅恪：同情之了解。也可说“了解之同情”，这些都讲明研究文本是要下功夫的，尤其是对文本本身展示的意义，是要花费大量时间去读的。如果你没有这个功夫的话，你后面的立论很可能会歪掉、出问题。

吾师王运熙先生：真实的还原、正确的解释就是一种创新。这句话说得其实比较沉痛，因为我们有些教材、有些研究论著，它还原的不是真实的，解释是不正确的。所以这种时候给予它真实的还原、正确的解释就是一种创新了，我相信吾师所言是有充分的学术史依据的。

“境界”溯源。

我在《人间词话》的研究中，没有引用过多的材料。有人说，佛教里面有境界，或者道教里面有境界，西学里面有境界……但是，这些源头对王国维产生过影响吗？比如说王国维从来没有读过佛学著作，那佛学里的境界怎么会影响他呢？如果王国维没有读过这个书，那么你溯这个源是没有意义的，所以我们要做有意义的工作。

有从中国溯源者，也有从西方溯源者；有从文论本身溯源，也有从宗教角度溯源。这些作为我们纯粹的解释的概念是可以的，比如说解释“境界”这个概念的时候，你怎么溯源都可以。但是解释王国维“境界”的时候，你得考虑到王国维有没有读过这些书。所以我把藏在国家图书馆里的王国维手稿《静庵藏书目》抄下来，这样他读过什么书，我心里就有数了。

1901 年 4 月王国维翻译《日本地理志》，此书“总论第一”，第一节是“位置”，第二节便是“境界”。王国维在“境界”之下的译文是：“东临太平洋。西南隔中国海，遥对中国本部。西北依窄狭之日本海，与朝鲜、满洲及俄属地相对。北端临北海道之宗谷海峡、千岛之久留里海峡、密尔俄属桦太岛（即库页）及堪察加。”从译文内容来看，“境界”的概念显然就是“境之界”的意思，分指国土在不同方向的边界所在。这是王国维最早谈到“境界”说，属于地理学概念，是个空间范围。

1901 年王国维翻译的《算术条目及教授法》，王国维的译文说：“欲确定算术即日本算术，不可不先确定者：第一，算术与代数之境界；第二，算术中整数之性质篇与整数论之境界。但兹所谓境界者，非争分寸之境界，而谓相重复之小部分之境界之意也。”在第二编“各论”中也有“观德国之谚，凡入于不知之境界而自失者，谓之陷于分数，则教授分数之难可知”。从书中的解释来看，算术上之境界主要是指某种专业知识的范围，言其非具象之地理学之概念，而是抽象的算术知识所包括的范围的概念而已。在日语的语境中，境界原本就有著作为具象的地理学“境之界”和作为抽象的知识所辖范围两种意思。这是我们沿着王国维学术的足迹，所判断出来的。

1904 年初，王国维《孔子之美育主义》一文多次使用“境界”一词。康德、叔本华哲学将“无欲之我”观物时对利害关系的超越，作为审美人生的追求目标。王国维附和此说，也认为因为无欲，才能将所观之物视为纯粹之外物，而“此境界唯观美时有之”。这里的“境界”，兼有审美的高度和状态两层意思。

王国维在《孔子之美育主义》一文中引用席勒《论人类美育之书简》之语云：“审美之境界，乃不关利害之境界，故气质之欲灭，而道德之欲得由之以生，故审美之境界，乃物质之境界与道德之境界之津梁也。于物质之境界中，人受制于天然之势力；于审美之境界，则远离之；于道德之境界，则统御之。”席勒将人生的境界分为物质之境界、审美之境界、道德之境界三种境界，这是否启示了王国维后来的“三种境界”之说是另一问题，但显然这里的境界具有等级、状态的意义。所以关于王国维的“境界”说，目前我还没有找到王国维费大功夫读过哪个宗教的，或者佛教的书籍。我找不到，我就不能说这些对他产生了直接的影响。那有没有间接的影响呢？这还需要大家去把握这个分寸感。所以我们要重视语境、重视王国维的语境，包括重视语境之发展，我们看他对这些境界的内涵是如何领会的。我们把这些境界理清楚之后，再来看《人间词话》的境界说，是不是特别亲切呢？无论是三种“境界”说也好，或者直接的“境界”说也好，它所对应的渊源在哪里，我们就了然于胸了。

有我之境与无我之境。

“泪眼问花花不语，乱红飞过秋千去”，“可堪孤馆闭春寒，杜鹃声里斜阳暮”，有我之境也；“采菊东篱下，悠然见南山”，“寒波澹澹起，白鸟悠悠下”，无我之境也。有我之境，物皆著我之色彩；无我之境，不知何者为我，何者为物。古人为词，写有我之境者为多，然非不能写无我之境，此在豪杰之士能自树立耳。（手稿本第三十三则）

唐圭璋先生、朱光潜先生都曾批评他，怎么会是无我之境呢？“采菊东篱下”，“采菊”那人不是我吗？“悠然见南山”，“悠然”可能是我悠然，“见南山”可能是我见南山。明明有我，怎么能说是无我之境呢？“寒波澹澹起，白鸟悠悠下”，好像是无我，但背后不是有一双诗人的眼睛吗？否定了王国维所言的合理性。即便是早期的一流大家，都不能避免对王国维语境，缺乏深刻的、深度的、精准的理解。当然，我也不能说我的就是深刻、深度、精准的理解，就是说我们一定要花最大的时间和功夫，去琢磨王国维要表达什么。

有我之境，以我观物，故物皆著我之色彩；无我之境，以物观物，故不知何者为我，何者为物。古人为词，写有我之境者为多，然未始不能写无我之境，此在豪杰之士能自树立耳。（初刊本三则）

读完之后，我至少是有这么几个概念的。第一，无我之境，要比有我之境的级别要高，因为它是豪杰所作，豪杰就是天才，有天赋的人。你学术能做到一流，那也不是勤奋所能解决的问题。勤奋只能帮助你到中等偏上一点，你要真做到一流，一定是天赋起了很大的作用，但我并非说没有天赋就不能做学术，而是没有天赋也至少可以做到中等或中等偏上一点。所以“豪杰之士能自树立耳”，就是豪杰、有天赋之人写的无我之境。“有我之境，以我观物，故物皆著我之色彩”，比如说这个手机，因为是我的手机，里面有通讯录、朋友圈，所以我会对它有特别的感觉。“无我之境，以物观物，故不知何者为我，何者为物”，也就是说作为一个个体的审美，在这个审美的状态中不存在，它存在的是一种群体的审美方式。所以在王国维看来，如果你写一种诗词，如果你表达一种个人化的情绪，那个叫有我之境。如果你表达一种情绪的时候，不仅包括你，也包括了群体的一种感情，那才叫无我之境。无的是那个具体的、鲜明的、有突出个性的我，不是没有我，我也在芸芸众生当中。不过我跟其他人是一致的，所以这个我作为个体的存在，就缺少了价值和意义。当然，我也不是读这一则发现了问题，有我之境与无我之境，要看是怎么理解的。中华书局曾经让我翻译《人间词话》，我一开始是不以为然的，这个东西有什么好翻译的呢？懂的人他不用翻译，不懂的人再看翻译也不懂。后来开始翻译的时候，第一则我就碰到麻烦了。“词以境界为最上，有境界则自成高格，自有名句，五代、北宋之词所以独绝者在此。”你怎么翻译？总不能翻译成“词以境界为最高”。你们看我中华书局的翻译本，“词以无我之境为最高标准”，境界可以分为有我和无我，但是最上的，那是无我之境。这也是我读了很多材料之后，才能把这一句话翻译出来的。我还没有看到有第二个人这样翻译的，因为他与我的认知不一定一样，他有可能译到别的方向去了，都有可能。

《清真先生遗事》：夫境界之呈于吾心而见于外物者，皆须臾之物。惟诗人能以此须臾之物，镌诸不朽之文字，使读者自得之，遂觉诗人之言，字字为我心中所欲言，而又非我之所能自言，此大诗人之秘妙也。境界有二：有诗人之境界，有常人之境界。诗人之境界，惟

> 诗人能感之而能写之，故读其诗者，亦高举远慕，有遗世之意。

大诗人就是豪杰之士，你觉得这个诗人说的话都是我想说的话，说明他的个性、他的独特性不存在，因为他的诗歌里表达的也是我想表达的。你说是他的想法呢？还是我的想法呢？不知道，所以说是无我之境啊。但是一般的诗人又不能表达出来，就形成了这么一个差异。

“诗人对宇宙人生，须入乎其内，又须出乎其外。入乎其内，故能写之；出乎其外，故能观之。入乎其内，故有生气；出乎其外，故有高致。”在我看来，入乎其内就是为了有我之境，出乎其外，就是为了无我之境。

“诗人必有轻视外物之意，故能以奴仆命风月；又必有重视外物之意，故能与花鸟共忧乐。”轻视外物，凌驾在万物之上，那是为无我之境做准备；“重视外物之意，故能与花鸟共忧乐”，这是有我之境。所以你们看，这些条目里面，在此前分析有我、无我的时候，没有人把它们联系在一起。因为下了笨功夫，你才能在一则一则中看出来，看上去没有问题，其实是有内在关联的。

隔与不隔。

> 问“隔”与“不隔”之别，曰：陶、谢之诗不隔，延年则稍隔矣。东坡之诗不隔，山谷则稍隔矣。“池塘生春草”“空梁落燕泥”等句，妙处唯在不隔。词亦如是。即以一人一词论，如欧阳公《少年游》咏春草上半

阕："阑干十二独凭春，晴碧远连云。二月三月，千里万里，行色苦愁人"，语语可以直观，便是不隔；至云"谢家池上，江淹浦畔"则隔矣。白石《翠楼吟》"此地。宜有词仙，拥素云黄鹤，与君游戏。玉楼凝望久，叹芳草、萋萋千里"便是不隔；至"酒祓清愁，花消英气"则隔矣。然南宋词虽不隔处，比之前人自有深浅厚薄之别。

"生年不满百，常怀千岁忧。昼短苦夜长，何不秉烛游。""服食求神仙，多为药所误。不如饮美酒，被服纨与素。"写情如此，方为不隔。"采菊东篱下，悠然见南山。山气日夕佳，飞鸟相与还。""天似穹庐，笼盖四野。天苍苍，野茫茫，风吹草低见牛羊。"写景如此，方为不隔。

问"隔"与"不隔"之别。曰："生年不满百……""服食求神仙……"写情如此，方为不隔。"采菊东篱下……""天似穹庐……"写景如此，方为不隔。词亦如之。如欧阳公《少年游》咏春草云："阑干十二独凭春……"语语皆在目前，便是不隔；至换头云："谢家池上，江淹浦畔，吟魄与离魂。"使用故事，便不如前半精彩。然欧词前既实写，故至此不能不拓开。若通体如此，则成笑柄。南宋人词则不免通体皆是"谢家池上"矣。

首先，隔与不隔有多种形态，第一种是对整个诗人的一个判断；第二种是对句子的判断；第三种是对篇章的判断。判断隔与不隔的情况，一个是判断整体的诗人，一个是判断其中的一句两句，一个是从整个篇章结构来说（如前面是不隔，后面是隔的），这也是发现隔与不隔的一个层次问题。其次，隔与不隔之间明显还有第三个概念，叫“稍隔”。读王国维的东西读多了以后，他的思维方式你一下子就能把握，尤其是他的“悬两极，而取中间”。绝对的隔，根本就不叫文学；绝对的不隔，也不是很好的文学。只有隔与不隔结合得非常紧密与合理，那才是可以的。所以，稍隔可能是一种比较好的境界，至少“稍隔”的概念是值得我们重视的。

境界内涵。

我们有的时候会给一个概念下定义，老实说我在分析了王国维的境界内涵以后，发现它并不新鲜。也就是说，一个理论它有没有价值，不在于说它有多少创新成分在内，而在于说在一个什么样的时代，提出了一个这个时代需要关怀关注的理论概念，这也是它的价值。

> 词以境界为最上。有境界则自成高格，自有名句。五代、北宋之词所以独绝者在此。
>
> 境非独谓景物也，喜怒哀乐，亦人心中之一境界。故能写真景物、真感情者，谓之有境界；否则谓之无境界。
>
> 词人者，不失其赤子之心者也。故生于深宫之中，长于妇人之手，是后主为人君所短处，亦即为词人所长处。

首先，真实这两个字大家耳熟能详，但要做好真实两个字，真的是不容易。就像写作文一样，写着写着就写假了。再者，李煜这个人，不够世故，人生历练不够，但是他保持了一颗单纯的、真诚的、真挚的心。作为词人，他需要这点，他具备这个特点，才能够成为一个纯粹的词人。

> “红杏枝头春意闹”，著一“闹”字，而境界全出。“云破月来花弄影”，著一“弄”字，而境界全出矣。人知和靖《点绛唇》、舜俞《苏幕遮》、永叔《少年游》三阕为咏春草绝调。不知先有正中“细雨湿流光”五字，皆能摄春草之魂者也。

境界还存在一个“出”的问题，而“出”就涉及动态的问题。并且，境界还有个形与神的问题。这是王国维通过不同的条目，所展现出来的意思。所以，有时候我说为什么我看学术史很生气呢？你不能光看到王国维那几则说境界的，你就认为是与境界有关的，没说境界的话那就是无关的。如果这样的话，你最后得出的结论肯定是有问题的。

> 南唐中主词“菡萏香销翠叶残，西风愁起绿波间”，大有众芳芜秽、美人迟暮之感。// 词至李后主而眼界始大，感慨遂深，遂变伶工之词而为士大夫之词。// 古今词人格调之高，无如白石。惜不于意境上用力，故觉无

言外之味，弦外之响，终不能与于第一流之作者也。//冯正中词虽不失五代风格，而堂庑特大，开北宋一代风气。

南唐中主词里面还涉及一个感发，叶嘉莹先生讲词也非常讲究感发。如果不能从眼前的景象的引申，做一个联想的更广远的意义，那这首词的境界是不够的。有境界的作品往往通过寄兴的方式使作品包含着深广的感发空间，词人的眼界须开阔，寄托的意旨须深远，从中体现出词人的高格调。

纳兰容若以自然之眼观物，以自然之舌言情。此由初入中原，未染汉人风气，故能真切如此。//大家之作，其言情也必沁人心脾，其写景也必豁人耳目，其辞脱口而出，无矫揉妆束之态。以其所见者真，所知者深也。诗词皆然。持此以衡古今之作者，可无大误也。

情景之真与感慨之深，要通过自然真切的语言来加以表现。我们知道，一切审美，均以自然为最高标准。无论是文学也好、艺术也好，如果失去了自然，它可以成为艺术，但它是不是艺术殿堂里最高的那个呢？我本人是不认同的，我始终认为，自然是艺术的最高境界。为什么李煜的词、李清照的词大家很容易就背会了呢？因为它自然啊。比如“一种相思，两处闲愁。此情无计可消除，才下眉头，却上心头”，每个字你都认识，但是她把每个字排序以后，就能惊到你，所以我觉得这就是一种最高的文学，让你熟悉的每一个字，通过她的精心调整，然后震惊到你。

她不是用一种奇奇怪怪的意象来震惊到你，就像李贺、李商隐的诗歌，始终不能说是第一流的。他们是高手，但不是顶尖的，不是文学殿堂里排在第一位的。包括我们读李白的诗歌，都是这样自然的一个特点。那么境界与自然也有关系呀，如果把前面的条目总结起来概括一下，什么叫境界呢?

所谓境界，是指词人在拥有真率朴素之心的基础上，通过寄兴的方式，用自然真切的语言，表达出外物的神韵和作者的深沉感慨，从而体现出广阔的感发空间和深长的艺术韵味。自然、真切、深沉、韵味堪称是境界说的“四要素”。

第二，裁断精准与创通条理（裁断必出于己）

学术研究不是以还原历史为最终目的，而是以其彰显客观规律、丰富当今的文化学术为宗旨。学术研究还原历史不是目的，它是个过程。用现代的学术眼光，来看待过往的学术问题，这才是我们学术研究的主要意义。

感受力和判断力越强，其所呈现的学术境界便越宽阔高远。文史哲不分，文学就是有温度的历史，当文学冷却以后，才构成你们的历史。什么是哲学呢?停留在具象的文学，那就是哲学的前奏。当从具象的文学上升到抽象的一个认知，那就变成哲学。

沈曾植评价王国维“神智睿发，善能创通条理”。也就是说王国维学术眼光敏锐宏大，能理出某一个学术领域的一些规律性的东西，这个叫创通条理。所以，他能在这种精准裁断的基础上，形成拓展学术领域和创建新学科的能力。他在日本的时候，曾跟着罗振玉看一些甲骨文，回到上海以后，就写了“两考一论”（《殷卜辞中所见先公先王考》《殷卜辞中所见先公先王续考》

《殷周制度论》)。这“两考一论”就奠定了他在学术史上的成就，当然也会存在一些问题，但大局是摆在那里的，所以王国维拓展学术领域和创建新学科的能力是超凡的。

王国维《宋元戏曲考》序：“凡诸材料，皆余所搜集；其所说明，亦大抵余之所创获也。世之为此学者自余始，其所贡于此学者亦以此书为多。”关于戏曲研究的范式，也是王国维“创通条理”的表现之一。拓展学术领域，这个问题听起来容易，实际上是很难的。

第三，重视文献的基础意义

一是新文献的挖掘。

《静庵藏书目》放在国家图书馆里面，有人看过，他可能觉得不重要，但我觉得很重要。因为王国维读了什么书，他的思想渊源、理论渊源、学术渊源，这个书目都能为我们展示一二。

王国维致沈曾植书札七通：我在国图的北海分馆待了一个星期，借了一本二十年代入藏的《壬癸集》，是王国维在日本所作诗歌的一个汇集。这本书自八十多年前入藏，到我 2009 年借阅的时候，这本书从未被人借出来，它在那里沉睡了近九十年。我第一次借出来以后，打开发现里面夹了一些散纸，再细看，那是王国维的字啊！那是王国维写给沈曾植的信！《壬癸集》就是王国维送给沈曾植，然后沈曾植就把这个信夹在书里面。沈曾植去世以后，他的藏书也就或散佚或被卖掉，这些信也被夹在书里面，兜兜转转就到了图书馆。这七封信，《王国维全集》未曾注意、收录过，我当时的激动之情亦是难以言表的。我马上转了一个位置，背对着图书管理员，强压住激动的心情。当时我的手机还不能拍照，用相机拍一张需要七八块钱，我也舍不得，我就在那抄。但是很遗憾，还是应该把它拍下来。抄下来以后，我就想信在那里夹着不太安全，我抄下来就满足了，但可能有的人不满足，顺手可能就拿走了。出来以后，我就给当时的馆长打电话，我说你赶紧让北海分馆里的工作人员保存一下《壬癸集》，里面有王国维给沈曾植的七封信。他说，真有这个事啊？！后来就把信收回去了。所以这个对我来说，叫“得来全不费工夫”，这是文学的语言，生活的语言叫“傻人有傻福”，这也让我经常感谢命运。后来华东师范大学编的《王国维全集》的增订版（浙江古籍出版社），把我发现的七封信也收录在内了。

《履霜词》：这是 1917 年（或 1918 年）沈曾植要看王国维的词，让王抄一些给他。王国维从自己写的一百多首词里抄了二十四首，给它起个名字，叫《履霜词》。《履霜词》这个本子现在还在的，但是《王国维全集》没把它收进去，我就给华东师大那个主编说为什么要收进去。第一，这个词它是重新组合过的，排列的顺序能说明问题；第二，词收进去的时候，有许多改动的地方，它具有版本价值。所以我去了国图一个星期，回来后写了三篇文章，《〈静庵藏书目〉与王国维早期学术》（《复旦学报》）、《新发现王国维致沈曾植书札七通考释》（《学术研究》）、《王国维〈履霜词〉校订并跋》（《文学遗产》）。所以我有时候特别羡慕北京的学人，因为我去一趟北京要飞几个小时，还要找个宾馆、找地方吃饭，匆匆忙忙，没有办法沉下心来。

二是他人发现未被利用的文献。

我写过一个《盛京时报》本《人间词话》在王国维词话中的

终极意义，正标题为《被冷落的经典》(《文学遗产》)。这个本子不是我发现的，最早在 1982 年的《河南师范大学学报》就已经登出来了。但是，关于这个本子的研究，一篇文章也没有。王国维《人间词话》的手稿有一百二十五则，第一次发表在《国粹学报》的有六十三则，临时写了一则，合成六十四则，发表在《盛京时报》本的有三十一则。不知道大家发现没有，王国维在发表词话时几乎都是以对半的、压缩的篇幅发表，那么越对半，它的理论就越浓缩。而且发表在《盛京时报》上的《人间词话》，有一些是在手稿里没有发表过的，他这一次又从手稿里挑出来了，用在这里发表。比如说“有我之境，无我之境”，在这个《盛京时报》里根本就没有，说明他“抛弃”了这个理论。而且在 1915 年《盛京时报》本之后，王国维再也没有对《人间词话》动过手了，所以它在王国维的词学中具有终极意义，因此我写了这篇文章。

《词录》即王国维做的一个词学目录的著作，由上海学苑影印出版。出版以后，有一篇文章，外围研究的文章。但是外围研究不能代表本体研究，我一时也找不到研究的路线。比如说南唐二主词有什么版本，什么年代刻的……这能写篇文章吗？但是王国维的词学文献一定是很重要的，所以我放在手边好几年都没有写出来。后来有一天，我突然悟出来了，他里面说了，他为什么写《词录》呢？因为此前，在 1905 年的时候，有一个叫吴昌绶的人，写过《宋金元词集见存卷目》，王国维看到这本书后，觉得它在某个时段不完备，而且时段的长度也不够，所以他要补充它，这是第一。第二，他觉得它的体例不够好，他说我写的这个《词录》要照着朱彝尊的《经义考》。老实说，朱彝尊的《经义考》此前我也没有看过，于是我就去借来看，看它的体例到底是怎么做的，慢慢地发现了问题。王国维先编了《唐五代二十一家词辑》，然后编了《词录》，再写了《人间词话》。所以这个《词录》在王国维整个词学的过程中，它以《唐五代二十一家词辑》为底蕴，在此基础上又发展为《人间词话》。后来我就据此写了一篇文章，即《王国维〈词录〉考论》(《文学遗产》)。

抄本《人间词》是浙江古籍影印的，多年以来也没有研究它的一篇文章。你们去看一下，上面圈圈点点的笔记是很多的，有吴昌绶的笔迹，有王国维的笔迹。《人间词》很能说明问题啊，后来我就写了一篇文章。所以他人发现却未被利用的文献，我拿来用。因为不断地发现新文献没有那么容易。

三是旧文献的新审视。

有些是对经典的文献，长期解读是会发现问题的。有问题的话，我们就要慢慢看出它们之间的关系。

第四，培养研究者与被研究者之间的感情

大家不要误解为在学术研究中感情用事。就是说，你多一点感情，多一点认知，是有好处的。

国图藏王国维手稿，是王国维曾写作的带有墨香的纸本。我去国图里看王国维的手稿，其实绝大多数我都看过了，也都影印过了。但是，你影印的跟王国维当年一笔一画写出来的，那是不一样的感觉。好像王国维就坐在你对面，一字一字地写。海宁王国维故居，是王国维童年、少年成长的地方。我曾去过三次，尽管里面没有什么好看的。看到后面，我就在故居外面看。清华王静安先生纪念碑，是清华对王国维先生的纪念之地，我也去看过两次。颐和园昆明湖鱼藻轩，是他自沉的一个地方。我也去看过几次，只要有空去北京，我都会在那里待一待。

你到了这些地方，你离王国维就比较近。离得比较近呢，感想就会比较多。比如说，大家看王国维的照片，我不知道你们什么想法，但是我看他，是怎么看怎么帅。就是这样一个平常的脑袋里面，怎么会包含了那么多天才的种子！无论他到什么地方，都能在那个领域内生长、发芽。

你们再看王国维亲笔写的《人间词话》的手稿，感觉真的是不一样的。你们研究近代文学的，到他们的故居去看一看，还是十分有必要的。

第五，沉潜含玩的研读工夫

我曾含玩《词录》两年，翻阅《人间词》五年，写作《王国维与屈原》(《文学评论》) 一文历时四年。因为涉及屈原，所以还要把他的东西找来看。如果没有沉潜含玩的功夫，这样的文章是写不下去的。

王国维说："若夫真正之大诗人，则又以人类之感情为其一己之感情，彼其势力充实不可以已，遂不以发表自己之感情为满足，更进而欲发表人类全体之感情。"很简单，也就是大诗人要写"无我之境"的，他不满足于写个人的感情。不过个人这种感情在人类历史长河里面，在当代纷繁复杂的社会生活里面，它具有多少的代表性，王国维琢磨的是这个问题。所以要进而发表人类全体的感情。我刚才没有说那么大，只是说发表人类群体的感情，实则是人类全体。

> 《蝶恋花》云：阅尽天涯离别苦。不道归来，零落花如许。花底相看无一语，绿窗春与天俱暮。　　待把相思灯下诉。一缕新欢，旧恨千千缕。最是人间留不住，朱颜辞镜花辞树。

我们倒着看：“最是人间留不住，朱颜辞镜花辞树”，人间留不住的是什么？青春。照着镜子，发现自己的青春在一天天过去，就知道自己不再年轻了，再灿烂的花也要凋谢的，这是不可抗拒的人类的命运，这是哲学问题，他用的词就表达了这个哲学问题。所以“阅尽天涯离别苦”，王国维个人能经历过多少离别苦呢？因此，此处是他阅尽所知、思考所知。“不道归来，零落花如许”，面对的还是一种花辞树的境界。“花底相看无一语，绿窗春与天俱暮”，为什么相看无一语呢？因为他知道这是人世间的规律，没什么好说的。“待把相思灯下诉。一缕新欢，旧恨千千缕”，新欢是一缕，旧恨是千千缕，而“最是人间留不住，朱颜辞镜花辞树”，这是旧恨啊，这是无法解脱的人生苦闷。所以，王国维的词改变了那种情景交融、某一刹那的感觉，忽至心底的某个震动。他也从眼前的景象，来描写一种宇宙、人生的永恒之诗，这是他努力的方向。这样的情况以前不是说没有，有。但往往是一言半句的，或少数几篇的，都有。像王国维这样，把主要精力放在这个方向上的，可能没有。

《自序二》中说：“余之于词，虽所作尚不及百阕，然自南宋以后，除一二人外，尚未有能及余者，则平日之所自信也。虽比之五代北宋之大词人，余愧有所不如，然此等词人亦未始无不及余之处。”王国维在三十岁的时候，就有如此的骄傲之言。我之前没有读出他的词的特殊性，一直到研究王国维七八年后，才开始研究他的词，我懂了。我至少懂了王国维骄傲的原因，他骄傲的有道理。但是学者是不能骄傲的，诗人才可以骄傲一点点。

第六，“不悬目的而自生目的”的研读法

“目的”是自在的，而过程却可以“不悬目的”。我阅读王国维侧重在文学、词学，但关注其关于甲骨文、音韵训诂、古史地、古器物、民族关系等的论著，也读罗振玉、钱玄同、顾颉刚、沈兼士、马衡等人的论著。

写完《关于〈殷虚书契考释〉的一桩公案》后，我请一个古文字学家看，因为害怕自己写错了。结果他的评语是“了此一段公案，功莫大焉”。一个很有名的研究甲骨文的专家，他给了我这么一个评价，所以我才敢把这篇文章拿出来发表。《关于〈静庵文集〉的一桩公案》，王国维曾带了几百本的《静庵文集》到日本去，后来罗振玉连续几天晚上做工作，说你研究西方的哲学、美学，这些东西也不能对中国人形成思想的影响，还是回归中国古典比较好。他思索良久，就较为极端地把《静庵文集》在京都烧掉了。但是也有人说没烧，有人说烧了，到底烧没烧呢？就需要学术史来捋一捋了。所以这些文章都不是我想写的，都是因为我读了大量的材料才有此收获的，完全是水到渠成的事情。

第七，通源流以识微旨

我们研究近代文学的，你以为把近代文学读了很多就行了吗？那是不行的。近代文学有的是以前文学的再次出现，因为中国文化有这样一个情况：它有一个概念，很久以前出现过，但是中间有很久不出现，现在又突然出现了。大家会觉得这是一个新词汇，但实际不是的。比如，大家现在形容一个漂亮的女孩子，叫“美眉”。这个词汇一出很古典，怎么古典法呢？你看《诗经》里面形容魏庄公的夫人，写她“螓首蛾眉”，螓是一种昆虫，峨眉就是眉毛细细长长的样子。在先秦的时候，形容一个女子好看，就形容她眉毛好看啊。但是经过先秦，《诗经》里面关于美女的分析，我很震惊地发现，在先秦的时候，美女是什么样的呢？国字脸上面，柳叶眉。她不是什么瓜子脸啊、锥子脸啊，（那样）他们觉得格局不够。因为螓是一种方方正正的昆虫啊，蛾眉是细细长长的。在先秦的时候，好看的眉毛就代表一个美女了，所以屈原说“众女嫉余之蛾眉兮”，这里的蛾眉就变成才华了。欧阳修曾写过“爱道画眉深浅、入时无”，也突出了眉毛对女子美貌的重要性。所以，如果在古代只能化一道妆，那肯定是把眉毛描一描啊。现在如果让女生化一道妆，那肯定是涂一涂口红。你们看，审美就是这样往下转移的。因此，研究近代文学的，你只读近代是不够的，整体文学源流、大的格局你都要清楚的，要不根本不知道它是原创，还是再度出现。再度出现里面，有没有丰富内涵，你都无法做出判断。所以我们研究文学，还是挺难的。

王国维《宋元戏曲考·序》将“观其会通”与“窥其奥窔”并提，主张在明其源流变化的基础上，识其奥深之旨；《文心雕龙》诠解文体，以“原始以表末”为最先，盖源流分明，才能识得文体精微之处；王国维在撰述《人间词话》之前，已完成《唐五代二十一家词辑》《词录》，也细致研读词总集和别集及文论著作。在衡诂一词人特色时，就能在词史源流中确立其地位。

个案研究也须先通读几种学术信誉度较高的词史、词学史、词学批评史著作，先明源流大概，然后进入细致而微的个案研究。如此，辨明一事实、判定一结论，才能因心中稳实而自信。所以源流的问题，大家千万不要跳过了。

第八，取法乎上（学术史）

这就是我们怎么对待学术史，因为学术史太多了，有时候你会被一个错误的说法引导着。严羽言创作师承，有师法乎上仅得其中，师法乎中斯为下矣之论。移之以论学术史，似亦可通。做学术也是这样，你要看那些经典的著作，如果看王国维的《人间词话》，他六十四则《人间词话》都没有读通，你读他的观点和结论，如果先入为主的话，会坑你很久的。过了很久之后，你可能才会发现，这种说法是错误的。

阅读学术史应该是一个批判接受的过程，要培养一种对学术史的鉴别能力：对于一些格局恢弘、立论健举的论著要重点阅读，对于某个领域深度开掘的个案研究要细心领会，而对于学无底蕴、思无精锐、识无通透、论无所资、文无章法的论著则弃之可也。

只有将自己的研究建立在高水平的学术史基础上，门径宏大正通，才能导引自己的研究走向更高远的境界，学术史是一定要关怀的。不是说你文章前面有一大段学术史，而是在涉及某个观点的时候，这个学术史是随手就要来的，关于这个问题张三怎么说，李四对它提出了什么批评，而我认为怎么样。

第九，由微观以达宏观，做足微观，适度中观，谨慎宏观

这是我老师说的话。我老师说：如果你微观做得不够的话，你再做的宏观的研究下面就没有根，你是飘着的。这个是我们学科的特点。如果研究文艺学、美学，那不妨题目大一点。我曾经跟一帮作家在海南开过会，他们的发言题目就非常大，类似《三千年中国文学之我见》之类。我们做古代文学的，就是某某事情考论，现代文学题目也比古代文学的大。所以，我们古代文学的特点就是，它覆盖面很广，你得把微观的东西尽量多做。当然，微观的也做不尽。你要做出一种基本的格局，然后才能到达中观、宏观。比如做“宋诗派”，这些代表作家你都要捋一捋，然后写诸如《论“宋诗派”》之类的文章你才能写好，要不你没法写。

王国维批评姚名达的《孔子适周究在何年》一文考据虽确，“特事小耳”，又针对姚名达欲研究《史记》，认为“规模太大”，而只是建议其笺注《史记》中的《六国年表》。王国维的《殷周制度论》《最近二三十年中中国新发见之学问》就是建立在大量微观研究之上。

熊十力提出研读佛书有分析与综会、踏实与凌空“四要”。踏实、分析是基础，凌空、综会是提高，其中所包含的学术“程序”其实甚明。循序渐进，才能臻于高明独断之境。《王国维的哲学、宗教观念与“人生”诗学》(《武汉大学学报》) 这篇文章，也是我在写了大量关于王国维微观研究的文章之上，才写出了这样一篇中观的文章。

第十，做有灵性的学术

一人之学术亦如一人之性情。熊十力曾言：“佛学以圆融为上乘，读书以慧眼入妙境。”皓首穷一经，“能纳而不能出”，“能言而不能行”的“俗儒”，也许是每个时代的学术格局所需要的，但更需要的是既能“稽先王之制”，又能“立当时之事”的“通儒”。这就意味着学术研究如果失去了灵性，很可能与时代形成隔膜，变成了一种类似博物馆式的学术。所以，作为一个学者，至少要有“通古今之变”的学术气魄和学术追求。

王国维说诗人对宇宙人生，要能入乎其内，才有生气，出乎其外，才见高致。这种由生气而带出的高致不仅使诗人充满着灵性，也使得其作品别具魅力。学术研究虽然离不开咀嚼含玩的思索过程，但学术之大创获与大发明也往往如同创作，多赖灵光乍现的豁然开悟。所以文章写不下去的时候，我不主张“硬写”，你可以看点别的书，别的书看不下了，你可以玩两天，回来以后再看。如果有一天，你突然把这个问题想开了以后，所有的关节，都在这一点上打通了。所以，学问不要硬做。

缪钺说“真正天才皆神志清明”之论。王国维被沈曾植誉为“神智睿发”，应该就包含着对王国维极具天赋的睿智敏悟的赞赏。缪钺在《王静安与叔本华》一文中也说：“其（指王国维）心中如具灵光，各种学术，经此灵光所照，即生异彩。”不要让学问把你的人生压垮，学问是给你的人生增添智慧和生气的。如果你的职业给你带来无限的痛苦，那你就选错了职业。

学术语言如果在自然精准之外，也有赏心悦目、充满灵性的文采之美，又何尝不是一种学术佳境！此荀子所谓“玉在山而木润，渊生珠而岸不枯”也。有灵性的文字，也往往是笔下流淌着情感的文字，只是这种情感是围绕着理性并舒缓着理性的节奏、柔和着理性的面目而已。有灵性的学术，对于天赋的期待更多，非一味勤奋可至。此在各人禀赋不同，亦未可强求也。

明诗人于谦诗云：

> 书卷多情似故人，晨昏忧乐每相亲。
> 眼前直下三千字，胸次全无一点尘。

我觉得这个是写诗的境界，也是学术的境界。以上种种，与诸君共勉，谢谢！

（许萌整理，彭玉平校订）

第八讲

近代文学研究的立场、方法与观点问题

左鹏军

很多年以前，我的老师们，包括河南大学关爱和老师这一辈先生，跟我们说，近代文学的未来属于青年。当时，我不以为然，但今天我对这句话有了更深切的体会。来到河南大学这样的学术殿堂、近代文学研究的中心，其实我只能当一个学生，可惜对面没有我的座位，我的座位在这里。这不是别的什么原因，只是因为我的年岁已然不允许我坐在对面了。其实我在近代文学这个学科领域中，在那么多前辈学者和师长们面前，最多只能算是一个后学者。我是看着长辈的书，看着长辈的业绩，沿着长辈的指引，往前一小步、一小步地走，走到了今天这个位置的。同时，我也是读着河南大学，包括任访秋先生，包括关爱和老师，也包括在座的全章教授等等一些师长们、同辈们、朋友们的著作，慢慢长大的。我不敢说变老，我不希望用这个词。

今天谈这个题目呢，有一些随感的性质。在河南大学这样一个近代文学研究的中心做讲座，其实我觉得这个题目是很不恰当的。但是为了感谢中国近代文学学会这样精心的安排，我想姑且一试。我很感谢中国近代文学学会的精心安排。因为中国近代文学会成立三十年来，开设这样的讲习班还是第一次，就目前来说，也还是唯一的一次。我们年轻的时候就没有这样的福分，所以学会对我们青年人的关爱还是显而易见的，咱们的会长不就叫关爱和吗？我认为学会对于各个大学近代文学专门人才的培养是极其用心的。在这点上我既感且佩。感谢学会，让我能够有机会跟在座的各位年轻的朋友们见个面，亮个相，献个丑。我虽然觉得惶惑，但更多的还是感谢。

今天我想从几个方面来谈一点感想。

我今天讲的主要内容包括：

一、关于近代文学的研究立场

二、关于近代文学的研究方法

三、关于近代文学的学术观点

四、关于近代文学研究现状的若干观察

第一个是我们的研究立场。我们是做学术的，那么我们首先要明确学术是干什么的。这个话好像有点多余，但是我觉得在座的各位朋友包括我有必要探究一下。我们在干什么？我想毕业，我要拿学历，我要发文章，我要拿项目，我还想获个奖，我想升职称，这些都是。但是这些背后是什么？假如我们说得稍微神圣一点，稍微高尚一点，就是：我们是搞研究的。我们的研究，我们的教学，其实是指向人才的培养。我所说的人才培养，包括培养我们自己。我们在培养人才，我们在教学研究中，我们在跟学生的互动中，也获得了一定的启发，这是一种互动的关系，我们也被造就着。所以我想我们可能是追求真理的。我们通过某些文学史、某些文学现象、某些重要变化的揭示，来寻找真相，同时通过分析真相当中包含的某些真理性元素去逼近“真”。中国近代文学是中国人文学术的一个部分，也是中国文学史研究的一个阶段。我们要通过真相的追究，从中进行一些分析、一些探讨，然后吸取其中的某些经验教训，通过对经验教训的汲取，我们可能会对今天或者未来的人文学术有一点间接的意义。我想这就是我们可能要做的东西。我的老师黄霖先生也说过这样的话。他说，我们研究古代不能仅仅停留在古代或者近代，因为你回不到从前去，我们要看的是将来。就是说，那一堆历史的、文学史的、文献的史实，对于我们今天跟今后会不会有某种间接的意义。这方面，我想我们是可以做的。对于我们年轻的学人来讲，因为在座的诸位，有来自高校的老师们，有博士后，有博士生，还有硕士生，其中有好几位我认识，当然我不知道的也有很多，或者是已经在近代文学界非常知名的一些年轻的学者，我们可能都有过一个想要进入学术的过程。

那么怎么进入学术？在我看起来，其实很简单，就是从听到说，大概是这样。倾听很重要，倾听真正的学术声音非常重要。如同咱们小时候说话，其实是先看大人的嘴巴，听大人的声音，慢慢学会说话的。为什么一个失聪的孩子一般不会说话？因为他听不到，听不到就没有感知，没有听的能力就很难有说的能力。你从倾听开始，有理解，尽可能准确地基于学术的理解。为什么？听同一个东西，大家的理解不一样，大家的感知有不同，那就是理解能力不一样。然后，我们试着如同牙牙学语也好，或者滔滔不绝也好，我们参与了学术的对话。在这个过程中，我们分析并试图表达，就可能进入了一个学术交流的语境、一个框架里边。我想有一种很美妙的境界：那就是我们的研究，我们的学术话语被期待。我们的研究能不能被期待？我想这是一个问题。我是希望在座的很多位朋友能够做到你们的研究、你们的学术声音被期待。我这样说，是因为我的研究从来没有被期待过，所以我想把这种想法告诉各位同道们。假如一个知名的学者两年三年没有声音，有人可能会问他这几年怎么没有声音了？他是不是要发一个振聋发聩的声音？这是一种期待。到了这样的一种阶段，我觉得可能是学术上一种比较漂亮的、比较美的阶段了。

近代文学研究是一个具有专门知识的学术领域，它的特殊性和专门性就决定了这个学科应该有的一些东西。我觉得，我们应当从近代文学的个性和共性的比照当中去看我们要做的东西。假设要说近代文学，刚才全章老师也讲到了，我想再稍微说一下，我想对各位来讲，这个话是大家都有一定程度的了解，讲起来可能会有点多余，我把它说得稍微严重一点，是依附生存？还是寻求独立？或者寻求自立？因为中国近代文学，按照传统的说法，就是 1840 年到 1919 年的文学。包括我们近代文学会的老会长、也是我们的近代文学研究的重要标志郭延礼教授一直坚持说，五四这块文学界碑不能动。各位看郭老师 80 年代初发表的文章，到 1986 年左右，郭老师还在发表这样的文章。从 50 年代开始，郭延礼先生就开始讲五四的文学界碑意义。中国近代文学学科其实是深受中国新文学（现在叫做中国现代文学）学科的决定性的影响。我不是危言耸听，不信你回顾一下学术史就能看到这一点。另外一点是，早期的中国近代文学受到中国近代史学科的决定性影响。或者可以这样说，假如我们把中国近代文学学科的中国新文学或者现代文学——这两个其实是不一样的，各位——把这两个因素剥离掉，把中国近代史学科的影响因素剥离掉，那么我们近代文学所剩的理论观念、所剩的东西会少很多。

当然，目前中国大陆的新文学和现代文学，它们在向前去追溯。它们从 1919 年向前追溯，追溯到哪去了？就追溯到近代来了。有的已经把晚清文学纳入自己的研究范围。姚雪垠在 1982 年左右写给茅盾的一封信中，就说过类似的话。今天上午我在校园里散步，河南大学这个新校区还有一个雪垠路。姚雪垠 1929 年还是 1931 年的时候，假如我没有记错的话，在河南大学读过书。所以我们说，河南大学是一个百年学府，是一个学术的殿堂，这一点问题都没有。不信你就去问问姚雪垠。但是，作为一个作家，他说这个话是不算数的。问题是现在一大批中国新文学和现代文学的学者，他们在往前追溯。原来在中国社会科学院工作、后来成为我同事的刘纳教授等，他们把近代文学称为发生期的中国现代文学。我说，你发生怎么发到我们这边来了？我们觉得很危险。因为现代文学的力量极其庞大。你看，咱们河南大学把近代文学学科也放到中国现当代文学当中，近代只是作为一个方向。所以说这样的一种情况，我们要注意。我们说的近代文学，跟从新文学或者现代文学的角度看的近代文学，我想有的方面是没有差异的，但有的方面会有一些差异。这些我想各位可能会留意到。

另外一点，就是中国大陆从 20 世纪 60 年代初就已经把中国近代史的时间确定为 1840 年到 1949 年了。今天大家看《近代史研究》这样的权威刊物，既可以研究抗战也可以研究民国，这没有一点问题。中国近代史这个概念已经涵盖了1919年到1949年的三十年。还有就是，有些地区把这个学科叫做晚清民国文学。晚清民国文学这个说法，假如在台湾地区就不好这样说，他们一般会说清末民初。2010年我去台湾访问，中正大学的黄锦珠老师很善意地提醒我，非常委婉地提醒我，她的意思是说在台湾她们很少说民国文学，因为她们今天还是民国某年，当然中国大陆我们坚决不承认。到台湾的时候，我们一般会比较客气地说清末民初文学，民初可以初到30年代，也可以初到1949年——民国三十八年。

关于“近代”时段的界定，有的把它叫做古代文学——清代文学的最后一个阶段；有的又把它叫做民初；有的把它叫做新文学或者现代文学的启蒙期等。这里边有一个问题，就是近代文学从来被叫做一种过渡性质的文学，它貌似是一种不上不下、不古不今、不中不西的东西，说得好听一点，就是亦中亦西、亦古亦今。关于近代文学的过渡阶段的过渡性质，大家一直以来谈得很多。基于前有古代后有现当代，因此它就是一个转换。请大家注意，它的前提是把古代和现代都看作相对固定、相对成熟的标志性东西来看待的。假如我们把一切时间过程都作为一个固定的点的话，我们说近代过渡没有问题。但是现代当代就不过渡吗？唐代就不过渡吗？魏晋就不过渡吗？不能这样说。所以我想说的是，我们对一些所谓的、被认定的东西，可能需要重新思考。这跟我们对近代文学的基本认知有关。

我最近慢慢发现需要对自己有些清理。为什么要清理？我发现一些东西要重新看，不是因为我进步了，而是需要对学术上的一些基本性的东西重新考虑。近代文学的过渡阶段——前有清代，后有现当代，依靠这两座大山，我们好像能够心安理得，甚至可以悄悄地、低调地沾沾自喜一下。但是近代文学这个学科，或者一个领域，或者一个方向，它是不是必然需要古代或者清代或者现代当代来证明它？近代文学可不可以自我证明？我讲的是自我证明跟他者证明的一种结合、一种交叉。它不是一个不证自明的东西，它也不是一个必须要靠别人来证明的东西。我目前是这么看。那么怎么证明？可能就依靠我们对近代文学的所有的、重要的、一些值得研究的东西进行清理、分析和呈现。我觉得有一点比较重要，像刚才所说的，我们的研究会不会被期待？我不认为这种期待跟所谓的“影响因子”有关。我不懂得什么叫“影响因子”。但我想说的是，这种期待——近代文学及其研究被认可，被可能是我们这些人、咱们这些同道们的认可，还有那些不同道的、不同学科的甚至不以为然的一些研究者的注意甚至尊重。这样，我觉得近代文学的意义和学术贡献，就可能更加充分地显现出来。多年前近代文学界有一位长辈曾说，我们近代文学太不受重视了，他们太对我们不起了，他们对我们太不好了。说得叫我们觉得很愤慨，也很有共鸣。但今天我们要说的是：你可以被人家尊重，前提是我们得拿出一些足以被尊重的东西出来。我们能否拿出值得被尊重、足以被尊重的研究成果来？我想这可能是一个问题。

既然这样，我们要研究什么？我们是坚决守护住传统的1840年鸦片战争到1919年五四运动的时间范围？还是可以向前追溯一下？或者向后稍微延伸一点？可以吗？我想是可以的。大概是十几、二十年前吧，有一次跟浙江大学的吴秀明教授在一起开会，那次会是在华南师大开的，我算是半个主人，既然是半个主人就有点有恃无恐。那天跟他讨论问题，我说吴老师，你们现代文学界很强大，我们近代文学界很弱小；你们保守地估计有七千人，我们夸张地估计、很自信地估计也只有二百人。他说，我们有那么强大吗？我说，强大的人从来不觉得自己强大，而弱小的人，用广东话讲就是分分钟都觉得自己弱小，很分明。他就笑。我不建议我们的近代文学研究坚决守住 1840 年和 1919 年，1839 年都不管，1920 年也不看，其实没这个必要。

第二个就是我们是不是可以守护住传统的诗词文章？包括骈文散文。请注意，我没有用散文这个词，我用的是文章。在我的观念当中，我不大用传统散文这个概念，当然这是我的问题，还有小说、戏曲、说唱文艺等。它们的文体形式、形态和格局等，还是我们采用今天已经完全西化了的或者离中国传统的文章存在方式很远的所谓诗歌、小说、散文、戏剧的格局为标准进行划分的结果，其中有不少生硬、不符合中国文学特性与实际情况的东西。因此我想，在这点上我们还是要回到传统文章学、文体学的格局上比较好一点。因为我们只有回归中国文学传统本身，才能把研究做得更像样一点，才能研究中国传统的包括近代的文体文学的形态。

再一个就是新文学现象、新文体，或者现代文学的现象及其形态，有没有必要进入我们近代文学的研究范围？我个人觉得，不需要、没有必要、也不可能。各位请注意，你争得过那七千人么？你争来争去有什么意义吗？我个人认为意义不大。我们不要自讨没趣。我们找点有趣的事情干一干就好了。近代文学这几十年不够我们折腾么？一个人的学术生命长的算五十年，短的二三十年，在这样的情况下，近代文学的储备和学术可能性足够我们去发掘了，只怕我们做不完。所以在具体的时间范围的认识上，我跟有些长辈先生们的观点有点不一样。我个人觉得应当从而且必须从具体的问题出发去研究，向上向下都不应当成为一个问题。比如龚自珍 1839 年写了 315 首《己亥杂诗》，那么你研究近代文学，就不研究《己亥杂诗》了吗？谁都知道“九州生气恃风雷”，还有“化作春泥更护花”，对不对？你说 1839 年写的我就不能研究，可惜他不争气，只活到 1841 年就咣当一下子死掉了，你怎么办呢？苏曼殊懂事一点，他怕我们这些人遭罪，他知趣地活到 1918 年 5 月才去世。我个人认为在时间上以问题、以现象、以人物为中心，向前向后都没有问题，也不应该成为一个问题。梁启超活到 1929 年 1 月，我们只研究到 1919 年 5 月 3 号，后头这十几年你交给谁研究呢？新文学的人，他们是不大研究的。我们在座的有研究新文学的吗？我要看一下，说这样的话有点危险！很多新文学的研究者，他们对古代文学是不太上得了手的，也不太懂。我对新文学一窍不通，所以我胆子大，比较敢说。我想说的是，有些东西是连贯的，我们的研究不需要画地为牢。

另一方面，近代文学不是一个孤立自足的存在，它应当是一个体系，是中国文学史的一个部分或者一个阶段。因此它没有太大必要跟其他文学相隔绝，而应当跟其他部分或阶段包括传统文学、现代文学相沟通、交融、互补，互相参照，互相比照。我们近代文学好像很隔绝。看着现代文学，我们很生气；看到近代史，我们很嫉妒。其实我们既惹不起，也嫉妒不来。所以我觉得还是实事求是地研究一点具体的问题为好。同样地，跟近代文学关系这么密切的古代（文学）、现代（文学）、近代史、新闻史、世界文学、比较文学等各个学科领域，你只要有学术能力和相当的知识储备，研究就没有问题。这就是我所谓的专精和广博的关系。

同时，我觉得学术研究总要有一些依靠，依靠的主要是一种学术的基点。比如基本问题的研究，我们是依靠逻辑？还是依靠事实？假设一定要这样分辨的话，我觉得这可能是要提出的问题。逻辑是思考的某种习惯，或者某种规律。我现在比较害怕用规律这个词，因为小时候背政治课本背规律太多有点受伤，并且后来发现背的规律没有一个是规律，这样的感觉很受骗。思维的逻辑，所谓认识或者认知的规律，在有些时候，它成为一种强势的甚至专制的独断的话语，并在相当长的时间里处于某种主宰的地位。它产生了巨大的影响，塑造了几代人。有些东西是以这样的一种宏大的所谓外在的规律而存在的，比如社会政治的规律，比如社会形态的规律和社会性质的规律等等。多年以后，你会发现它们好像不是科学，或者至少是没有很强的科学性。科学通常是可以验证的。假如它的科学性有问题，那么它的学术价值，就是我们前面所说的真理性的价值必然降低，甚至没有。这时候你怎么办？就是说，假如你的工具要得很漂亮，但它后来变成了一个毫无意义的东西，这时候你会有一种很强的失落感，甚至荒诞感。一种可靠的研究就是从史料出发。傅斯年说过一句非常重要的话：史学就是史料学。这个话不一定很完备，但傅斯年要强调的是史料对于研究来讲何其重要。当今的近代文学界的各位朋友们，大家也都了解，你看看那些知名的学者，没有一个不是史料史实这方面的功底很深的，没有一个不是。我们会得出一条经验：一个人的学术基础多么的重要。那么，以史料为基础，我们进行某种复原，某种真相的探究，这可能是一个可靠的基础。我们采用严格的文献学以及史料学方法的同时，也要有一定的理论意识。很多年后，我们经常听到老辈的先生说，某某年轻人不错，他的学术路子比较正。某某当了很多年教授了，被老一辈的先生说，左鹏军这个人不行。虽然别人不说，我自己也知道不大行。根底不深，基础不牢。史料通常是根基的东西。我们希望自己能把基础打得稍微牢靠一点，可惜我很难做到。所以刚才我说我跟在座的朋友们相比，你们叫来日方长，我叫什么？我当然不能叫来日更长，不好这么说话的。你们叫来日方长，我只能叫去日苦多。尽管如此，我还是希望我们一起来努力。

讲到学术立场，是坚持单一的立场，还是寻求多元的立场？我想这是值得思考的问题。比如近代文学研究当中，在我看起来有着一种非常强大的新文学与新文化的立场。几年前我曾经不知天高地厚地批评了这种立场，可能也引起了一些"影响因子"。这个问题我觉得还没有完全解决。我的主要意思是说，新文学新文化的立场套在近代文学上头是不适用的。我想表达的是从新文学、新文化的角度研究近代文学，照亮了近代文学的某些空间领域、某些问题，同时也可能遮蔽了更大的学术空间和学术可能。今天你再回顾，包括胡适、鲁迅、郑振铎、钱玄同、陈子展、吴文祺等等一些先生的相关的近代文学著作的时候，你会发现，他们没有一个不是从新文化新文学到后来变成革命文化革命文学的，这是近代文学最强大的一个基础。另一方面，在这个基础上对于近代文学中属于传统的东西，他们就怀着一种极大的仇恨和极大的蔑视把它给遮蔽掉了。我觉得今天的近代文学研究假如不解决这个问题，恐怕我们的学术空间还会被压缩。我们这个班有六十六位同学，我觉得河南大学太妙了，六六顺对不对？希望大家都顺风顺水，一帆风顺。但是假如你把空间弄得很小，你就顺畅不了。因为你的学术空间小了，学术可能当然也就小了，大家就会挤车，就会堵车，就会在一起互相剐蹭。近代文学的空间被他们人为地缩小了很多，我觉得我们今天要有清醒的认识。

从传统的角度来讲，不管叫发愤著书还是叫知人论世，还是叫文字训诂，还是版本、目录、校勘、辑佚、注释，不管叫什么，这些方法可能是近代文学的一些方面。另外一个方面，是新的学术方法、学术视野带来的新的学术空间和学术可能。2009年，黄霖老师在复旦开过一次近代文学的三十来人的小会，那次会上国外来了大概十来位，台湾地区来了十来位，大陆十来位，那次全章老师也去了吧？关爱和老师也在，王德威先生他们都在，在会上谈到近代文学的新旧关系。会上有人持上升的观点，甚至说上升到晚明，沿着周作人这个路子从公安派、性灵派一直说下来。后来那个会议报道写得非常漂亮，题目也是我见过的最好的一个，叫《近代有多现代》，我们可以复制一下，《今天有多昨天》，它要说的是从不同的角度看到的近代是不一样的近代。你可以看一看，哪些人在侧重做小说戏曲，哪些人在专门做诗词，你会发现他们通常来自不同的学科背景。我不知道这样说行不行，就是能够以传统诗词为中心的研究者和只能做小说戏曲研究的人，他们的学术背景、眼光、方法是不一样的。为什么很多海外所谓的不管叫汉学家还是叫什么家，他们从叙事学的角度或者另外的什么角度来分析叙事文学，他们一般不大涉及传统的诗词？这是什么原因？我不知道，但肯定有原因。传统文学研究的方法，它可能更适应某些文体跟某些现象；新文学的方法更顺手研究哪些东西，这是不同的。就是说你的工具，你拿的是一把剑，还是一把铁锹，你面对对象可能是不一样的。至于说从西方文学，西方文化叙事学等各种学来研究，江苏的某个教授对一个广东的教授说——当然说的不是搞近代文学研究的——他说回去你告诉谁谁谁，他这样做是不行的。我不说名字，隐去其某某某。为什么说他不行？说他是用中国古代戏曲来证明西方后现代哲学的正确性，这一点意义都没有。我这个话说得比较难听，但我觉得有忠言逆耳的味道。某些人就是试图用中国的包括古代、近代、当代，包括戏曲、小说的一些现象来证明德里达、伽达默尔等等那些我不认识的那些名字，证明他们哲学的重要性或者正确性。大家觉得有意义吗？他们已然被证明，还缺一个你给举个中国的什么例子吗？当然不是说不能相通，但是一定不要变成一种只会用某方法来以不变应万变，恐怕这样不行。

面对近代文学不同的现象、不同的文体和不同的问题，我们不能像小说戏文里说的十八般兵刃样样精通、双手能写梅花篆字，那样的话，我们是遇到神仙了。但是假如说你只会用一种方法，比如我就会用阶级分析，我就专门讲阶级斗争，是可以的，但是你只能讲那一个部分而已，你不能一切都这么讲，这不行。所以看看我们能不能融汇古今中西的方法，说起来我也不懂得，我这辈子肯定是来不及了，但是我觉得多元的立场，多元多样的方法，至少我们得会两三样。你说你来我家吃饭，什么饭，大米饭！给你做俩菜：番茄炒鸡蛋、鸡蛋炒番茄。这是不行的。近代文学研究，我个人觉得可能跟我们的研究内容有关，就是说你研究的文体、现象、对象不同，那个问题对你的要求也不同：问题对你的要求，就是你研究的领域在一定程度上决定了你的研究方法和研究方式。它会有一些期待，什么叫题中应有之意？这其中必然包含着一定的方法，否则你就很难去选择，或者你很难去适应这个题目本身对你的要求。

我个人觉得研究题目，对我们是有期待，是有要求的。中国传统的研究方法，知人论事、发愤著书、不平则鸣、文字训诂等等，不分学科的方法太多了。现代教育培养的人，大不了是个专家。古今词义的变化也很大，过去的专家是个贬义词，今天的专家是个最高尚的褒义词。我们中国古代的传统是通儒通人的传统，大家都知道，是吧？古代人跨学科，今天你说古代人跨了学科，这么说不是很搞笑吗？所以某一年在中山大学开会，会上让我说八分钟的话，我就说八分钟。我讲了一个观点，我说今天大家谈跨学科，对于那些传统的学问家来讲，你说的跨学科，我觉得他们会不高兴的，他们会来找你的，不信你回家做个梦试试？因为你用的是一种他不可能接受的标准来看他们，你说的跨学科，这不跟他们开玩笑嘛。与其说他们跨学科，不如说是学科跨了他们，这就是通儒和专家的巨大区别。你要使用的方法——传统的、西方的、中西结合的这些方法，可能都与所牵涉的话题、课题、研究阶段相关。有些方法要求高一些，有些难一些，有些上手稍微容易些，都没有关系，但是必须讲究适用性。你研究什么都用这个办法，恐怕不行。比如有人说龚自珍同学很先进，他晚年尤好西方之书，龚同学，是一个走向世界的先驱。这不是开玩笑吗？龚自珍晚年尤好西方之书，这个西方之书，跟唐僧同学取经是一个意思。龚自珍同学信佛，他读佛经，“吟罢江山气不灵，万千种话一灯青”，假如你认为他跟林则徐是一个水平了，视线走向西方世界了，这不是开玩笑吗？不怕他来找你吗？所以我想说的是，一定要理解得准确，否则看起来好像有了什么发现，其实是大有问题的。

还有一个，就是我们动不动就说所谓的中国特色。我对中国特色一点意见都没有，我们要说清楚。我是中共党员。但是我想说的是，这种加上定语之后的种种表述的通用程度，其学理性、自洽性跟局限性的关系。我们作为近代文学的研究者可能需要注意，对于学术研究是不能过于一厢情愿的。我觉得学术研究，虽然我们的研究对象通常是一个不会说话的既往的生命，但是你也不可以一厢情愿，不能强加于古人。过去某些人干过很多这种荒诞的事，现在看起来都很不好意思。再一个就是某些特殊时期产生的某些特殊的方法，这个不举例了。但是这种工具主义的、极其功利性的一些东西，很容易过时，一旦过去以后，那些东西会变得连废纸都不如，所以我们研究中的这种自足性与某些超越性是需要考虑的。学术史上有很多令人难堪的教训。经验不多，教训不少，希望大家慎重对待。特别是 20 世纪 50—60 年代以后、

70—80年代以前的某些研究，对我们来说，教训沉痛。对于我们这个学科，说一句稍微过分的话，某些时候是在倒退，所以我们需要留意。章学诚《文史通义》中这段话，讲到古今学问，我想大家都很熟悉："高明者多独断之学，沉潜者尚考索之功，天下之学术不能不具此二途。譬犹日昼而月夜，暑夏而寒冬，以之推代而成岁功，则有相需之益；以之自封而立畛域，则有两伤之弊。"章学诚讲考索跟独断这个话，后来钱锺书先生在《谈艺录》当中有类似的观点，钱老在此基础上有所发挥，大家可能也都熟悉，我不去多讲。

我们的研究方法，好似十八般兵刃，你说哪一种最好？刀枪剑戟斧钺钩叉，哪个最好我不知道。可能"剑"最好，对吧？大家现在都讲犯"贱"，但研究方法是不存在高低贵贱的区别的。在我看来，方法之间也不存在你旧我新的价值判断，关键是你的方法是不是适合你的研究需要，是不是适合学科领域、你的现阶段课题的需求？比如说考据的方法。考据的方法就一定能做出新的学问来吗？不一定。关键是，是否适合你和这个研究课题的需要？你说我打仗是长矛大刀好呢？还是短刀匕首好？不一定。这就是尺有所短、寸有所长的道理，适用就可以了。方法只不过是个工具、手段和途径，方法和研究者是一种彼此造就的关系。我们在选择研究方法，其实方法也在造就着我们。一个人使用的方法，也许促使他成为考据家，或者政论家，或者理论家，或者宣传家，或者各种家，有的是成不了家，无家可归。这都跟他使用的方法有关。

我们需要强调的是，这是我告诫我自己，也顺便跟朋友们分享一下：用传统的方法要懂得通变。我们要注重传承转换，守正才能创新，千万不要泥古不化，想要回到汉代，回到乾嘉等等。用外国的那些理论方法，哲学美学或不管是什么学的都要注意可行性，注意适用性，要准确地把握，不要食洋不化，借洋自重，以洋抑中，不要造成这种情况。在踢足球的里边，我的篮球是最好的；在打篮球里边，我是足球最好的；在语文里，我数学最好；在数学里，我语文最好，一跨界就弄个新的，把人搞懵了。因此，学术研究中最关键是恰当的方法。不要试图去比较方法的好坏，它们本来是不需要比较的。现在经常说评奖，学生们评奖学金，评各种什么优秀不优秀，经常比。我觉得假如真的要比，也不要比方法，比的不是那些花拳绣腿，比的应当是你的努力和达到的程度，你有什么关键的学术贡献。说得稍微高尚一点或者悲壮一点，是我们的研究能否在学术史上产生一定的影响，能不能有个位置。比如说二十年后，三十年后，再大胆点说一百年后，像我们今天还会谈到王国维，还会念叨梁启超一样。我觉得要比较就比这些，而不是比你用的什么方法，我用了什么方法。我都进入后现代了，你还在那考据，你不太无聊了！我说：说这话的人才无聊！运用方法的时候，你是先来价值判断？还是来先来进行史实的探究？我们的研究，是从文献资料和史实的清理开始？还是从某些理论观念，从社会性质、社会阶段或者某些时兴的概念开始？我觉得我们可能要考虑，很多流行的东西是不是真的值得流行。我记得以前有一个小说叫《街上流行红裙子》——我说的小说都是很老的了，因为我已经二十年不看当代小说了，不是我厉害，是我这个人活得太寡淡，没什么味道。但你想一想，假如街上的女性都穿上红裙子会怎么样？江山一片红，至少半边天是红的了。这样还有个性，还有意义吗？所以，我想表达的是，很多时兴的东西，不具备学术性的东西，我们要有一定的戒备，或者有一定的取舍，一定的距离感。因为我们是人文学科。人文学科最没用的，它离日常生活最远，离我们的心最近。

但是另外一方面，是不是所有的文献跟史实都值得研究？不一定。我们要追究什么样的文献史实？什么样的文献史实才值得我们研究？才能作为我们研究的依据？历史注定是以淘汰为主的，这是一个非常没有办法的事情，而且时间越久，淘汰率就越高、越残忍。不是所有的文献史实都值得研究，也不是所有的理论观念，都能够成为近代文学的思想框架，并具备长久的学术价值。我说的长久大概是五十年，我觉得就算长久了。在一个人的学术生涯即将结束的时候，他不会完全悔其少作。要不你会觉得早年的一切好像变得很荒诞，自己都不好意思回首往事，不堪回首，有这个情况。

同样地，你的判断应该有一个价值的尺度：是要政治认定，还是要学术评价？有时候政治认定跟学术评价是可以兼容的，但是我觉得在更多的时候它们是不相兼容的，不是永远不兼容。在这种情况下，我们既然是追求真理的，那么学术就应该是独立的、自由的、超越的。只有这样才可能获得比较恒久的意义，才能超越那些狭隘的政治观念、政治派别，才有共通性，也才可能有比较长的学术生命。近代文学研究中，那些政治认定可以得一时之利：名誉、地位、职称、学位、影响因子、转载率等等，但是长久来看，不一定。所以我想近代文学研究可能还是要更多地回到学术本身，从学术的标准来判断，也就是说不要轻易地就像艾瑞克·弗洛姆的一本书一样——《逃避自由》。陈寅恪教授也讲："自由共道文人笔，最是文人不自由。"所以学术的这种独立性、自由性、超越性，我想可能的话，还是希望能够守护一下。我曾跟我的学生们说，我不希望你们的研究从很委屈、很难过的那种状况开始。我甚至说过，我不希望你们的研究从噩梦开始。当然这话我是有点站着说话不腰疼，甚至是坐着说话腰也不疼，因为我过了那个阶段。但是我真的不希望在座诸君你们的研究从委屈和不忍开始，那是一种挺大的伤害。你辛辛苦苦，青灯黄卷，甚至面朝黄土背朝天，搞得很辛苦，你用很大很大的代价去换那几张纸，我相信这种情况不会、也不应该长久。

另外一个，我们需要关注的，我觉得应该是文学意识、文学能力、文学性的考察，不要把文学研究变成别的。比如我们常说回归文学的本位、彰显文学研究的本色，对史料现象、文体形态、价值意义进行评骘分析，对吧？不仅要进行有实证性的，有真理性的，有思想性、有启迪性的研究，而且要做一种对古典有温情感悟、有文采的研究。很多文章写得面目可憎，好像跟读者有仇。他知道读者不多，越是这样，越是愤恨，写得非常晦涩，貌似也非常艰深，这是故意的。我不建议大家这样，我相信大家也都不会这样。我更希望大家去做一种有温情的研究。我觉得我们今天读很多东西，也做很多研究，跟刘大杰、钱基博等这些先生的研究差在什么地方呢？我们缺了什么呢？我们缺的就是对于文学的那种温情，对古典的温情和感悟。现代的文学史著作中经常出现的，往往是一堆概念，是一堆主义，是一堆思潮，但是那种文学的无文学性是一个挺难堪的局面。朋友们，你们不觉得难堪吗？文学课讲得一点文学性都没有。有同学说，老师你不讲还好，你讲我什么都不想读了，我万念俱灰了。我们的教育大概是这样一种情况：很多东西不讲还好，我还看一看，一旦听老师在课堂上讲了，我就什么都不想看了。你不讲《红楼梦》，我还能看看小说，一讲就觉着没有必要看了。不过现在《红楼梦》研究已经变得很恶心了，这不是我说的，是北京一个学者说的。他说现在的《红楼梦》研究应该叫“红学邪教”。我被吓了一跳，问有这么严重了吗？真的到了这个程度的话，文学研究已经不知道异化成什么了。

所以说我们近代文学是人文学科的东西，所以它最无用，但我觉得我们要自甘于此。它是最没有用的，你就不要用实用性的目的和手段或功利的要求来要求它甚至要求自己。假如是你意识不到这一点，你就不要干这个。你可以去炒股、送快递，我对这些都没有意见。但你决定要进入文学的研究时，就要清楚地认识到它是个无用的东西，是个不能有效地解决温饱问题的选择。但文学的无用之用，是离心很近，离人心、离人性很近，这就可以了。你非要叫文学研究跟生产力一样是不可能的，对不对？它不可能成为一个技术，造出一个比如高铁那样的实物。所以我想我们要清醒，要认这一点，要不就不要做文学研究。天下之大，无所不可为，对不对？人文学科就是人文的，它指向我们的是心，是人性，是诗性，它不要成为被任何异己势力利用的工具。否则它就异化成一种别的，学术的本质和意义就没有了。

另一方面，真理是相对的，它跟人的发展程度和科技文明影响下的人的心智水准有关。所以我们是只能穷尽，不，是逼近我们这个阶段可能企及的真理性，而且不要超限度地追求所谓亘古不变的、放之四海而皆准的东西。时过境迁，事随时移，你看很多东西都是不准的，是荒诞的，它让我们有一种受骗的感觉。这个教训不仅发生在近代文学界，很多界都存在，教训其实是蛮沉痛的。好在各位都年轻，你们没有像我们这茬人那样有这么多的受骗经历。

余英时先生《怎样读中国书》这篇文章大家可以去看。余先生讲得特别好，怎么样回到中国的概念，最重要的就是不要拿西方的概念来穿凿附会地制造笑柄。这篇文章我不去讲了，朋友们有兴趣的话可以好好地读一下。他说的有些话叫我很绝望，比如，“中国文字表面上古今不异，但两三千年演变下来，同一名词已有各时代的不同涵义，所以没有训诂的基础知识是看不懂古书的”。我想余先生是在说我，后来我想了想，我也很得意，他说的肯定不是我。因为余先生怎么可能会说我呢？我配被他说么？是这个意思，你配被他说一次么？所以我觉得自己不配，他肯定不是在说我。“西方书也是一样。不精通德文、法文而从第二手的英文著作中得来的有关欧洲大陆的思想观念，是完全不可靠的。”这个道理其实不太难理解，但是很难做到。比如说《诗经》的翻译，“氓之蚩蚩，抱布贸丝。匪来贸丝，来即我谋”。有个男子笑嘻嘻，抱着布匹来换丝。啊！原来他不是来换丝，他是要跟我谈对象！你说差了多少？拿古今汉语的重大区别跟不同语言的区别来比，失去的比得到的多得多。所以我也不知道怎么去处理近代文学的某些学术观点，我们可能要有一种自我的意识，就是提醒自己观察和领悟观点。

我们经常看到，谁的观点好谁的观点不好，谁的观点深刻谁的肤浅，从哪里观察呢？可能是这个观点所表现的思想观念很重要，也可能是它所蕴含的一种态度眼光，包括立场和文字表述的比较简明清晰，或者观点的形成有什么样的文献依据和理论依据等。更具体地说就是，用到这些材料能不能比较自然地合理地证明你的观点。就是你够不够证据证明这种观点，它在学科领域的理论的建构跟实际的研究实践（包括学术研究、教学实践和学习实验）中有什么样的意义没有？这观点的产生是出于科学和真理性，或是出于某些应景性？陈寅恪晚年写过一首诗，叫《闻歌》——就是听歌嘛，听个周杰伦的《青花瓷》或者吉克隽逸的歌的意思——他说“座客善讴君莫讶，主人端要和声多”，这是这首七绝的后两句。这句话可以这样理解：这个座上宾他很会唱，请君不要惊讶，主人实在需要唱和声多多呀！什么叫会唱呢，不是你点什么他唱什么，这个不算会唱。会唱是你心中想什么他就唱了什么。很多东西你是出于应景，还是出于你对学问的一种信仰，或者至少自己要有相信的意念，我觉得这是不一样的。

另一个值得我们重视的是，某些时代、某些个人化的差异造成的学问的区别，即所谓的学术代沟。过去有句话叫“五年一代沟”，现在基本三年就有一个代沟了，代沟提前了。但你会注意到时代不一样，学者们的眼光、态度、立场会有很大的区别。举个例子：任访秋先生这一代，郭延礼先生这一代，到了关爱和先生这一代五〇后的学者，还有在场的你们大多是九〇后甚至是〇〇后，它是有很大的区别的。时代和个人是有巨大变化的。同样地，时代性跟个人性是很考验一个人在某个领域、在差异性跟连续性之间、在几十年做事情的过程当中的勤奋程度。他有一定话语权的时候的处事方式、有一定的发表能力的时候的处理方式是很不一样的。比如有人很严谨，有人很随意，还有就是你要的是实时性的东西，还是学术史的东西。多年前，我比现在还不成熟，我的学生问我说，你对你的研究有什么希望？这个问题把我给问得很感动，我就说了一句：我最希望五十年后，还有一个人在图书馆里看我的书。后来我想了这个话，我把自己说得也太崇高了一点。我值吗？这个话在今天我还要说一次，是为了批评我自己说的，不是为了炫耀我自己说的。当年那个希望对学术史有点贡献的想法，现在看起来没做到，当然也不像陈寅恪先生讲"当年微愿了无存"那么悲凉。因为陈寅恪先生太伟大，他可以悲凉一点。

我们要创新，可问题是怎么创？这是一个创新的时代，谁不想创新？其实创新很简单，创新也很不简单，无非是考据、义理或考据义理的结合，两个有一个就算创新，两个都有就更好。这两个还不是完全隔绝的。关于这个问题，由于时间关系，我不能讲太多。陈寅恪教授讲某个作家是不是入流的，值不值得研究，这是一个值得深思的问题。学术研究是个人行为，像我刚才所说，被期待可能就入流了；不被期待，你说我入流了，那是你一厢情愿。良好的愿望通常跟残酷的现实有很大的矛盾。陈寅恪先生说得非常肯定："其未得预者，谓之未入流。此古今学术史之通义，非彼闭门造车之徒，所能同喻者也。"因为你闭门造车，你是不知道这些东西的。所以我希望我们的研究能入流——入流就是有贡献，不入流就是瞎混。拿学位或发表都可以，但它不入流。

首先，我们来谈谈真伪问题的辨析，因为分辨哪些是值得研究并能够探究的问题是关键。有些问题是真的，有些是伪的。举个例子，我认为是伪问题的：假如中国的戏曲不是受到西方话剧的影响，中国传统戏剧当中能不能长出话剧来？有人说能。就像广告词里说的“我能”。它真能吗？事实是没长出来呀！我们的话剧基本上是舶来品！还有一个疑问：假如不是受到西方近代科技的影响，中国古代的科技当中能否自然地长出西方式的近现代科技？这是个大问题，所谓李约瑟之问。朋友们，李约瑟这个人会做人、会说话！李约瑟回答是能，肯定的。中国人听了以后，揪到一起的心舒展开来，我们也能，只不过它先来了，要不我们自个儿也能长出来，只是长的稍微慢一点而已。果真吗？你说能，但的的确确是没长出来；你说不能，你深受着西方的影响才出现，这怎么解释？所以我说中国戏曲假如不是受到西方和日本话剧的影响能不能长出话剧，这个问题是不值得研究的。还有一个问题是说，为什么近代文学的文体是不平衡的？这个问题之前有人研究过。你看，鸦片战争一来，诗变了，词慢慢也跟着变了，文章也跟着变了，但是小说戏曲没怎么变化。为什么小说戏曲这么迟钝？它应该一起变呀！这是由什么原因造成的呢？然后就分析并列举了很多原因。这个问题我认为是个伪问题。因为近代文学的文体平衡，它的前提是什么？你告诉我文体为什么是平衡的？什么叫平衡？你说小说发育不平衡、发育得缓慢，你看了多少个小说戏曲，你就敢说它平衡不平衡？而且你怎么判断它变化快慢？陈平原教授说过比较厉害的话，他说鸦片战争到甲午战争这半个多世纪里，几乎没有什么文学，或者说文学没有发生过实质性的变化，这大概是陈先生的原话。当时陈平原先生只有三十多岁，其实时间也挺让人感慨的，让人觉得温情并残忍。陈平原先生现在六十多了。鸦片战争到甲午战争这段时间几乎没有什么文学的判断，朋友们想一想，这个话说得其实挺厉害的，几乎没有留什么余地。那么今天的陈先生还会说这样的话么？不会了。因为他再也不是三十多岁的时候了。近代文学研究中，我们如果纠缠于类似这样的问题，我们的进步就不太乐观。

还有一个问题是基础性、长久性的研究跟时尚性研究之间的抉择。我觉得近代文学的研究不要太时尚，不要太讲究实用。我们就是要自甘无用。要知道，有些时候，被人家利用也不是一个什么值得荣耀的事儿。因此只需尽可能地把握好原始材料，尽可能恰当地把握和评估学术史，把两个重大的基础打好并做好就完事了。对文献资料，我们要比较全面地拥有，比较恰当地运用，和比较准确的解读。但是一定要学会取舍，不是材料越多越好，也不是越少越好，它讲究一个度。你说我晚上吃饭，我是吃一两、四两，还是八两好呢？不一定。吃八分饱就好了。合理利用，特别是不准遗漏重要文献，不准规避跟你设定的结果相矛盾的资料。清代的文献学家就开始这么讲了，这绝不行。假如断案的话，那么你列举对你有利的证据就可以了，对吧？没有哪个人傻到上法庭专门举对自己不利的证据吧？这就不用打官司了，自己认输就完事了。但是学术上是不准这样的。学术研究当中不准隐瞒对自己不利的证据，绝不可以。大家都受过比较好的文献学训练，正确对待学术史，充分尊重学术史，找自己的角度推进，在基础上寻求创新，守正创新，传承创新，我们能够往前推进一小步，就是文明一大步了，这是可以尝试的。千万谨慎，不要轻易说空白，要谨慎地评价前辈跟师贤，那只眼睛说不定在哪里呀！其实不是怕人家的眼睛，是怕自己不安心。学问之事，放心而已，否则内心忐忑。《忐忑》歌唱的还是可以的，但学术上的忐忑太不合适了。特别是我跟我的学生们说："不要把自己头脑的空白当成学术史的空白。"知网上一搜没有，然后就说是空白，这太危险。还有相关性呢，还有你搜不到的东西呢。

要发现问题，应该是通过比较鉴别来发现问题。这种分析鉴别能力的养成是不看书、不看材料、全部空想无法完成的，只能通过不同的材料和不同的研究者对材料的解读来发现问题。众声喧哗中，你找一种声音，可能是你认同的声音，这个声音合你的心意就可以了。如果你觉得这些声音都不合你的心意，你自己找一个能说服自己、同时在一定程度上大家也听着悦耳的声音就可以了。所以，发现问题应该是从理论观念、从逻辑、从文献，包括从田野调查当中开始，而不是在那空想出来的。解决问题也是一样的。你怎么发现的问题，你就怎么样想办法把它用逻辑的方法、理论归纳的方法、数据的方法、联系比较的方法等等把它解决好。这一过程中强调的是综合性思辨能力和判断能力。你有判断，你就能够有你的认识和结论。

最后我谈下我对近代文学研究的若干观察。观察有一定的风险，这个风险当然是学术的风险。一己之见，仅供大家参考。

近四十年来的近代文学研究，其实获得了很大的发展。各位优秀的青年学者，我们齐聚河南大学，六十多个人，这种情况在四十年前基本上就是中国近代文学全体主力的规模和阵容；三十年前我们开近代文学年会，有一百人参加，我们觉得高兴得不得了；二十年前一百二十人与会，我们觉得很得意；但是去年10月份在河南大学开会的时候，与会人员近二百二十人。这除了河南大学的精心准备、河南大学的学术魅力和近代文学学会的巨大影响力、凝聚力以外，也说明这么多年来，我们的学术随着中国和平发展的四十年，我们有了这种学术的可能性，有了这么多人才的储备，才取得了今天这样的局面，不知道朋友们同不同意我这个说法？另一方面，我们跟其他的学科比较，比如跟唐代、宋代、明代的那些比较大的学会相比，我们可能还是要有一点忧患意识和紧迫的感觉：一方面看到我们的进步，但我觉得更要看到我们的不足。大家不要向我学习，我总是看到自己的那点成就而沾沾自喜，总是用这点沾沾自喜来迷惑自己，这是不合适的。

近代文学学科合理的知识结构、学术谱系，特别是在本科生阶段，在本科教材当中，我们知识的建构应该是什么样的？我觉得在这些基础建设方面还有很大的进步空间。尽管1988年我们有任访秋先生主编的《中国近代文学史》，尽管2013年关爱和先生领着我们编写并出版了《中国近代文学史》，但是近代文学的学科谱系或学科基础的成熟程度，或知识框架的可信度、科学性，我觉得还有必要再去探究，再去完善。

近代文学的基本史实，有些关键环节，有些重要细节的认定和评析需要加强。大家说要清理家底，近代文学的家底，我们清理得怎么样了？其实是没有人知道近代文学的家底的。有的人可能知道一小部分，但你要说知道全部，恐怕不行。很多年前我跟钱仲联先生的学生沈金浩教授聊起，他说，钱老看清诗几十年，大概看了全部清诗的四分之一。以钱先生这样的博闻强记，这样的勤奋，这样的高寿，尚且是这样的情况，对于我们这些人，像我这样经常荒废时光且经常自鸣得意的人看了多少东西呢？近代小说有多少？近代戏曲有多少？谁知道？更不用说诗文了。所以重要细节、基本史实、重要节点，我把它叫做基本建设，这些东西需要加强。

近代文学史上那些核心问题需要再研究。关爱和老师一直教导我们，要研究重要问题，特别是在某些特殊条件下，被认定流传至今的那些问题，有些问题需要重新考虑，需要系统地清理跟再度探究。我所理解的关老师所说的重要问题，一个就是因为它重要，我去研究它。比如龚自珍、梁启超、黄遵宪、谴责小说，谁敢说它们不重要？现在连曾国藩、陈三立都变得很重要了，你敢说这些人不重要吗？就因为它重要，所以我去研究。但是已经很重要的这些东西，比如谴责小说，我们这么多年就停止在三十年代鲁迅的《中国小说史略》和《中国小说的历史的变迁》中关于谴责小说的论调上，并没有太多的进步和创新。今天的研究还停留在差不多一百年前的水平之上，这种情况十分值得深思。是不是就没有进步的可能性了呢？恐怕不一定。因为它重要，所以我研究，这个研究等于说你是往人堆里去扎、去挤，它难呀。我个人的看法是，这些研究必须做，你不能认为这条路堵车就不走，那不行。我们作为大学里的专业教学与研究工作者，就是堵车也要蹚一回，去感受一下堵车的难受滋味。你不能说我就绕着走，你绕着走可以，你走的都是边边角角的小路。放着高速，你不走，你非要走在乡间的小路上，你走吧。走在大路上，你就在主流当中；走在小路上，你是永远在边缘上，这是不用说的。所以不研究近代文学的重要问题，是不可能进入主流话语系统的。你说我就搞边边角角，也行；但你是自甘边缘的，这是一个。

第二个就是由于我们的研究，它变得重要，大家没发现这一片天。我举个例子，举郭延礼先生的高足——李开军的例子。在他们起步研究陈三立的时候，陈三立是个什么东西，不就是个小遗老、小遗民、不就是一个袖手旁观的人么？“凭栏一片风云气，来作神州袖手人。”但是这么多年来，大家看，李开军那么年轻的一位学者，就完成了一部一百五十多万字的著作——《陈三立年谱长编》。见到李开军时，我说：“开军，你这个成就真了不起。”他说，你看我这头发，头发花白得厉害。我说你这么大的成就，头发再不白一点，你叫我情何以堪啊！也算公道。但是你注意陈三立这么一个守旧派，一个原来被认为难堪、丑陋的人，变成了一个崇高的人。这样的研究实在是太难得了。前面的成果寥寥可数，无非是钱仲联先生 80 年代写的《论同光体》的等极少的文章，但做出来的成就大家也都看到了。后来大家又鬼使神差地把陈寅恪给发现了，然后又发现了陈三立；陈三立发现了，顺便又发现了陈宝箴。就如同发现了钱锺书以后，把他老爹钱基博教授也给挖出来一样。我们说，这些东西在某些特殊条件下是被遮蔽、被妖魔化的，它要复原。

还有一个，就是近代文学的外围性的拓展。咱们河南这个地方，可能有摊煎饼的，舀一勺面往外摊，越摊越薄，圈子越来越大，摊着摊着中间就空了，中间是弱的，边边是高的。这个说法不一定准确，大概就是这个意思——我这人比较刻薄，姓左嘛，大家见谅——贡献度、创新度、启发性不足。大家研究、什么研究，都很重要。报刊重要、传媒重要，什么都重要，什么都跟近代文学的转型有关。龚自珍与近代文学转型有关，王韬也有关，严复又转了个型，梁启超还在转型，连曾国藩也可以转型，不知道谁不能转型。这样的研究，我觉得是没有什么意义的。因为它没有很好地进行点跟面的结合。具体问题的研究很多，但理论性的、学术的思想性、某些规律性的东西提炼太少，或者说不敢提炼，不敢提升。相关问题、相关背景的体悟不多，造成评价的偏颇，就是研究什么什么重要，我自己一直也是这样，总觉得自己很重要，缺少通达的见解。外来的东西用得很随意，没能把握有些外边方法的一些精益跟妙处，生搬硬套，强行解释的多。谁跟谁都能一比，鲁迅跟龚自珍比了好几下子，他们还出了书。过去把汤显祖跟莎士比亚比，当然这不是近代的学术范围，他们也在比，很多都在生搬硬套，胡扯的比较多，近代文学界也是这样，这些东西被弄得过于随意了。

还有就是文化学术传统的失落。不用说版本、目录、校勘、鉴赏，不用说做这些，甚至连古诗文的识别、断句标点理解等都成了问题。我自己的学生有这个情况，今天来的诸位可能都没有这个情况。就是你不懂得这个东西，你标点一点都会点错。我在中山大学参加博士论文答辩时说过，我十年来看的博士、硕士论文，还没发现有一本没有文献问题、文字标点问题的。这话说得很绝对，其实有几本并没有发现有这个问题。绝大多数的论文一看材料，一核对它就错。还有中外绑架式的、穿越式的，不注意可比性、不注意合理性的随便对比，我把它叫做胡诌八扯。这些人胆子过大。

有的学术起点太低，观念太陈旧。研究方法出现困境，而不是瓶颈，瓶颈能够过去，困境基本上是过不去的。主题先行、以论带史、牵强附会、庸俗社会学、历史决定论等，今天在近代文学界还非常盛行。还有研究者用新材料证明旧观点，这还有意义吗？你只是给别人的观点加个注解，别人用两个材料，你用六个，有意义么？有些用旧材料证明新观点，对材料上的取舍或者不愿意去发现新材料，不愿意或不善于利用本来有的、可能有的新材料，这也很难有什么创获。

还有学术理想不高，缺少基础学术准备和学术眼光。有些选题生硬，拼凑组合，价值不大。包括每年的国家社科基金项目的申报，有些课题，在你手上停留不到五分钟，你就把它扔到一边去。不是我们不耐烦，而是说选题太陈旧，了无意趣，根本不在学术的话语当中。某些硕博士论文，但不包括在座的各位啊，学术信息量太小，没有什么学术含量，论证的分寸感，判断的可靠性，观点的合理性不强，经常有一厢情愿强行论证，强行阐发的情况。还有一些涉嫌抄袭的、严重违规的、七拼八凑的、什么都敢写的统统有。只不过是有关人士不愿意揭发，或者不愿意公开来揭示而已。当然，这也不包括在座的各位，在座的六十六位学员都是优秀的年轻学者。

还有一点，对近代文学家、文艺现象等缺少体悟，缺少温情和感动。这方面我想强调一下，你厌恶它也是一种感动，对不对？没有感觉，学术研究就是个技术活，写完一发表拉倒。我觉得现在看文学史、很多文章都是没有情感的。我老跟大家说，你看刘大杰先生的《中国文学发展史》，尽管他后来被迫改了很多遍，但是你注意他笔下的文学史，绝对是诗性的文学家写的文学史，我还没见过比这更漂亮的文学史。这么说不一定对，可能其中有我见识的原因。另外还有趋同化的研究。大家看到了吗？很多硕博士论文看着都差不多，越看越像，越像越看，语言个性不明显，浮泛化的表述太多，缺少一种理解之同情，缺少学术生命力。

没有时间了，说过头了，一个蹩脚的讲者就是这样。经常讲不完的人，总是一个老教师；很快就讲完，这是青年教师。专业精神、学术信仰，我觉得还要强调基本功和信仰，我自己没有，但希望诸君有。抓住课堂教学、典范教材和名家名作等关键环节，我们几乎每个人都被教材、课堂、名家名作不同程度地塑造。我不认为这些东西没有意义，哪怕它限制了你，对你来说也是一种意义。所以说教材多重要，朋友们，你的课堂多重要，我觉得这些东西有经典性，哪怕它是有遗憾的东西，它仍然具有经典性。假如说我们这些人没有了教材，没有了课堂，你还是今天的你吗？我肯定不是这样。所以我们是被教材、被教育、被课堂、被老师们塑造的。

感知领悟、学习模仿、创新的统一，培养学术意识跟眼光，这个不讲了。但是培养逆向思维、理性批判精神、不能盲从、不能轻信、注意最新的动态，提高学术海拔，这是吴承学教授讲的，然后结合自己的理想、近期和远期目标来设计、注意本学科跟相关学科的动向，最好能找到个人意愿与学科发展领域发展的契合点，在这一交叉口上来做文章，做这样的研究通常会得到新的意义和价值。

最后一点，我希望在座诸君都要树立学术信心，不要像我这样。要有点信心，同时也要有点耐心。一个研究领域，就常人来说，我发现大家目前都还是常人，没有十年到二十年的努力是不可能做出一点成绩或成就的。看看关爱和老师的成长经历，就像歌中唱的，没有人能随随便便成功，这是真的。要有坚持做二十年以上的定力，要从自己的失败当中汲取一些经验，还要善于从他人的成功当中获得启发，谦虚谨慎，不要大题小做，提倡小题大做，不要弄那些大而不当的高论吓唬人，要坚持可持续发展。我希望我硕士生的题目毕业以后能还能持续做三到五年，我博士生的题目毕业以后还能持续做五到十年。我希望你在当上教授以前，你的博士学位论文题目能够有的做。我这样的愿望自己达不到，就勉励我的学生们，因为我自己做得不好，就希望学生们做得好一点。

今天下午所说的这些，都是老生常谈，而且今天的我，不是一般的老生，是一个“衰派老生”的常谈。但是我想表达的是，各位年轻的朋友，大家努力！大家的成就，可能就在不远处！近代文学的未来就在你们的身上！今天我可以说这个话了，因为我已经不再是青年。但是我愿意追随各位，希望大家让我望尘能及，而不是望尘莫及。不当之处，请各位多多批评指正。谢谢！

（郑哲整理，左鹏军校订）

第九讲

文化传承与现代化转型

——略论严复、林纾的翻译事业

陆建德

非常高兴来参加近代文学暑期青年讲习班。一般说起来，每个人头上都有一顶专业的帽子，我这顶帽子是“外国文学”，但是我最近这些年也涉猎一些中国近代史、中国近代文学和鲁迅研究，写过不少文章，很有“越界”的嫌疑，请多多包涵！刚才白（春超）老师说到我的一本书，叫《海潮大声起木铎》，它主要由两篇研究林纾和严复的长文组成，关于林纾的那篇是比较综合性的整理和评价，想突出他的渐进改良思想，另外一篇主要比较严复和梁启超思维和论说上的差异。两位闽籍人士有一个共同点，他们都在翻译上做出了杰出的贡献。

从晚清开始，翻译事业突然变得尤其重要。中国从 19 世纪 40 年代开始，经过的变化天翻地覆，那么这种变化的基本特点是什么？——我们的社会、文化和学术发生了本质上的变革，而且我们现在所取得的各个方面的成就，都跟这种全方位的转型有关，其中当然包括西学的全面引进和马克思主义的翻译介绍。当今要防止一种趋向，一种简单二元对立的范畴式思维，把中国与所谓的“西方”完全对立起来的趋向。大家必须认识到，不管在什么地方，人类其实还是有很多共通的价值，因此跨越疆界的文化交流互鉴，就尤其重要。

我们不要对文化及其组成部分文学有本质主义的想象。什么意思呢？就是认为文化有一个本质，它从最初发生的时候是那个样子的，然后一直延续至今，本质特点不变。实际上不是的，我们的文化一直在发展演变，而且演变的程度前人无法想象。这种演变来自跨越疆界的文化交流和沟通，也有自身的动力。如果关心中国古代史的话，就会看到，其实在西域一带，跟其他文明或者文化交流的历史非常久远，以致你中有我，我中有你。即使到东南部的福建去，我们也知道，在泉州一带，老早就有阿拉伯人走海路来从事贸易活动。在北京的日常生活里——我是生活在北京，很多北方少数民族的影响一直都在。比如，在南方叫“巷”，在北京叫“胡同”，“胡同”两个字就是外来的。我们一旦有了这种意识，再看 19 世纪 40 年代以后的历史，会发现从魏源那一代学人开始，一些重大的变化发生了。魏源编《海国图志》，大量关于其他国家的表述还特别简单幼稚，但到了光绪年间，由于容闳、郭嵩焘等人的努力，中国人睁眼看世界，才看得比较真切。时局危急之际，大量的读书人都有一种紧迫感，梁启超提出译印政治小说，很多人积极投入到翻译事业，中国对西方的了解就逐步走向深入。

翻译事业实际上跟中国现代文学的发生还有关联。现在大家可能对近代文学了解比较多，其实近代文学和现代文学如果翻译成英文的话，都叫“modern Chinese literature”。所以我一再强调的是，鲁迅那一辈中国现代文学的奠基人，他们的整个创作跟翻译事业是离不开的，鲁迅的译作要比他的创作还多。比他年龄稍小一点的郭沫若、巴金等人都是翻译大家。这在中国现代文学的先驱中是一个普遍的现象。

我曾经在国外读书，回国后就在社科院外国文学研究所工作。外文所当时一些前辈研究员，他们一方面专治外国文学，做了很多翻译，同时也积极创作，比如所长冯至先生，他的抒情诗在 20 世纪 30 年代的时候鲁迅就评价很高。外文所那时候有一批人，像冯至、卞之琳、杨绛，他们的创作能力特别强，是作家。钱锺书先生原来是文学所西方组的，照理他也是应该到外国文学研究所工作，但是他跟郑振铎关系非同一般，于是就留在文学所继续编《宋诗选注》。杨绛先生和钱锺书先生都会写小说，杨先生 40 年代的时候就写戏剧，在上海滩名气很大，超过钱锺书。我到外文所后进了英美文学研究室，当时还常见卞之琳、袁可嘉，他们都是外文系毕业的，但也从事中国文学创作。外文所还有一位李健吾先生，笔名刘西渭，他创作的戏剧、散文，还有做法国文学研究和翻译，都很出色。英美室那一辈人里最年轻的人是冯钟璞。杨绛先生去世了以后，中国大陆地位最高的女作家就是宗璞先生。宗璞先生原来是学英国文学的。

由此我们会发现一个比较有趣的现象：民国年间，学外国文学的人在创作上并不比中文系师生逊色。晚清以后新设的大学里，外文系师生积极投入文学创作形成了一个传统。如果到中国台湾的学校——比如台大——去看看，会发现它的外文系也是这个情况，白先勇就是读外国文学的，所以这是一个共同的特点。再向前追溯的话，从 19 世纪 40 年代以后，翻译事业的地位慢慢提高，我们自己的文化面临一个转型，翻译被有识之士看成是他们终身的志业。70、80 年代，上海翻译界有一位周桂笙，很有名，他翻译的是一些通俗的作品。然后，严复的翻译就标志着中国一个新时代的出现，因为他开始翻译国外人文和社会科学方面的著作（有的也很难说是社会科学，它们跟人文、哲学、政治学都有机地结合在一起）。严复的翻译使得中国的整个学界一下子为之倾倒，严译《天演论》得到中国学界的前辈、桐城派代表吴汝纶的支持，吴汝纶给他写了《序》。严复开始翻译国外的人文社会科学方面的著作，有着他特殊的考量，希望中国读书人借着这些书籍了解世界，认知自己。他翻译《天演论》，一下子在全国造成轰动性影响，这是不得了的。

胡适先生是新文化运动代表人物之一，其实“胡适”这个名字是他后来改的，“适”字源于“适者生存”。这四个字当时是警钟：再不认清世界潮流，就会被淘汰。严复翻了《天演论》之后让中国人知道，并不是说我这个文明资格老，自然而然就会在世界上占有一席地位。不，这是不能想当然的。原来在不同的文明文化之间，居然也有一种“物竞天择”的原理在支配着。有一段时期“物竞天择”“适者生存”就被很多年轻的读书人像口号一样铭记在他们的心中。胡适先生也就是在那个时候觉得自己要做一个“适者”。我顺便说一下，“适者”这个词在英文里其实不是很好听，叫“survivor”。“survivor”并不一定完全是正面意义，这个另说。严复的翻译对中国来说是敲响了一个警钟，而且，伴随严复的一系列翻译进入中国读书人眼中的，还有大量外国文学的翻译，而且有的外国文学翻译的历史意义，是我们现在研究现代文学的人容易忽略的。比如，英国浪漫主义时期诗人拜伦写过很多长诗，有一首特别有名叫《唐璜》,《唐璜》里有一首歌叫《哀希腊》，二十世纪头几年的中国读书人读到《哀希腊》后，马上联想到自己的国家，因此梁启超、马君武等翻译者用心良苦，他们有意要把这首歌作为警世之钟向国人敲响。为什么呢？拜伦在那首歌里说，古代希腊创造过多么辉煌的文明，但是现在却成了奥斯曼帝国的一个属地——他说的“现在”是19世纪初期。我们要知道，现在的小亚细亚一带曾经是拜占庭帝国，后来又演变成了奥斯曼帝国，奥斯曼帝国的势力从西亚推进到欧洲的东南部，尤其是沿海地区，一直到巴尔干半岛的很多地方。拜伦想自己花钱组织一支队伍，去帮希腊人重新获得自由，但他的事业最终没有成功。《哀希腊》的翻译在中国读书人中的冲击太大了，因为很多人意识到，中国一个老大帝国再这样下去就会变得跟19世纪初期的希腊一样，曾经有过光荣的历史，但这些历史在当时已不是一种活生生的传统，它无非指涉一个遥远的过去。我们如果再沉沦下去，就会变成希腊。《哀希腊》当时翻译的人很多，中文版本有七八种，感兴趣的话大家稍微去看一下。

严复翻译《天演论》是要告诉国人“物竞天择”的原理，就是说人类社会跟自然界很可能是有着相通的地方，这在19世纪是特别重要的思想。19世纪在生物学上有一个最大的理论，就是达尔文的进化论。19世纪在人文社会科学方面有一个重大理论是马克思主义。在进化论和马克思主义之间，有一些可以互相参照的东西，就是由一个低级的阶段走向比较高级的阶段。马克思当时对达尔文是非常钦佩的，他出版了《资本论》主动寄给达尔文一册，或因他的学说是受到进化论影响，他看到有一个历史的规律——生物界是这样，那么在人类社会是不是也可能会是这样？马克思主义问世以后，和进化论也一样，在西方社会引起很多争论，一时形成“众声喧哗”的局面。这种“众声喧哗”，我现在回想起来，觉得是非常宝贵的一种出版界的经验。马克思在普鲁士写作受审查，发表有困难，后来他到英国去，英国人对他的学说没有加以干涉或限制他的写作。马克思和恩格斯可以不受阻碍地在英美报刊发文章，在欧洲大陆和英伦出书，后来马克思主义成了 19 世纪非常重要的、影响到人类 20 世纪走向的一门社会科学学说。我们尤其应该注意研究是怎么样一种场合，怎么样一种社会背景和出版制度，使得具有如此巨大挑战性、颠覆性的学说能够顺利产生？我有时候想起来很有感叹。

我再回到晚清，中国人也是受到各种各样思潮的激荡，正是在思潮激荡的过程里，马克思主义也来到中国。我们要讲到中国的现代化转型，离不开福建这块地方，福建特别重要。福州马尾的船政学堂，这是西学最早在中国扎下根来的地方。西学在晚清出现有多个点。19 世纪中期，就有各种各样的新式学校出现，有时候是小学，有时候是中学，这些学校的创办人一般是外来的，往往可能是传教士，然后西学就慢慢在中国扎下根来。到了 19 世纪末，翻译著作突然大量涌入中国，改变了我们的传统学术。翻译事业跟 1905 年的科举制度废除还有联系。很可惜，开封原来还有考棚，如果留着的话，肯定就是全国重点文物保护单位。

据我的印象，它好像是全国最后拆除的考棚之一，但它还是拆得干干净净，这是历史感缺失所造成的悲剧。知识转型在废科举后加速，大家开始学各种各样的新学科，除了社会科学方面的著作，我们还会看到大量基本的数理化教材在中国也开始出现了。所以我们的社科、文学翻译事业跟西学在中国的生根、发芽其实是有机结合在一起的。《天演论》好像是一个惊天雷，中国士大夫开始警醒了，在后来的政治话语里面，也有这类表述："如果不怎么怎么样，就会被开除球籍。"这是从晚清开始的一种焦虑，后来又演化为一种创造性的动力，它奠定了中国文化转型的一个基础，同时也预示了中国翻译事业的发达。

如果我们看一下晚清的出版书目，再看看民国的，会发现翻译的图书原来如此众多。中国人不断地通过翻译的作品认识其他国家，因为那个时候中国人要去欧美留学不太现实，到了 1900 年，中国大量的学生才到日本去留学。严复留学要早一点，他 19 世纪 70 年代在英国格林尼治海军学校读书的时候，中国驻英大使是郭嵩焘，一位了不起的湖南人。但是郭嵩焘去之前担心受屈辱，为什么呢？原来在云南发生一起马嘉理案，就是有英国人在中国内地死于非命，英方坚持这不幸事件应该由清政府作一个解释。中国很多士大夫讲节气，觉得我如果作为中国的使节到英国去可能会受辱，所以他们为了保护自己名节，绝不去，而郭嵩焘去了。我觉得郭嵩焘真的是走在时人前面，我看他的《使西纪程》，没有读到他在英国受辱的记载，而且他在英国的经历对他具有非凡的教育意义。他突然意识到，原来想象中的天朝上国根本不是那么回事。郭嵩焘离开中国的时候，他是一路一路走过去，从北京到天津，再从塘沽坐船到上海，然后从上海到香港，他在海路上碰到一些事情让他觉得匪夷所思，怎么样的事情呢？香港还没到，就有外国人的船来迎接他了。我们现在参加舞会，知道男士请女士跳舞有一套礼仪。迎接郭嵩焘（或者说向他致敬）的船在海上好像一男一女跳舞一样，有一套礼仪，迎候的船不是用喇叭说表示欢迎，它有一套丰富的舰船友好交往语言，郭嵩焘看了非常惊讶，因为这套程序很复杂，给郭嵩焘上了文明的一课。后来到了英国以后，他去参观英国各个地方，不禁发出“三代之治”的声音，也就是说，英国的社会治理程度让他叹服。而这恰是他的个别同事批评、举报他的原因。我们中国人对远古有一个美好的想象，虚构出所谓的“三代之治”，郭嵩焘感到“三代之治”在英国已经实现了，现在看起来郭嵩焘会有他的局限，但是他那个时候看到的英国景观和种种发明，确实是跟晚清形成对比。后来他又进入英国的社交界，英国那时候是世界上数一数二的强国，伦敦有各国外交使节，郭嵩焘热心参加各种外交聚会，记录了大量他看到的东西，包括机器，包括报纸如何迅速印刷出来，他还去参观伦敦的水晶宫——英国 1850 年在这里举办过第一届世界博览会。他甚至记载英国人如何参政议政。郭嵩焘作为中国的星使，还跟正在留学的严复见了面，对他印象很好。严复回国后又通过各种方式参与中国的教育事业，甚至做过北大的校长。北大曾经因为资金缺少办不下去，严复坚持要把北大办下去，没有严复，就没有现在的北大。

严复在甲午战争后写过很多文章，到晚清最后几年，他名声慢慢不好了，因他不主张剧变。他的译作中也有个别的著作其实不一定非常有名，但是他愿意推荐给那个时候的中国读书人。要熟悉近代的文学、文化，严复的著作是必读的，但是他译笔古奥，大家要克服种种困难去慢慢品读。严复在翻译的时候会写许多按语，这些按语大都是比较文明、比较文化的文字，这种比较的意识在当年尤其可贵。严复是不断地把中国（文化）作为一个参照放进他的翻译事业的。比如他指出欧洲文化中的宽恕精神有利于社会和谐，古代中国奉复仇为圭臬，有仇必报，撕裂了社会共同体。现在还有人出于私怨写匿名信，甚至躲在互联网上作人身攻击，可见挟嫌报复构成奇怪的社会景观。

那时的翻译特别难，没有现成对应的词，译者必须耐心寻找，仔细推敲。严复写的大量按语特别长见识，他能够意识到著作背后的社会文化如何跟我们是不一样的。刚才我说到，晚清的时候，严复站在清廷一边，我自己也是对庚子之变之后的清廷很同情。义和团事发，八国联军进京，慈禧和光绪“西狩”。事情过去后，清廷回到北京实施“新政”，步子迈得非常大，直到1911年的岁末。这之间的十年，晚清政府做的事情特别多，大量的翻译也在蓬勃展开。在清帝逊位前，严复还在准备写国歌，他没有走上跟以孙中山为代表的同盟会那一批人相同的路。他深深担忧，内部的发难，是不是反而会推迟现代化的进程。

与严复同时代另一位特别有名的闽籍翻译家就是林纾。按照民国时期国民党的叙述，他们两位在政治上都是站错队伍了，因为他们对南方的“革命势力”一直有所警觉，而且屡屡发出批判的声音。严复、林纾都有着以北京为中心的政治想象和实践，非常警惕南方革命政府背后的外国势力。他们并非没有合理之处，后来的历史叙述把两人的政治立场简单否定或边缘化了。

林纾的影响面可能要比严复更大一些。林纾 1898 年开始翻译事业，那时候中国人相信翻译欧洲的政治小说或者说某些英雄人物——比如拿破仑、俾斯麦——传记意义比较大，其实要来翻译这样的人物传记，可能是误区。林纾开始翻译的不一定是我们现在认为的文学名著里面的精品，比如他去翻译《茶花女》，《茶花女》在中国语境中意义极大，它讲的是自由恋爱，超越了门第观念。林纾从开始翻译一直到去世，真正从事翻译事业也就是二十五年，四分之一个世纪，但是他在翻译上的成就特别巨大。林纾 1924 年去世以后，我们文学所原来的老所长郑振铎先生总结他翻译事业的意义，说林译小说让我们意识到，中国人跟外国人其实是差不多的，也讲人情世故，没有什么根本性的不一样，没有中外之间的鸿沟。郑振铎先生还说，林纾译作流行以后，小说的地位改变了。大家想一想，中国传统读书人重什么？重诗、文。这个“文”并不是我们现在的长文章，原来是短文章，散文。中国的小说作者往往是无名的，小说的产生有很多集体加工的成分，一点点在变。传统文人看不起这一文类。林纾用灵活的古文翻译，赢得广大读者，提高了小说在读书人中的地位。五四运动后，小说成为当时中国一批最有创作潜力的年轻人所选中的文学创作样式，这个变化极其巨大，一直到现在，我们说到中国当代文学，首先想到的不是诗人，而是小说家，中国传统社会不是这样的，所以这是林纾的一个很大的贡献。而且林纾翻译的作品，有一些也跟刚才提到的拜伦写的《哀希腊》有共通之处。为什么呢？林纾翻译了《黑奴吁天录》，即《汤姆叔叔的小屋》。美国原来有奴隶制，汤姆叔叔是比较驯顺的黑奴，又是信教的，很安分。但是在小说里面也有几位争取自由的黑人，一位叫乔治，他结婚后带着自己的家人北上，离开美国要到加拿大去，那里没有奴隶制。乔治还说想要建立一个自由的国家。非洲有一个国家叫“Liberia”，“Liberia”这个字跟拉丁文的“liberty”是近亲，本来是“自由之地”的意思。有一些获得自由的美洲黑人要到那里去创建一个自己的国家，但实际上不很成功，这是另外话。

林纾翻译的《黑奴吁天录》跟拜伦的《哀希腊》一样起到唤醒国民的作用，甚至影响更大。鲁迅先生在日本读书的时候，就读到了《黑奴吁天录》，很有触动，深忧中国人再不振奋，祖国就要跟印度一样了，就要跟波兰一样了。晚清的政治话语中，这两个国家都已经失去主权，成为受奴役民族的象征。鲁迅读《黑奴吁天录》，加速了他走上文学道路，原来他是学医的，希望疗救中国人的身体。我们现在说的中医，跟鲁迅当年所感受到的现实生活中的中医，是完全不一样的。大家去看看鲁迅先生怎么样写父亲的病，那个时候的很多传统做法现在看起来都不符合科学精神，所以中医里一些未经证明的“神效”使他特别反感。那时的医生不讲医德，没有救死扶伤的精神，都是乘人之危、敲诈勒索。鲁迅后来走上文学创作道路，跟河南还有特殊的关系，他用古文写就的《摩罗诗力说》最初（1907 年）是发表在《河南》杂志上的。《摩罗诗力说》里最大的英雄是谁？就是《哀希腊》的作者拜伦。鲁迅希望看到一个特立独行的、不为社会习俗所约束的自由的个人，推崇拜伦式的英雄和无畏精神，这跟鲁迅先生崇拜个人无治主义有内在联系。

鲁迅他们那一辈中国最最优秀的文学青年，无不受到严复和林纾的翻译著作的影响。但是林纾和严复后来出现在各种现代文学史里面，就都以保守派、反动派的面目出现。国内50年代以后编写的文学史，几乎无一例外，为什么呢？林纾整整百年前，反对当时北大一些老师过激的观点，他希望保存中国的古文，他有一个信念：古文不灭。所以在新文化运动期间，即1919年，林纾写过两个短篇小说，分别叫《荆生》和《妖梦》，嘲弄并攻击新文化运动带头人物，他对蔡元培尤其缺少好感。林纾是有他的道理的。他当时堂堂正正地给蔡元培写信，批评北大的一些极端思想。鲁迅那一辈人充满矛盾，一方面传统学术的工夫都很好，都是读《说文解字》出来的，所以他们认为中国文字的字形结构本身有一种潜在的意识形态，他们想颠覆、推翻这种意识形态。鲁迅有一段时间学世界语。世界语是人为设计出来的，一度在中国影响很大，一直到改革开放初期还有人用世界语在创作，报刊也广为宣传，大约是在1977年。世界语（Esperanto）又叫万国公语，没有伟大的文学作为支撑，缺少生命力。中国一度在文化上面临一种自我憎恨，类似现象其他国家并不是没有，美国人在二十世纪四五十年代对美国文化也很憎恨，尤其是美国知识界的精英，但是后来又慢慢克服了。中国当时最激进的可能就是钱玄同，当然陈独秀也一样。陈独秀写《文学革命论》，号称要拖出四十二生的大炮，要把中国的古典文学、山林文学、贵族文学全部打倒，最终他希望中国本土能够产生跟外国文学的代表人物相近的人物。“文学革命”的这套话语引进了大量的外来资源，在一个老大帝国死气沉沉的氛围中注入了新鲜空气，从某种程度上来说，“文学革命”是成功的。鲁迅对中国文化的批判，一直到 20 世纪 30 年代的时候还非常激烈，他还写文章说中国文字背后的社会关系是专制的、不讲平等的，这种焦虑不难理解，但是任何时候思想界文化界都需要一种平衡感。《新青年》激进的声音受到某种程度的抵制，抵制者中非常重要的一些人就是像严复和林琴南这样的。

林琴南翻译的作品极多，本人又不断用古文在写作。我以为林琴南的古文写得很漂亮，不像章太炎的古文那样以生僻取胜。但是我也听与我年龄差不多的熟人说：“林琴南的古文算什么呀！”我想，说得出这个话来的人，古文一定写得比林琴南好，只是我还未曾拜读。林琴南维护古文是有道理的。比如他说，在国外，拉丁文一直存在，现在学术界还使用，但是它不是一种很多人日常使用的语言。拉丁文作为学术的语言，在文艺复兴时期作用是特别大的，一直到 16、17 世纪，甚至 18 世纪，还有一些非常重要的科学著作是用拉丁文写的。他说，你看外国人不废拉丁文，我们为什么要去废古文？千万不要以为林琴南自始至终是用古文，不是的。他早在 19 世纪末就创作过白话文的诗，叫《闽中新乐府》，收有作品三十几首。他用白居易的乐府诗形式讽刺他在福建看到的种种落后文化现象，堪称批判现实主义的作品集。林纾在新文化运动兴起时是捍卫中国传统、捍卫古文的，但是他绝对不是说凡是中国的我一切都要维护，他希望通过引进外国的小说或者其他一些文体来改变中国人看待世界的方式。《闽中新乐府》里面反映的大量旧习俗现在已经没有了，但是那时确实害人不浅。被林纾嘲讽的有庸医、算命先生、日历上的黄道吉日、自以为清廉但是知识结构老化的官僚等等，还有一些社会弊端。大家庭里纠纷不断，也被林纾揭示了。现在说到“家”，大家觉得家是温暖的，林纾写大家庭的诗名字叫《百忍堂》。“忍”字背后有很多钩心斗角，家庭成员最终不能共处，就要析家，分财产的时候又有各种吵闹，林纾对大家庭里面的各种毛病是很敏感的。他并不一味称道渗透在生活中的中国传统文化。

顺便说一下，我有一本清朝收集起来的儿歌，叫《天籁集》，特别希望哪个出版社把它出版，《天籁集》里的评语写得也是特别有趣。这些儿歌里面，有很多是以一个年轻女孩子（近乎童养媳）的口吻写的，她嫁到某家去，马上就被复杂的人际关系所困。她丈夫的嫂子想尽一切办法来压制她，她必须在与嫂子的争斗中站稳脚跟。传统家庭未必和睦，这又是一个例子。不要美化过去的一切。林纾的《闽中新乐府》篇幅不大，应该出版，配以详细的注释。作者用的福建一带的白话跟现在的白话很不一样了，有一些词语要解释好是不容易的。一首诗就叫《破蓝衫》，讥讽的是不得志的下层读书人，使读者联想到鲁迅笔下的孔乙己。这些读书人穿着一身破蓝衫以示身份，迂腐而自鸣得意，林纾痛感这些人不能真正地睁眼看世界，并在此过程中改造、更新自己。福建是那时中国接触外面的文化比较早的，林纾固然是传统读书人，但是他跟船政学堂的技术人员有接触，听他们讲一些海外故事，从事翻译后更通过这些小说来认识外国。林纾在思想上可能比陈独秀还要先进。陈独秀有时候写文章跟做对子一样，虽是白话写作，但他的思维模式是简单二元对立的，要走出简单二元对立的思想模式是不容易的。林纾反而不是这样，林纾给他翻译的作品写序言和跋语，就不断地在从事中外文化的比较。比如他看到《鲁滨逊漂流记》里面也有了不起的成分。他说中国的读书人是不远游的，而鲁滨逊出海了，然后就会做出各种各样惊天动地的事情来。我们千万不要以为林纾在新文化运动里批评几个新文化运动的主将，就意味着站在反动的一边。他对中国传统文化既有维护的一面，也有要予以批评的一面。林纾在商务印书馆出版大量翻译小说的同时，还编了很多古文的集子，有利于古文的存活。商务印书馆那时候经营的方式是折中的，我们现在经常说不要“零和思维”，“零和思维”就是胜者通吃，商务印书馆在那时就形成了继往开来的一种平衡。

现在像严复、林纾那样自如地写古文的人可能不大有了，但是不管怎么样我们还能阅读古文，这一脉就没有断掉。我不愿意称林纾为“文化保守主义者”，他其实有比较健康的文化改良、渐进的观点，这在我们的文化里一度是稀缺的。我们原来的那一套话语暗含着“胜者通吃”的前提，不仅要革命，而且革命越彻底越好。现在对中国近代史了解得越多，就越会意识到孙中山背后的复杂外国势力。我最近出的一本书叫《戊戌谈往录》，还专门讲到辛亥革命以及孙中山在南方割据的想法，他今天去找法国人，明天去找日本人，他背后一直有国外势力。如果从北京的角度来看，或者从 1911 年、1912 年和 1913 年北洋的角度来看，那么其他有些地方的行为就是不太正常。我有时候就在想，辛亥革命之后有一个“二次革命”，“二次革命”为首的人叫李烈钧，他那时在江西购买外国军火，准备打袁世凯。一省军事负责人避开中央私进军火，这是可以想象的事情吗？但是，一旦我们接受了

“二次革命”这种话语，我们就会误以为理所当然。不要有好人坏人这种思维，放在北京的位置上我们当时会怎么样想？这一系列事件都是很不幸的。辛亥以后，林琴南成了遗老，每一年都要到崇陵拜光绪。这个背后有复杂的原因。在光绪的时候，中国还是统一的，但是辛亥之后，中国已经是地方军阀的天下了。后来经过长期的内战再获统一，付出多少生命的代价！林纾清醒地看到中国有种种社会问题，但他是希望去改良，或者说改革，没有一步到位的想法。“改良”和“改革”在英文都叫“reform”，林纾所愿意想象的，不是一种革命的模式。

不管是严复也好，林纾也好，有很多思想资源值得我们重新挖掘，重新审视。他们不相信一个国家的现代化进程是一蹴而就的，不会寄望于一个断然决然的措施，将社会弊病一扫而空。No way！不可能！我现在这种感觉越来越深切。社会的变化，改良也好，改革也好，都是缓慢的过程，一个渐进的过程。但是有一度，在我们的思想资源里面，“渐进”这个观念不是很推崇，人们舍弃了相对温和的手段，那也是莫大的损失。林纾除了翻译之外也写小说，他的小说里会讲到很多话题，比如他写到义和团在全国各地造成的伤害。怎么样看晚清的新政，还有一些方面是当时的革命者忽略的。林纾很早就意识到，中国要站起来，必须从一针一线做起。他作为一个福建人，甚至认识到对外商贸的重要性，他发现华商什么东西都比不过人，既然生产出来的东西不好，外来的货物很容易占领市场。谁买东西不想买价廉物美的？林纾那时就已经察觉，华商有大量的产品做不好，慢慢就被淘汰了。怎么样把一针一线的小东西做好，发展自己的民族工业，这是艰巨的。他推断，只有自己生产出好商品，外贸就会做得好，而外贸做得好，政府的收入也增加，国家才会渐渐积聚实力。一些激进分子根本不考虑这些问题。他们只要一个“共和”的名号。林纾和严复不会轻易相信这两个字就代表了现实，他们怀疑“共和”是否遮蔽了实质性社会治理的欠缺。辛亥革命以后的整个局面，按李大钊的话来说，是更坏了。难怪像林琴南这样的遗老每年还要去纪念光绪，就是他要回想一个相对比较稳定、相对比较统一的国度。历史是不允许“假如”的。林纾就看到，当时那一些激进势力背后有外部势力参与，他用的一个比喻是一棵大树你要把它砍倒，砍下去，你斧子拔出来以后，然后你要用从大树上砍下来的小木块，插在你砍出来的裂痕里面，最后一棵大树就是这样被砍倒了，但是插到这些裂缝里的木片，就是从这棵树上砍下来的。林纾说，我们有一些势力，是不是起到的作用就是这些小木块？

我们现在写《中国近代史》，对很多事情的考量，就是看某方口号提得对不对，口号对，就正确；口号不对，那就错误。殊不知，口号经常为未必那么美好的趋利动机服务。林纾和严复两位到后来都站错队了，但是我们要看他们很多的想法背后是不是有几分道理。

林纾的翻译，还牵涉到法国革命在中国的接受。到了晚清，法国革命进入我们政治讨论的话题范畴，人们不免在想，应该取什么模式比较合适。英国不是通过革命的手段，而是通过改良的手段取得进步的，内战还是 17 世纪中叶的事，相对来说，它没有经历过 18 世纪后期法国大革命以及随后一阵一阵的波澜，到

19世纪，法国在很长时间内还不得安宁。相对来说，英国实现了平稳过渡。英国的经验对有的国家来说是特别重要的，它的改革没有间断，议会不断地通过立法，一点一点改善。比如说竞选，要有财产的门槛，然后门槛越来越低，一直到工人也可以参选，再进步到全民普选和女性参选，整个过程是逐步变化的。如果熟悉恩格斯的著作的话，我们就知道恩格斯在19世纪40年代的经典作品是《英国工人阶级状况》。我们一定要看恩格斯晚年，80年代甚至到90年代前几年，是怎么给这部著作写《前言》的。他写后来版本的《前言》时，经过了四十几年，英国的状况完全不同了，工人阶级的生存状况有所改善，工人阶级也可以直接参加竞选，恩格斯并未否定这是可行的道路。英国通过平稳的改良最后改得“面目全非”，但是整个过程没有出现大规模社会动乱。曾经有人是这么比喻的，说英国就是一口大锅子，这个地方坏了补一块，那里破了再补一块，修修补补，锅子基本上都还可以用，过了好多年，原来的材料都已经替换了，但是其用处却从未间断，这就是一个渐进的模式。我顺便跟诸位交代一下自己读书的困惑。现在要去了解英国的话，我们做得还是不够。比如英国在大英帝国解体以后，成立一个英联邦。英联邦包括五十二个主权国家，它的元首说起来还是英国王室。英联邦的这些国家跟英国关系非常好，并不是说某国独立了就跟英国一刀两断，绝对不是，殖民地独立了反而希望进入英联邦，而且英联邦还有一种道德权威，一度把南非开除，南非取消了种族隔离政策之后，英联邦又重新接纳它。这背后有一些我们比较陌生的政治文化因素，不妨问一问：英国如何保持在原来殖民地的影响？每四年一次英联邦运动会，然后还有英联邦其他各级政府首脑会议，我们是不愿意去了解的。

英国的渐进模式，在18世纪后期就表现为非常明确的怀疑法国革命是否放之四海而皆准的态度。法国革命爆发以后，英国政治家 Edmund Burke（埃德蒙·柏克）写了《法国革命论》（已经翻译成中文了）予以批判。英国19世纪末期很有势力的一个党派叫自由党，党魁 John Morley（约翰·莫利）也是文人，做过首相，他曾经写过一本 *Edmund Burke*（《埃德蒙·柏克》）。最近还有人注意到，国图收藏的 John Morley 这本著作的主人是严复，书上两枚图章，“严”和“又陵”，严复还在书的空白处写了批语，还应有人进一步去做研究。跟革命的模式不一样的政治想象也体现在严复身上，体现在林纾身上。这方面的资源在我们的近代思想史上相对来说讨论得太少了。一个社会怎么样实现一个平稳过渡，不要付出太多的代价，有何不可？

严复是筹安会的成员，我们可能会认为这是他人生的污点。当时形势如此混乱恶劣，他支持袁世凯有其必然性。为什么呢？中国在辛亥以后中央政府非常孱弱，有能力（尤其是军权）的人站出来收拾局面，是唯一的希望。袁世凯去世后，大乱就变成大治了吗？没有，反而是连绵不断的内战打响了，到了1921年，很多省份还在讲联省自治。这纯粹是瞎掰，联省自治最终不知道把中央政府置于何地？中央政府连军权都被剥夺，还叫联省自治吗？联省自治的时候每个省都在自己定宪法，那还不是彻底分裂？中央太弱始于太平天国以后，地方上为着军务收厘金，要有钱来买军火、付军饷，中央的财政收入就越来越少。晚清新政时曾决心好好整理财政，做出成效了，但是各地都在为了地方利益暗中抵制，最终是失败的。我在新书《戊戌谈往录》里面对这个问题谈得比较多，“保路运动”的胜利就是地方分裂主义的胜利。胜利后原来筹集造铁路的钱哪里去了？铁路建造了吗？钱没了，路也没建，这是何等荒唐的“胜利”啊！现在我到上海交通大学去，总是很有感触。交通大学的创办人是盛宣怀，交大教学楼里面还有盛宣怀的塑像，但是盛宣怀一度在我们的辛亥叙事里完全是个负面角色，因为史家毫无根据地把“保路运动”说成是“卖路运动”，“卖国卖路”，实际上不是这么回事。

我们对那段历史需要有实事求是的了解，读文学作品的时候也要留意。刘鹗在《老残游记》面就说，中国看起来像一艘大船，但是这个船里各个负责人都要自己另行一套，所以船不能真的涨了满帆，顺利地入海远航，内部的分裂消耗太大。晚清的一系列新政取得的成就是什么呢？盛宣怀统一路、电、航、邮四政是出于国家权力的考虑。邮政当然要由国家来负责，但是那个时候由大清来统一邮政也是不容易的，还有航运、电报、铁路，这些都要统一。盛宣怀想通过一些集权的基础事业使中国成为一个现代化国家，他有远见和胆略，但是一旦他准备让国家出面向外国银行借款修建川汉路，四川地方势力却说这是在卖路，煽动起一场骚乱。那时的中国，铁路实际上是一种战略物资，四川跟湖北如果没有铁路相通的话，大量的财富和人力物力是出不来的。盛宣怀想把四川的资源变成全国财富的一部分，最终得益的是川人，但是成都既得利益者只想不受监督地管理、使用铁路资金，公然对抗中央，居然大胜。清朝最终就是在保路运动胜利后被推翻的。

端方的命运尤其值得同情，他在治理方面颇有成就，传统文化修养也好，但是他带兵从湖北入川，去维持秩序，想不到被手下叛军杀了，凶手拿了他的头请赏，可不是出于什么革命的理想。重观那段历史，难道不会问一问付出的代价是否过于高昂？有一些人希望避免诸如此类的痛苦经历，不能得到同情的理解吗？后来的北洋政府也有很多难处，我们要看政府在外交上有什么样的努力，不要以为北洋就是卖国的，不是这么回事。当时的《凡尔赛和约》，当时中国政府代表参加凡尔赛会议，恪尽职守。人们曾经无端指责顾维钧、陆宗舆等人在和会上卖国，哪有这么简单？“卖国”两个字用得滥了。北洋外交官都在力争，用了最大努力为中国争取权益。严复批评参加凡尔赛和会的中国代表，认为他们为了自己名节不签约，伤害了国家利益。这种看问题的角度，我们原来是想不到的。也就是说，将个人的名誉置于国家利益之上，是出于私心。千万不要以为严复就是卖国贼，就是投降派，不是这么一回事情。严复留学英国，不管政治上还是教学上都有很多具体的经验，他明白弱国无外交，谈判的过程里是不能讨价还价的，不然付出的代价更大。这方面的先例举不胜举。严复的意思是协议应该签，先签了然后再来慢慢想办法，但是当时参加凡尔赛和会的中国代表没有签，严复就说这些人不愿意为国家牺牲自己的名誉，这句话大家好好体会一番。我那本《戊戌谈往录》里就写到我家抗战时随着浙江大学逃难了，我家不要出钱，钱都是国民党政府出的，大家一路逃到广西、贵州，在贵州过了五六年后再在 1946 年回到杭州。如果我家是普通城市贫民，出不起逃难必需的交通费，怎么办？很多人是没办法，留在家乡过日子。我用国家的资源逃到西南去了，还要责备不得不留在家乡讨生活的杭州人，不大说得过去吧。艰难的时代让我们面对很多难题。

林纾和严复往往会考虑到国家的难处，而不会首先取一个抽象的政治立场。严复支持袁世凯是不得已之举，也许只有袁世凯能收拾局面。袁世凯下台后，严复又主张他继续做中华民国的总统，在总统的位置上行使职权。那时梁启超辗转到云南去跟蔡锷一起来讨伐中央，严复看出来这背后是有外部势力支持的。我对梁启超特别敬佩，但是我看到任公当时在日本人的护送下从越南进入云南后，心里很不舒服。蔡锷的"护国战争"不能孤零零的来看，要放到国际背景下，考察一下外面的势力怎么样来对此加以利用。现在国际政治里有一个词叫"代理人"，一国国内两派在打仗，双方是不是代理着其他隐藏势力的利益？我们近代史中曾经一度也存在这种情况吗？

严复加入筹安会，大家要对他面临的难处有一种理解。严复的见解不同凡俗，甚至"政治不正确"，后来他没有办法公开发表文章了，这是公共思想资产的损失。我们经常说"对事不对人"，实际上又往往是"对人不对事"的，于是就没有讲道理的氛围，普通人也失去了通过阅读各种争论文章来提升自己判断力的机会。严复大量政见只能发表在他的私人书信里，这又说明什么？他对不同时期学生的偏激行为、言论是反感的，他自己的孩子"五四"的时候去参与运动，严复听闻消息很气愤，他认为学生的本业是把书读好，年纪轻轻，不应该以游行抗议来浪费时间。"五四”时有的学生不许持异议者发言，严复不免产生负面的预感。随着严复等人退出公共论坛，说理的风气也慢慢式微了。

早期的蔡元培所从事的一些非法活动，林纾是特别不喜欢的，林纾后来还写过一篇文章《续辨奸论》，骂的就是蔡元培。现在要说到北大，尤其（王）达敏先生在，我不好意思，蔡元培是我们北大的老祖宗啊，但是他年轻时候有些事情确实是做过头了。严复说蔡元培人是蛮好的，但是跟章太炎差不多，是个“神经病”，这句话过重了，但是背后不是没有一点道理。严复后来大量的言论不能出现在报纸杂志上，我就觉得挺可惜。他很多政见是通过书信来私下表达，包括对“五四”的学生他也有批评，他说学生只听得进相同的观点，不允许别人来批评，这样的学生是没有前途的。他这个判断也许过于严厉。严复是现实主义者，不会被一时的情绪牵着走，他的很多观点至今读来还很有现实意义。比如 1905 年，一些号称爱国的中国人要抵制什么外国货，然后严复就写文章说，大家抵制某国产品，并没有伤及这个国家，先受伤害的是很多在经营这些货物的中国商人，他们家里有老有少，却成为抵制运动的牺牲品。严复对形势的分析，一般充满热情、被几个政治概念引导的年轻人是想不到的。严复凭着他的政治智慧把中国发生的事情放到世界的格局里来看，不是孤零零发生的，所以他一再为中国发生内战而感到忧虑。可惜在我们的现代政治思想史里，他是被隐去的。

如果真的要讲“五四”的话，其实还有一个特别重要的人我们没有纪念，段祺瑞。为什么呢？因为在 1917 年春，中国和美国差不多同时跟德国断交，美国 4 月份宣战，中国拖了好几个月，到1917年8月才对德宣战。中国宣战给本国造成的好处是什么？中国成为一战的战胜国。一旦成为战胜国，在凡尔赛会议上的地位是不一样的。两次世界大战其实对中国都是有利的。假如一战时段祺瑞没有坚持宣战——当时有人反对参战，中国如果没有在那时得到战胜国的地位，我真不知道后果如何，假使和会上中国没有发言的机会，山东前景就更不妙了。今年（2019年）没有人说段祺瑞坚持中国参战，立下大功，应该纪念。不是很可惜吗？我们只是说中国战胜了，是战胜国，没有细说当时中国宣布参战实际上是面临巨大的压力，各种各样的压力。

再回到严复和林纾，我要特别强调一点，两人用的都是古文，而且在很多地方也是维护自己的文化传统，但是他们擅长比较，有着一种改进、改良的决心，而且善于进行自我批判，善于从外国的著作——不管是社会科学的还是文学的——里面汲取对他们来说非常有意义的养料。林纾翻译《鲁滨逊漂流记》，看到鲁滨逊一个人到荒岛上把自己的日子安排得井井有条，他就为鲁滨逊身上宗教信仰的力量所触动。为什么中国传统的文人喜好抱怨而实际生活能力很差？林纾会问。他还批评文人昧于自知，拒绝自省从而改进自身。我们今天聚在一起来看近代文学，除了读相关作者的著作，还要更多地考虑如何把他们的思想变为我们的资源，使自己不断改进，走向成熟。我就用这句话来和诸位共勉。谢谢大家！

（李向阳整理，陆建德校订）

第十讲

近现代词坛新旧两派分野析论

孙克强

尊敬的主持人，尊敬的达敏先生，各位老师、各位朋友，大家好。今天我演讲的题目是“近现代词坛新旧两派分野析论”。首先解释一下题目：“近现代”，这个论题跨越了近代和现代，即我们常说的晚清、民国时期。在这个时期词学界突然爆发了一场大讨论，参加这场大讨论的两派，后来被人称为新旧两派。这个在当时非常热闹、非常有意思的课题，却是我们现在研究中的薄弱的环节：现在所有的文学史、批评史乃至于词学史、词史乃至研究论文，几乎没有论及。大家都知道有新旧两派，但是这两派到底是怎么回事儿、他们的分野在哪里、分野的原因何在，都没有人提到。当时这么热闹的一场论战，到现在研究界还没有把它搞清楚。今天我们试图对这场讨论加以分析和讨论。

作为一个学术论题，我们首先要判断它的学术价值。首先，它是民国词学的最重要的问题之一，是民国时期旧体文学词学研究领域最重要的问题之一。可以说在民国时期旧体词学领域真正能够进入学术学理层面讨论的，也就是这个论题了。其次，它是中国古典词学批评史上最后一个结穴的问题。有清二百六十多年、加上民国时期三百年，词学领域贯穿始终的有一个争论——南北宋之争，词学家们讨论到底是南宋词好还是北宋词好。这个论题从明末清初就开始的讨论，一直到民国时期才结束。第三，新旧两派的观念直接影响到现在学界及习词者对词体的看法。新中国成立以来，我们大学的词学教师大多是旧派的传承，是旧派学者的弟子、再传弟子，但是我们的教材、文学史观点却全是新派的。这样一个矛盾的现象就发源于这一次新旧派的讨论当中，这是非常有趣的一个现象。

我今天主要从三个方面来讨论。第一，新旧两派的划分和对立：这两派是怎么形成的、怎么划分的、两派的词学家是谁，他们有什么特点。第二，两派是怎么对立的，哪些观点相左，他们的思想、观念、理论、方法哪些地方是对立的。第三，两派产生分歧的原因是什么，他们为什么会突然在这样的时期有这样的一场争论。

一、新旧两派的划分和对立

下面进入第一个话题，两派的划分和对立。

首先，我们来看旧派。"旧派"也被称为"体制内派"。所谓"体制内派"，就是他们的词学批评往往更注重词体的内在结构，讲究词体的规范性。就学术渊源而言，旧派由清代的常州词派传承而来，大都是常州词派词学思想的继承者，主要有晚清四大家，谭献、庄棫、庄棫的弟子陈廷焯等。陈廷焯的词学在民国时期影响非常之大。

旧派的学脉是从常州词派的开山之祖张惠言起，然后到周济，然后到一个南京人端木埰，端木埰是四大家里面王鹏运、朱祖谋、况周颐三人的老师。四大家中王鹏运去世比较早，另有一位郑文焯，性格比较孤僻，不大带学生。另外两位朱祖谋和况周颐弟子满天下，其中特别有名的有吴梅。吴梅是向朱祖谋和况周颐请教的，先后在北京大学和南京的中央大学教授词曲。吴梅又有十大弟子，这十大弟子遍布全国，包括任半塘、唐圭璋、王季思、万云骏等等，他们都在全国各个大学任教。曾在河南大学任教的邵瑞彭也是朱祖谋的学生。刘永济是况周颐和朱祖谋的弟子，后来是武汉大学的一级教授；龙榆生是继承朱祖谋的衣钵的，也就是嫡传弟子。朱祖谋晚年的时候曾经授砚——把自己的砚台传给他，有人专门画了“授砚图”记载这一事情。

旧派也被称为南派，因为他们主要聚集在上海、南京等地。实际上他们的影响要大得多，比如当时的开封、广州、武汉都是词学重镇，四大家的弟子在那里任教。

再来看新派，对应地被称之为体制外派。体制外派的称呼带有一定讽刺意味。旧派的词学家有些看不起他们。新派的词学家普遍有个特点，就是受西方文艺思想影响较深，是一批新型的学者。他们很多人懂外语，受过西方的教育，西学浸润很深。他们大都没有传统词学的传承，没有旧式的词学老师。他们是新型的学者，很多并不以词学为主业。比方说胡适，他在民国学术界影响极大，但词学对他来说是只是一个特别小的领域。又如郑振铎，他的学术影响也很大，但其主要成就也不在词学。新派也被称为北派，主要因为他们大都生活在北平和天津一带的京津地区。民国新派词学家受王国维的影响比较大，王国维在清华研究院做导师，从清华的研究院里面出来的词学家基本都是新派。新派从王国维开山，以胡适、胡云翼、郑振铎、俞平伯等为代表人物。

下面谈一下新派产生之前的词坛背景，或者说新派为什么会在这个时候产生。在晚清民国之前，基本上是常州词派的一统天下，常州派词学居于词坛主流地位，言必称“意内言外”“比兴寄托”。民国之后，四大家及其弟子影响很大。这个时候王国维的出现改变了局面。1908 年，王国维发表《人间词话》。《人间词话》具有“反主流”的意识，与常州词派的观点不太一样，很多地方都是和当时的主流意识相对立的。《人间词话》发表之初没有什么影响，直到王国维 1927 年去世，这期间王国维的影响逐渐扩大。王国维及其《人间词话》逐渐被抬上词学的神坛。新派在民国初年还不成气候，真正成气候的时候是胡适的出现。

胡适回国之后，以新思想看待旧词学，多有批评，然后就开始直接攻击当时词坛的领袖。他在 1922 年发表《五十年来中国之文学》，直接把矛头对准还在世的况周颐、朱祖谋发起攻击。胡适说：“这五十年的词，都中了梦窗（吴文英）派的毒，很少有价值。”“梦窗派”在当时是有特指的，指的就是朱祖谋派，只是胡适没有提名而已。但是他提这个“梦窗派”，天下人都知道，实际上是直接点名的批判。胡适在他的《词选序》里面继续攻击，说：“近年的词人多中梦窗之毒，没有情感，没有意境，只在套语和古典中讨生活。”矛头一直对准朱祖谋为代表的旧派。

随之，郑振铎也对旧派展开了攻击，他在《词的存在问题》

中说："数十年来，词运总算是亨通的，四印斋（指王鹏运）、双照楼（指吴昌绶）、彊村（指朱祖谋）所刊的丛书，其精备是明清人所未尝梦见的。为了他们的提倡，今日得其余沥的，也还足以'拥皋比'而做'大学教授'。""拥皋比"是什么意思呢，"皋比"是老虎皮。民国时期的教授薪酬较高，一个月好几百块大洋，有钱之后就摆谱，有些教授在家里太师椅上铺放老虎皮，所以叫"拥皋比"。郑振铎对此很生气，觉得你年纪轻轻的就去大学当教授，拿那么高的薪酬。他指的是当时旧派词学家的大学教授们。郑振铎又说："因此便梦想着一个词学昌明的时代的到来。在猖狂的鼓吹着青年们的作词。""尽管不通，他们会改得清顺的。即使完全不会做，也可以有人会代做，或马马虎虎混过去的。故大学之所谓'词'的讲座，几完全消磨在词的做法之中。"郑振铎指出来一个现象：旧派学词是为了填词，是为了创作，这是新旧两派分歧的原因之一。现在大陆和台湾、港澳大学中文系的古代文学教学是有着明显的区别的。港台中文系开的课是从民国传承下来的课程，词学课叫《词选与习作》，诗学课叫《诗选与习作》，还有《文选与习作》《曲选与习作》，这是他们大学本科开的最基本的课。港台的中文系学诗词是要从学作诗、作词开始入手的。大陆的课程受当时苏联的影响，开设作品选、文学史课程，两岸有所不同。

二、新旧两派词学思想、理论的分歧和对立

下面就开始讨论新旧两派在哪些地方形成了对立。主要表现

在两个方面：一个是南北宋之争，就是对南北宋词的认识不同；一个是对清词中兴的看法，即对清词价值的认识。

我们先看第一个问题，就是南北宋之争。在这个问题上，新旧两派形成完全的对立。旧派的观点是：尚南宋而不抑北宋。旧派主张从学习南宋开始，入门要从南宋入，对南宋词给予充分的肯定，但也不否定北宋词的价值。应该说，旧派关于南北宋词的观点，是经过清代两百多年长期讨论后形成的共识。新派的态度非常极端：崇北宋而黜南宋，把南宋词完全否定。

旧派尚南宋而新派完全否定南宋，这就是他们当时的对立。对立的焦点就是对南宋词的态度，就是怎么认识南宋词。

南北宋之争的背景，这里要交代一下。明末清初，以陈子龙为代表的云间词派挑起了一场争论——南北宋之争。云间派崇尚五代北宋，否定南宋词的价值，认为“词至南宋而繁，亦至南宋而弊”。在云间词派之前，明代词学家对南宋词大都持否定的态度，认为南宋词的弊端主要有两点：第一点是“馅酸气”，饺子馅儿放时间长了那种又酸又臭的味道；第二点是“教督气”，即说教的陈腐气息。云间词派继承了这种看法，提倡北宋五代词，反对批判南宋词。

康熙十七年至嘉庆初年大概一百多年的词坛上，占主流的是浙西词派。浙西词派前期的领袖是朱彝尊。朱彝尊一反明人及云间派的主张，提倡南宋，肯定南宋词的价值。朱彝尊所说的“南宋”，不单单是时间概念上的南宋，而是指姜夔、张炎这一派，并不包括辛弃疾。朱彝尊认为南宋的词非常之好，很雅致、很清雅，清空骚雅。浙西派推崇姜夔，形成了一个学习姜夔词的热潮。姜夔、张炎，并称“姜张”，姜夔号白石、张炎词集名白云，所以并称“二白”。清朝中期有很多人表现自己对姜夔的推崇，形成了一个姜夔的崇拜热潮。

嘉道年间常州词派兴起，张惠言、周济等人改南北宋之争而为南北宋之辨。常州词派只辨南北不分轩轾。周济说：“北宋词，下者在南宋下，以其不能空，且不知寄托也；高者在南宋上，以其能实，且能无寄托也。南宋则下不犯北宋拙率之病，高不到北宋浑涵之诣。”各有优缺点。周济提出“问途碧山，历梦窗、稼轩，以还清真之浑化”。要从南宋王沂孙入手，通过吴文英、辛弃疾，这些都是南宋人，最后达到北宋的周邦彦的浑厚的境界。就是从南宋“入”到北宋“出”，南北宋不分轩轾不分优劣了。常州词派之后这样的观念已经深入人心，学词就从南宋开始，学得好了就达到北宋的境界。晚清四大家继承了常州词派的思想，兼顾南北宋，不再厚此薄彼。清末民初词坛由南宋入由北宋出的观点成为共识。

民国旧派词学家继承常州派的思想，坚守着南宋的阵地。张尔田说：“半塘（王鹏运）之大，大鹤（郑文焯）之精，彊村（朱祖谋）之沉，蕙风（况周颐）之穆，骎骎乎拊南宋而上。”“拊南宋而上”，说四大家都是从南宋开始的。王鹏运自己也说：“私心窃比，乃在南宋诸贤。”（《寄番禺冯恩江手札》）明说自己就是学南宋的。谭献曾说：“临桂况夔笙舍人周颐（况周颐）……锐意为倚声之学，与同官端木子畴（端木埰）、王幼遐（王鹏运）、许玉瑑唱和，刻《薇省同声集》，优入南渡诸家之室。”（《复堂词话》）这里提到的况周颐、端木埰、王鹏运、许玉瑑这些人，当时都在北京的中书省任舍人，就是当秘书。中书省又称为薇省，他们薇省的同人们一起编了个《薇省同声集》。谭献说这些人都“优入南渡诸家之室”，说他们就是从学习南宋开始的。况周颐自己也说：“作词有三要，曰重、拙、大。南渡诸贤不可及处在是。”他词学的核心是重、拙、大，南宋词人的水平最高，是重、拙、大的典范。从以上诸人的说法来看，四大家学南宋，是可以确定的。旧派的词学家陈匪石说：“有清一代词学驾有明之上，且骎骎而入于宋。然究其指归，则‘宋末’二字足以尽之。何则？清代之词派，浙西、常州而已。浙西倡自竹垞，实衍玉田之绪；常州起于茗柯，实宗碧山之作。迭相流衍，垂三百年。世之学者，非朱即张，实则玉田、碧山两家而已……至同光以降，半塘、沤尹出，始倡导周吴，而趋其途径，沤尹则直入梦窗之室，吴派遂为清末之新声矣。”他说整个清代，几乎都是受南宋词的影响。浙西词派朱彝尊推崇南宋的玉田（张炎），常州词派张惠言推崇的也是南宋，是碧山（王沂孙），所以“非朱即张”，整个清代的词学可以以朱彝尊、张惠言为代表。南宋的张炎、王沂孙两家就把整个清代词坛笼罩了。然后到了清末民国初年，沤尹（朱祖谋）“直入梦窗之室”，开始提倡吴文英，“吴派遂为清末之新声矣”，吴文英词影响更大。陈匪石提到了南宋三个人，一个是张炎，这是浙西词派提倡的对象；一个是王沂孙，常州词派提倡的对象；一个是吴文英，是朱祖谋提倡的对象。所以说清代词学都在南宋的范围里面。

清代曾有人这样概括：“词之义至南宋而正，至国朝而续。”（姚椿《万竹楼词序》）是说清代整个词学全是跟着南宋走的，可见南宋词对清代词学影响甚大。从某种意义上说，清词中兴是南宋词的中兴。

这里面我还要补充解释一下，晚清四大家所说的南宋和浙西词派所说的南宋，并不完全一样。四大家是提倡南宋而不废北宋，他认为北宋依然有优点，如况周颐说，“北宋人词大都清空婉丽……意境沉着，实滥觞南渡”，又说，“北宋庶几醇雅，南宋更进于厚矣”，就是说北宋词是清空的，南宋词是沉着的。晚清四大家认为这南北宋两个都好，但是入门要从南宋入门。苏州大学的已故教授钱仲联说，清末民初朱祖谋推崇吴文英、倡导梦窗词是“以梦窗词转移一代风会”，就要用吴文英的词改变一代词坛的面貌。学习吴文英的词，是为了让词写得有寄托、有内涵。所以他们这一派叫梦窗派。朱祖谋的学生陈洵，对吴文英更加推崇。以前大家公认周邦彦是顶峰，陈洵却提出“以周、吴为师，余子为友，使周、吴有定尊，然后余子可取益”，他是要提高吴文英的地位。周济曾说要从王沂孙入手，经过梦窗，再经过辛弃疾，最后达到周邦彦。陈洵认为这样四个台阶，吴文英的地位太低了，吴文英的地位顶多算是个师兄，应该让他当老师，把吴文英提到最高的地位，与周邦彦并列。可见当时推崇吴文英的声势之大。

再来看新派对南北宋词的认识。王国维在《人间词话》中，对清末民初尊崇南宋的现象表示不满。他认为五代北宋是词史的高峰，南宋之后衰敝不振，这是他的第一个观点。第二，他把南宋词和清词相联系，他认为南宋词的衰敝导致此后清词的不振，进而否定“清词中兴”。王国维说：“梦窗砌字，玉田垒句，一雕琢，一敷衍，其病不同，而同归于浅薄。六百年来词之不振，实自此始。”王国维所说的“六百年”，是指元代之后至清代的一段时间，也就是说南宋词的弊端一直影响到有清一代。王国维认为五代北宋是高峰，然后每况愈下，南宋很差，到了清代差之又差。王国维的观点奠定了新派的基础，这两条都成了新派的主要观点。

王国维对南宋词人的评论，完全与旧派相反，他说“若梦窗、梅溪、玉田、草窗、中（西）麓辈，面目不同，同归于乡愿而已”，点到了南宋诸多词人：吴文英、史达祖、张炎、周密、陈允平，这些都是姜派词人。“乡愿”一词出于《论语》，指有些人很虚伪，言不由衷，非常油滑，毫无价值。王国维批评吴文英（梦窗）“映梦窗，凌乱碧”，批评张炎（玉田）是“玉老田荒”。王国维对南宋词持基本否定的态度。

胡适的观点，与王国维基本一样。胡适把整个词史分为三个时期，唐至北宋中期为“歌者的词”，北宋中期至南宋中期为“诗人的词”，主要指的是苏轼之后一直到辛弃疾；南宋中期至元初为“词匠的词”，主要指的是从姜夔一直到元初，元初是受姜夔影响很大的一个时期。胡适认为第二个时期是最好的时期，是最高峰。第三个时期“词匠之词”是他最为鄙视的，是匠人之词，毫无价值。胡适所说“词匠的词”主要是指南宋姜夔一派。关于姜夔一派，清人朱彝尊曾经有过描述：“词莫善于姜夔，宗之者张辑、卢祖皋、史达祖、吴文英、蒋捷、王沂孙、张炎、周密、陈允平、张翥、杨基，皆具夔之一体。”说姜夔同时及之后有一批人，一直到元代都是白石词的一翼，都是跟他学的。胡适却认为这一派毫无价值，“没有情感”，“没有意境”，“算不得文学”。胡适把矛头对准了姜夔等南宋词人，说，“姜白石是个音乐家，他要向音律上去做功夫，从此以后，词便转到音律的专门技术上去。史梅溪、吴梦窗、张叔夏都是精于词律的人，他们却走到这条路上去。他们不惜牺牲词的内容来迁就音律上的和谐”，“（吴文英词）几乎无一首不是靠古典与套语堆砌起来的”。胡适对南宋词人的批评与王国维所说的“砌字”“垒句”几乎一样。这里面有一个有意思的问题：胡适的观点是不是从王国维那里来，因为他们说的太像了。当时有个年轻人写信给胡适说，我看到你的观点跟王国维的很像，是不是你在学他？胡适回信说，没有，我没有注意到静安先生的这段话，这是我自己的看法。胡适否认了和王国维的直接渊源，但是研究者已经注意到王、胡二人的相似之处。顺便说明一下，这个写信的人是谁呢？就是河南大学的已故教授任访秋先生。

郑振铎的词史观和前面两位也高度相同，他认为，“北宋词是真挚的，无意于做作的，是词的黄金时代”，“南宋词大多数徒在字面上做文章，有刻画过度之病，词的风韵与气魄渐近‘日落黄昏’，已经没有生气”，“南宋之后的词史是一部衰退史”。这是典型的新派观点：南宋词不好，南宋词影响到后世，一代不如一代。郑振铎说：“词也渐渐成为不可歌了，仅足资纸上之唱和，不复供宴前的清歌；仅足为文人学士的专业，不复为民间俗子所领悟。语益文，辞益丽，离民间日益远，于是遂有‘曲’代之而兴，而词的黄金时代便也一去而不复回。”可见王国维、胡适、郑振铎他们的观点都非常一致。

新旧两派对立的第二个方面就是他们对“清词中兴”的认识，旧派肯定“清词中兴”，新派完全否定“清词中兴”，在这个问题上两派完全对立。常州词派的陈廷焯是光绪年间人，是“清词中兴”的阐述者。他说：“词创于六朝，成于三唐，广于五代，盛于两宋，衰于元，亡于明，而复盛于我国朝也。”也就是说清朝词继两宋之后“中兴”了。叶恭绰是民国旧派的一个大师，他说：“余尝论清代学术有数事超轶明代，而词居其一。盖词学滥觞于唐，滋衍于五代，极于宋而剥于明，至清乃复兴。”旧派的人几乎都持这种观点。比如陈匪石、陈乃乾、徐珂等，他们都说清朝词学中兴了，而中兴的特点就是学习南宋以后又发扬光大了。

新派对于“清词中兴”是完全否定的。胡适说：“清朝的文学，除了小说之外，都是朝着‘复古’的方面走的。他们一面作骈文，一面做‘词的中兴’的运动……三百年的清词，终逃不出模仿宋词的境地。所以这个时代可说是词的鬼影的时代；潮流已去，不可复返，这不过是一点点回波，一点点浪花飞沫而已。”胡适将清朝一代近三百年的词视为“词的鬼影的时代”，完全予以否定。

胡云翼也是新派的大将。他说：“清词的复兴，只是造成词坛的热闹，在数量上增加若干倍的词人和作品，不像元明的寂寞罢了。若谓恢复了词的实质上的黄金时代，实是荒谬之言。”胡云翼认为所谓“清词中兴”根本不存在。

回想一下王国维所说的“六百年来每况愈下”，王国维、胡适、胡云翼三人的说法几乎一模一样。

三、新旧两派对立的原因析论

下面进入第三个话题，论析两派分歧对立的原因。原因有两条：一个是学词的目的不同，一个是审美标准不同。

第一，学词的目的不同。

前面我们说过，旧派是以“填词”为目的，学习唐宋词是为了写词。学词的起步阶段就是仿作、拟作，所以一首一首地按着古人的词调、词韵来填。有学《花间集》的，有学南唐的，有学北宋的，还有学《草堂诗余》的，几乎是一首一首摹写。旧派继承传统，学词是为了填词，这个目的是很明确的。传统古典的词学所论的话题都是在告诉习词者应该怎么去填词，这是它们核心的东西。我们过去对学词目的这个重要问题太忽略了，把新旧派的学词目的混淆在一起，没有区分，造成了许多认识上的误区。而这一点恰恰是两派产生分歧的原因所在。

新派是为了欣赏而学词，他们将唐宋词作为一种文学遗产，我阅读、我欣赏；我不想写，我也不用写。这就是新派的概念。我举个例子说明一下，还跟河南大学有关系。《花间集》离现在已经一千多年了，《花间集》在将近一千年的历史上，一直是作为摹写的范本，到了清朝常州词派把它作为一种阐述词学思想的载体，拿它来阐发词学理论和词学思想。一直到了民国年间《花间集》的接受产生了变化。1935 年出现了两种《花间集》的注本，在此之前《花间集》是不需要注的，有不懂之处也没关系，你照着摹写就行了。但是到了民国时期到大学课堂里面，这种读法就不行了。讲授的老师必须告诉学生字、词、句的解释，比如说“小山重叠金明灭”这一句，“小山”是什么，有多种讲法：山枕啊、屏风啊、山眉啊等等。进而分析，前面写“金明灭”，下面“金鹧鸪”，上金下金，两个遥相呼应。这种讲法就是分析鉴赏。1935年出版了《花间集注》，作者华连圃，就是河南大学教授华锺彦，他是第一个把《花间集》作为文学遗产来阐释的学者。华先生当时在天津女子师范学院任教授，他在民国时期的大学课堂上把讲解《花间集》的传统给改造了，把以填词为目的的词学改造成为接受文学遗产的词学，这是一个历史性的转变。为什么它会有这个转变？因为华先生是北大毕业的，他是新派词学的传人。新派要讲这个词怎么讲，它有什么审美的意象，它有什么鉴赏的结构，是与旧派不同的方法和理论。

旧派要从结构、技法、词律、词韵等方面学习，模拟经典作品。因而对于模拟的典范词作必然要有选择，对于那些过于直白、直露、直观的作品，不足以进行深入的探讨，因而不在选择的范围之内。比如说李后主的词，没有几个人去学李后主，因为没法学，你永远学不像。他那种情感，他那种真率，他那种直白，你怎么学啊？永远不可能从他那儿去学的，李后主的词是一个特殊的典范，极具个性色彩，几乎无法从技巧、章法等方面摹写。

况周颐的学生赵尊岳说：“先生之词话（《蕙风词话》），皆其性灵学问襟抱之尤异乎人者所积而流，自言生平得力之处，昭示学者致力之途，而证以前贤所作，补救时流之偏弊。所论不徒泥章句，不驰骛高深，甚且知宋贤语录，按脉切理，委折畅通，令人易晓而习焉者。”明确说是“昭示学者致力之途”，“令人易晓而习焉者”，是以指导习词者为目的的。古人的词话多有这样的论述，下面我再展示一些旧派的论述。

况周颐说：“填词要天资，要学力。平日之阅历，目前之境界，亦与有关系。无词境，即无词心。矫揉而为之，非合作也。境之穷达，天也，无可如何也。雅俗，人也，可择而处也。”这里明确说“填词”，古典词话中经常讨论的就是“填词”“作词”。如今在写文学史、在写论文的时候几乎没有人说要填词、作词；我们如今是要研究词、鉴赏词。

况周颐又说：“学填词，先学读词。抑扬顿挫，心领神会。日久，胸次郁勃，信手拈来，自然丰神谐鬯矣。”“读词”是为了“填词”，目的是要创作。在民国大学的词学课堂上学生都要学填词的，填词是作业。旧派的词学教法与词话的写法是一致的。况周颐在词话中多讲“读词之法”“改词之法”“用笔之法”“用字之法”。吴梅的《词学通论》里面讲字法、句法、章法。吴梅的学生唐圭璋有一篇《论词之作法》，里面讲：第一要读词，第二要作词，第三要改词，《论词之作法》与他老师吴梅《词学通论》一样，有字法、句法、章法；字法有动词、形容词；句法有单句、双句、对句；章法有起承转合等等。我们或许以为他是在讲鉴赏，其实他都是在讲创作。旧派的词学家目的是要创作的，所以他论述的角度、方法都不一样，我们过去对这个忽略了，对他这个角度忽略了。

第二，审美标准不同。

旧派强调创作要意蕴深厚，含蓄蕴藉。常州词派最明确、最具号召力、最有旗帜性的一句话，就是“意内言外”。从张惠言开始，凡是认同常州词派的人，张口就是“意内言外”。这是所有认同常州词派的词家都亮明的一个标志。“意内言外”到底它的深意在哪里？“意内言外”有“意内”和“言外”两个层面。“意内”指词的思想意涵。我们这里重点探讨的是“言外”。“言外”是词的表现，词的表达。张惠言指出词要表达“幽约怨悱不能自言之情，低回要眇以喻其致”（《词选序》），词人内心感觉很复杂，创作的表现也要复杂，不能直露，这是“言外”的要求。“言外”之说对旧派影响巨大。张惠言说，词不能“放而为之”，应该“恻隐盱愉”，应该写得比较朦胧、比较含蓄，这才是好词，不能直露。我再举两条晚清人的话。姚燮说：“夫意内言外谓之词，必其意之纡回往复，郁焉而无由自达；以言之纡回往复者达之，然后谓之词。”（《叶谱滴竹露斋词序》）一定要“纡回往复”来表现。沈祥龙说：“意内而言外曰词。词贵意藏于内，而迷离其言以出之，令读者郁伊怆怏，于言外有所感触。”（《论词随笔》）这句话解释得很明确：反对直露，反对直白，反对直接，一定要“迷离其言以出之”。常州词派的周济说，什么是好词呢，“读其篇者，临渊窥鱼，意为鲂鲤，中宵惊电，罔识东西。赤子随母笑啼，乡人缘剧喜怒，抑可谓能出矣。”（《宋四家词选目录序论》）什么是好词？周济连用了一连串的比喻：你站在岸边往潭深池水里面看鱼，好像能看见，但是又看不清；好像是夜里有闪电，看的东西模模糊糊，好像看见了又好像没看见；好像小孩子“随母笑啼”，什么内容不知道，好像农村人看戏跟着笑跟着哭。他整个是一个复杂朦胧的情感，这样才好。常州词派另一位词学家陈廷焯，把这个“言外”的特点阐述得更加明确。陈廷焯论词的核心就是“沉郁”，他说：“所谓沉郁，意在笔先，神余言外。写怨夫思妇之怀，寓孽子孤臣之感。凡交情之冷淡，身世之漂零，皆可于一草一木发之。而发之又必若隐若现，欲露不露，反复缠绵，终不许一语道破。匪独体格之高，亦见性情之厚。”（《白雨斋词话》卷一）绝对反对太直露，“不许一语道破”，反对将词中的思想情感直白地说出来。这是常州词派的家法，是常州词派的一贯主张。况周颐还总结出来一个词：“烟水迷离之致”，好像在烟雨迷雾中看远处的景物，似乎看得到，又看不真切。怎样去理解“言外”所表现的内容呢？调动自己的修养，然后加以想象。可见从常州词派到民国时期的旧派词学家，在词的创作方面都是强调含蓄蕴藉，强调朦胧迷离。

然而这些“言外”的表现，在王国维看来都是“隔”。王国维特别讨厌“隔”，他批评姜夔词“虽格韵高绝，然如雾里看花，终隔一层”。又批评史达祖、吴文英词：“梅溪、梦窗诸家写景之病，皆在一‘隔’字。”现在学者大都认同王国维对“隔”的批评，而恰恰是这个“隔”，在旧派看来是“烟水迷离之致”，是“无上乘”。这就是新旧两派的对立。王国维看姜夔的词，一看看不清楚，“如雾里看花”，就开始批评，指斥为“隔”。但是旧派说雾里看花有什么不好，朦胧美啊。这就是对立。

新派是以“审美”为核心，以读者接受为出发点。尤其欣赏“真情”和“真切的表达”，欣赏的是一些能够迅速、直接打动接受者的作品。以“读得懂”为首要标准。“真”在新派的词学家的笔下经常出现。王国维说：“喜怒哀乐，亦人心中之一境界。故能写真景物、真感情者，谓之有境界，否则谓之无境界。”

胡适也说："但求其不失真，但求能达其状物写意之目的，即是功夫。"真切的表达，读得懂的才是好的。郑振铎说，"好的诗词，情感必真挚，词采必美丽"，"我们很不容易在中国的诗词里，找到真情流露的文字……其真为诚实的诗人，真有迫欲吐出的情绪而写之于纸上者，千百人中，不过三四人而已"。皆要求作品要有真切的表达，我能理解，我受到感动，这就是好作品，反之就不是好作品。

举个例子来说。新旧两派审美标准不同，体现在对待李后主词的不同态度上。李后主词正是真情真切表达的典型，但在旧派看来则是过于直露。常州词派的周济说："李后主词，如生马驹，不受控捉。毛嫱、西施，天下美妇人也。严妆佳，淡妆亦佳，粗服乱头，不掩国色。飞卿（温庭筠），严妆也。端已（韦庄），淡妆也。后主，则粗服乱头矣。"（《介存斋论词杂著》）对于周济所说后主的"粗服乱头，不掩国色"到底是肯定还是否定，还是肯定中有否定、否定中有肯定，过去有过不少讨论。有学者认为这是一个超高级的肯定，说"粗服乱头"不加修饰都已经很好看，那就是比其他"严妆""淡妆"的女性更好看。我对这段话有自己的认识。我们结合周济的另外的词话来认识周济的这段话，可以更深刻地认识周济对李后主词的真实态度。周济在《词辨自序》中曾说："南唐后主以下，虽骏快驰骛，豪宕感激稍漓矣，然犹皆委曲以致其情，未有亢厉剽悍之习，抑亦正声之次也。"在周济看来李后主词是"正声之次"，是变体，没有达到"正声"的最高境界。为什么呢？就因为他这个"骏快驰骛"，太直接、太直白了，就没有周邦彦词的浑厚。周邦彦词才是最高层次，李后主还没有达到，所以把他放到变体，说是“正声之次”。周济论李后主词不仅仅是从风格不同的角度，而是“正声”等而下之“正声之次”那个层次了，有高下之分。综合“正声之次”的评价来看周济“粗服乱头”的说法，可见周济将李后主列于“正声之次”，对李后主是有所批评的。唐圭璋先生说：“（李煜）既不像《花间集》的浓艳隐秀，蹙金结绣；也没有什么香草美人、言此意彼的寄托。”（《李后主评传》）所以常州词派的人普遍不是很喜欢李后主。陈廷焯的《白雨斋词话》对李后主的评价也不甚高，将其列为“词中之次乘”，与“词中之上乘”相比，属于等而下之。陈廷焯评价李后主“非词中正声”，“后主词悽惋出飞卿之右，而骚意不及”。又说：“后主词，思路凄惋，词场本色，不及飞卿之厚。”陈廷焯的这种评价与周济基本相同。晚清四大家很少谈到李后主，原因在于他们认为李后主的词不适于学，如况周颐说：“唐五代词并不易学。五代词尤不必学。……如李重光之性灵……岂操觚之士能方其万一？”在常州词派的词论系统之中，对李后主词的评价不高，常州词派并不提倡学他，直到晚清民国在学填词为主要目的的清末民初旧派词学圈，李后主的词被束之高阁，不在选择的范围之内。李后主有着特殊的性情和经历，有着特殊的情感表达和宣泄的方式，王国维曾说他具有“赤子之心”。这种词人实属天生之才，极具个性特色，无法学也永远学不像。他的那种情感，他那种真率只属于他自己。李后主的词是一个特殊的典范，极具个性色彩，几乎无法从技巧、章法等方面摹写。

再来看新派对李后主的态度。王国维说，“予于词，五代喜李后主”，“词之最工者，实推后主、正中、永叔、少游、美成，而后此南宋诸公不与焉”，“词人者，不失其赤子之心者也”，“尼采谓：‘一切文学，余爱以血书者。’后主之词，真所谓以血书者也”。他还认为李后主的词还担负着释迦牟尼和耶稣基督的精神，到了最高程度。王国维这样看，新派的其他人也这样看。胡云翼也说：“他是太阳般的洁光，他是月亮般的皎白，他是词人中的圣者。”（《中国词史大纲》第七章“词圣李煜”）新派就是这样的崇拜李后主，极为崇拜。因为李后主的词一读就懂，马上明白，如“四十年来家国，三千里地山河”表达的是什么意思。李后主晚年终日以泪洗面，家国之思深重，这些不需要解释，是很直接的表达，就是真情和真切的表达，李后主都具备。

再举一个例子，关于南宋词人王沂孙的词。旧派词人对王沂孙极为推崇，陈匪石说：“近七八十年之词场，几为碧山所独据矣。”王沂孙的词笼罩了清末民初词坛七八十年，造成这种局面显然是受到周济所说的要从碧山词入门的影响。龙榆生也说：“一时作者如端木子畴、王佑霞、况夔笙辈，几无不染指于碧山。”端木埰、王鹏运、况周颐这些清末词学大家对王沂孙的词特别欣赏。但是王沂孙的词不太好懂，举例看王沂孙的这首〔齐天乐〕词：

一襟余恨宫魂断，年年翠阴庭树。乍咽凉柯，还移暗叶，重把离愁深诉。西窗过雨。怪瑶佩流空，玉筝调柱。镜暗妆残，为谁娇鬓尚如许。　铜仙铅泪似洗，叹携盘去远，难贮零露。病翼惊秋，枯形阅世，消得斜阳几度？馀音更苦。甚独抱清高，顿成凄楚？慢想熏风，柳丝千万缕。

我们来看看端木埰是怎么讲的：

> 详味词意，殆亦碧山《黍离》之悲也。首句“宫魂”字点清命意。“乍咽”“还移”，慨播迁也。“西窗”三句，伤敌骑暂退，宴安如故也。

端木埰把每一个词都对应一个历史的片段，对应一个比兴的意象，读起来很费劲。然而，你如果把这个词整个消化了、读懂了，就会有特别的感觉，这叫一字一顿，沉郁顿挫，绝对不会像李后主那样“骏快驰骛”了。这样慢慢地一个词、一个句地去体会它，就会体会到“言外”的效果。这就是南宋词的特点。

我们再来看看新派词学家是怎么认识王沂孙的词的。胡适说：“这时代的词侧重‘咏物’，又多用古典，他们没有情感，没有意境，却要作词，所以只好作‘咏物’的词。这种词等于文中的八股，诗中的试帖。这是一班词匠的笨把戏，算不得文学。”后世普遍认为王沂孙的词是咏物词的典范，如果要谈到南宋的咏物词，王沂孙无疑是最高水平。但是胡适却认为王沂孙的咏物词“是一班词匠的笨把戏，算不得文学”。胡适又说：“细看今本《碧山词》，实在不足取。咏物诸词至多不过是晦涩的灯谜，没有文学的价值。”胡适完全否定了王沂孙词的价值。胡云翼也说：“王沂孙的作品所表达的，尽是一片实际难以捉摸的哀怨，一片消极绝望的哀怨。说他工于咏物未尝不可；要说有托意的话，看来总是表达不明确（只好让词话家去猜谜），反映没有力量，不过是一点微弱的呻吟罢了。”对王沂孙词评价很低。胡适、胡云翼皆认为王沂孙的词晦涩难解，进而否定了王沂孙词的价值。

对比旧派、新派对王沂孙词的认识，旧派高度称赞的沉郁顿挫、比兴寄托，新派却斥为晦涩难懂、没有价值。讨论的对象相同，但阅读的目的不同，得出的结论完全相左。

四、余论

以上我把新旧两派的对立及其原因作了分析，最后要做总结，分为三点：

第一，新旧两派论词的目的不同。旧派的词学批评理论是用以指导创作，多从入门着眼，于是他们能发现南宋词的价值；新派则将词史作为经典遗产和鉴赏的对象，发意须高，要标举北宋词的高格。新派说要读就要读最好的作品，最优秀的，北宋词当然是最好的；旧派也知道最好的作品不一定是南宋词，如周济说：“北宋词，下者在南宋下，以其不能空，且不知寄托也。高者在南宋上，以其能实，且能无寄托也。南宋则下不犯北宋拙率之病，高不到北宋浑涵之诣。”但是最好的并不一定适于初学。要以填词为目的的话还要从入门考虑，入门要从南宋入。

第二，新旧两派的学术背景不同。旧派学有传承，观念中多有历史积淀，从张惠言到周济、董士锡，再到端木埰、四大家，形成了系统而深植的理念。举个例子来说，当年杨铁夫跟着朱祖谋学吴文英词，“及后每一谒见，必言及梦窗，归而读之，如入迷楼，如航断港，茫无所得。质诸师，师曰：‘再读之。’如是者又一年，似所悟又有进矣。师于是微指其中顺逆、提顿、转折之所在，并示以步趋之所宜从。又一年，加以得海绡翁所评清真、梦窗词诸稿读之，愈觉有得”。一部《梦窗词》读了数年，朱祖谋给他讲“顺逆、提顿、转折之所在”，最后终于明白了，杨铁夫最终成为一个《梦窗词》的大师了，这就叫学有传承，很多东西不仅是他自己读出来、悟出来的，还有老师教给他的，旧派这种一代一代传下来的学问，有耳提面命、一字一句的教授。旧派讲师承，传统学问里面很多也是这样；新派多受西学影响，西方文艺学和美学理念中个人学养、情感和欣赏习惯因素较多，多凭自己的感悟和理解，没有所谓师承的包袱。

第三，旧派倾向于“以诗为词”，重视词体的社会功能；新派注重诗词之辨，强调词体特色和审美。新派在讲词强调词体特性，旧派要求词要像诗那样有社会作用。

最后我们来看一个有意思的现象。我前面曾经提到过，旧派词学家的弟子、再传弟子占据了民国乃至新中国的大学词学教育的讲习。但是新派的词学观念对后世的影响却很大，甚至远远超过了旧派的学者的影响。究其原因，可以参考一个西方学者宇文所安的分析：

> 我们可以比较三个不同的民国词选：朱孝臧的《宋词三百首》(1924 年) 代表了词家的传统 (唐圭璋在 1947 年对之进行笺注)；胡适 1927 年的《词选》则全

> 然符合五四的传统；胡云翼1962年的《宋词选》基于1937年的《宋名家词选》，代表了对五四样板的发挥。共和国建立以后出版的选集在选材取舍方面都基本上追随胡云翼的选本。(《过去的终结：民国初年对文学史的重写》)

新中国成立后，大学的词学教材把旧派的东西几乎全部抛弃了。新派胡云翼的《宋词选》多讲阶级性、民族性、人民性，所以胡云翼的东西很快就被词学界接受。当时的教材包括作品选、文学史皆以此为思想标准。在很长一段时间，旧派所欣赏的南宋词都被等而下之地对待，甚至于连周邦彦的词都被贬得很低。贬得最低的就是吴文英了，多受批评指斥，很长时间内都是这样。旧派吴梅的弟子成为民国各大学词学教授的主体，如任半塘（扬州大学）、唐圭璋（南京师大）、卢前（河南大学）、万云骏（华东师大）等。解放后的大学教材，在政治方面的影响以及苏联教育思想影响的大背景下，几乎完全接受了新派的词学观念。所以我们现在的大学词学教育里面，新派的影响很大，虽然词学教授们大都是旧派的传承人。

最后我还要讲一下与新旧两派相关的南北宋之争的问题。民国词学新旧两派的分野对立与南北宋词的特点有着深层的关系。我们先把南北宋词的特点作一些概括：北宋多小令，南宋多长调。北宋多个人情感的抒发；南宋多社会感慨，有意寄托。北宋多自然感发，率情之作，即景抒情，生动感人；南宋重人巧的精思，费心构思，巧妙安排，句法章法讲究，警策动人。从创作来说，北宋多酒宴当筵填词演唱，多随意性的应酬、娱乐消遣，是私生活的真实描写，是无遮掩性情的流露；南宋成为文人案头的雅致文学，社会现实性增强，文人相互酬唱或结词社应酬，是庄重的情感表达。北宋浑涵，南宋深美。

人生的生理变化和社会阅历使自身的性情有所变化：由激越到平淡；由浮躁到深沉。因而无论是创作还是批评理论，都有一个由激越而渐趋平淡的过程，这个过程与词体从北宋到南宋的风格变化有内在的关联性。试举例言之：宋人蒋捷的〔虞美人〕《听雨》云："少年听雨歌楼上。红烛昏罗帐。壮年听雨客舟中。江阔云低、断雁叫西风。而今听雨僧庐下。鬓已星星也。悲欢离合总无情。一任阶前、点滴到天明。"蒋捷回顾自己的人生阶段，经过了"少年""壮年"和暮年，此亦可以类比为唐宋词的发展阶段："少年"时是唐五代的温婉，"壮年"时是两宋的豪放，"而今听雨僧庐下"，暮年到了南宋的淡泊了。再来看清人郑板桥所说："少年游冶学秦柳，中年感慨学苏辛，老年淡忘学刘蒋。皆与时推移而不自知者。人亦何能逃气数耶！"(《自序》)所以这既是人的一生的写照，也与唐宋词的发展合拍。

清代浙西词派的词学家郭麐曾说："余少喜为侧艳之辞，以《花间》为宗，然未暇工也。中年以往，忧患鲜欢，则益讨沿词家之源流，借以陶写阨塞，寄托清微，遂有会于南宋诸家之旨。"(《灵芬馆词自序》)郭麐词的风格取法从五代恻艳走到南宋清微。又如晚清四大家的郑文焯："少年时为词学北宋情调而不学北宋语句，为避熟字而力炼新语，以'承平少年'之名士姿态出现；中年经历丧乱，杂以南渡后白石之语，登山临水，发思古之幽情，伤今世之遭遇；晚年词笔则似南宋末年诸家，情调苍凉，然比碧山、草窗辈较为高旷。”（朱庸斋《分春馆词话》）人的情感和风格是不自觉地发生变化的，几乎所有的词人都会产生人生性情与创作风格的变化。

人生变化的规律，也对应着文学史发展的规律，也是批评史发展的规律。先看词史的发展，词在晚唐五代是为恻艳之词，到了两宋才有豪放之词，到了南宋中后期才有这种归于平淡的词风。再看词学史，云间派喜欢南唐北宋，到了陈维崧的时候喜欢辛弃疾，然后到了浙西词派学南宋姜张，也是这样的一个规律。是否可以总结这样一个规律：喜欢南宋词的往往是具有较深的积淀、较厚的基础；简单否定南宋词的往往是涉词不深者（不一定是年龄）。随着年龄的增长，学养的积淀，阅历的丰富，对南北宋的取法也是会发生深刻变化的。比如说王国维，他在写《人间词话》的时候，他认为周邦彦的词写得很差，甚至说周邦彦的词没有品格，比于娼妓，不能学，还曾明确说过“不喜美成”（《词辨》批语）。过了一二十年，他年龄也大了，学养也深了，他说周邦彦的词为“词中老杜”，“两宋之间，一人而已”。随着阅历的增加，学养的深厚，王国维的认识变了，周邦彦的词没有变。这就是我们研究近现代新旧两派得出来的一些启发。

最后讲讲河南大学与新旧词派的关系。河南大学是民国时期词学的重镇，邵瑞彭、蔡嵩云、卢前（冀野）、杨易霖（雨苍）都在河南大学执教过。邵瑞彭是朱祖谋的弟子，卢前是吴梅的学生。民国时期在河南大学执教的词学教授，大都是旧派系统的。卢前在河南大学执教期间发现了端木埰的《宋词十九首》（也就是《宋词赏心录》），然后把它带到南京、上海刊刻，许多旧派词学名家如王瀣、吴梅、柳诒征、邵瑞彭、陈匪石、唐圭璋等，都在上面题词，《宋词赏心录》被隆重推出，当时被誉为词坛盛事。当时的词学家指出《宋词赏心录》体现了深刻的词学思想，是常州词派经端木埰到晚清四大家之间的重要词学文献。卢前说："晚近词学之盛，启风气者实惟吾乡端木子畴先生（埰）。……先生官中书时，半塘与况夔笙从之游，一时作者始知从南渡上窥北宋、由碧山开梦窗之渐。"其意义可见。解放后河南大学的词学名家一直不乏其人，如任访秋先生在词学上很有造诣，写过多篇重要的词学论文。高文先生曾经写过《词品》，在民国时期的刊物发表。词学名家华锺彦先生北大毕业，属于新派词学家。华先生曾经在天津教书，1935 年出版了《花间集注》，这是词学史第一部现代意义的《花间集》注本，开辟了《花间集》研究的新的时代。河南大学的词学从民国以来一直传承有序，是词学的重镇和基地。

谢谢大家，我就讲到这里。

（张震整理，孙克强校订）

第十一讲

教化功能的多向度展开与晚清戏曲文本形态

杜桂萍

谢王院长的美誉，他说我早年从事戏曲研究，我现在还是早年，还是在学习阶段。按照王院长的介绍，我确实是一直主要从事戏曲研究。我原来主要是从事清初戏曲的研究，但是大家都知道，戏曲史首先应该是个学术史，所以前瞻和后顾都是需要的。也跟大家说一句实话，我对于晚清戏曲是涉猎最少的，只写过几篇文章，而且自觉都很幼稚。今天这个题目：教化功能的多向度展开与晚清戏曲文本形态，是我在研究俞樾戏曲创作的时候考虑过的一个问题，一直没有成文。这次是被关老师命令来向大家做一个汇报，所以我就想努力把这篇过去思考过，或者就是有过想法的问题跟大家汇报一下。在考虑这个问题的时候，我发现这个问题远比我最初的一念之想要复杂得多。尤其是教化这个问题，跟晚清风云变幻、复杂缤纷的文化现实联系起来的时候，因为史料的问题，因为观念的问题，因为具体的人的问题，因为很多戏曲文本的问题，我觉得我驾驭这个题目都是很慌乱、很局促的。所以今天跟大家介绍的这个题目真的是一个非常不成熟的思考，一个过程中的思考。今天特别是王达敏先生在座，还有王院长、胡老师几位在座，我就更加的紧张，所以请两位王老师和在座的各位老师与同学们多多批评指正，让我通过今天的讲课有可能将这一思考真正撰写成为一篇文章。

关于教化问题，最初考虑了四个方面的问题，因为比较长，做了大约九十多页的 PPT，后来就做了一个删减，先大致在三个范围内讨论一下这个问题。首先是关于戏曲教化的概述，最初的想法是把元明清戏曲体系跟教化的关系梳理一下。在梳理的过程中，我觉得涉及的问题很多，尤其是，我发现尽管我们元明清戏曲的研究在当今的学术结构中还是有一点重要的，但是不像其他领域的研究，像刚才王达敏先生谈到这次提交的论文怎么戏曲都这么少，诗词的这么多，文呢也偏少。这说明，戏曲研究不仅是在晚清时期其重要程度还需要大家关注，其实在整个元明清时期戏曲研究也存着这样的问题。大家可能会注意到一些重量级的学术刊物，比如说《文学遗产》《文艺评论》《文艺研究》，发表戏曲研究的文章相对比较少，有编辑老师就曾经说过，因为我曾经想适当地调整学术研究的方向，他说杜老师，你千万不要调整，你要再调整，从事戏曲研究的人就更少了。也说明了整个戏曲研究的状态，如果认真说起来，其实不是很乐观的。这个问题当然是很复杂的。

关于教化跟中国古代戏曲的关系，我觉得尤其是受到了忽略。可能很多人都觉得，教化是中国文学的一个传统命题，不是从《诗经》开始一直到晚清乃至现在我们都在大谈教化？而且教化以各种不同的方式，以或明显、或另类的方式存在于我们的生活中。当然文学也非常注重这样的主题表达，但是关于文学和教化的关系，我们的研究其实总的说来是处于止步不前的境地的。以元明清戏曲研究为例，相关的研究也比较少。如果我们正面面对这样的问题，实际上我觉得教化观念，它的功能，它的负载方式，它指向的目的，它已经作为工具在文人作家心目中的地位和价值意义等等，在戏曲文学中的具体表现都是非常复杂的。而这些不仅与我们某一时代、某一时期、某一境遇中的文化现实密切相关，跟我们戏曲史中的重要问题、重要的戏曲史问题，以及中国古典戏曲的发展和演变以及异化都是有非常密切的关系的。我觉得从这个视角来对戏曲史包括相关作家作品以及具体的戏曲理论思考的时候，可能会有新的发现，可能有的问题需要重新阐释，有些作家需要重新评价。当然，与此相关的就是戏曲在我们文学结构中的地位可能也会有新的阐释。从这个意义上讲，教化和戏曲的关系值得研究，戏曲在中国古典文学中的教化这样的一个思想观念系统中的地位也应该得到重新评价。说不定戏曲会因此进入大家的视野，生发出很多的话题，也说不定会成为一个新的学术生长点。当然，这是我的一个感想，对与不对请大家批评指正。

关于教化的观念，我就不展开了。教科书上、批评文章中，包括我们观念中，关于教化的系统的或者碎片化的各种观点其实很多很多。对于戏曲来说，最经常的一个认知就是戏曲是“小道”“末技”。尽管在中国古典戏曲史上，或者是在二十世纪之前的中国古代戏曲史上，我们戏曲创作有几次高峰。比如说元代，比如说明末清初，比如说晚清，其仍然都是“小道”“末技”，跟作为“经国之大业”的诗文地位始终不能相提并论。尽管总体的趋势是其地位在逐步提高，而这个逐步提高本身就存在很多值得关注的问题。教化被注入戏曲的观念中，注入戏曲作品中，整个戏曲文体的地位是逐步提高的。但是提高的结果大家也能知道，中国古典戏曲文体的解体。为什么导致了这种解体？这个问题如果从教化的角度思考，会生发出很多具体的话题。关于教化的具体的功能与意义，我觉得可能是导致戏曲文体最终解体的一个基本的观念和出发点。

中国古典时代的教化观念，实际上有两个方面的基本内涵：一是上位者做出表率，通过教导感化下位者。也就是说，统治阶层要率先垂范，做出善的、正的、符合观念的事，垂范于普通的百姓。垂范的过程，用我们近代文学史常说的一句话就是启发民智。老百姓一看，精英者、统治者都这么做了，我们当然是要效仿，这种效仿不仅是在行动上向善，比如说家庭要和睦、邻里关系要和睦、要忠于皇上、整个社会要处于和谐的状态等等，就是要好。在潜移默化中，不仅行为上要向好，关键的是在移风易俗的同时要使人心得到净化。教化最终的指向，从先秦时期对于行为的规范到了宋代以后就开始指向对人的情感、人的性情、人的心灵的净化和规范。教化的目的当然也就达到了。

在教化的观念运行的过程中，它在注入中国古代各类文体的过程中，我们会看到，有一个面向处于逐渐消失的过程。比如说“上以风化下，下以风刺上”，刚刚我说教化实际上最初包括这样两个方面，上要垂范于下，同时下也讽谏于上。就是说，作为统治阶层的人，也不一定什么都做得好，所以需要讽谏。可是，在不断发展的历史长河中，讽谏包含的各种因素的作用逐渐失去了。如果说教化有两义的话，实际上就只剩下了一义，就是上以化下，下以刺上和上以化下这两个维度，其中一义的丢失，都是教化工具理性日渐发展、膨胀并且使我们的文学作品出现很多非文学的异化因素的一个非常重要的原因。

从戏曲这个角度来说，大家都知道，元明清之前，正式的戏曲文体形成是有一个漫长的过程的。先秦时期的俳优是最早的戏曲演员，其之所以存在于《史记》中，被司马迁所特别关注，很重要的原因就是他们的谏上作用。戏曲艺术中的谏上传统一直到宋元时期，或者准确地说宋金时期，都是存在的。在宋代杂剧形成之前，历史上有各种类戏剧形态，有的学者称为前戏剧形式，有的学者称为泛戏剧形式，比如说“参军戏”，大家都知道相声的起源与“参军戏”有关，看看今天的相声表演就会知道，相声的主要功能就是讽谏，这其实就是一种教化表达的方式。可是大家回顾一下戏曲史，元以后我们戏曲作品中有多少讽谏？戏曲讽谏的教化功能，如果说在元代还有一些遗存的话，到了明清时期，用王达敏先生的话说属于萍踪侠影了。当然，不能说无迹可寻，但是你捕捉它、发现它是很费力的。我们都知道明代有一位大戏曲家李开先，他的《园林午梦》，大家经常说到底是杂剧还是院本，为什么会有这样一个疑问？因为在宋金时期杂剧和院本还是具有不同的功能的，从我们今天的史料信息来看，院本更具有讽谏的功能。就是说，它以带有嘲弄、戏弄这样的一个戏曲形式，也就是我们今天说的喜剧性的表演形式来进行讽谏。但是我们看，整个明代除了李开先的戏曲作品有人认为是院本之外，还能找到典型的院本作品吗？甚至关于院本的议论在清代还有很多吗？进入近代，还有这样的类似的作品吗？没有了。

元杂剧中的讽谏还是存在的，具体的元杂剧作品就不给大家举例了。元杂剧时期之所以被称为第一个戏曲高峰时期，不仅仅是文体意义上的；元杂剧是中国古代最早的成熟的戏剧形式，我们都是从文体意义上来说的。如果注入教化的视角，我们也会发现，元杂剧与教化的本意的疏离程度，跟后来的戏剧相比，也还是比较少的，至少有讽谏、有批判。虞集，大家知道他是元代大诗人，他说："所谓杂剧者，虽曰本于梨园之戏，中间多以古史编成，包含讽谏，无中生有，有深意焉。是亦不失为美刺之一端也。"虞集这样说，显然有提升杂剧文体的意义，但是无论如何，跟我们现在能够阅读到的元杂剧相比，我们还是能感受到能发现教化的两个方面都是存在的。到了后来，应该说从元代晚期开始，我的理解是从元代科举制开始，从元代统一南北方开始，从元代后期理学的发展开始，戏剧的教化功能的另一个维度日益受到强调，愈演愈烈。大家看《青楼集志》，《青楼集志》是元代晚期接近元末时期的一部作品，可以看，夏庭芝在写《青楼集志》的时候，强调的是什么呢？一定程度上他是否定院本的，对杂剧则是完全肯定。为什么呢？因为杂剧"可以厚人伦，美风化"，具有教化的功能。再比如《录鬼簿》，《录鬼簿》的序言中也在强调这一点，也是类似"厚人伦，美风化"这样的意义。

到了明代，不仅是文人作家在戏曲文本中，自觉地注入教化的理念，明代从官方到文人都开始关注这样的一个原则。明初的法律对戏曲的演出已经有了规定。刚才说，元代戏曲还是有讽谏的，到了明代戏曲这种讽谏日渐没有了，跟明初戏曲的演进是密切相关的。一个最典型的戏曲史事件就是朱元璋对《琵琶记》的肯定，他说《琵琶记》如“山珍海错，贵富家不可无”。富贵人家如果不读《琵琶记》这样的教化作品，那是不行的。永乐皇帝（明成祖）在各种法律、政策和实际的生活中都对戏曲有了进一步的干预。他有很多规定，如果你写有关帝王、圣贤的词曲等，有关教化者是可以创作的、演出的，如果是与教化无关的，作品要删除，敢有收藏的，全家杀了。要求是非常严苛的。香港一位学者曾经写过一部专著，名字是《明代教化剧群观》，朱有燉的杂剧、朱权的戏曲理论等等，都配合了明初这几代皇帝对于教化的强调。

明初大戏剧家朱有燉，戏曲创作的特色之一是改编元杂剧，他自己新创的题材很少，基本上改编前代的故事，尤其是改编元代杂剧。他改编过的元代杂剧作品，大家有兴趣的话可以看看，一律增加了伦理教化的内容。比如说大家都知道的《窦娥冤》，我们今天的文学史将之作为元代最著名的杂剧作品。但是在经过朱有燉的改编以后，窦娥变成了一位贤顺的妇女，对一切逆来顺受。本来，刑场上六月飞雪，证明窦娥是被冤枉的，但他通过神道设教的方式注入伦理教化的内容，让你觉得窦娥她一点都不冤。她不冤，是因为一切社会秩序都是正常的，官员的所有行为也都是符合传统统治的，只有张驴儿父子有点坏，最后受到了上天的惩罚。窦娥和她的父亲，当然里面也新增了她的母亲，本来就是善良的，之所以遭受到这样的厄运，是为上天对她们的一个交代。就是说，采用神道设教这样的叙事结构，朱有燉为这部剧注入了善有善报、恶有恶报的伦理指归，与社会无关、与皇权无关，跟人性的恶其实关系也不大。现在看一看几位明代著名文人的话，其中高明《琵琶记》中的这句话大家可能是最熟悉的，“不关风化体，纵好也枉然”。就是说，戏剧作品如果是不注入教化观念——当然我说这里的教化主要是以上化下这个维度的内容——那你这个戏曲作品就不要写了。朱元璋喜欢《琵琶记》也是因为这样的原因。大家都知道，《琵琶记》本来是南戏，因为朱元璋喜欢，就有人用北方的宫调去排演。因为《琵琶记》受重视，明初不仅朱有墩创作了一些伦理教化戏曲，邱濬《五伦全备记》、邵灿的《香囊记》，都是跟《琵琶记》密切相关的受到影响的作品。这些作品的基本理念就是：“若与伦理无关紧，纵是新奇不足传。”《五伦全备记》，可能有的老师看过这部作品，主人公名字一个叫五伦全，一个叫五伦备，他们全家对君臣关系、父子关系、夫妻关系、婆媳关系、朋友关系，凡是五伦乃至五伦之外的关系都处理得特别和谐，每个人都是孝顺、节义、贞烈的典范，全都是好得不得了的完美的人。《五伦全备记》艺术上无多少可取之处，在后代受到了严厉的批判。实际上，《五伦全备记》在明代戏曲史上的地位还是不低的，至少是在万历之前，其地位是很高的。为什么呢？这部作品是大文人写的，是有关伦理教化的，是被当时的主流意识形态认可的。它在当时的影响非常大，影响了一批戏曲作品的模仿。在研究戏曲史的时候，对这样的作品，我们二十世纪以来基本都采取了批判的态度，自觉地将这些作品的文学史价值给遮蔽了。其实遮蔽了它们就遮蔽了戏曲史的一些事实，我们对戏曲史的评价肯定会少了一个维度。

李贽是明代最伟大的思想家，思想的前沿性和行为方式的叛逆性，以及对当时明末清初诗人的影响，都是非常大的。戏曲史上，在谈到王学尤其心学的时候都在强调这样一点，就是他们对戏曲文体的地位特别重视，那么他们是因为什么重视的？是他们觉得戏曲文体不是“小道”“末技”了吗？不是。是因为他们也认为戏曲这种文体可以进行教化，教化的内涵在这个时期实际上已经又丰富了，即从传统的伦理观念中又生发出很多我们今天视为具有近代性的元素。实际上，尤其是王学左派戏曲的提倡也具有这样的意义，归根结底也是为了教化。所以李贽在《焚书》中说：“孰谓传奇不可以兴，不可以观，不可以群，不可以怨乎？”他说现在的传奇跟古乐是一样的，所以不应该鄙视它，不应该视其为“小道”“末技”。这种理论的言说当然是高大上的，具体涉及问题很复杂，其实他们仍然是视戏曲为“小道”“末技”的，只不过在这个时期，可以为王学、心学的传播以及关于心、性、情的理论做出贡献。大家都知道公安派，以及其前后像徐渭、汤显祖这样一些文人，他们似乎在戏曲观念上都是很开放的，实际上他们的基本观念是跟王学左派的观念是一脉相承的，他们在骨子里还是从教化的维度来看待戏曲文体的。

大家比较熟悉的祁彪佳，是属于临川派的作家，如果戏曲史上有临川派的话。他说的一些话：“今天下之可兴、可观、可群、可怨者，其孰过于曲者哉？盖诗以道性情，而能道性情者，莫如曲。曲之中有言夫忠孝节义、可忻可敬之事者焉，则虽呆童愚妇见之，无不击节而忭舞；有言夫奸邪淫慝、可怒可杀之事者焉，则虽呆童愚妇见之，无不耻笑而唾詈。自古感人之深而动人之切，无过于曲者也。”跟李贽的话其实在本质上是没有区别的，只不过进一步强调了戏曲和古乐一样，可以进行教化。这还是一个以上化下的视角：老百姓都不读书，尤其妇女小孩儿不读书不识字，你让他看书他也看不明白啊，所以可以看戏。戏曲是一种通俗文体，要到舞台上演出，戏曲的演出最初主要是寺庙里、街道上等等，这样场合的演出使得妇女小孩儿都有机会观看，其教化的作用不知要比诗文等等大多少倍。这里面实际上也还有一个转换，文体的特殊性在这里我们经常忽略掉了，他不是通过读的形式，而是通过观演的形式，就是观看。这就是戏曲文体在教化的发展过程中文体特殊性的一个表现。

大家再看李渔，他是明末清初最伟大的戏剧家。他的戏曲创作和实践都是在创作和观演两个维度来展开的，戏曲理论《闲情偶寄》也是这样，说：“因愚夫愚妇，识字知书者少，劝使为善，诫使勿恶，其道无由，故设此种文词，借优人说法，与大众齐听，谓善者如此收场，不善者如此结果，使人知所趋避，是药人寿世之方，救苦弭灾之具也。”这些话跟李贽、汤显祖乃至祁彪佳也都一样，还是教化大众善有善报、恶有恶报，还是强调戏曲的观演这样的维度。

将明代戏曲从李贽以后的教化观念梳理之后，我们发现这种教化观念的强调一直是跨过整个清代，到了近代。近代文人如梁启超、陈去病他们说的一些话，虽然是话语方式不同、言说的重点也可能不一样，对象也有所区别，但是基本思路是一样的，都是在说戏曲虽然是“小道”“末技”，在我们的正统观念中、文体结构中，处于末尾的位置，但是具有其他文体不具有的超强的功能，就是它真正能深入到民间，能深入到下层，不仅是进入闾巷，而且能进入家庭之中。不仅对街道中的普通老百姓进行教化，而且妇女儿童也可以看，也可以通过戏曲演出知道自己应该怎么做，达到最高统治者所规定的行为规范、标准，甚至心灵得到净化。从晚明到清初，尤其是到了大概是道光时期,《诗经》《春秋》《左传》等等，这些经学著作不断出现在有关戏曲教化的论述中。我们讲复古的时候，这种经典在复古链条中发挥了特殊的作用，实际上是很有意思的。很多的言论，在谈到戏曲地位和作用的时候，最后都是把戏曲连接到诗经这个链条上，就是说，戏曲是从《诗经》而来，戏曲也必然会回到《诗经》。在晚清和近代戏曲理论的言说中,《诗经》担负了特殊的意义，这是值得深入挖掘的，而这样的挖掘对于我们理解教化关系也是非常重要的。

再稍微提一下《琵琶记》。刚才我说到《琵琶记》在明初时地位就非常重要，这种重要性一直延续到晚清。我们从 1919 年往前追溯一下，就会发现《琵琶记》始终在、依然重要。为什么？作为一部戏曲的伦理教化的范本,《琵琶记》在明清两代一直处于一个经典化的过程中。从朱元璋开始，就一直处于经典化，最后真的成为一部经典，真的成为戏曲作家创作的范本，也真的影响了明清两代的戏曲创作。“不关风化体，纵好也徒然。”我们在后代的戏曲理论中经常能找到这句话的影子。所以，关键是《琵琶记》所体现的戏曲的观念追求。在我们复古的戏曲理论过程中，《琵琶记》担负着特殊的意义：一个是它的教化说；另外一个就是高明自己说的“论传奇，乐人易，动人难”，是与教化关系非常密切的。《琵琶记》所提倡的这种戏曲创作的审美原则，对明清两代戏曲创作有非常重要的影响。也就是说，戏曲创作不能成为教化文本，尽管是有教化的目的文本，但是不能让它成为教科书，不能把它作为单纯的说教载体，不能让它干瘪无味，应该让它乐人、动人，通过动人的形式来感化，来进行风化，这是《琵琶记》在戏曲观念上的一个重要特点。

刚才我提到李贽、李渔、孔尚任，他们也关注到了这一点。但是从乾嘉时期以后，我个人认为是从蒋士铨以后，这样的观念日渐被消解。到了近代戏曲时期，我们会发现，“乐人易，动人难”已经没有了。晚清戏曲尤其是近代时期，也就是19世纪初，那是戏曲创作出现的一个高峰时期，出现了很多戏曲作品。但是我们想想，那种“乐人易，动人难”的戏曲作品到底有多少？比如说梁启超的戏曲作品，有什么“乐人易、动人难”的审美追求呢？我觉得根本没有。我说的可能有点绝对，他在创作观念上根本不追求这个，完全将戏曲作为教化的工具。近代戏曲的艺术成就偏低，从这个角度来说，也是可以理解的。跟我们前代的戏曲作品，跟《牡丹亭》比，跟《窦娥冤》比，甚至跟乾嘉时期比如说蒋士铨的戏曲作品比，近代戏曲作为艺术文本的整体水准是大大下降的，打了不止一个折扣。

《琵琶记》在戏曲史上更重要的另外一点是在塑造人物形象方面。比如说蔡伯喈这个形象，大家都知道《琵琶记》创作也有早期南戏题材做铺垫，蔡伯喈在最初的南戏作品《赵贞女》中是一个忘恩负义的形象，当了官以后背信弃义，最后是遭到了天打五雷轰的结局。高则诚做了大幅度的改写，不仅对整个故事给予丰富，也对戏曲文体在教化观念追求上进行了一个完美阐释。他塑造的人物形象，我们过去重视的是赵五娘，说赵五娘这个形象是家庭女性的表率，孝顺公婆，顺依丈夫，忠贞不二，有节有烈。大家不要忘了，在《琵琶记》里面的蔡伯喈形象，也是一个全贞全孝的形象，过去我们都说这不行啊，这人物性格矛盾啊，但如果综合评价，会发现，他不再是一位传统意义上的单向度的人。单向度的，比如说《赵贞女》中的蔡伯喈是一个坏人，他在做坏事的过程中没有矛盾，没有犹豫，没有彷徨，他一心一意做坏事。蔡伯喈在《琵琶记》中就不是这样了。作为一个文人形象，他个人的品德节操和社会对他的要求，以及社会以家庭规则对他提出的要求所造成的矛盾，实际上使这个人物形象的内心世界很丰富，和形象本身特指多元素地体现着一个表达。尽管他是一个教化文本中塑造出来的形象，但对后来的明清戏曲中几乎所有的男性文人形象都有影响。大家都知道，后来的戏曲作品中的形象系列中，男性形象多是男性文人，才子佳人小说中，才子作为男性文人中最大的一类群体，在戏曲史上占有很重要的地位，这些形象也多受到蔡伯喈形象的影响，比如性格的丰富性、人生选择的种种困惑等等，这些都是很重要的。如果从伦理教化这个维度来理解的话，这些男性文人总体上来说，他会回归到社会伦理，无论是道德伦理还是政治伦理对他们如何进行种种的节制，他们都会回来。比如说，我们最熟悉的情至范本《牡丹亭》传奇，似乎是冲破了礼教的柳梦梅最后怎么样啦？他也要回来。我觉得这些都是蔡伯喈形象在文学史上、戏曲史上的意义的体现，尤其从教化这个维度，需要我们借助后来的戏曲作品对它的接受来进行更准确的、更有效的阐释，而这一点是可以达到的。赵五娘的形象也是这样，对后来的比如说佳人形象影响不小。赵五娘本身并非佳人形象，但她对后来的佳人形象，比如说贤惠、有节有烈的形象特点而言，都是有影响的。尤其是我们经常提及的赵五娘的善良，她多么善良啊！历尽苦难，又忍辱负重，对丈夫那么坚贞，丈夫又娶了相府小姐，她都没有任何怀疑、动摇。她从来没想过她丈夫会娶一个相府小姐，在另一个世界里过着幸福生活，根本就不会想到这些。她是真善美的，我们过去的评价并没有特别在意赵五娘性格中、品质中和人格构成中这种真善美的特点。作者把她作为一种伦理的标准来写，但实际上对戏曲史的影响决不仅仅是这样的。所以我这里为什么特意提一下《琵琶记》呢，我认为赵五娘和蔡伯喈以及《琵琶记》中表达出的戏剧观念，可能超过了高则诚的预期，在明清戏曲尤其教化观念影响下的戏曲创作这样一个演进过程中，应该具有更重要的意义。

乾嘉时期有两位特殊的戏曲作家，一位是夏纶，一位是蒋士铨。我认为，蒋士铨是古典时代将伦理教化与娱人乐人的戏曲创作原则结合得最好的作家。其实，在阅读晚清戏曲文本中，会经常发现蒋士铨的影子，但是这方面的研究好像很少，至少我还没有看到。蒋士铨在晚清尤其是当时创作古典戏曲文本的文人的案头，他的戏曲作品经常被阅读，影响了很多戏曲作品的创作。晚清的百分之八十的文人或者百分之九十的文人，我觉得他们对蒋士铨以现世的激情思考伦理的问题这一点借鉴得不好，他们的作品都没有达到蒋士铨戏曲作品的美学高度，当然这是后话。蒋士铨的一个基本观点是他在《临川梦》传奇中说的：“惟有忠臣孝子、义夫节妇，能得其情之正耳。人苟无情，盗贼、禽兽之不若，虽生犹死。富贵寿考，曾何足云。”这是他的一个基本观念。我写过蒋士铨的文章，而且我还曾经把蒋士铨的《临川梦》和汤显祖的《牡丹亭》做过对比。从汤显祖的情至到蒋士铨的情正，恰恰是说明了伦理教化在明清文化历史境遇中的演变过程，以及所出现的变化。这个变化说明什么呢？至少能够说明教化观念在经过晚明时期的一个“放飞自我”，任性发展以后，渐渐又回归到了它本来应该有的传统的政治伦理所规定的一个轨道。在这个过程中，丢失了一方面教化另一方面娱乐的这样的一个目的。具体说，娱乐丢了，就只剩下了教化，而这一点恰恰是对晚清戏曲产生了最大的影响，这是我要讲的第一个问题。

第二个问题是关于教化的观念和载体。教化的工具性应该受到格外关注。中国古代，戏曲文体虽然是“小道”“末技”，但是它的工具性体现还是多元的。如何进行教化？当然是通过戏曲文本的舞台化来进行，舞台、演员的因素很重要，不过这些相关的史料一方面是因为不多，另外一方面是我个人对这个没有过多关注。戏曲文本和文本的舞台化是非常重要的，没有舞台就达不到妇孺皆知这样一个教化的宣传作用。所以我觉得教化的工具问题，或者说可以从工具理性的角度考虑，是一个非常重要的问题。比如说，包含了娱乐和教化的关系问题。在戏曲文体演变的过程中，娱乐当然是一个很重要的方面，明清时期的戏曲作家对这一点也很关注，其实到了晚清和近代的时候，这个问题依然被关注，但是在创作中却往往被忽略。在晚清的戏曲创作中，俞樾、余治这些戏曲作家，甚至是梁启超这样所谓的戏曲家也都关注这个问题，但是他们在创作中或者是没有能力付诸实践，或许认为根本不需要实践。比如说梁启超的戏曲作品，只是戏曲的形式而已，用戏曲的形式来表达他的思想观念，很少考虑到戏曲文体对戏曲艺术的种种规定。我觉得他大概没有时间，他整天很忙，或者根本不想考虑。所以，在晚清的戏曲理论中，尽管依然强调戏曲的教化原则是“以情动人”，提倡通过娱乐的形式达到感人的效果，进而以潜移默化的方式达成教化的目的，但实际上当时的戏曲创作在这个方面并没有表现出较好的接受、应和。理论和创作是脱节的，我这里举的几个作家，如明代陶奭龄有过这样的话：“今之院本，即古之乐章也。每演戏时，见有孝子、悌弟、忠臣、义士，虽妇人牧竖，往往涕泪横流。此其动人最切，较之老生拥皋比、讲经义，老衲登上座、说佛法，功效百倍。”大家都熟悉安乐山樵和俞樾，安乐山樵是乾嘉时期人，也是这样的话。我举这个话来证明什么呢？晚清的戏曲理论家们包括一些作者是理解这一点的，是强调这一点的。比如说俞樾，他是晚清的戏曲作家中的一个非常独特的一位，他举魏文侯的例子，魏文侯曰：“吾听古乐则唯恐卧，听郑卫之音则不知倦。”听古乐就昏昏欲睡，听郑、卫之音就不知道疲倦。所以他说“人情皆厌古乐而喜郑、卫也”，他认为余治的戏曲达到了这一点，所以感人，而且达到了移风易俗的目的。实际上，余治的戏曲真能达到这个效果吗？我觉得可能这只是一种理想的想法。俞樾只不过通过这篇序来表达自己的戏曲观念，余治本人也有类似这样的话，也是想通过戏曲的形式来达到娱乐观众以进行教化的目的。俞樾本人，他的戏曲作品两部传奇和一部杂剧也难以达到这个目的，即便能搬上舞台进行演出，谁看呢？我当年写到俞樾的戏曲作品的论文，他的传奇各有八出，根本就看不下去，而且要看好几遍才能看懂，普通老百姓怎么可能看懂呢？根本就是看不懂。理论和创作的脱节在俞樾身上是体现得非常明显的。

还有一点就是言情的问题。从晚明开始，“情”成为戏曲创作的一个大端，在题材上，在人物塑造上，在主题上，在具体文本的各个元素中，“情”都是非常重要的元素。这个情要达到什么程度？比如说汤显祖的《牡丹亭》是情至，到了至的程度，达到了最高境界。我们大家读《牡丹亭》的时候会注意到，情至是在什么境况下达成的？是在梦中。人需实理，鬼可以虚情，只有在梦中才可以两情欢好。杜丽娘回到现实中，就必须按照父母之命、媒妁之言行事。人是现实社会关系结构的一分子，必须在理的约束下才能达到情的目的，所以梦中之情，何必非真，因为梦中情是真不了的。在《牡丹亭》中，“情”达到了“情至”的高峰时期。我们过去研究汤显祖《牡丹亭》的时候就经常会提问，这是怎么回事啊？情至写得这么好，最后是梦中之情。他为什么要这么写？因为人需实理。就是说，作者必须以教化作为自己作品的一个收束，否则不仅统治者不容你，周边的朋友也就是文人士大夫们也不容你；不仅你的儿子、亲戚不容你，汤显祖自己也过不去这个坎。为什么呢？因为他是文人，他是文化精英，他有化天下、化民众的责任担当和文化自觉。大家都知道，文人是明清时期戏曲创作的主体，他们作为创作主体的这种“化”的意识就更加鲜明地注入戏曲作品中，加强了教化的特征。不仅汤显祖这么想，冯梦龙也这么说。冯梦龙主要是一位出版家，专门对别人的戏曲作品进行改编。他不止一次地说过，自己改编过的戏曲作品，都把前人创作的尤其是元代的戏曲作品忽略忠孝节义方面、忠孝节义不鲜明、缺少有效性的地方，全部修改一过。他认为自己改编后的作品全是符合忠孝节义的，值得大家阅读或观赏，能达到教化的目的。所以他也强调情必须受制于理，否则不符合教化的准则。

洪昇时期，戏曲创作的这一自觉更明显。晚明作家还可以恣意地放肆一下，任性一下，比如说孟称舜、吴炳，戏曲作品中神道设教的东西也很多，可以稍微放纵一下，最后也还要回来。等到了《长生殿》，洪昇特意强调“看臣忠子孝，总由情至”。大家注意，从汤显祖那里带有文化启蒙色彩的情、基于男女性爱的情、在文化上具有先进性的情，这个时候已经自觉地回到了“臣忠子孝”的情，可以有情，但是必须符合伦理规范。从洪昇、孔尚任一直到蒋士铨，情的伦理教化色彩越来越浓厚，只不过蒋士铨比同时代其他人传奇创作的水平更高，能把情和理以艺术的方式有机结合起来。蒋士铨的戏曲作品也是写伦理教化，女性都是忠贞烈女，男性都是教化先锋，而且他发自肺腑讴歌这样一种伦理感情。比如说《空古香》传奇，他说我听到姚氏的事迹以后，几天几夜睡不着觉，特别激动，创作《空古香》时一气呵成，当时正在船上，“击船舷而歌，泪如泉涌”。就是说，他是真正发自肺腑地认同这一富有伦理教化意义的情，也能很好地通过他高明的戏曲创作技巧将情与理统一起来。汤显祖著名的一句话是：

“岂非以人情之大窦，为名教之至乐也哉。”就是说情一定要通过教化的形式为名教服务。汤显祖是这么认为的，这也可以解释他为什么写出这样的《牡丹亭》传奇。

钱维乔也是乾嘉时期有成就的戏曲作家，他也表示：“情之大，在忠义孝烈，可以格天地，泣鬼神，回风雨，薄日月。”他同样强调情，不过情的内涵、外延都发生了一些变化。言情和教化，最典型的文本是才子佳人戏曲。因为时间关系，我不给大家展开介绍。还有一点，说神道设教与教化，我考虑这个问题的时候，其实是很犹豫的，因为神道设教的问题，在中国古典文学中各体文学中都存在。我们一般都会考虑到元代的神仙道化戏曲，这是元代戏曲创作成就较高的一种题材类型。在明初的时候，比如说朱有墩也创作神仙道化戏，但是从明代中期以后一直到晚清这个时期，我们看不到元代那样的神仙道化剧了。有人说，清代的宫廷大戏中不是也有类似的戏曲吗？但那不叫神仙道化戏。神仙道化戏在戏曲史上的“失踪”，说明什么呢？中国古代文学也通过宗教进行教化，各体文学中都存在，戏曲在这方面的表现应该是比较突出的。而在一个佛教、道教等依然盛行的时期，这类题材的消失说明了什么？这是一个疑问，我也在思考。神仙道化戏，主体是佛、道度脱剧，作为标准的、典型的题材类型虽然日渐消失，但是它们以神道设教的方式与其他戏曲题材类型的结合是非常紧密的。这应该是跟中国明代之后的三教合流、三教圆融的观念密切相关的。这种观念下，在晚明以后更重视现世生活、日常生活的情况下，在普通人的日常生活日益成为戏曲题材重点的时候，神仙道化剧以神道设教的形式浸淫于各类题材，进入其他戏曲情节中，并逐渐成为一种重要的教化方式，意义是非常特殊的。我发现，在晚清时期，神道设教依然存在，在很多偏于古典题材的戏曲作品中更多。具体的表现还是因果轮回的果报思想为主，好人被上帝招到天上，又封官，也赐婚。给大家举个例子。杨恩寿的戏曲，也遵循了传统教化的理念——批判现实，这是元代就开始的。生、旦主人公在批判对国家忧虑的时候已经成神成仙了，但还有基于现实的情节关目，跟晚清戏曲总的主题倾向密切相关：“肩头重担双双卸，小朝廷大局谁支架？”按理，你都成神成仙了，还管闲事干什么呢？但这是戏曲教化的一个体现，通过神道设教的方式表现这样的主题，否则作品的意义就不突出了。

还有一点，知识、学问与教化的关系。从乾嘉时期开始，实际上清初已经开始，日常生活中的一些知识、学术研究的成果开始被注入戏曲中。这是简单的传播知识吗？是简单地要发表一个学术成果吗？实际上这只是一个方面。到了晚清时期，启发民智，传播科学，扩大普通百姓的世界、视野，这样的目的是非常明确的。比如俞樾的戏曲作品。刚才我说了，俞樾的戏曲作品太难读了。《骊山传》主要写骊山女的史实考证成果。开头有“听我表明大义”，然后直接阐说：周武王伐乱的时候有十乱，其中一乱就是骊山女，但是历史上把她的功绩遮蔽了，所以我要通过《骊山传》廓清这段历史，还原骊山女的历史功绩，等等。俞樾通过戏曲作品，将自己的学术研究的过程和结果告诉大家，他还说：“看官留意，勿徒作戏文看也。”他让你们不要仅仅作为普通的戏文看，但我觉得这作品连戏文也不是，尽管形态上有点像。

因为什么呢？作品里就是讨论、对话，作者在其中考证，引了很多古史中的材料。而俞樾对自己的学术发现是很自豪的，在其他的文学作品中如诗歌、文章中都再三申明，“骊山女的贡献是谁发现的？是我俞樾”。所以他其实是通过多种形式来表达他的学术研究成果。这样的戏曲作品，读起来很枯燥，戏剧的意义、故事情节、故事性都没有了。戏剧的本质应该是叙事，应该是讲故事。可是哪有故事？就是在说他进行学术研究的一个过程。俞樾的另一部戏曲《梓潼传》也是先“听我表明大意”，之后也是弄了好多史料来考证等等，最后自己说：“虽一时游戏之文，实千古不磨之论。”他这个游戏之文的目的就是在说他的学术发现改变了历史。还有一些晚清戏曲作品，比如杨子元《新西藏》，我本来不打算引 1911 年以后创作的作品，但是这个作品真是太典型了。他写这个戏曲作品就是把西藏介绍一遍，你们不是都没去过西藏吗？我介绍西藏有什么历史，有什么风物，有什么人情，我们应该怎么治理，然后就结束了。大家想想，这样的戏曲作品还能叫戏剧吗？

晚清还出现了一个族群、国家与教化关系的维度，这正可以看到戏曲从娱乐、言情一直到对国家现实、学术发展、知识传播、世界局势关注的一个过程，这个过程中，教化从来都没有缺席。为什么教化从来都不缺席？一方面，这跟戏曲作家有关，因为他们是文化精英，希望通过各种途径来达到教化的目的，为世道人心尽责；另一方面也说明作家与时代生活的日渐趋近，努力融入时代的变迁中。面对时代提出的新的问题、出现的新的元素，他们总是有国病难医、救世维艰的感慨。在晚清末期尤其是进入民国时期的戏曲作品中，我们会发现，族群、国家及其相关的主题成为日渐凸显的话题，而文人们总是以教化的姿态，以化下的姿态来讨论、表达这些话题。如梁启超，创作了具有非典型戏曲形态的三部作品，连戏曲的基本形式都是丢三落四的。但看他的作品，比如说《劫灰梦》，主人公就叫杜撰，始终是在议论，在提出各种意见，然后问你怎么办？他还很得意，他说："总比读那《西厢记》《牡丹亭》强得些些，这就算我尽我自己面分的国民责任罢了。"面对近代历史上各种复杂的内忧外患，作家们介入时代，然后思考关涉国家命运的很多重要问题，是近代作家创作的一个很显著的特点。其中的教化意识和观念都是非常强的。

通过戏曲言情、教化等的梳理，一方面我想让大家看到一个过程，戏曲虽然丢失了一个讽谏的翅膀，但是在以上化下的过程中，由单纯的道德教化开始，随着道德教化内容的日益丰富，日益向政治教化的转移。晚清时期，戏曲的政治教化色彩更为突出。在这同时，教化的工具性也日渐突出，直接表现就是戏曲的寓教于乐的教化功能的消解，这样的一个消解过程所伴随的就是戏曲文体的解体，就是古典戏曲消失。这个问题其实是很严重的。

必须面对的一个问题，是晚清戏曲文本的形态，教化的具体表达凝结在戏曲文本中。晚清的戏曲文本，总体上看就是越来越不像戏曲了。到了梁启超的时候，戏曲文本的非戏剧化特点是非常突出的。回到文本，这种非戏剧化的特征非常明显。比如说家门，传奇中也叫副末开场，《骊山传》副末开场也是概括大意，但是又有不同。他先是表示周武王时期的十乱里怎么能出来一个女的呢？表示“经生费尽商量”，“经生”当然最可能是指他的学生。他作为老师，通过各种材料的梳理、发现、辨析，最后得出结论，十乱中果真就有一个女性。可见，这样的家门，和《牡丹亭》的副末开场、孔尚任的《桃花扇》的副末开场一比，议论性特别突出，学问化的特点非常明显，曲词更不用说了，完全是以文入曲。乾嘉时期，戏曲以文入曲的特点已经很突出，晚清时期就更厉害，谏章、奏书、书信、辞赋等等都进入了戏曲。戏曲虽然是综合性文体，也不能无所不包，而且无所不包的前提应是指向戏曲的戏剧性，要讲故事，但这些文体蜂拥而至的结果是戏曲不能讲故事了，没有了讲故事的能力。有的演员在舞台上大段朗读文章，有的上台就开始演讲，演讲结束下台了，戏曲何谈故事性？再如宾白，以《骊山传》为例，俞樾在剧中置入一段长达一千一百多字的《戒烟歌》，还标明：“此段正文，演者须台前朗诵。”根本就不考虑观众应该接受的方式是什么，反而认为这样才能启发民智，表达对现实批判，所以有的戏曲文本完全成为演讲式的文本。宫调，就更不用说了，错误的宫调比比皆是。范元亨《空山梦》传奇根本就没有宫调，所以有的学者争论，是传奇呢？还是杂剧呢？还是属于花部呢？还是一种特殊的辞体呢？有点说不清。有人就说他根本就不懂宫调，故意瞎写一通。但他自己是标新立异的，说我是故意不用的。关目，就更不用说了。大家都知道，戏曲文体最重要的是通过关目来组织故事的，没有关目，是因为没有故事。俞樾的《梓潼传》的一出《学宫讲艺》，就是写他站在那里讲课，有十来个学生在下面听，学生问一个问题，他回答一个问题，再问再回答，回答完毕，这一出就结束了。像这样的情况很多。还有一点，副文本大量增加。副文本的大量增加，比如凡例、序跋及其他等等，并不是晚清才开始的，但晚清时期戏曲文体泛化的概念、对教化的工具性理解等，促成了更多副文本的介入。这一方面有助于我们对剧本的了解，但是也进一步促成了剧本的非剧本化。

晚清戏曲的基本特征是纪实品格，另外两个是工具性和去审美化，借助教化这一维度解析晚清戏曲，这三点是比较突出的。也还有一些问题。一是戏曲作为俗文学文体，作家虽然是立足于本土经验，立足于教化民众的立场、责任和义务，但与民众的疏离却依然存在。这个时期，多数作品不能在舞台演出，戏曲文本都是案头化的，可以阅读，但不能奏之于舞台，它与民众的实际距离到底是近还是远呢？我觉得这个问题值得进一步思考。比如说，晚清戏曲中的才子佳人题材哪去了呢？不是没有，是很少很少，这类戏曲作品是最接近百姓日常生活与经验的，这样一些作品的退出，戏曲与民众的关系是近了呢还是疏离了呢？还有一点，我今天给大家介绍的主要是曲牌体的戏曲，大家都知道，从乾隆末以后，中国戏曲主要已经明确出现了曲牌体和板腔体，板腔体就是京剧等，在晚清民国时期是非常热闹的，有那么多著名的演员，有那么多的戏班，有那么多的演出。曲牌体和板腔体走的是不同的路径，那如何理解这样的路径与它们所担负的教化的功能呢？民间戏曲，也不是不关注教化的，但是更重审美经验，注重艺和技，演员则成为舞台中心，而曲牌体还是作家为中心的。我们又如何来评价和重新认识它们所担负的教化的责任？这是我在备课时的一个困惑，还不能准确回答的一个问题。还有，我们在表扬晚清戏曲的时候，经常说报章体戏曲是戏曲发展的新形式，具有新闻传播的效应，但其实对戏曲文体的损毁也更加突出，戏曲文体的重要元素如结构、关目、人物、曲词、宾白包括音律等，在报章体戏曲中日渐淡化，应如何评价这种变化对戏曲文体结构等的解构呢？还有一个问题，这个问题也可能是更大的。晚清时期的古典戏曲发展，一般都认为是中国古典戏曲创作的一个高峰，有学者甚至评价为它是继元杂剧和明清传奇的第三个高峰。这所谓的高峰，从教化的视角来解读，实际上促成了古典戏曲的解体，甚至连古典戏曲的回光返照都算不上。如何来评价高峰？是不是因为有人创作出了作品就是高峰？是因为参加了小说界革命、戏剧界革命就是高峰？还是从教化的角度发挥了工具理性的作用就可以称之为高峰？我觉得这个问题也需要进一步思考，并给予解答。欢迎大家参与晚清戏曲的研究，让学界这一领域的研究成果更加丰硕。谢谢！

（李梦威整理，杜桂萍校订）

第十二讲

文学史如何妥置民国古典文学

王达敏

大家好！今天我报告的这个题目，对于中国近代文学史学科、中国现代文学史学科来讲，通俗地说，就是一个“犯上作乱”。因为这两个学科经过一代又一代长辈的耕耘，形成了丰厚的传统，建立了相对稳定的法度。但是，祖宗之法是为祖宗的时代而立，新的时代在继承祖宗之法时，有的方面需要有所超越。就学术史而言，今日应该到了一个代际更替的时候，到了一个范式转换的时候。这个时候出现那么一个、两个、多个的，所谓的犯上作乱的观点，不会天下大乱。所以，我今天就提出这样一个论题来跟大家交流。

在讲这个问题之前，我先解释一下这个题目上出现的概念。第一个概念是“民国”。这个概念很清楚，是一个时间的、时代的概念，1912—1949，前后算起来三十八年。在文学史学科内部，这个概念又包含两个段落：1912—1919 属于近代，1919—1949 属于现代。第二个概念是“民国古典文学”，与它相对的是中国现代文学概念。“民国古典文学”主要是指民国时代作家所创作的古体文学作品。第三个概念是"文学史"。我其实应该在"文学史"之后加上"体系"二字。因为这个文学史的概念，不是指原生的、发生过的、事实上的文学史，而指的是，对事实上发生的客观存在的文学史的一种叙事，一种研究，一种建构，一种人为，一种主观。这个应该叫做文学史体系。这个体系建立在什么时候呢？1957年教育部主持制定了一个中国文学史教学大纲。这个大纲，分了三大块。第一大块前七篇，是现在所说的中国古代文学史学科；第二大块第八篇，是现在所说的中国近代文学史学科；第三大块第九篇，是现在所说的中国现代文学史学科，就是现在你们学到的吴福辉先生等主编的《中国现代文学三十年》所论述的内容。还有一部分内容，就是1949年到1957年这一段的文学史实，大纲没有列入。但后来很快，以1949年之后的文学史实为基础，建立了中国当代文学史学科。这是从官方角度建立的一个文学史体系，现在简称为"古、近、现、当"。最后一个概念就是"如何妥置"。在文学史体系中，如何妥善安置民国时期的古典文学？这需要众多文学史家经过努力探索，给它一个恰如其分的定位。我今天谈的，无非是自己的一种意见罢了。我期待有更多的学人，来提出更恰当的意见，来妥善安置长期被不公正对待的一种文学史实。

根据以上对相关概念的介绍，我今天的演讲分四个部分。第一个，就是文学史体系中的失踪者。这个失踪者，就是民国古典文学。第二个，它失踪了，为什么？第三个，它的成就如何？我明确提出了自己的估价，是说民国古典文学，创下了辉煌的业绩；第四个，我试着回答：文学史如何妥置民国古典文学。下边我依次介绍每一个部分的观点。

第一个部分，文学史体系中的失踪者。民国文坛由两部分组成：第一部分是古典文学。在现在的文学史话语中，叫它为旧文学，或者用钱基博先生的说法叫古文学。另一部分跟古典文学相对，叫现代文学，或者叫新文学，这是王瑶先生用的概念。这两个部分有不同，又有深刻的内在联系。它们相互冲突，相互混融，在中国的现代化进程中各自使力，共同创造了华夏民族新的精神。

为什么说民国古典文学在现有文学史体系中是失踪者呢？首先，中国近代文学史学科的下限是“五四”。在季镇淮先生这一代学人看来，近代文学是过渡时期的文学，是为五四新文学的出现做准备的文学。这样的定义之下，就把 1912—1919 年间的古典文学放到了极其次要的位置。如果把它放到重要位置，就会阻碍所谓“过渡”和“准备”的论说。其次，中国现代文学学科的起点是“五四”。既然现代文学是指用现代的语言和形式来表现现代人的思想和情感的文学，那么 1919—1949 年间的古典文学，当然不在其论述范围，又阙如了。近代文学、现代文学这两个学科，都忽视了民国时期的古典文学。如何对待这一段文学中所出现的古典文学现象，成为这两个学科几十年来的一个难题。

第二个部分，为什么中国近代文学史学科、中国现代文学史学科都把民国古典文学忽略了呢？两个原因，一个是意识形态；一个是进化论。就意识形态来说，依据毛泽东的新民主主义理论，学界建立了四个学科，以“五四”为界，一刀两断。切下的一面就是近代史学科和近代文学史学科，另一面就是现代史学科和现代文学史学科。这样一切，本来是浑然一体的历史，就界限分明了。这不单是时间的划分，而是意识形态的政治性的划分。这样一来，五四之后的所谓旧文学，在文学史体系中还有藏身之地吗？就进化论来说，如果大家问我，在过去百余年中，对中国精神影响最大的西方理论是什么？我的答案是进化论。这个进化论在新旧框架下论历史发展，进新退旧。根据进化论，1912—1919 年间的古典文学在趋新的历史叙事中就被忽视了；1919—1949 年间的新文学更是在任何层面都站在制高点上，而这一时段的古典文学在任何层面都仅仅在被否定时才显现出其文学史意义。由于以上两个原因，民国古典文学在文学史体系中失踪了，有什么奇怪的呢？

第三个部分，我介绍一下这个被失踪的民国古典文学的样貌。我的判断，它取得了辉煌成就。诗歌、词、骈文、古文、戏剧、小说和文学理论诸方面，均有可观。今天不能展开讲，我只是提出一些线索。

就民国古典诗歌创作来说，根据胡迎建先生的研究，可分为四个阶段。1912—1917 年，有六朝派、晚唐体、南社派，还有康梁的新诗派，以及其他流派，主流则是同光体。1917—1927 年，胡先生认为，受新诗产生的影响，古典诗歌创作受到压抑。我对这个观点持有不同意见，新诗在这一段可以说还不成体统，陈三立和郑孝胥的同光体仍然应该是南北诗坛主流。1927—1937 年，国民政府时期。胡先生认为，这一阶段古典诗歌的创作中心转到了新的首都南京。1937—1949 年，在民族危亡时刻，古典诗人有的为田园荒芜和民族苦难而哭，有的歌颂民族的抗争。胡先生认为，民国古典诗歌是清朝古典诗歌的延续，同时又迈向新的时代，有新的内容。

关于词这一块，根据曹辛华的研究，这一时期的词人有名者至少五百位。词作之多就不用说了，他的著作有很详细的介绍，大家可以参考。

对于文来讲，根据谭家健先生和郭战涛先生的研究，这一段骈体文主要集中在政府的文告，军阀之间的通电，还有亲友之间的书信等方面。在民国初年，还产生了像徐枕亚的《玉梨魂》这样的骈体小说。这一时期的古文属于我研究的范围，就说桐城派。桐城派自曾国藩总督直隶之后到1966年之间，在北方形成了绵延百年的古文传统，有数百位作家留下了作品。他们在漫长的时间活跃在北京、天津、保定、沈阳以及全国其他地方的文坛，取得了不俗的成就。大家以为似乎到了民国的晚期，古文创作活动就结束了，事实并非如此。1945—1949年间，天津有一个《天津民国日报》，这是国民党的党报。这个报纸呢，是北方曾国藩这个创作群体的后辈参与创办的。第一版的社论由总主笔俞大酉主持，她每天撰写或参与撰写一篇社论，坚持写了一年半，后来有另外的桐城派的人接手。俞先生是桐城派的弟子。这张报纸还有一个副刊版，每天出，发表不少桐城派作家的诗文。此版的主编刘叶秋先生也是桐城派弟子。这张报纸另一个副刊版，主要发表与新文学有关的文章，前期由邓以蛰先生主持，后来由朱光潜先生主持。邓、朱都属于桐城派系统。我初步统计，在这个报纸上发表文章的桐城派有名的学者有四十余位。这张报纸在昌盛的时候每天发行七万份以上。大家设想，如果它没有读者，没有接受它的社会氛围，没有对传统的非常强劲的继承和发展，会这样每天一版又一版地扑向众多家庭的书桌吗？

戏剧这一块，根据么书仪先生、左鹏军先生的研究，民国的剧坛三分天下，一分呢，就是刚才杜老师讲的杂剧和传奇；另一分呢，是以京剧为代表的国剧和地方剧；三分呢，是当时的话剧。所谓的三分，其实有强有弱。京剧和地方戏很强势。正像刚才杜老师介绍的，在清代中晚期，京剧登上了帝国的剧坛，成为浩浩荡荡的潮流。传奇和杂剧则走向了案头，走向了阅读，也逐步走向衰落。属于新文学的话剧那时还在探索试验。

小说呢，范伯群先生把民国时期沿袭古典小说传统创作的小说称为通俗小说。在中国古代文学史上，戏剧和小说基本被视为俗文学，诗和文则属于雅部，不管是通俗还是雅部，都属于中国古典文学的范畴。这个通俗小说，包括言情、武侠等等，在民国时期的昌盛程度，大家可以去参考范伯群先生的相关之作。

就文艺理论来讲，目前研究这一块的学者，有名的是黄霖先生，他是我们近代文学学会的老会长。还有张寅彭等先生。他们的贡献，是把民国时期的话体批评著作做了相对清晰的呈现。这样的批评著作的丰厚程度，是不亚于，甚至超过了新文学的理论批评。

总结上边的介绍，我的结论很清楚：在民国这三十八年中，由上古传下来的中国古典文学传统不但没有断，而且还有发展，有的门类的创作还非常昌盛。它有什么特点呢？第一，它的作者虽然来自旧的传统，但是他们中的相当一部分人走向新的天地，有的在国内上了新的学堂，有的在国外上了新的学堂。如果两个学堂都没上，他们中有的在书房中经常阅读新的报章，新的著作。这实际上是新旧兼容的一批人物。第二，这样新旧兼容的人物创作的作品在古色古香之下，有了新的思想、新的情感、新的主题和新的语言。第三，昨天陆先生讲到晚清的十年新政，我期待着年轻的才俊们要关注十年新政。这一段的新政是中华民族在历史大变局时代焕发青春的最重要的十年，这十年的重要性是空前的，其高度甚至到目前也还没有超越。这一段的历史功绩，包括政治和文学的功绩，我期待着大家去研究。自十年新政到民国时代，许多政党出现，分别得到以教化为传统的忧国忧民的创作古典文学的作家的支持。因而，这些作家的作品里边有着强烈的政党色彩。第四，这些古典文学作品和新文学作品一样，其传播的方式已经是非常现代化了。属于古典一派的作家在报刊上发表作品，用铅字印刷著作，已经不是清代之前要把文章刻在木板上，由家刻、弟子刻，一本大书刻小半间房子的木板，一刷五十本，一刷二百本，很多作品问世后无声无息的。用现代的报刊传播，每天数万的发行量，使刊在上面的古典文学作品走遍中国的山山水水。第五，女性作家离开了她们的闺房，走向了现代世界，用她们的作品表现她们新的情感，成为这一段古典文学的亮色。

第四个部分，既然民国古典文学做出了不凡的成绩，在文学史体系中如何安排它的位置呢？我提出来两个安排的方式。

第一个方式是什么呢？就是取消中国近代文学学科和中国现代文学学科的建制，打通 1840 年到 1949 年的文学史，在新的框架下建立新的文学史叙事。那么，为什么要这么做呢？我想到了两条理由：一个理由来自王飙先生，他是咱们近代文学学会的老会长，他曾经在90年代提出应该把1840—1949年的文学史打通。他提出来的理由是近代文学是中国古典文学的终结，是中国现代文学的开端，是中国古典文学向现代文学的转型，那么这个转型从开始到它的完成，这样的一个完整的时段，在文学史上应该有一部完整的文学史来体现。另一个理由来自史学界，就是中国的近代史跟中国的现代史在前些年已经打并一处。中国社科院近代史所张海鹏先生主编的《中国近代通史》就是从1840年写到1949年，这样的一个参照使得我们拆解、合并两个文学史学科有了历史的依据。

拆解、合并之后，把这么个新的文学史学科起作什么名字呢？参考张海鹏先生主编的这部著作，我们把这个合起来的学科叫做中国近代文学史可以吗？研究现代文学的人肯定觉得不可以！那么叫做中国现代文学史可以吗？研究近代文学的人肯定觉得不可以！如何来命名，这个可以讨论。昨天陆先生说，在英文中近代和现代是一个词modern，所以呢，既然有这样的一个英语词汇，一词两义，那么新的学科叫中国近代文学史或中国现代文学史，都无妨，实质是一样，即这段文学史是中国走向现代世界的产物。如果强调这段文学史对古典文学传统继承的一面，可以用“中国近代文学史”来称谓；如果强调这段文学史开新的一面，也就是现代性的一面，可以用“中国现代文学史”来称谓。但是，如果用“中国现代文学史”来称谓，那时间段就不应该是1840—1949了，而应该向现在、向未来的某个点延伸，未来的某个点就是中国现代化实现的标志点。中国的现代化至今还没有实现，从理论上说，“中国现代文学”应该是中国的现代化从开启到完成时代的文学。但不管怎么样，我觉得，把目前两个学科拆解、合并后，建立新的一个学科，来描述这一段的文学转型和发展，那是必须的。而这新的一个文学史学科，应该囊括民国时代的古典文学成就。

第二个安排的方式是什么呢？还是拆解中国近代文学史学科和中国现代文学史学科，拆解之后怎么办呢？以朝代划分，1840—1911 年的文学，划归清代文学如何？1912—1949 年的文学，算作一个独立的文学史段落，建立一个新的学科，叫“中华民国文学史”。我的理由是什么呢？中华民国，如果 1949 年之后的台湾一段姑且不算的话，我们算他 38 年，是一个独立的朝代。他与前边的清朝不同，与 1949 年之后的共和国不同，它是一个特色鲜明的独立时代，把一个独立的时代拿过来，研究其时空中存在的文学，在学理上没有什么不妥。这是第一个理由。第二个理由，在目前我们的经典文学史中，像游国恩先生主编的中国文学史、袁行霈先生主编的中国文学史，就是按朝代划分。只是两部文学史留了那么一点点不彻底，将中国文学史的下限划在了 1919 年。这个不彻底是我们中国近代文学史给它造成的。我们今天的中国当代文学史学科，起点是 1949 年，难道不也是以朝代划分的吗？那么，中华民国时代的文学，有什么理由不可以以朝代划分并命名呢？第三个理由，如果我们从长时段来看，所谓的近代文学史学科、现代文学史学科、当代文学史学科都是研究较短的有限时空中存在的文学，都是人为的假定，都是暂时的，不具备永恒性。一千年之后、五百年之后、两百年之后，那个今天称为近代文学史、现代文学史、当代文学史的学科又安在哉？而以朝代划分，再过两百年、五百年、一千年以后，这个中华民国，它在一个特定时空存在过，它是这个民族从传统走向现代、从衰败走向复兴途中关键的一段历史，任何人都不能抹杀。如果这个朝代不能抹杀的话，我们把这一段包括了现代文学和古典文学的文学史纳入这个特定朝代来叙事，其永恒性和稳定性自不待言。尽管文学史可以重写，但是孙悟空逃不出如来掌，这个如来掌就是中华民国的三十八年。

总结今天的话题，我提出了一个问题，就是文学史体系如何来妥置民国古典文学。提出这个问题之后呢，我论述了民国古典文学在中国文学史体系中的失踪及其失踪的原因，论述了民国时期古典文学的创作和批评的情况，论述了如何妥置的两种途径。不管怎么说，这一段的历史是否定不了的，我们能改变的，只是作为文学史家的我们自己。那么，如果我们不超越既定的意识形态和进化论的思想，如果我们不能实事求是地面对历史真实，如果我们不能多元地看待我们的历史，那么民国古典文学在这个主观的文学史体系框架下永远不能赢得她应有的地位和尊严！谢谢！

（以下为问答内容）

学员一：王老师您好，我来自重庆工商大学，这是第三次听您的讲座，感觉老师思路非常清晰，而且用词非常的考究，深受教益。那么我的问题是，您刚才提到了一份报纸，它每天发行六七万份，我没来得及记上，这个报纸叫做什么？请王老师再说一下。

王达敏：这个报纸当时在北方特别有影响，凝聚了北方的桐城派这个群体，叫《天津民国日报》。这个报纸1949年停刊之后，改称《天津日报》，由浙江俞氏家族的媳妇儿范瑾女士做主编。俞氏家族这一代的主人黄敬，原名俞启威，此时在天津做市委书记。而《天津民国日报》曾经的主笔、俞氏家族的姑娘俞大酉呢，其坎坷的命运自此开始。

学员一：第二个问题，您刚才提到按朝代划分，如果这样安置民国古典文学，从某种程度上来说，具有深远的影响，显示出真正的文化自信。从另外一个角度讲，我们现在所接受到的学术史观念，作家和作品刚好跨越了这个朝代的界限，所以我们现在文学史的编纂就有了另外的呼声，从文学史内部的演进来看，是否跨越了朝代的划分？

王达敏：对于这个问题，我有不同意见。有的学者认为，历史是历史，文学是文学，历史按朝代演进，文学自有它内部的规律。我不同意这种看法！尤其在中国，哪一个朝代的文学不是那个朝代的历史的最紧密的反映呢？在我看来，在同一个朝代，历史与文学虽有不同，但二者根本上是一体。中国传统几千年中，作家基本都是士大夫，士大夫是干什么的？朝廷科举考试是为了选拔官员，读书人的目的是要做官，不是为了写作。我们今天所称谓的古代作家，多数首先是朝廷命官，做文人，做诗人，做词人，是他的余事。在哲学上，某些时候内因是变化的条件，是最重要的，外因是次要的。我现在可以反过来说，中国的文学史和政治的关系，外因是决定性的，内因是次要的。

学员二：老师您好，我来自上海大学，我有两个问题想要请教您。有人提出现当代旧体文学，还有人提出20世纪旧体文学，1949年以后的旧体文学怎么处理？与您提出的民国旧体文学，这样的关系是什么样的？这是第一个问题。第二个问题是有的老师是用民国旧体文学这个概念，而王老师是用民国古典文学这个概念，请您对这两个概念做一下区分。

王达敏：第一，1949年到现在创作的古典文学作品，我们不管它新旧，只管是非。如果我们觉得它好的话，一定要把它写进文学史。我这里呢，稍微多说一句的是，我们这个民族自古到今，面对真实的能力那是很弱的，许多的真实在我们眼里是虚无，是不真实的。对于你们新的一代学人，中国古代提出的实事求是永远是金科玉律。我们之所以今天还强调这样的一个常识，是因为这个常识，许多的朝代、许多的时候都没有真正实施过。那么，如果1949年到现在这一段的古典文学的创作，它是有价值的，作为一个有良知的文学史家，一定要把它们抬进我们的文学史，成为我们今天文化建设的一部分，这有利于我们从今天走向未来。第二个，你提的问题那是我有意回避的，所谓的新文学，所谓的旧文学，在我眼中，如果进化论这个理论，这个世界观可以讨论，甚至是可以否决的话，如果我们坚持多元论的话，那么有必要强分新和旧吗？我只看到的是历史的丰富，我只看到了我们精神的复杂，我只看到了人性的多面，我只看到了这个民族源远流长的一种精神的波澜起伏。这里没有新旧，只有对我们先人的创造的一种敬意，所以在这里，我用一个古典文学的概念，不愿意用所谓的旧体文学的概念，因为在新旧这对概念构成的框架里面，否定意识非常明确，以新否旧。

学员三：老师好！您刚才提出中华民国文学史这一概念，但是台湾那边对文学有自己的表述，您怎么处理这一问题？

王达敏：你提出了一个难题，我比你还紧张呢。一个朝代在一个地方结束了，在另外一个地方继续。在那另外一个地方，政治在继续，文学同样在继续。难道昨天孙老师讲的我们忘了吗？他说，他到了台湾，台湾目前的文学教育是新的，也是传统的。然后呢，他又到了香港，看到香港受台湾的影响。台湾文学，仍与 1949 年以前关联，这就是历史的一个正常延续。历史是可以被人为打断的，抽刀断水，水断不掉，文化则是断得掉的。当政治要否决历史文化的某些方面时，这某些方面会就此扑倒，一蹶不起，如大陆的“文革”时期。台湾的文学与传统的关系则不曾中断，台湾相当一部分作家在书写我们这个民族的过去，书写他们的现在。我期待，他们的现在，我们的现在，两个现在融合成一个现在，然后我们共同走向现代化的未来。至于 1949 年后的台湾文学，在中华民国文学史框架下，或设置一个下篇加以接纳，或别起一段，另作叙述。至于台湾学者的独特表述，如果颇有理据，我们当然应该欣然接受。

学员四：王老师好！我想问的一个问题是，您今天讲的主要是您的文学史观。刚才回答前面问题的时候，您说如果没有完成现代化，文学永远是政治的仆人。那我想，如果文学反映的是生活，那么政治有可能就是文学反映在生活中的不可或缺的一部分，所以想问一下王老师，您的文学观是什么呢？

王达敏：我没有自己的文学史观，我不能独立。这就是中国文学还没有现代化，文学脱离不了政治的一个具体而微的体现。一个学人他不能独立，一个作家他不能独立，一个学者兼作家他不能独立的时候，他所创作的精神产品能独立吗？如果创作的主体没有独立，他的作品没有独立的话，那么这叫现代化吗？因此我觉得对于我们这个民族来讲，我们要走向真正的现代世界还有一段很长的路要走，我期待着你们这一代走得比我们这一代更好，当然我也知道你们是否能走得好，很大程度上不取决于你们，正像我们这代人走得如此坎坷，我们自己要负多少责任呢？

学员五：王老师您好，我是上海社科院的，我的博士论文做的是刘师培的文论研究。之前读过您的《姚鼐与乾嘉学派》这本书，我很认同您的观点，姚鼐建构文统而自负，建立文统之后引发了当时清代文坛上很多的争论。阮元等提出了不同的意见，曾国藩等也作出了一些改变，还有阳湖派另立一套，他们与姚鼐所建立的文统之间到底是什么关系？晚清民国包括刘师培提出的一些改变中国文学的一些设想，包括吴汝纶、严复等桐城派中人或桐城派周边的人对这些问题都有一些看法。我想问一下，您是怎么看的？

王达敏：你的问题是否可以主要概括为，从清代到民国初年的骈体文和散体文是什么关系。我这样看，大约三千年的有文字记载的历史中，华夏民族用汉语表达自己思想和情感的方式主要有两种，就是一骈一散。在先秦，骈散不分。从东汉开始，骈散就渐渐分开了。华夏民族用骈体，就是以成对儿的方式来表达自己的思想和情感。昨天陆老师说的那个观点，我很受启发。他说，中国人是二元思维，二元对立，或者二元消解。用骈体成对儿地表达思想和情感，就与这个二元思维紧密地联在一起。从东汉到北宋，这样漫长的时光里，华夏精英集团主导性的思维方式，就是用骈体，成对成对地表达自己的思想和情感。这训练了这个民族，你不二元对立都难。那么接着呢？从中唐韩柳等开始，到清代的桐城派这一段文章史，华夏精英主要是用散体文的方式来表达自己的思想和情感。用骈体文束缚得太紧了，大家想松一松绑，就有了散体文。清代是集大成的朝代。在这个时候，骈和散同时并起，双峰对峙，就有了骈散之争。当然在韩柳的时候，骈散之争已经开始。我这样看待这三千年的文章史，开始是骈散不分的混沌，后来是一骈，再后来是一散，一骈和一散，有转换，有并峙，有对立，有融合。到刘师培的时候，骈散继续纠缠。但黄雀在后，新文学出来了，文坛出现另一种局面。这就是我对骈散之辨的一个大致理解。

学员六：王老师好，我是南京大学的，我听了你的讲座，似乎您对晚清新政有很高的评价，但是文学史上新政与文学有什么关系，我不是很清楚。另外，我听了您的讲座，我感觉您是在重新审视文学与政治的关系，以前近代文学研究可能是跟政治靠得太近，而现在则是与政治比较疏离。请问王老师，史学研究有向政治回归，而我们的文学研究是否也应向政治靠拢。谢谢王老师！

王达敏：第一个，晚清新政十年，在这里我特别要歌颂慈禧太后和他的儿皇帝光绪皇帝。在庚子事变中，他们逃离北京后，在逃难中发布上谕，痛定思痛，重定国是，重启改革。这次改革的力度远远超过了1898年的戊戌变法，并且是迅速执行，还是老太太坐镇。先改教育，重建京师大学堂，取消科举考试，提倡新式教育。科举考试实行一千三百年，一场巨大的制度建设，维系了这个民族千年不灭的精神和不灭的专制，到此结束。这十年更重要的是，政治上进行宪政建设，朝廷派出大员出国考察回来之后，马上进行制度设计，并按步骤实施。单是这两点，说明晚清新政是何等了得。它所进行的宪政改革，后来的历史没有继承。这一段的文学，用马克思主义的反映论来讲，就是反映了这一时期的历史波澜，反映了这个民族在最激荡时期的激情和迷茫。今天我们读这一段的文献，如果不带偏见，真的是惊讶这个古老民族曾经焕发出如此的激情。

你提到的第二个问题就是文学与政治的关系，与第一个问题关系紧密。我是这样看文学与政治的关系。也不是我要这样看，我只是陈述。中国文学几千年来的第一个概念，就是杜老师今天讲到的“教化”。什么技巧呀，什么意境呀，什么言外之意呀，都是为了教化。杜老师不是说了嘛，教化分两种，一种是上化下，另一种是下刺上。上化下自古以来一直在进行，哪一天停过呀。那下刺上呢，杜老师说早丢了。这就是文学与政治关系的本来面目。文学跟政治是没有离开过的。二者是一回事，从来没有两回事儿过。你刚才说到，我们今天离政治太远。我没有看见！固然有一些人说，我们这个近代文学学科在建构过程中政治性太强，因而要离政治远一些，要走向新的境地。我以为，这只是一个口号，中国的口号什么时候变为现实了呢？一些文学史家喊这个口号的时候，我在他们的作品里看到的却是，处处写满了政治。我以为，如果这个国家是现代化的，文学与政治，可以有关，可以无关，可以教化，可以娱乐，但是不管是有关无关，不管是教化娱乐，那都是作者自愿的、自觉的、自省的、自我追求的行为，是属于个人的独立的选择。这种文学与政治的关系，才是比较恰当的健康的关系。

学员七：老师你好，我来自华南师范大学。我现在做一个关于古文选本的研究，看到您是这方面的专家，我特别开心。我想讲一下我在做这个研究当中的一些疑惑。关于古文这个概念的界定问题，我目前收集了民国时期六百来个选本。中国自古把古文也叫文章。到了民国时期，西方的概念进来，它又被叫做散文。在这个变换中，它存在着很多分歧。

王达敏：你戳到了文章学的马蜂窝。你提出来，民国时期有六百来个古文的选本，为我今天所谓的中华民国时期古典文学的繁荣提供了一个证据，这个要谢谢你。大家试想一下，短短的三十八年有六百来个古文的选本，这得有多少人在读古文，在学习写作古文，欣赏古文。这种情况难道不值得我们的文学史家一顾吗？你提出的问题很复杂，今天在这里交流不出一个结果的。古文的概念，清代之前比较清晰，民国时代则很模糊。清代之前，古文的叫法起自韩愈。韩愈文起八代之衰；当然，他也集八代之成，那是另一回事。起八代之衰，他用的工具就是先秦西汉的文章，就叫古文。古文呢，韩愈时代是跟今文相对，那个今文就是从东汉到唐代中叶占主流地位的骈体文。桐城派继承的是韩愈的这个古文的概念，没有其他歧义。这个古文概念，主要指文以载道的文章，离开了文以载道，像三袁的文章，像锺、谭的文章，在这些清代的文士眼中，就称不上古文了。所以，不是说用文言文写的就是古文，古文有特定的含义，它跟骈体文相对。

桐城派和韩柳欧苏否定骈体文的一个很重要的原因，就是它不载道，或者说载的道很少。因此，只有载道的文章，具有教化功能的文章，含有社会责任感的文章，用先秦西汉文字写的文章，才叫古文。但是进入民国，一个新的时代，这个古文呢，很多时候变成一个文言文的概念，它是相对于白话文来说。当然，民国时代，由韩柳到方姚的古文概念，也还保有。还有，传统中用文言文写的游戏文字，桐城派作家和八家也写的，这种边缘文字，在民国时期因为它的娱乐性，也被强调。清代尤侗在研读程朱的时代环境下，在许多人把脑子都洗坏了的情况下，以《西厢记》为题材，写出游戏性的八股文来，其中有一个题目，就是“最是临去秋波那一转”。这种言情的题目，他用代圣贤立言的形式写出。这种游戏文字在清代是被打入黑暗的，到民国时代则被叫好了。在现代文学界，晚明的张岱、三袁和锺、谭也火了，这些人的文言文，被当成好的古文，进入人们的视线。周作人提出，言志的传统和载道的传统，载道的传统属于古文，言志的传统则是另一种写作，其实就是载道的古文之外的不怎么载道的文章传统。这个言志的文章传统在清朝是被桐城派否决的，在民国，它则以被肯定的古文的名义出现了。总之，这是一个很复杂的问题。你厘清民国时代古文的概念，需要下很大的功夫，当然这是一个有价值的工作。我特别期待！

学员八：王老师好，终于轮到我。我是复旦大学古籍所的博士，古籍所一般把 20 世纪初作为现代文学的开端，我不知道王老师是怎么看待的？

王达敏：章培恒等先生的一些提法，是大家周知的事情。“20

世纪中国文学”的概念在1985年钱理群、陈平原和黄子平提出来的时候，是轰动一时的，这个概念的文学史意义就在于，作者跨越了五四这个界碑，进入到我们今天所谓的近代文学领域，在现代文学研究界一下子别开生面。现代文学一直好像就是树杈上生下来的小孩似的，现在突然为它找到了真正的母亲。后来就是沿着这个思路，陈思和提出新文学史观，王德威又提出“没有晚清，何来五四”。这个理论提出来之后，又出了至少三本文学史，都是以20世纪来命名的。我对这样的做法不完全同意。在一个近代文学史家的眼里，现代文学就是近代文学的顺流而下，二者本来就是一体。在一个现代文学史家的眼里，追源溯流时，瞩目的历史时段较短，就产生了“20世纪中国文学”的提法。

（张震整理，王达敏校订）

开幕词

中国近代文学学会会长　关爱和

大家好！

我讲三句话。

第一句话，缘起。2018 年是中国近代文学学会成立三十年，2017 年在苏州大学举办的相关会议上，我们定了几件事：第一件事是接着中国社科院文学研究所 1979 年编选的七部论文集继续编，从 1980 年到 2017 年，按文体分，已经编选了小说、戏剧、文论等五卷；第二件事是把学会成立三十年的研究成果做了总结，设立“季镇淮钱仲联任访秋学术奖”，每两年评选一次，主要用于奖励在近代文学研究领域做出突出贡献的中青年（五十岁以下）学者。该奖励 2018 年已实施。2018 年中国近代文学学会在民政部年检过程中，民政部对学会提出两点建议：第一，设立奖项需要向民政部申报，说明奖项资金来源和去向；第二，学会应该进行教师培训。学会根据民政部建议，结合近代文学研究实际，筹办了此次青年讲习班，相信对于近代文学学科发展，这将是有意义的一件事。本次讲习班一共收到一百六十多份申请，由于资金与经验不足，最后遴选出在座的六十多位。遴选原则，一是研究领域确实在近代文学方向，二是注意地域均衡，保证最大范围的地域影响。相信以后我们在积累经验之后会做得更大更好。在座各位作为近代文学研究领域的代表，希望能够在接下来的几天学习中有所收获，欢迎大家！

第二句话，近代文学学科是一个特殊的学科。按照《新民主主义论》属于旧民主主义革命范围，在建国后七十多年的研究中或多或少受到一些影响，名不正言不顺。实际上，中国近代文学是中国文学发展过程中不可或缺的环节。没有这个环节，我们就不能讲清楚中国文学史如何从古典走向现代的，这一段历史应该在现存的文学史体系中占据更重要的地位，也需要更多的年轻学者参与。正如刚才马（卫中）老师所讲，很多研究者从古代到近代，或者从现代到近代。吴福辉老师的《插图本中国现代文学史》，是讲近代文学最多的一本现代文学史。为什么会这样？因为如果讲不清近代文学史，就不太能讲清楚现代文学，至少讲不清楚新文学的发生。需要指出的是，在近代文学研究领域的所有地段，都有隐含着巨大意义的命题等待开拓。而那些已经取得重大成果的地方，仍然需要精耕细作。对于大家而言，这些既是诱惑，又意味着可能的重大收获。

第三句话，开封是一座十分世俗化的城市。开封号称八朝古都，最重要的是北宋时期。而北宋一朝在历史上发生了许多变化，出现了儒释道合一的趋势，出现了士大夫精神、贵族阶层，出现了很多现代化、世俗化的城市。北宋以前，中国首都沿黄河而设；北宋以后，则沿大运河而设，原因正在于河流是漕运的重要命脉。开封能成为都城，原因也在这里。我曾经说，开封和杭州担负了不同的故事原型，说书人把行侠仗义的故事留在开封，把风花雪月留给了杭州。大家课余可以出去走走，仔细体味这座城市的历史，同时也请注意安全。

预祝大家在开封生活、学习愉快！

（录音整理：朱秀梅）

附录二

结班式致辞

中国近代文学学会副会长、秘书长　王达敏

尊敬的关会长，尊敬的杜老师，尊敬的各位老师和青年才俊：

我们讲习班的帷幕终于徐徐地落下。古人云“曲终奏雅”，古人又云“卒章显其志”。那么这个“雅”和这个“志”是什么呢？聆听了昨天下午和今天上午数位学者的演讲，拜阅了青年才俊们提交的一篇篇论文，我有一个很深刻的印象，就是这个“雅”和这个“志”，用两个字来概括，就是“创新”。学者和青年才俊们提出的一些新的问题，新的观点，新的思路，给我教益，给我启发。我是如此兴奋，按杜（桂萍）老师的说法，就叫作“击船舷而歌”。

围绕着这个“创新”，我想讲两点。

第一点，关于创新与非功利的关系。在座的青年才俊都来自高校，各个高校对青年人创新的要求，那是十分地迫切和强烈。正像黄子平教授在一篇文章中说的，“创新这条狗把大家追得气喘吁吁”。那么在这种精神状态下，如何能够创新呢？当然，戴起手铐可以跳舞；又当然，如果不戴手铐跳舞，岂不是更好？在这里，在功利与非功利之间，我想强调一下非功利。在无法摆脱现有的急功近利的氛围的时候，我们如何获得一种更有利于创新的心境，或者说获得一种非功利的精神状态？席勒说，“艺术是游戏”。西方人有一个精神传统，叫做为艺术而艺术，为学术而学术，为科学而科学。我深信，只有在这种情况之下，创新的动力才能被激发出来。我很愿意看到，诸位青年才俊在功利与非功利之间，寻找到适合创新的非功利的精神状态。

第二点，关于创新与自由的关系。前些时候，我女儿给我推荐了一部电影叫《肖申克的救赎》。我看了之后相当震撼。当布鲁克斯五十年前进了肖申克，失去自由的时候，他是非常不情愿的。但是五十年之后，当他失去自由五十年之后，当他迎来他要获得自由的时候，他更是不情愿。他的第一个反应竟然是用匕首顶住自己的朋友，他希望自己再犯出事来，然后由狱方把他重新留在五十年中自己已经非常熟悉和习惯了的地方。当然，最后他还是获得了自由。但当他获得自由的时候，他已经无法享受这个自由了。由于长期禁锢，他的身体重获自由，他的心灵却无法重获自由，他由此毅然放弃了珍贵的生命。这个故事说明了什么呢？当一个人在长期被规训之后，他已经永久性地失去了真正的自由，失去了享有自己的能力。我由此想到了创新与自由的关系。创新需要自由，没有自由怎么能够创新？我想说的是，我们应该竭力挣脱精神的桎梏，竭力获得一种自由的状态，获得前辈所倡导的“独立之精神，自由之思想”的状态，来满足创新所要求的苛刻条件。

最后，我要讲什么呢？根据学界共识，中国近代文学是中国古典文学的结束，也是中国现代文学的开端。数千年的古典文学的结束，重要吗？当然重要；百余年现代文学的开端，重要吗？当然很重要。如此重要的一个文学史时段，年轻的才俊们，难道不值得你们全力以赴在此耕耘吗？难道不值得你们把这里作为托命所在吗？

毛泽东说，“无限风光在险峰”；又说，“世上无难事，只要肯登攀”。我期待着年轻一辈的学人，你们努力地登攀，登攀到我们这个学科的高处，来欣赏美妙的风光；同时，用你们的汗水和你们的智慧，创造出灿烂的无限风光！

谢谢！

（录音整理：李梦威）

后 记

2018年晚秋时节，中国近代文学学会第十九届学术年会在河南开封召开。这届年会，适逢近代文学学会成立三十周年，又适逢四年一届的理事会换届选举，二百余位专家学者共襄盛会。在新一届学会理事会期间，会长关爱和先生出于培养近代文学后备人才的考虑，提出举办近代文学暑期青年讲习班的动议，建议由几家会长、副会长单位轮流承办，以后有条件的常务理事、理事单位亦可接办。河南大学文学院作为会长单位，责无旁贷地承担起承办第一届近代文学暑期青年讲习班的历史责任。

2019年暮春时节，我们通过“近代文学”微信公众号、中国近代文学学会第六届理事微信平台、河南大学文学院网站等媒介，发出了《中国近代文学第一届暑期青年讲习班招生通知》，面向全国高校和科研单位招收中国近代文学研究方向的研究生（以博士生为主）和青年教师（含博士后），年龄在四十岁以下，拟招收四十六人。报名情况相当火爆，至截止日期，逾一百六十人提交了申请材料，这还不包括河南大学的青年教师和研究生。

经反复权衡，最后决定扩大招生规模，以六十六人（不含河大）为上限。这样，加上我们自己的研究生和青年教师，还有省内自费来旁听的学员，班级规模至少要按百人规划。与此同时，授课教师的约请和课程安排工作，也紧锣密鼓地展开。8 月 18 至 22 日，筹备数月的中国近代文学第一届暑期青年讲习班，在河南大学金明校区如期举行，并取得圆满成功。这本《中国近代文学十二讲》，就是本届讲习班十二位授课老师的讲座内容在录音整理的基础上编成的。

本书所录十二场学术讲座的授课内容，按照各位老师的讲座时段逐次编排；而各位老师的讲座时段，则据各自的日程安排商酌取定。授课老师分别为：吴福辉（中国现代文学馆）、关爱和（河南大学）、孙之梅（山东大学）、解志熙（清华大学）、周兴陆（复旦大学）、马卫中（苏州大学）、彭玉平（中山大学）、左鹏军（华南师范大学）、陆建德（中国社科院文学研究所）、孙克强（南开大学）、杜桂萍（北京师范大学）、王达敏（中国社科院文学研究所）。河南大学文学院白春超、刘进才、侯运华、王宏林、胡全章诸教授，新闻与传播学院杨萌芽院长，轮流担任各场学术讲座的主持人。

中国近代文学第一届暑期青年讲习班能够顺利举办，离不开学会领导的关心、指导和支持，离不开承办单位——河南大学文学院、黄河文明省部共建协同创新中心、河南大学新闻与传播学院、河南大学研究生院、河南师范大学文学院——党政领导班子的大力支持和经费赞助，离不开各位授课老师的悉心准备和精彩演讲，离不开担任讲座主持人的各位学兄学弟的热情奉献和友情客串，离不开河南大学近代文学教研团队的辛勤付出，更离不开研究生同学们的辛苦劳动。感谢大家！

本书的文字整理工作，分四个阶段和环节进行。第一阶段是据讲座录像录音整理成文稿，主要由几位研究生承担，李向阳负责组织并初步审校文稿；第二阶段是请授课老师亲自审订各自授课内容文稿；第三阶段是本书编者通读书稿，审定文字；第四阶段是出版社编辑和领导编校审查文稿。讲座文字整理者，有朱秀梅老师和博士生李向阳、郑哲、许萌，以及硕士生李梦威、张震、张梦文，他们为此付出了辛勤的劳动。中国大百科全书出版社的于淑敏老师，为本书的出版出谋划策，并承担书稿编校工作。在此一并表达诚挚谢意！

胡全章

2020 年 3 月 9 日